마중

제13회
제주4·3평화문학상
수상작

마중

김미수
장편소설

은행나무

차례

1부
끝날 수 없는 것이 남아 있다   7

2부
전쟁터로 간 사랑   69

3부
빛이 있다면   405

에필로그   460

심사평 485
작가의 말 487

1부

끝날 수 없는 것이 남아 있다

1

 오늘 할머니가 돌아가셨다. 아니 80년 전에 이미 돌아가셨는지 모른다. 마지막 순간 할머니 눈에는 눈물 한 방울이 흘러내리고 있었다. 80년 동안 기다린 할아버지에 대한 그리움이 할머니의 눈덩이에 무겁게 고였다가, 맑갛고 투명한 눈물 한 방울로 밀려나온 것일까.
 할머니가 돌아가시기 며칠 전, 지유는 한 통의 메일을 받았다. 보내온 곳은 미국이고 보낸 사람은 헨리 준장의 손자인 피터라고 했다. 헨리 준장도, 피터도 모르는 사람이었다. 그가 보낸 메일은 짧았다.

'태평양 전쟁 때 실종된 조선인 징용자에 관한 기사를 줄곧 검색했습니다. 며칠 전에는 우키시마호에 관련된 기사를 찾아 읽었고요. 우키시마호 승선자 명단이 한국 정부에 전달되었다는 기사를 보다가 박지유 씨의 인터뷰를 접하고 깜짝 놀랐습니다. 제가 찾던 '박종태'란 분이 당신의 친할아버지란 것을 알게 되어 메일을 보냅니다.'

피터라는 미국인이 80여 년 전 실종된 박종태 할아버지에게 관심을 가지다니, 영문을 알 수 없었다. 지유는 메일을 마저 읽었다.

'당신의 할아버지는 제가 찾고 있던 분이 분명합니다. 1924년생, 진주 배건네 마을이 고향이며 아내 이름이 이순이란 것까지 제가 가진 정보와 일치하다니, 전율을 느꼈습니다. 인터뷰가 실린 신문사에 연락해서 당신의 메일 주소를 알아냈지요. 놀라시겠지만, 박종태 할아버지의 물품을 제가 간직하고 있습니다. 메일 확인하시면 답신 바랍니다.'

지유는 어리둥절했다. 피터가 봤다는 인터뷰 기사는 특별한 것이 아니었다. 일간지 기자인 친구 세이가 우키시마호에 승선한 조선인에 관한 기사를 다루면서 태평양 전쟁 때 실종된 유족을 대표해서 한마디 해달라는 요청에 응한 것에 불과했다.

오랜 세월 동안 박종태 할아버지의 행방을 아는 이는 없었다. 어디로 가서 어떻게 되었는지 실마리조차 알지 못했다. 한순간 증발해버린 수증기 같았다.

그런데 해방 후 일본에서 고국으로 돌아오는 우키시마호에 할아버지가 승선했을지 모른다고 친구 세이가 우겼다. 가능성이 전혀 없지 않다고 지유를 부추기며 승선자 명단을 확인해보자면서 인터뷰를 청했다. 그 기사를 읽고 피터란 미국인이 종태 할아버지의 물품을 간직하고 있다는 메일을 보내오다니, 순간 멍했다.

선뜻 답장을 보내지 못했다. 도무지 현실적으로 느껴지지 않았다. 답장을 유보한 채 며칠이 지난 뒤, 순이 할머니가 매우 편찮으시다는 병원의 연락을 받고 진주로 출발했다.

*

피터의 메일이 다시 떠오른 것은 순이 할머니가 돌아가신 뒤였다. 그 메일의 존재가 이상하게도 할머니의 죽음을 더 비감하게 만드는 스산한 배경처럼 느껴졌다. 끝내 할아버지의 실종에 함몰된 채 인생을 마감한 할머니에게 보내진, 할아버지의 마지막 손길인가 싶었다. 물품의 진위를 차치하고라도 박종태 할아버지에게 관심을 가진 미국인이라니. 혹시 그가 생전의 할머니에게 전해줄 소식이라도 있지 않았을까 궁금해졌다.

하지만 지유는 장례식 동안만이라도 온전히 할머니의 죽음만을 애도하기로 했다. 편안한 안식을 얻도록 기도하는 일에 집중하고 싶었다. 그래서 아버지에게도 피터의 메일에 대해 언급하지 않았다. 아버지는 암 병동에 입원해 있다가 잠시 진주에 내려온 형편이었다. 아버지 역시 평생을 할아버지의 실종이란 짙은 그늘에서 살아왔다. 할머니를 보내드리는 사흘만이라도 그 그늘에서 한발 비켜서 있기를 바라는 마음이었다.

*

그날 지유는 서울에서 출발한 지 네 시간 만에야 할머니가 입원한 진주의 요양병원에 도착했다. 고속도로를 달리는 동안 일곱 살에 부모님을 떠나 할머니 손에 컸던 시절이 떠올랐다. 부모님은 이혼한 뒤 각자 새로운 가정을 이뤘다. 지유는 대학생이 되어서야 할머니 댁을 떠나 서울로 올라갔다. 하지만 할머니는 그 집에서 홀로 지냈다. 1년 전 마당에 쓰러져 있던 할머니를 노인 돌봄 복지사가 발견하지 않았다면 그날 이미 돌아가셨을지도 모른다.

4인실 요양 병실에 들어가자 할머니는 혼자 누워 있었다. 다가가서 몸을 흔들자 힘겹게 눈을 떴다. 입가에 미소가 번진 듯

했으나 여느 때와 달리 감정이 묻어나지 않은 무심한 표정에 가슴이 철렁 내려앉았다.

할머니는 일으켜달라고 손가락을 조금 움직였다. 무게가 느껴지지 않는 상체를 세우자 지유의 왼쪽 어깨에 머리를 대고 몸을 기댔다. 할머니를 지탱하던 몸의 무게는 어디로 달아난 것인지 종잇장처럼 가벼웠다.

"할머니. 우키시마호란 배가 있는데, 해방 후 그 배를 타고 아오모리현에서 일하던 조선인 노동자와 그 가족이 고국으로 돌아오려고 했대. 우리 할아버지도 그 배를 탔을까? 그러니까 할아버지는……."

할머니는 아무런 반응도 없이 기대 있기만 했다. 할머니가 지유의 어깨를 이토록 원한 적이 있을까 싶을 정도였다. 미동 없이 지유의 말을 듣는 것 같았다. 조심스러워서 몸을 움직이지 못한 채 지유는 병실 벽과 허공을 향해 계속 떠들었다. 무슨 말을 떠드는지 자신도 모를 지경으로 허둥댔다. 무슨 말이든 해서 할머니의, 이 세상으로부터 멀어진 듯한 무심한 상태를 벗어나게 해주고 싶었다.

"승선자 명단에 할아버지 이름이 있다면 기쁘겠지? 아니, 슬픈 일인가? 나도 모르겠어. 할아버지 행방만이라도 알고 싶어 했잖아. 그러니까 만에 하나라도, 기적처럼 그런 일이 벌어진다면 기쁜 일인 거 맞지?"

할머니는 듣고 있을까.

"생각나? 할머닌 누구라도 상을 당하면, 장례식을 치르는 걸 부러워했잖아. 제 손으로 고인을 모시고 염을 하고 매장하거나 화장하는 절차를 밟는 것도 복이라고. 그랬으니 승선자 명단에 할아버지가 있다면, 그 소원을 풀 수 있을지도 몰라. 할아버지가 그 배에 탔다면, 행적을 더 자세히 알아낼 수 있을 거야. 할머니가 더 오래 살면 할아버지 유골이라도…….."

할머니에게 할 말인지 못 할 말인지도 알 수 없는 소리를 떠들어댔다. 그런데도 차마 들려줄 수 없는 말은 뱉지 못했다. 할아버지가 고국으로 돌아오는 우키시마호를 탔다고 해도, 배가 도중에 폭침되었으니 수장되거나 산산이 부서졌을지도 모른다는 말……. 그래도 여러 감정 사이를 오가며 할아버지에 대한 기억을 환기해주는 일만으로도 할머니에게 위안이 되길 바랐다. 그래서 지유는 할아버지의 행적이나 행방에 대해 쉬지 않고 말을 이어갔다. 그것이 할머니에게 해줄 수 있는 가장 특별하며 유일한 일이라 여겼다. 할머니는 지유의 말에 귀를 기울이는 듯했으나, 평소와 달리 고개를 끄덕이지는 않았다.

지유는 이제 와서 할아버지가 승선자 명단에 있다고 한들 무슨 의미가 있냐고 세이에게 따지듯 물었지만, 한편으론 할머니가 이런 소식에 조금이라도 반응하길 바랐다. 할머니의 몸에 너무도 미동이 없어서, 지유는 갈수록 아득해졌다. 그만 할머니를 눕혀야겠다고 작정하며 돌아보니, 할머니의 볼에 눈물 한 방울이 흘러내리고 있었다. 숨을 쉬지 않고 있는 듯했으나,
"눕혀드릴게요, 할머니!"
지유는 공연히 큰 목소리로 말했다.
할머니의 고개를 어깨에서 떼 상체를 잡고 조심스레 침대에 눕혔다. 할머니는 이미 숨결을 잃은 상태였다. 어깨에 기대어 이야기를 들으면서 할머니는 돌아가신 것이다. 할아버지의 행적과 뚜렷한 관련이 없을 듯한, 단지 세이의 희망 섞인 바람을 전해줄 뿐이라는 것을 알면서도 우키시마호 이야기를 이어간 것은 어깨에 기댄 채 할머니가 영영 눈을 뜨지 못할 저세상으로 가버린 것을 확인하기가 너무도 두려웠기 때문이다.
어떤 말을 마지막으로 들은 뒤 할머니는 눈을 감았을까. 승선자 명단에 할아버지가 있을지 모른다고 말했을 때나 할아버지가 그렇게 돌아가신 거라면 소송이라도 해야 한다고 말했을 때일까. 혹은 그 배가 폭발했으나 살아 돌아온 조선인도 많다고 희망을 드린 순간이었을까. 어떤 말이 할머니의 숨을 놓게 했는지 알 수 있다면, 당장 그 말을 쓸어 담고 싶을 정도로 비통했다.

*

할머니의 장례식이 끝나고 사흘이 지나서야 피터에게 답장

을 썼다. 할머니께서 돌아가셔서 답신이 늦어졌다고, 미안하다며 양해를 구하고 무슨 연유로 메일을 보냈는지, 전해줄 물품이 무엇인지 알려달라고 부탁했다.

지유가 메일을 보낸 다음날 바로 회신이 왔다. 미국과의 시차를 고려하면, 지유가 보낸 메일을 보자마자 그가 답장한 것이다. 피터는 할머니가 돌아가신 것에 예의 바르게 애도를 표했다. 박종태 할아버지의 가족이 분명한 듯하니, 지유가 물품을 받을 수 있는 곳의 주소를 알려달라고 했다. 물품이 무엇인지 그는 상세히 썼고, 물품을 찍은 사진과 자신이 검색했던 기사와 자료들도 첨부 파일로 덧붙여 보냈다.

'박종태 할아버지가 남긴 물품은 바로 직접 쓰신 수기입니다.'

지유는 피터가 쓴 문장을 읽고 또 읽었다.

행방을 알 수 없던 할아버지가 미국인에게 당신의 수기를 남겼다는 사실을 어떻게 받아들여야 할지 난감했다.

피터에게서 온 메일을 연 순간부터 할아버지가 보내온 소식이 너무 늦게 도착했다는 슬픔이 할머니를 잃은 슬픔에 더해졌다.

'수기를 가족에게 전달하기 위해 그동안 태평양 전쟁 시기의 실종자 기사에 줄곧 관심을 기울였습니다. 제 손으로 가족을 찾아 꼭 유품을 직접 전달하고 싶었습니다. 마침내 이렇게 연락이 되다니 기적 같습니다.'

지유는 감사하다고, 할아버지가 남겼다는 수기를 빨리 받고 싶지만 귀한 것이니 직접 받으러 가야 하지 않겠느냐고 썼다. 하지만 입시학원 강의도 있고 마감을 앞둔 소설도 완성해서 출판사로 보내야 했다. 그의 말만 듣고 바로 미국까지 가는 것도 무리가 있었다. 고민 끝에 우선 사본을 보내줄 수 있는지 조심스레 물었다. 박종태 할아버지가 남긴 수기라 해도 소유하고 있은 것은 그였으니까. 답장을 쓰는 내내 손끝이 떨렸다. 한글 받침을 몇 번이나 잘못 입력해서 수정을 거듭했다.

만약 피터의 말대로 할아버지의 수기가 온다면, 생각만 해도 가슴 벅찬 사건이었다. 할머니 방으로 들어가서 서랍을 열었다. 할머니가 애지중지하던 할아버지의 물품들이 서랍에 있었다. 가장 깊숙한 곳을 들추자 할아버지가 실종되기 전에 썼던 일기와 공부했던 노트 두 권이 보였다. 만지면 바스러질 정도로 누렇게 변색되었으나 할머니가 비닐에 싸서 워낙 정성껏 보관해 둔 노트였다. 피터가 보낸 할아버지의 수기가 도착하면 친필 여부를 대조해볼 수 있을 터였다.

*

메일을 보낸 뒤 지유는 서울로 올라가지 않고 진주에 머물렀다. 순이 할머니를 애도할 시간이 필요했다. 학원 강의 시간을 변경했고 소설 마감 날짜도 조정했다. 그리고 피터에게 이곳 진주의 주소로 수기를 보내달라고 썼다. 비록 사본이라 해도 할아버지의 수기를 이곳에서 받는 것이 지극히 마땅한 일이라 여겼다. 수기를 쓰는 동안 할아버지는 진주의 가족에게 전달될 것을 한순간이라도 염두에 두지 않은 적이 없었으리라. 그 간절함이 닿아 80년이 지난 지금, 이곳에 전달되는 기적이 일어날 터였다. 수기를 받으면 제일 먼저 할머니 산소 앞으로 달려가야 한다. 몇 구절이라도 읽어드리고 할아버지의 마음을 전하리라.

수기가 도착하기를 기다리며 지유는 남강으로 나와 오랫동안 거닐었다. 어릴 때부터 할머니와 늘 산책하던 강가는 많이 변해 있었다. 강만큼 길고 넓은 모래사장이 펼쳐지고 대숲이 모래사장을 지키며 푸른 병풍처럼 이어지던 풍경은 이제 없었다. 모래사장도 대숲도 사라지고 붉고 푸른 우레탄이 길게 깔린 산책로로 바뀌었다. 다만 바뀌지 않은 것이 있다면 강이 하도 길어서 아무리 걸어도 강 끝에 닿을 수 없다는 사실뿐이다.

강물에 물오리 예닐곱 마리가 자맥질한다. 꼬리를 하늘로 치올리고 상체를 물속으로 처박고 있다가 다시 물 위로 솟구치기를 반복한다. 먹이를 구하느라 온 힘을 다 쏟는 게지. 할머니가 언제나 그랬듯 옆에서 속삭이는 듯하다. 회화나무가 있는 곳까지 걸으며 지유는 할머니를 추억한다. 저 물이 어디론가 수없이 흘러갔어도, 회화나무는 할머니가 태어나기 몇백 년 전부터 한자리를 지키고 있었다고 했다. 할머니는 그 나무 아래에서 흐느끼고 웃고 소원을 빌었다. 그 나무로 가서 우리 할머니는 다신 못 온다고 알려야 한다.

회화나무는 오늘따라 나뭇가지를 축 늘어뜨리고 바람이 불지 않았는데도 이파리를 우수수 떨어뜨렸다. 오늘따라 고목처럼 생기를 잃은 듯하다. 지유는 회화나무 아래로 가서 밑줄기의 한 부분을 만진다. 할머니가 기대앉던 그 자리는 하도 오래 등이 닿아서 반질댄다. 이 나무 아래에서 할아버지와 처음 만나고 할아버지가 내민 손을 잡고 집으로 들어갔다는 이야기를 할머니는 수없이 들려주었다.

"징용이나 징병을 피하고 정신대에 끌려가지 않게 하려고 부모님이 서둘러 자식들을 혼인시켰어. 집집이 그랬지. 혼기가 차지 않았어도 아들과 딸을 둔 두 집안에서 시늉만 낸 혼례식을 올리고 서둘러 합방을 시켰거든. 합방한 지 얼마 지나지 않아 네 할아버지는 사라졌지.

아이를 뱄으니, 정신대에 끌려가지는 않았지. 평생 아들 하나 등에 업고 살았어. 시어른들은 아들이 곧 돌아올 거라고 했으나 소식조차 없었지. 조금만 견디면 돌아올 거라고 했으나 해방이 된 뒤에도 전쟁이 끝나도 감감무소식이었어. 시어른 탄식이 깊으니 아무 내색도 못하고, 밤이면 이불을 덮어쓰고 울다가 잠이 들었지."

할머니의 말소리는 흐느끼며 흐르는 물소리 같았다.

"농사짓고 시집 식구 수발하며 아들을 등에 매달고 다니다가 짬이 나면 남강을 서성였어. 마을 처녀들은 죄다 숨거나 시집가거나 사라졌으니 하소연할 친구가 있었겠나? 회화나무에 기대어 물결을 내려다보다가, 오리들이 무리 지어 다니거나 자맥질이라도 하면 친구 만난 듯 위안 삼았지. 아이가 등에 매달려 보채면 울지 마라, 토닥이다 보면 그게 내게 하는 말이었지. 그렇게 마음을 맑히고 집으로 돌아가도, 시어른은 크게 타박 한 번 안 했어. 마을 처녀 데려다가 평생 애 딸린 과부로 만든 게 미안하다고, 가문의 씨가 끊기지 않도록 해준 것이 고맙다던, 순한 어른들이었지."

할머니의 이야기는 강물처럼 이어졌다.

"네 아비가 널 낳던 해, 처음 제사를 지냈어. 집 떠났다던 그 날이 제삿날이 되었지. 제사를 지낸 밤마다 회화나무 곁으로 갔어. 제사상에 올렸던 음식을 나무 주위에 사는 새나 벌레에게 보시하고, 나무에 기대 밤새 강 물결을 바라봤지. 식구들은 새벽이 되어도 돌아오지 않는 나를 데리러 오곤 했지만 몇 해째 그러니까 더 이상 데리러 오지 않더라. 모두가 제사상을 물리고 먼저 잠자리에 든 뒤, 동이 틀 때가 되어서야 난 집에 들어갔어. 나무에 밤새 기도했지. 그이가 어디서든 잘 지내게 해달라고. 그 어디가 이승이든 저승이든 간에⋯⋯."

회화나무는 할머니에게 기도의 공간이었다. 할머니의 집은 할아버지가 귀환할 장소였다. 그러니 할아버지가 살던 그대로 집을 유지했다. 언제 돌아올지 모르니 집을 떠나 멀리 가지 않으려고 했고 이층집으로 개조하거나 현대식으로 바꾸자는 요구도 마다했다. 벽돌 하나도 새로 쌓으면 낯설어서 못 찾을 수 있다고, 시어른이 다 돌아가신 뒤에도 고집을 꺾지 않았다.

지유는 회화나무 기둥 위를 올려다본다. 나무 윗부분에 사람의 얼굴 형상을 한 곳을 눈길로 더듬어 찾아낸다. 나무기둥이 저절로 만들어낸 형상을 가리키며 할머니는 할아버지의 얼굴을 닮지 않았냐고 물었다. 아무래도 할아버지가 저 속에 들어가서 사는 것 같다고. 과연 나무기둥에 솟은 두 개의 옹이는 커다란 두 눈 같고 그 아래 불룩 튀어나온 부분은 코와 입처럼 보였다. 할머니가 손을 뻗어도 만질 수 없는, 5미터는 됨직한 높이에 있는 저것을 어떻게 봤을까.

시간이 흘러 할머니는 그 얼굴 형상 아래로 또 하나의 얼굴이 생겼다고 우겼다. 이번에는 그 얼굴 형상이 당신의 얼굴을 닮지 않았냐고 했다. 약간 민망한 듯 얼굴을 붉혔지만, 할머니의 얼굴은 기쁨으로 빛났다. 할아버지가 들어가 사는 그 나무 속으로 할머니도 들어가서 살게 되어 기쁘다는 듯. 그럴 때면 지유는 정말 할머니의 얼굴하고 똑같이 생겼다고 맞장구쳐주곤 했다.

할머니는 갈수록 모든 자연에 할아버지에 대한 그리움을 이입시켰다. 할머니의 눈을 스쳐간 모든 사물에 할아버지의 형상이 덧입혀졌다. 사철 강물에 비친 산 그림자에도, 떠도는 구름에도, 반짝이는 강 물결에도 할아버지의 형상이 새겨졌다. 새가 울거나 바람 소리가 요란하거나 천둥이 치고 강물이 흐르는 소리에도 할아버지의 음성이 들렸다고 했다.

누군가를 그리워하는 마음이 한 사람의 온몸과 마음을 그토록 지배할 수 있다는 것을 지유는 할머니를 보고 처음 알았다. 목숨을 놓는 그 순간까지도 그리운 사람에 대한 끈을 놓지 않는 사람이 있다는 것을 안다면, 누군가 한 사람만을 전 생애를 바쳐 그리워한다는 것을 짐작이라도 한다면, 그 그리움의 대상을 함부로 대할 수 없으리라 생각했다. 함부로 죽이거나, 죽였더라도 훼손하지 않았을 것이며, 훼손되었다면 그 소식은 알려줘야 했다고, 그것이 최소한의 예의라 생각했다. 그리움이 얼마나 사람을 사람답게 만드는 것인지 할머니를 보고 느끼며 컸다. 지유로서는 도무지 가늠할 수도, 닿을 수도 없을 것 같은 그리움의 경지였으나…….

우키시마호의 승선자 명단에 할아버지가 있을 수 있다는 말을 듣고, 할머니는 어쩌면 할아버지를 다시 만난 것 같은 마음에, 할아버지 행방을 알게 될지도 모른다고 안도하며 돌아가셨을 거라고 여기려 했다. 만약 할아버지가 승선자 명단에 있다면 폭침되었을 때 사망하지 않고 무사히 고국에 돌아왔을 거란 가정도 가능하다고. 승선자 중 조선인이 반 이상 사망했더라도 반 정도는 살아남은 것이 아닌가. 어쩌면 할아버지는 그 당시에 그 배를 타고 고국에 돌아와서 우리나라 땅 어딘가에서 살고 있었을지 모를 일 아닌가. 그렇다면 왜 고향에 한 번도 돌아오지 않았을까. 돌아왔다는 소식조차 전하지 않았을까. 그런 의문이 들면 낙관은 비관으로 바뀌었으나 확실하게 단정할 수 있는 것은 아직 없다. 연락하기 어려웠을 피치 못할 사정이 수백 가지는 넘을 수 있으니까.

이 모든 의문이 수기를 보면 풀리게 될까. 그러면 어느 날 지유가 할아버지가 있는 곳을 알게 되어 전화할 수 있을 거란 상상도 가능하다. 혹시 지유에게 전화가 걸려와서, 네 할아버지다 라고 말하며 뒤늦게나마 가족의 안부를 물을지도 모른다. 그러니 할머니는 돌아가셨으나 끝나지 않았다. 끝날 수 없는 것이 남아 있다. 지유는 그렇게 중얼거리며, 할머니가 늘 그랬듯이 나무에 등을 붙이고 앉아서 멀리 흐르는 긴 강을 바라본다.

*

지유는 나무에 기댄 몸을 바로 세워 강가를 따라 다시 걷는다. 강 주변이 차츰 어두워지고 있다. 강가를 걷는 동안 자주 뒤돌아본다. 언제나 그랬듯이 할머니가 따라오는 것 같다. 어서 가라고, 뒤돌아보면 손짓하며 따라오던 할머니. 그 시절 할머니가 바라보던 강바닥은 얼마나 깊숙이 어둠을 끌어안았을까. 저 다리의 어두운 수면 밑으로 할머니는 들어간 걸까. 수면 밑에서 출렁이는 물결로 뒤따라오는 중인가. 할아버지의 수기가 도착하면 이곳 강가에 와서 들려줄 것이다. 할아버지가 기록한 사라졌던 날들, 살았던 내력을. 할머니는 그 사연을 들으려 수면 위로 올라와서, 옆에 바짝 붙어 앉으며 귀를 기울이겠지.

한순간 산책로를 따라 놓인 난간에 설치된 조명등이 동시에 켜진다. 강에 내린 어둠이 휘황찬란한 빛으로 바뀐다. 강물은 원래 그랬던 듯 빨갛고 파랗게 반짝인다. 그림판처럼, 영화 화면처럼 화려하게 변신한 강물이 할머니의 모습을 지우기 시작한다. 할머니도 이렇게 강가를 서성이다가 추억마저 변색시키는 현장을 맞닥뜨렸을까. 그때마다 허둥대며 서둘러 집으로 돌아갔을까. 지유는 집 방향으로 되돌아 걷기 시작한다.

*

피터가 보내온 첨부 파일을 내려받아 자세히 읽기 시작한다. 파일은 그가 주로 찾아 읽은 우키시마호에 관한 기사를 모아둔 것이라 했다. 그 역시 세이처럼 승선자 명단에 박종태 할아버지의 이름이 있을지 모른다는 기대를 한 모양이다.

첨부 파일엔 우키시마호의 폭파 과정을 취재한 기사와, 기자들이 전국을 돌며 우키시마호 생존자와 그 관련자를 추적하기 위해 배포한 공고문, 생존자와 유족을 만나 나눈 인터뷰도 포함되어 있다. 유해를 봉환하는 일이나 추모 공원을 만들어주겠다는 약속이 퇴색된 과정을 담은 자료까지 읽다 보니, 피터가 이 일에 얼마나 관심을 뒀는지 짐작된다.

피터가 보낸 기사에는 부산의 어느 공원 지하 무연고자실에 보관된 강제노역 희생자 유골 중 12구가 우키시마호 침몰 사건

희생자의 것이란 사실과 희생자 명단도 실려 있다.

피터가 늦은 밤에 다시 메일을 보내왔다.

항공 우편으로 물품을 보냈으니 곧 받아볼 수 있을 거라고 서두에 썼다.

'이 수기를 가족에게 전달하려던, 대를 이어 내려온 숙제가 이제야 이뤄지게 될 것이라니, 꿈만 같습니다.'

그의 메일은 이어진다.

'헨리 할아버지는 돌아가실 때 제게 유언을 하셨죠. 이 수기를 꼭 한국의 가족을 찾아서 돌려주라고. 그동안 징용 배상 청구를 하는 한국 단체와 접촉했지만 가족을 찾을 수 없었고, 그와 관련된 한국의 뉴스 검색을 수시로 했어도 별다른 성과가 없었지요. 그런데 당신을 제가 찾아내다니, 얼마나 감개무량하던지 그 순간 제 몸이 천장에 부딪힐 정도로 튀어올랐다니까요.

헨리 할아버지의 손에 이 수기가 있은 지는 오래됐죠. 저는 수기를 읽고 싶어서 한국어학당에 등록해서 한글을 배웠어요. 수기의 제목은 '빛이 되어'였고 내용에도 '빛'이란 단어가 반복되더군요. 제대로 읽으면 수기에서 말하는 '빛'이 어떤 의미인지 알 거 같은데 내 한국어 실력으론 무리였습니다. 헨리 할아버지도 빛의 의미가 궁금하다고 했어요. 당신이 수기를 다 읽으면 제게 알려주세요. 그러면 제가 헨리 할아버지가 잠든 공원묘지로 가서 그 의미를 들려드릴 수 있으니까요. 아마 엄청나게 기뻐하실 겁니다.'

피터의 메일은 마음을 움직일 정도로 진솔하다. 대를 이어 타인의 소중한 물건을 함부로 훼손하지 않고 전달하려는 진정성과 배려가 느껴진다.

그에 비해 지유가 피터에게 보낸 답신은 짧았다. 자신의 정보를 입력하고 수기에 관한 관심과 감사의 뜻을 표한 뒤, 수기를 받을 주소를 보낸 것이 전부다. 그게 최선이었다. 지유는 실감하지 못했다. 피터가 보낸다는 수기의 정체를. 그와 헨리 할아버지란 분이 보낸 관심과 과도해 보이는 친절의 의미를. 약간의 부담감이 방어막을 쳐서, 무심하기만 한 짧은 메일을 보냈던 것이다.

지유는 두려워하고 있었을까. 그 수기를 받아들고 할아버지가 겪었을 일을 맞닥뜨리는 것을, 그 수기가 자신에게 깊은 파동을 일으키고 일상에 짙은 그늘을 드리우게 될 것을. 해결해야 할 일이 생길 것 같은 부채감과 의무감을…….

문득 부끄러운 마음이 들자 지유는 고민 끝에 그에게 답장을 다시 쓰기 시작했다.

'수기를 읽은 뒤 반드시 찾아가 뵙겠습니다. 감사한 마음을 전하기 위해 당연히 그래야 한다고 생각합니다. 아버지도 함께 가면 좋겠지만 암 병동에 계시니 유감입니다. 하지만 이 수기를 전해주신 사연을 꼭 전해드리겠습니다. 많이 감사하고 기뻐하실 겁니다. 헨리 할아버지의 묘소를 방문해서 제가 읽은 '빛'의 의미를 말씀드리면 더 좋아하시겠지요. 다만 그때 제 할아버지의 수기를 당신의 조부께서 간직할 수 있었던 인연과 사연을 상세히 전해 듣게 되기를 바랍니다.'

지유는 메일을 곧바로 피터에게 전송했다.

*

지유는 할머니 집 마루에 놓인 일인용 의자에 앉아서 며칠을 보냈다. 마루는 기대에 차서 뭔가를 기다리기에 적합한 곳 같았다. 휴식이나 내밀한 시간을 보낼 공간이 아닌, 일을 시작하겠다는 작업실도 아닌, 할머니가 틈틈이 앉아 있던 마루의 일인용 나무 의자는 초인종이 울리면 곧바로 뛰어나가 수기를 받아들기에 가장 합당한 공간 같았다.

지유는 몇 번씩이나 현관문을 열어봤다. 혹시 택배기사가 조용히 소포를 두고 가지 않았을까. 국제 등기 소포가 그렇게 함부로 도착해 있을 리가 없다는 것을 알면서도 그런 행동을 반복했다.

또 하루가 지난 것인지 거실이 어둑해진다. 몸이 서서히 어둠에 잠기는 중이지만 불을 밝히지 않고 순이 할머니를 추억한다. 문득 할아버지가 수기의 제목으로 썼다는 '빛이 되어'란 말이 떠오른다. 할아버지는 스스로 빛이 되고 싶었다는 말일까. 누구에게 빛이 되고 싶었을까. 빛이란 단어를 자꾸 떠올리자 마루의 어둠이 쉽게 자신에게로 접근하지 못하고 머뭇대는 듯하다. 머릿속에서 계속 빛이란 단어가 떠오르자, 어디서 많이 들은 듯한 기시감이 든다. 누군가가 빛에 대해 끊임없이 말했는데 누구였지?

지유는 한참 동안 기억을 헤집어본다. 그러다가 소스라치게 놀란다.

"아, 해림 할머니……."

자신의 굴곡진 삶, 비참한 상황을 말하다가도, 너무도 이질적인 느낌의 빛이란 단어를 슬쩍 끼워넣어 말을 마무리하길 잘하던 해림 할머니. 자신의 과거를 털어놓는 동안에, 사연을 말하던 중간에, 마치 다음 문장으로 넘어가기 위해 반드시 찍는 문장 부호처럼, '빛'이란 단어를 넣곤 했다.

*

지유는 지난 10여 년간 위안부대책연합회, 일명 위대연의 사랑방을 드나들었다. 그곳이 지유에게는 해림 할머니와 동일어였다. 할머니를 만난 뒤부터 줄곧 할머니가 들려준 당신의 과거를 받아적어왔다. 그런데 할머니의 과거를 정리하다 보면 빈 부분이 있었다. 할머니가 끝내 말하지 못한 무언가가 있어서 매끄럽게 사연이 이어지지 않던 부분, 지유가 짐작해서 만들어 넣을 수 없는 부분이 있었다. 할머니도 당신이 말한 것이 전부는 아니니 일단 넘어가라고 했다. 그 때문에 할머니가 다른 매체에서 증언한 것과는 달리 내밀한 사적 부분이라고 털어놓은 과거가 지유의 노트북에서 정리되지 못한 채 미완으로 묵혀지고 있었다.

해림 할머니가 차마 입에 담을 수 없는 상황에서 문장 부호처럼 꺼내놓던 '빛'이란 단어, 그 생경하게 들리던 단어를 어색해진 공간에 흩뿌리듯 뱉어내던 기억이 떠오르자 고개를 갸웃한다. 종태 할아버지의 수기 제목도 '빛이 되어'라고 했는데 우연의 일치인가.

지유는 최근에 해림 할머니에게 전화하지 않았다는 것을 알아챘다. 순이 할머니가 돌아가신 사실도 아직 알리지 않았다. 두 분은 고향 친구지만 서로 연락을 끊고 지낸 지 오래된 사이였다. 해림 할머니가 고향에 찾아오거나 순이 할머니와 교류를 원하지 않았으므로 장례식이 끝난 뒤 전해주려 했다.

해림 할머니에게 전화를 걸어 순이 할머니의 부고를 전했다. 해림 할머니가 엉엉 소리 내어 울었다. 해림 할머니의 반응이 의외였다. 한참 만에야 해림 할머니가 울음을 그쳤다.

"에나?*"

할머니는 몇 번이나 못 믿겠다는 듯 중얼거렸다.

순이 할머니는 해림 할머니를 생전에 무척 만나고 싶어 했다. 티브이에서 우연히 해림 할머니가 위대연의 사랑방에서 기거하는 것을 본 뒤 지유에게 가서 만나보라고 졸랐다.

대학생이 되자 지유는 사랑방을 찾아갔다. 위안부 할머니의 말벗이 되어드리는 봉사활동을 하면서 해림 할머니를 찾아뵈었다. 순이 할머니와 종태 할아버지의 손녀라고 소개하자 해림 할머니는 무척 반가워했다. 그렇게 10년이 지났지만, 해림 할머니는 순이 할머니를 만나는 것은 물론 전화 통화조차 거부했다.

"저, 그리고 종태 할아버지가 수기를 남겼대요. 미국인이 갖

---

* 진주 방언. '진짜?'라는 의미.

고 있었다는데 진주로 우송해준대요"라고 전하자 해림 할머니는 침묵에 빠졌다. 몇 번이나 할머니를 불렀으나 대꾸가 없었다. 할 수 없이 수화기를 내려놓았다.

*

전화를 끊고 지유는 해림 할머니의 과거를 받아적은 문서를 열어봤다. 해림 할머니가 등장시킨 빛이란 단어를 검색했다. 빛 한 줄기, 빛 한 줌, 한 방울의 빛 같은 것……. 그런 구절이 눈에 띄었다. 살아갈 아주 작은 한 점의 불빛이라도 찾으려고 두리번거린다거나, 투명하고 반짝이고 칼날처럼 서늘하게 가슴을 찌르는 빛이라거나, 때론 붉게 타오르며 반짝이고 뜨겁다가도 차갑게 식는 빛이라고 한 말도 있었다. 숨 쉴 구멍 같은 빛, 통로 같은 빛, 손바닥으로 거머쥐어도 휘지 않는 단단하고 긴 대나무 같은 빛…….

그런 관념적인 말을 받아적으면서 지유는 해림 할머니에게 허황한 구석이 있다고 여겼다. 무엇 때문에 그렇게 느꼈는지 그때는 잘 몰랐다. 지금에서야 그것이, 할머니가 수시로 나열하던 빛이란 단어가 주는 생경함 때문인 것을 알았다. 지독한 어둠을 겪어봤다고 할 수 없는 지유로서는 '빛'에 대한 갈구가 와닿지 않았을 수도 있었다.

과거의 참혹한 현장을 진술하다가도 불쑥 꺼내놓는, 추앙에 가까운 빛이란 단어에 번번이 당황했던 기억이 났다. 무수히 빛을 갈구했으나 정작 해림 할머니는 어둠 속에서 몇 번이나 빛의 일렁거림을 만났을까. 일렁였든 아니든, 빛을 향한 포기하지 않는 몸부림이 있어서 견뎌냈을까.

*

해림 할머니에게 지유가 대든 적이 있었다. 빛을 늘 말하면서, 왜 눈앞의 환한 빛 같은 고향은 찾아가지 못하냐고. 순이 할머니를 만나러 가지 않느냐고. 그때 해림 할머니는 말했다.
"음……. 마지막까지 내 할 일을 놓지 않으려고 그래. 위대연에서 피해자 할머니들에 대한 배상을 요구하고 일본의 사과를 받아내란 시위에 참석하는 일이 더 급했어. 찾아오는 손님이나 기자들, 증언을 듣고 싶어 하는 학생들을 위해서 잠시도 자리를 비울 수 없었지."
지유는 그때마다 핑계고 석연치 않은 변명이라고 반박했다.
"그래. 맞아. 고향에 가보고 싶지 않은 사람이 누가 있겠어? 대숲도 남강도 보고 싶지. 뼈저리게 보고 싶어. 그런데 종태 오라버니가 하던 말이 나를 가로막았다고 해야 하나. 야학할 때 우리말 가르치면서 그랬거든. 고향의 아이들에게 용기를 주고 고향 어른들 눈에 고인 눈물 닦아주자고, 피눈물 흘리지 않도록 도와주자고. 그랬는데 내가 위안부로 살다가 어찌 고향에 돌아가겠나. 내 살았던 처지를 어른들이 묻고 눈치라도 채면 한스러워서 세상을 어찌 떠났겠나 싶었지. 음……. 나처럼 고향 떠난 딸자식이 한둘이 아닌데, 집 떠난 당신들 딸자식 다 나처럼 살았나 싶어서 몸져눕지 않겠나, 주저했지."
할머니의 그 고백을 들은 뒤부터는 다시는 고향에 내려가자는 말을 하지 못했다.

*

한참 뒤에야 해림 할머니에게 전화가 왔다.
"종태 오라버니가 수기를 남겼다니, 사실이야? 믿어지지 않아."
한껏 가라앉은 목소리다.
"수기 받으면 바로 올라가서 보여드릴게요."
할머니는 또 침묵에 빠진다. 한참 뒤,
"종태 오라버니가 수기에 내 이야기도 썼을까?"
조심스레 묻는다.
"네? 두 분이 만났어요? 그런 말씀 하신 적이 없었는데."
"그야 지금 말하긴 뭣하고. 수기 읽어보면 내가 못다 한 이야기마저 들려줘야 하나 싶네. 순이도 세상을 떠났다니 새삼 숨길 일이 뭐 있겠어."

"그럼요. 다 말씀해주시면 좋죠."

"내가 말한 거 정리해서 세상에 내놓으라고 종태 오라버니가 수기란 걸 남긴 모양이야. 내 마지막 여정은 그렇게 하다 가야지. 다 털어놓고."

"곧 뵈러 갈게요. 수기 받으면 바로."

할머니는 조용히 전화를 끊었다.

어둠 속에서도 불 밝히지 않고 지유는 순이 할머니가 앉아서 지내던 일인용 나무 의자에 오랫동안 앉아 있었다. 문득 피터의 말이 떠오른다. 수기를 읽고 종태 할아버지가 쓴 빛의 의미를 알려주면 헨리 할아버지의 공원묘지로 가서 그 말을 들려주고 싶다고. 지유 역시 할아버지의 수기를 읽고 나면 순이 할머니의 묘소를 찾아가서 할아버지가 남긴 이야기를 찬찬히 전해줄 것이다.

그렇지만 해림 할머니가 차마 못했다는 숨겨진 이야기는 뭘까. 순이 할머니에게는 끝까지 비밀로 해야 할 말이 있었나. 그런 비밀을 알게 된다면 순이 할머니에게 들려줘야 하나, 말아야 하나.

*

종태 할아버지가 쓴 수기가 도착했다. 두툼한 노트 한 권과 별도로 대여섯 장의 종이에 쓰인 편지글 같은 것이 있었다. 보존 상태가 좋지 않아서 제본할 때 무척 신경이 쓰였다고, 원본 종이가 긴 세월 동안 습기마저 사라져서 바스러들까 너무도 조심스러웠다고 적힌 메모도 끼워져 있었다.

지유는 제본된 할아버지의 노트와 일기를 펼쳐보았다. 서랍 속 할아버지가 남긴 일기의 필적과 대조해봤다. 옆으로 눕혀 쓴 감성적인 필체와 그러면서도 글자마다 꼼꼼하게 정돈된 모양이 한눈에 봐도 똑같았다.

피터가 간략히 보낸 메일에 의하면 종태 할아버지의 수기 노트를 발견한 시기와 편지글을 발견한 시기가 다르다고 했다. 노트를 쓴 뒤 시간이 흘러 다른 장소에서 편지글을 남긴 것이라고 덧붙였다.

자세히 보니 편지에 쓰인 글씨는 수기에 쓰인 글씨보다 황급하게 써내려간 듯했다. 어둠 속에서 쓴 것처럼 줄 칸을 벗어나 있거나 문장 위에 글자가 겹쳐져 있기도 했다.

지유는 편지글처럼 보이는 종이를 조심스레 펼쳐서 읽기 시작한다.

2

 암흑이다. 모든 것이 끝난 것이다. 아니, 시작이다. 내 의지로 살겠다고, 살고 싶다고, 발길이 움직이고 몸이 발길에 맞춰 따라간다. 숨이 턱에 찰 때까지 달린다. 뒤쫓아오던 미군들은 한둘씩 흩어지더니 이제 보이지 않는다.
 절벽의 기슭은 발바닥 하나가 겨우 닿을 정도로 좁다. 파도가 넘실대어 모래를 훑으면 자칫 중심을 잃고 바다에 휩쓸릴 듯하다. 절벽을 끼고 걷다가 뒤쪽으로 돌아 들어간다. 해림이와 함께 왔던 천연동굴을 찾아 조심스레 걷는다. 파도가 이빨을 드러내며 먹잇감을 구하듯 허리까지 덮치더니 기슭에 면한 땅바닥이 점차 넓어진다. 모래사장 대신 돌길이 이어지고 그 길을 따라 똑바로 걷는다. 산 중턱에 10여 미터 높이의 가파른 절벽이 코끼리의 형상을 하고 눈앞에 드러난다. 코끼리가 입을 벌린 듯 작은 구멍이 뚫려 있다. 그 구멍 안이 바로 해림이와 함께 왔던 자연 동굴이다.

해림이와 동굴 안으로 들어갔을 때가 떠오른다.

뜻밖에도 한 사내가 동굴 벽에 기대어 있었다. 우리를 보고도 미동이 없어서 다가가 툭 건드리자 옆으로 풀썩 넘어졌다. 죽은 지 오래된 모양이네요. 해림이가 말했다. 시신을 유심히 보더니 아는 사내라고 했다. 위안소를 지키던 헌병이라고, 위안소의 한 여자와 연애하던 사내였으며 전투에 투입되기 전 행방불명된 사내라고.

내 미래가 있다면 이런 모습일까.

위안소에 있는 사내의 연인에게 헌병의 죽음을 알려줘야겠다면서 해림은 사내의 몸을 일으켜 세우자고 했다. 엉겁결에 나는 사내의 두 다리를 들었다. 동굴 밖으로 시신을 옮기면서 해림이가 말했던가. 죽은 자의 자리를 대신 차지하려면 묻어주는 게 예의잖아요.

예의. 참 오랜만에 듣는 단어였다. 모처럼 나 자신이 아직 인간임을 느끼게 해준 말이었다. 좋은 일을 하면 좋은 일이 생기니까,라고 말하는 해림의 목소리는 열여덟 살 여자애의 것이 아니라 세상을 다 살아본 여인이 내뱉은 것처럼 들렸다. 해림이 하늘을 올려다보며 참 맑다고 중얼거렸다. 죽은 자에게 슬픔이 아니라 위로를 건네는 그녀의 표정은 덤덤했다.

해림이 말마따나 날씨는 죽음이 어울리지 않을 정도로 화창했다. 시신을 충분히 덮을 수 있는 돌이 주위에 널려 있어서 다행이었다. 돌무덤이 만들어지자 바람이 적당히 불어와 망자가 갈 곳을 안내했다. 폭격도 없고 얼씬대는 미군이나 일본군도 사라진 공간이었다. 정글마다 폭격을 맞아 버려진 시신에 비하면 그는 행복한 사내에 속했다.

새 두 마리가 무덤을 덮은 가장 위쪽의 돌 위에 내려앉아 울었다. 한 마리는 한 사람이 세상을 하직했다고 하늘에 고했고 다른 한 마리는 그가 가서 쉴 곳을 안내해주느라 오래 지저귀었다.

이곳에서 떠날 때 해림이가 말했다. 섬에 폭격이 멈추면 여기서 다시 만나자고. 이 자연동굴을 아는 사람이 없으니 우리만이 아는 가장 안전한 데라고. 그래서 내가 말했다. 그날 보름달이 떴으면 좋겠다고.

*

또다시 이 동굴로 오기 전, 나는 배를 타고 코랄섬에 도착했다. 무장한 수색팀에 끼어 해안가를 지나 정글로 들어섰다. 정글의 동굴을 수색하는 미군을 따라다니며 잔류 일본군이나 무기를 훑는 후발팀을 엄호했다. 정글을 지나 해안가로 나갈 때까지 그들과 함께 움직여야 했다. 그러면서도 나는 줄곧 대열에서 이탈할 기회를 노렸다.

정글 중간까지 왔을 때 동굴과 방공호가 많아지자 수색조는 세 팀으로 나뉘어 이동했다. 일본군이 이 섬에서 미군에게 패배하여 점령당한 뒤 예전처럼 위급한 상황은 아니지만, 일본군이 파놓은 지하 방공호가 워낙 많아서 긴장 태세를 늦출 수 없었다.

나는 해림이 있었던 위안소 방향으로 향하는 수색조에 합류했다. 시신이 발에 밟히거나 눈앞에 펼쳐질 때마다 묻어주지 못하고 가는 심정이 참담했다. 그것이 미군이든 일본군이든 조선인이든 마찬가지였다.

어딜 가나 폭격기에서 포를 떨어뜨리고 터지는 소리가 요란했었다. 전쟁이 끝난 이곳에서도 소리가 들려오고 있는 것 같았다. 종전 뒤에도 줄곧 환청에 시달렸다. 온종일 귓가에 매달린 듯 가까이 들려오는 대포 소리, 비행기가 퍼붓는 폭격 소리 때문에 수시로 귀를 막아야 했다. 아무 소리도 안 들린다고 다른 사람들이 말해도 환청은 고질적인 병이 되었다.

위안소 부근에 도착해서 수색을 시작했다. 건물은 폭격에 허물어지고 폐허다. 그 안에 들어가서 살아 있는 자가 있는지 살

샅이 살핀다. 헨리 중령의 배려가 아니었다면 위안소 부근을 수색하는 팀에 낄 수 없었을 것이다. 하지만 나는 곧 헨리 중령의 배려를 배신해야 할 상황이다. 해림의 행방을 찾을 수 있는 가장 확실한 경로는 위안소에서 천연 동굴로 가는 길이거나 동굴 안이라고 여겼다.

해림이 있던 왼쪽 건물은 폭격에 다 허물어졌다. 건물 안의 칸막이도, 다다미방도, 나무 침대도 무참하게 훼손되어 나뒹굴었다. 위안소 뒤쪽에 서 있던 키 큰 야자수조차 시커멓게 타들어가 쓰러져 있었다. 수색팀은 방공호를 찾아 뒤지고 나는 위안소 안팎을 살피며 해림의 흔적을 쫓는다.

환청에 시달리는 나와는 달리 해림은 냄새를 견디기 힘들다고 했다. 시취와 밀림 속 야자수와 식물 들이 폭격을 맞아 쓰러진 뒤 잡풀과 뒤섞여 썩어가는 냄새가 온종일 코끝에 붙어 있다고 했다.

위안소의 위생실이 있던 곳으로 간다. 해림이 위생실 한쪽에서 치료를 기다리다가 인기척에 놀라 일어서는 상상을 해본다. 하지만 위생실 안에서 나를 기다리는 것은 뒤집힌 채 뒹구는 의료용 침대와 의료기들이다.

"이리 와! 그쪽으로 그만 가."

수색팀 중 한 미군이 내게로 다가온다. 코랄섬 주민이 죄다 바벨다오브섬 북부로 피난을 떠났다니 위안부들도 이미 그곳으로 갔을 거라고 전한다. 나는 그럴 리가 없다고 반박했다. 일본군이 자국 군인들 수습도 다급한데 위안부까지 데려가진 않았을 거라고 단정했다. 군 식량을 비축하려고 조선인 군속이나 위안부, 민간인마저도 옥쇄하라고 일본군부가 지시했다는 소문이 떠돌던 기억이 났다.

"철수!"

수색대원이 소리친다. 돌아설 수밖에 없다는 마음과 돌아설 수 없다는 두 마음 사이에서 나는 갈등한다.

"동굴 방공호를 더 수색해야 하지 않습니까? 무기는 차치하고 일본군이나 조선인이 숨었을지도 모르고."

"돌아갈 시간이 임박했어."

"저는 조금만 더 해안가 쪽을 둘러보겠습니다. 잠시만 시간을 주십시오."

"출발 시각 5분 전이다. 자, 정박해둔 선박으로 돌아가라."

마지막까지 수색하던 군인이 돌아온다. 수색조는 한시바삐 배를 타고 귀가하고 싶은 눈치다.

"담배 한 개비만 피우고 갑시다."

내가 숨겨뒀던 담배를 꺼낸다. 다신 못 올 섬이니, 바다 보며 담배 하나 피울 시간은 있지 않습니까? 내 말에 수색대원들은 웃으며 담배를 받아 피워 문다. 느긋하게 담배를 피우는 이들이 내뱉는 연기가 허공에 떠돈다.

"담배 피우실 동안 저는 막사 뒤쪽을 좀 더 보고 오겠습니다."

재빨리 수색팀을 지나 무너진 막사 뒤로 뛰어간다.

"거긴 안 봐도 되는 데야. 무리하지 마!"

한 군인이 소리친다. 나는 막사 뒤로 몸을 숨긴 뒤 해림과 갔었던 천연동굴 쪽으로 있는 힘을 다해서 뛴다.

"이탈하면 끝장이야!"

그들 중 한 명이 소리쳤지만, 위협적인 목소리는 아니다. 전쟁이 끝난 그들에게 다급할 것이 뭐란 말인가. 전리품을 챙겨서 미국으로 돌아갈 날만 기다리는 군인들이었다.

나 역시 마찬가지다. 그들과 돌아가면 이곳에 오기 직전의 신분인 조선인 포로로 있다가 몇 달 후 고국으로 가는 배를 탈 수 있다. 그러나 어쩌면 해림이 동굴에서 기다리고 있을지 모른다는 생각에 갈 수가 없다. 해림이가 그곳에 없다면 하다못해 쪽지라도 남겨둬야 했다. 이대로 고국으로 돌아가는 수송선에 혼자 올라탈 수는 없다.

해안가를 지나 절벽으로 돌아서며 감쪽같이 몸을 숨겼다. 멀리서 보면 절벽 기슭의 파도가 세차게 보일 것이다. 끝까지 추격하기엔 귀대할 시간이 촉박하다는 것을 알기 때문에 나는 오히려 느긋하다. 기슭을 돌아 코끼리 형상을 한 절벽이 보일 때까지 뛰어간다. 해림이 없다면 해림이 찾아올 때까지 그곳에서 기다려주기로 한 약속을 지켜야 한다.

수색대원들은 돌아가야 할 시간을 지키는 일이 조선인 포로 한 명을 남겨두고 가는 것보다 중요할 것이다. 조선인 포로가 실족했다거나 실종됐다든가 아니면 바다로 뛰어내렸다는 등 이유는 얼마든지 댈 수 있을 테니까.

*

나는 다시 해림을 만나면 할 말을 되뇌어본다. 하도 오래 생각해서 외울 것 같은 말들, 해림아. 얼마나 아프니. 아팠니. 이제 만나 고국에 가는 배를 탈 수 있다면, 치유받고 치유하고 그렇게 살자. 이런 몸으로 가도 될까요? 그렇게 묻던 해림의 얼굴이 납덩이 같았다.

군인들이 흘린 핏물로 붉어졌던 바다가 새벽이 되자 푸르게 다시 출렁이더라고, 온 파도를 일으켜 아침 햇빛을 빨아들이려고 반짝이더라고. 푸르게 설레더라고 말해주었던가.

고향에 돌아가서 예전처럼 야학을 차려놓고 아직 가갸거겨를 못 뗀 아이들에게 꿀밤도 먹이며 가르치자고. 삐뚤빼뚤해도 맑은 기운 가득 찬 마음의 편지 한 장 거뜬히 쓸 수 있는 아이들로 만들어주자고. 미래를 그려주자고, 아플 때의 너를 다 봤으니 그 상처를 내가 가장 잘 어루만져줄 수 있을 거라고. 내민 손 잡기만 하라고.

*

 해림과 함께 묻어주었던 헌병의 돌무덤은 동굴 입구에 그대로 있다. 돌무덤을 지나 동굴 안으로 들어간다. 누군가 벽에 기대어 있다. 가슴이 두근댄다. 예전에 벽에 기대어 죽어 있던 헌병의 구부린 자세와 닮아 보인다. 조심스레 다가갔으나 해림이 아니다. 여자는 숨을 쉬고 있고 몸이 식지 않았으나 실신한 듯 눈을 감고 늘어져 있다.

 수통의 물을 손바닥에 덜어 입에 조금 대어준다. 여자는 목이 말랐는지 혀로 물을 핥는다. 두 번 손바닥의 물을 삼킨 여자는 한참 뒤에야 느리게 눈을 뜬다. 여자가 입술을 달싹여 뭐라고 중얼거린다. 귀를 대고 목소리를 들으니, 고맙다는 조선말이다.

 여자가 이곳에 온 것은 우연일까. 해림을 알고 있는지 묻는다. 여자는 고개를 끄덕이지만, 말할 기운조차 없는 듯하다. 여자의 입에 물과 비상식량으로 가져온 고구마를 조금씩 떼어 넣어준다. 그러면서 깨닫는다. 해림이 말하던 헌병의 연인이라던 그 위안부구나. 해림이 전해준 말을 들었을 것이고 그래서 필사적으로 헌병을 찾아 이곳으로 도망쳤겠구나. 해림을 찾아 기어이 이곳까지 다시 온 자신과 다를 바 없이, 찾아왔구나.

 촛불을 밝혀 본 여자의 주위가 축축하고 피비린내가 난다. 총에 맞았거나 칼에 찔린 것 같지 않다. 하혈,이라고 여자가 말한다.

달리 조처할 수 없는 일이어서 나는 난감하다.

잠에 빠져 있던 여자가 정신을 차린 듯 눈을 조금 뜬다. 여자는 동굴 천장을 한동안 응시하더니 중얼거린다.

정찰기가 높이 뜨면 3분 내로 전투기가 날아와서 폭탄을 떨어뜨리고, 땅이 뒤집히고, 시신들이 허공에 튀어오르다가 바닥에 널브러지고, 전투기를 향해 총알을 퍼붓는 소리, 한밤중에 또 조명탄이 터지고, 그런 날 아침이면 유독 바다가 시뻘겋게 붉어서 쳐다볼 수 없을 정도로……. 여자는 맥락도 없이 열에 들떠 헛소리를 한다.

"왜 혼자 여기에 있어요?"

"여기서, 만날 사람이 있어서……."

해림처럼, 아무도 이 동굴을 모를 거라고 믿는 사람이 여럿 있구나 싶다.

행방불명된 헌병이 이곳 동굴에 숨었다가 죽은 거라고, 그 헌병이 좋아하던 위안소의 여자가 있었다는 해림의 말은 틀리지 않았다. 몇 달이나 지났는데 여자는 이 동굴에 찾아든 것이다. 자신이 해림을 찾아온 것처럼.

마지막 불꽃이 일렁이듯, 생기가 반짝 난 여자가 눈을 뜬다.

"해림이를 알아요?"

불꽃이 꺼지기 전에 제발 길을 찾아달라고 조르듯 다급하게 묻는다. 여자가 보일 듯 말 듯 입을 연다. 분명 해림의 소식을 아는 것 같다. 입을 달싹이던 여자에게로 바짝 귀를 가져다 댔지만, 여자는 헌병 이야기만 한다. 헌병에게 마지막 인사를 하고 조선으로 돌아가려 했는데 하혈로 돌아갈 기력을 잃었다고. 가다가 폭격을 맞을까 두렵고, 군인들이 또 덮칠까봐 끔찍하다고, 여자는 동굴에 홀로 있었던 이유를 늘어놓는다.

"저어, 해림이는…….”

여자는 마지막 힘을 쥐어짜듯 입을 연다. 배를 타러 갈 거라고 했어요. 배……. 그 말을 끝으로 여자가 축 늘어진다.

그렇다면 폭격에 죽지는 않았다는 말이다. 잘됐다……. 중얼거린다. 나중에라도 언젠가는 한 번쯤 이곳에 오겠지. 만날 약속을 했으니……. 나는 약속과 귀환 사이에서 고민했을 해림을 떠올리자 가슴이 뻐근해진다. 그래도 갔다면 부디, 고국으로 귀환하는 배를 탔기를……. 그 배가 어디로 출항했는지 모르니 답답해진다. 설마 일본군을 따라 일본으로 귀환하는 배에 올라탄 것은 아니겠지. 여자는 그런 것은 모른다고 했다.

기진했던 여자가 하혈이 점점 심해지는지 바닥이 더 흥건해진다. 상의를 벗어 여자의 몸을 덮어준다. 할 수 있는 것이 그것밖에 없다.

수색하러 왔던 미군들은 헨리 중령에게 이미 보고를 마쳤을 것이다. 절벽 뒤로 사라졌다고 했을까. 헨리 중령도 그간의 일을 적은 노트를 본다면 알게 되겠지. 내가 왜 이곳까지 왔는지. 그러나 수색팀은 내가 실족해서 떠내려갔다고 거짓 보고했을 것이고 헨리 중령은 절벽 뒤로 숨어 있다가 도망쳤다고 짐작할 것이다. 헨리 중령은 추궁하지 않고 덤덤히 사망자 명단에 '박종태'라고 이름을 적겠지. 그 순간부터 나는 누구도 찾지 않는, 자유로운 인간이 될 것이다. 나를 구해주러 올 누구도 없다는 말도 된다.

어디로 갈 것인가. 아직은 내가 선택할 수 있는 일이 아니다. 이 동굴에 당분간 머물러야 한다. 기진맥진하여 죽음을 대면한 여자의 숨이 붙어 있는 동안은 여자의 마지막을 지켜줘야 한다.

*

굳이 이 동굴을 다시 찾아온 것이 비단 해림을 만나기 위해서였을까. 고국으로 돌아갈 수 있는 상황에서 누구도 이렇게 동굴로 도망쳐 숨어들지 않을 것이다. 이 동굴에 대한 그리움이 있었나. 어느 것이 더 크게 작용한 것인지 확언할 수 없다.

수많은 시신을 보면서도 묻어주지 못했던 죄스러움이 있었다. 해림과 함께 헌병을 묻어준 뒤 들었던 새의 지저귐이 나를 숨 쉬게 하던 기억이 사무쳤다. 산소호흡기라도 단 듯 그 새의 지저귐이 내 마음 한쪽을 정화하던 기억. 전쟁에서 죽어 널브러진 시신을 모두 수습해주고 돌아갈 수 없다 해도 한 명이라도 더 수습해주고 싶던 그날의 마음이 떠오른다.

연민이 올라오면 그때부터 나를 위한 합리적인 선택은 필패란 것을 안다. 며칠이 걸릴지 모르지만, 동굴에 남은 이 여자, 하혈로 주변을 붉게 물들이고 있으나 여전히 목숨을 부지하고 있는 여자, 지나온 날의 충격을 되뇌고 고통을 직시하며 죽음을 기다리는 여자. 동굴 밖에 묻힌 헌병의 옆에 묻어달라고 마지막 소원을 말하는 여자를 두고 갈 수 없다.

해림이 여자에게 이 동굴의 위치를 알려준 것은 대타가 필요했기 때문이었을까. 동굴에 자신이 못 올 사정이 생겼으니 다른 사람이라도 가 있도록 한 것일까.

해림이 처했을 사정을 알 수 없으니 대신 나타난 이 여자의 마지막을 지켜주는 일밖엔. 다음 일은 그다음에 생각하자. 이 여자를 보살필 시간은 짧겠으나 돌아가서 살아야 할 시간은 영원처럼 길지 않은가. 나는 조급해지는 마음을 다독인다.

결코, 총을 들어 누군가를 쏘는 일만은 하지 않으려고 몸부림쳤다. 그런데도 내가 쏜 총알을 맞고 쓰러지던 자의 몸은, 어렴풋하다고 해도, 강렬하게 내 몸에 각인되었다. 쓰러진 자의 몸이 내게 합체된 듯 진저리쳐진다. 밤새 자책하고 괴로워하던 시간을 지나 헌병을 묻어준 그날이 있었다. 총을 쏜 뒤 굳어지며 엉겼던 손마디의 힘줄이 스르르 풀어지는 듯하던 그 느낌이 강렬하다.

여자를 두고 이대로 가버리면, 죽어 넘어진 시신들이 자신을 향해, 인간이 될 수 있던 기회를 모른 척하지 않았나, 따져 묻지 않을까.

전쟁은 끝났으나 살아남은 자의 시간이 시작된 것은 아니다. 실종된 자와 죽어가는 자, 죽은 자의 시간을 배웅하고 통과해야 한다. 내게는 그렇다. 그 시작은 분명 자발적이고 혼자만의 것이다. 그 시간을 스스로 맞이하기로 한다.

*

나는 눈을 감고 생각에 잠긴 여자와 하나가 된 것처럼 눈을 감는다. 버려지고 철수한 자들 대신 이 섬에 흩어져 파리에게 파먹혀 구더기로 뒤덮이는 시신을 수습하지는 못할지라도 여자가 숨질 때까지라도 지켜주자. 여자를 헌병이었던 사내 옆에 묻어주고 떠나자. 그것이 내게는 시신을 보면서도 묻어줄 수 없었던 죄책감을 씻는 일 같다. 며칠 사이에 무슨 일이 벌어질지 모르지만 전쟁이 끝났으니 견딜 만하지 않겠는가. 폭격도, 일본군도, 미군도, 땡볕에 폭탄을 짊어져야 할 징용도 없는, 이 동굴은 한없이 청정한 곳이 아닌가. 날이 밝으면 여자에게 먹일 고구마나 달팽이를 구하고 성냥과 나뭇가지를 모아 불을 피워 삶아줄 계획을 한다. 그러면서도 한편으로는 걱정한다.

미군이 와서 포로로 데려가거나, 옥쇄하라고 몰아붙이는 일본군이 또다시 유령처럼 이곳까지 찾아오지 않을까. 죽게 될지라도 쓰러져가는 의식을 붙들어 세우면서 연기처럼 한 올씩 피어오르는 기억을 불러세울 것이다. 지금 동굴 벽에 기대앉은 여자가 그러하듯이. 오래전 동굴에 들어와 죽어 있던 헌병이 그러했듯이.

점차 눈을 뜨고 어둠을 응시하는 것보다 눈을 감고 있는 것이 더 환하게 느껴진다. 감은 눈으로 모든 것이 보이기 시작한다. 사랑하던 이옥, 해림, 수호, 쇼타, 심 선생. 그리고 부모님. 순이. 고향. 그 모든 것이 나였나. 감은 눈 속에 환히 돌아다니는 이들, 그들과 함께한 내 시간도 움직이기 시작한다.

*

여자는 결국 영영 잠이 들어버렸다. 헌병이 그랬듯이, 동굴 벽에 기대어 깊은 잠에 빠진 듯 누군가를 기다리는 자세로, 굳을 때까지 버틴 것이다.

여자의 차가워진 몸을 만지지 않은 채 밤이 지났다. 새벽이 오고 또 하루가 시작될 때까지 여자를 그대로 둔다. 여자의 영혼이 긴 작별을 할 수 있도록. 헌병이 그곳에서 자신의 삶을 갈무리하던 때처럼 여자에게도 그럴 시간이 필요할 것이므로.

오랜 시간 동굴 밖에서 내내 시간을 보냈다. 무작정 절벽의 바위에 앉아 파도치는 바다를 내려다봤다. 해가 지고 해가 뜨고 하늘이 제 일을 하는 동안 바다는 온종일 출렁인다. 빛이 비치면 찬란하게 빛나고 빛이 사라지면 무거운 침묵에 잠긴다. 파도는 지치지 않고 기슭을 오르내리며 땅 위로 정착하겠다는 듯 넘실댄다. 닿을 수 없는 정착의 꿈이 무산되는 것을 온종일 보여주는 것이 파도다.
그것을 받아들이라고 떠들면서도 잠시도 멈추지 않고 기슭으로 몰려드는 파도. 잔잔하던 바닷속이 태풍에 몇 번이나 뒤집혔겠으나 파도는 기슭을 향해 부서지는 것을 겁내지 않고, 기슭으로 뛰쳐나가고 바다로 밀려들고 또다시 기슭으로 향했다.

*

마침내 나는 여자를 동굴에서 안고 나온다. 가벼웠다. 새보다 더 가벼웠다. 그런 여자의 야윈 몸 위로 돌을 얹어놓는 것이 미안하다. 헌병이 묻힌 곳 옆에 여자를 내려놓는다. 여자가 기꺼워하기를 바란다. 여자가 남긴 마지막 말은, 며칠 동안 함께 있어줘서 고맙다는 말도, 좀 더 살고 싶다는 말도 아니다. 보고 싶어. 정확히는, 그 사람이 보고 싶어,였다.

여자의 입술이 타들어가는 것 같아서 수통의 물을 손바닥에 부어 입술을 적셔주었다. 여자는 조금의 물기도 입술에 머금을 기운이 없는지 그대로 입가로 흘려보냈다. 여자의 눈물이 흘러나온 물기에 더해졌다. 여자는 그 밤을 지난 뒤 눈을 감았다. 며칠 만에 여자의 몸에 남았던 물기마저 다 말라버린 듯 가볍디가벼웠다.

헌병을 묻었을 때처럼 여자를 묻은 뒤 새가 날아오기를 기다린다. 헌병의 갈 길을 인도하기 위해 날아왔던 새 두 마리가 떠오른다. 그때의 새가 날아와준다면 더 바랄 것이 없겠지만 그런 기적이 가능할까.

오래 하늘을 우러러봐도 푸른 하늘에 새는 오지 않고 구름마저 사라지고 없다. 물끄러미 두 사람의 돌무덤을 내려다본다. 문득 헌병의 무덤 위로 올라앉았던 햇빛이 여자의 돌무덤 위로 건너가는 것을 본다. 느리게 건너가는 빛이 눈부셔서, 그래서 얼굴을 적신 물기였을 것이다. 눈물이 아니라 빛 때문에 눈에서 스며나온 물기였을 것이다.

*

동굴에서 나와 몸을 숨기며 밀림을 거닌다.

발길을 내딛는 곳마다 시신들이 버려져 썩어가고 있다. 산 자만이 떠나버린 참혹한 전쟁의 현장, 정글마다 폭격을 당한 시신들, 조선인과 일본군과 미군의 그것이 뒤섞여 썩어가고 부근의 식물들도 시커멓게 변한다. 숲의 허공에 소리치듯 진동하는 냄새……. 해림이 괴로워하던 바로 그 냄새…….

전쟁 전에는 푸른 빛으로 생생했던 섬이 누렇고 거멓게 퇴색되었다. 아들, 형, 혹은 남편이 처참하게 죽어가는 동안 이기고 돌아오라고 응원하던 가족들. 그 가족들은 알까. 이기고 돌아오란 말이 수정되어야 한다는 것을.

애초에 이기는 전쟁은 없다. 누군가를 죽여야 이기는 일이라면 기다리던 가족이 돌아오지 않아 애가 타는 또 다른 가족을 보면서 기뻐하겠다는 말임을. 살아 돌아온 이들을 전쟁영웅이라 치켜세우거나 죽은 자를 추모하겠다고 분주하겠지. 스무 살 청년에게 뺏은 미래가 그렇게 갚아질까.

시신을 발견할 때마다 자신의 손에 묻힌 피를 느끼고 자신의 총에 맞아 죽은 듯 느껴진다. 시신 근처에 돌이라도 있으면 돌무덤을 만들어준다. 어둠이 시신 위에 내려서 시신이 보이지 않을 때까지 돌무덤을 만들며 밀림을 빠져나온다. 절벽 위의 동굴에 돌아가서 구해 온 고구마와 달팽이를 삶아 먹고 동굴 벽에 기댄다.

달빛도 없는 밤중이다. 내일은 살아 있는 누구라도 만날 수 있을까. 사람을 찾아 나서야 하나. 뗏목을 만들어볼까. 원주민이 버리고 간, 해안가로 밀려온 뗏목이라도 찾을 수 있을까. 뗏목을 만드는 동안 해림이 기적처럼 이곳에 찾아오는 날이 올까.

갈수록 이 동굴에서 지내는 시간이 마음에 든다. 한두 구의 시신을 묻어주고 와 해림이 돌아오기를 기다리는 시간이 좋다. 이곳을 떠나면 해림을 만날 일이 더 막막할 테니까. 이 동굴을 떠나는 것은 해림을 두고 떠나는 것처럼 느껴지니까.

동굴에 숨어서도 귓전을 울리는 폭격 소리, 비행기 소리가 들려온다. 환청이다. 그 소리로부터 도망치기 위해 바닥을 더듬어 돌을 집어 든다. 바위에 돌 끝을 갈기 시작한다. 동이 틀 무렵 돌 끝부분이 날카롭게 갈린다. 뾰족해진 돌 끝으로 동굴 벽에 글씨를 새긴다. 박종태, 민해림.

글씨를 새긴 동굴의 벽 틈새에 편지를 써서 넣어둘 작정이다.

날이 밝아오면 이곳을 떠날 뗏목을 만들기 시작할까? 폭격에 쓰러졌으나 용케 타들어가지 않은 나무를 모아서. 뗏목이 만들어지면 해림에게 전하고 싶은 말을 마저 쓸 수 있을지 모르겠다. 아니, 편지를 다 쓰고 나면 뗏목을 만들고 싶어질지 모르겠다.

3

 지유는 종태 할아버지가 쓴 편지글을 읽은 뒤 봉투에 조심스레 넣는다.

 해림 할머니와 종태 할아버지가 코랄섬이란 곳에서 서로 만났다니, 놀라웠다. 해림 할머니는 한 번도 종태 할아버지를 안다는 말을 꺼낸 적이 없다. 왜 한 번도 종태 할아버지의 이야기를 들려주지 않았을까. 동굴에서 종태 할아버지가 기다리는 동안 해림 할머니는 어디서 무엇을 하고 있었을까.

 지유는 해림 할머니가 들려주던 과거의 이야기와 종태 할아버지의 편지 내용을 연결해본다. 수기를 보면 선명히 알게 될까.

 지유는 조심스레 수기를 펼친다.

*

지유는 꼬박 몇 밤을 새워 수기를 여러 번 읽었다. 그 뒤 진주 집에서 나와 승용차를 몰고 사랑방으로 향했다. 고속도로를 지나 국도로 접어들자 한적한 시골길이 이어진다. 앞으로 한 시간쯤 달리면 해림 할머니가 계신 사랑방 건물에 도착할 것이다.

지유가 중학생일 무렵 티브이를 보던 순이 할머니의 모습과 당황해하던 목소리가 떠오른다. 백발의 단발머리를 한 할머니가 사랑방 응접실에서 일본군에게 성폭행당한 일을 증언하고 기자의 질문에 답변하는 중이었다. 별생각 없이 채널을 돌리려 하는데 순이 할머니가 저, 저,라고 말을 잇지 못하고 손가락으로 화면을 가리켰다. 할머니는 화면 안으로 들어갈 듯 앞으로 다가가더니 화면 속 할머니의 얼굴을 손으로 어루만졌다. 아이고, 너, 해림이 아니냐. 해림아. 할머니는 같은 말만 반복했다.

"왜? 아시는 분이야?"

지유가 물었다. 화면 속의 할머니는 '이제 가슴에 무거운 돌 하나를 옆으로 밀어놓은 것 같다'라고 말한 뒤 기자회견을 마무리하는 중이었다.

"어릴 적 내 친구 해림이야."

순이 할머니는 확신했다. 화면은 이미 광고 방송으로 바뀌었다.

"해림이가 왜 저기에 나왔을까."

할머니가 짓무른 눈시울을 주름진 손바닥으로 만지며 연신 물었다. 위안부 할머니가 할머니의 고향 친구라니. 오랜 세월에도 얼굴을 대번에 알아보다니. 모든 것이 놀라웠다.

"어릴 적 친구를 어떻게 한눈에 알아봐? 다른 사람 아냐?"
"틀림없어. 눈썹 위 이마에 콩알만 한 까만 점도 그대로야."
"그래?"
"해림이를 만나야 해."
"어떻게 만나? 또, 만나서 뭐 하게?"

지유는 가볍게 대꾸하고 모른 척해버렸다. 찾기도 어렵지만 찾는다고 해도 그 할머니가 좋아할 것 같지 않았다.

순이 할머니는 지유가 대학에 들어가자 서울 외곽에 있다는 그 사랑방에 가보라고 재촉했다. 결국, 그곳에서 해림 할머니를 만났던 것이다.

매주 할머니의 말벗이 되어주고 할머니의 사연을 받아적거나 녹음했다. 위대연의 행사며 세미나에도 빠짐없이 참석하는 동안 지유는 어느새 서른이 넘었다. 첫 직장은 중소기업의 홍보실에서 시작했으나 학원 강사로 이직한 지 세 해가 지났다. 소설가의 꿈을 이루기 위해 비교적 자유롭게 생활하고 싶어서 선택한 직업이었다.

"속마음을 지유한테 다 털어놓았지. 누구한테도 털어놓지 못할 것들을. 내 속마음을 들었으니 내 이야기도 소설로 한번 써 봐."

지유가 두 번째 소설책을 할머니께 증정하자 할머니가 제안했다.

"나 죽으면, 내 이야기라고 하지는 말고⋯⋯ 그냥 꾸민 이야기라고 하고⋯⋯ 그래도 속마음을 꺼내놓은 내 이야기는 남겨야 하지 않겠나 싶어서."

할머니의 말에 지유는 고민했다. 속마음을 어떻게 공감하고 이해받게 쓸 수 있을까. 실명을 숨기면서도 당시의 속마음을 누군가가 알아주기를 바라는 할머니의 바람대로 잘 쓸 수 있을까.

"나 죽은 뒤에 책을 출판하더라도, 내가 원고는 한번 읽어보고 죽었으면 좋겠어."

어느 날부턴가 할머니가 재촉하기 시작했다. 건강에 자신이 없어져서라고 변명했지만 지유가 그 일을 하지 않을까봐 조바심 내는 것이 느껴졌다. 지유는 자신 없다고 거절하고 싶었지만 그동안 받아적은 사연을 달리 정리할 방법도 떠오르지 않았다. 실명으로 할머니의 속마음을 세상에 내놓지 않겠다는 약속을 수차례 한 뒤여서 더욱 그랬다.

그 와중에 뜻밖에도 종태 할아버지의 수기가 온 것이다. 그 수기를 읽으면서 지진이 일어나듯 해림 할머니에게 들었던 많은 일이 머릿속에서 요동쳤다. 두 사람의 사연이 뒤엉기면서 그 시절 진주 배건네 마을에 살던 청춘남녀의 행로가 꿈속까지 찾아와 떠돌기 시작했다.

*

인가가 띄엄띄엄 보이더니 산 아래 외진 곳에 하얀 대리석으로 외벽을 붙인 이층 건물이 보인다. 주차장에 차를 세우고 사랑방으로 향한다.

불과 10년 전과 사랑방의 외관은 완전히 달라졌다. 애초에 기거할 곳이 마땅치 않은 피해 할머니들을 단칸방에 모시던 사랑방은 몇 번의 이사 끝에 이 건물로 옮겨왔다. 할머니들이 거처하는 방이 열 개도 넘었으나 차츰 작고하는 할머니가 늘면서 지금은 거의 빈방으로 남았다.

정문 앞에 이르러 초인종을 누르자 철문이 열린다. 잔디밭 한쪽으로 난 돌길을 걸어서 로비로 들어선다. 로비 앞에는 피해자를 후원하기 위한 모금함이 있고 로비 안의 테이블 위에 후원금 모집을 안내하는 용지가 비치되어 있다. 사무실로 들어서자 서 주임이 지유를 맞이한다.

"요새 세무 감사가 들어와서 며칠 동안 밤샘 작업 중이에요.

얼굴이 엉망이죠?"

서 주임은 화장기 없는 얼굴이 쑥스러운 듯 단발머리를 귀 뒤로 넘기며 묻는다. 오십대 후반의 나이에도 일에 대한 열정이 느껴진다.

"요새 해림 할머니가 좀 흥분한 상태예요. 무슨 말을 하더라도 심각하게 받아들일 필요는 없어요. 할머니가 한 번씩 으르렁댈 때가 있어요. 워낙 상처가 많아서."

서 주임이 유독 길게 주의를 시킨다. 지유는 시키는 대로 상담일지를 적고 2층으로 올라간다. 복도 양쪽으로 늘어선 방과 공용 휴게실을 지난다. 가끔 공용 휴게실 소파에 해림 할머니가 우두커니 앉아서 티브이를 시청할 때도 있지만 지금은 보이지 않는다. 온종일 방에 있는 것이 답답하면 공용 휴게실 소파로 외출한다고 했다. 건물 밖으로 나가려면 상담원이나 보조원의 도움과 허락이 필요했기 때문이다.

방문을 노크하고 들어서자, 침대에 작은 보따리처럼 웅크리고 있던 할머니가 활짝 웃으며 반긴다.

"온다고 해서 기다렸어."

"화장하니까 더 곱네요."

"기자가 찾아올지 모르니까. 예전부터 내가 이곳 모델이잖아."

할머니가 우스갯소리를 한다.

"처음에 지유가 내 말벗 봉사 해주겠다고 방으로 들어오는데, 진국이다 싶었어. 이만큼 살다 보면 척 보면 알거든. 순이 손녀라고 말해줬을 땐 얼마나 놀랐던지. 내 피붙이나 다름없다 싶었어. 그러니까 내 속마음이 술술 나왔겠지."

그랬다. 할머니는 시시콜콜 자신의 과거를 들려주었다. 크고 까만 눈동자를 반짝이면서 예순이 넘어서야 공부를 시작한 이야기를 할 때 가장 활기찼다. 중고등 과정을 검정고시로 마친 이야기나 배상을 받기 위한 소송을 위해 일본을 오간 사연을 전할 때는 할머니의 강단이 그대로 느껴졌다.

지유는 순이 할머니의 장례식 이야기를 주고받았다. 그런 뒤 종태 할아버지의 수기를 전했다.

"이 책이에요. 제본해서 보낸 거지만 한 글자도 빠짐없이 우리 할아버지가 쓴 거랍니다."

책을 받아들자 할머니는 종태 할아버지와 포옹하듯 오랫동안 책을 가슴에 안고 온기를 느끼는 듯했다.

"죽은 사람이 돌아온 것처럼 반갑네."

"……"

"순이가 죽기 전에 이 책이 왔으면 얼마나 반가워했을까."

해림 할머니가 안타까워한다.

"지유는 이 책 다 읽었어? 여기에 내 친구 이옥이 이야기도 나와?"

"네."

"그럴 거야. 종태 오라버니 수기가 왔으니, 이옥이를 찾아서 같이 읽고 싶어."

두 눈에 간절한 빛이 넘친다.

해림은 우선 종태 할아버지의 편지를 읽어준다. 할머니는 내용을 듣는 동안 설렌 표정을 짓거나 힘겨워하거나 당신이 겪은 이야기를 추임새처럼 끼워넣기도 한다. 웃다가 풀이 죽거나 눈물도 훔친다. 종태 할아버지가 쓴 편지를 다 읽어주자 할머니의 얼굴이 10년은 더 늙어버린 듯하다.

"수기는 조금씩 읽어볼 거야. 아주 조금씩."

할머니는 묻지도 않은 말을 하며 괜히 고개를 끄덕인다.

*

해림 할머니는 답답하니 산책하러 나가자고 한다. 할머니를 휠체어에 모시고 건물 밖으로 나온다. 잘 조성된 정원의 잔디밭을 따라 걷다 보니 건물 뒤편으로 할머니 방의 창 안을 들여다보곤 하던 은행나무가 보인다. 할머니는 그 은행나무 아래에서 쉬고 싶다고 손짓한다. 은행나무 아래에 놓인 벤치 위로 잔잔한 바람이 불고 적당한 햇볕이 내려앉아 있다.

"순이가 죽었다는 소식도 그렇고, 종태 오라버니의 수기도 그렇고. 그런 일이 벌어지니까 요샌 통 잠이 안 와. 사랑방에 온 뒤 내가 잘 살았나 돌아보게 되고. 사랑방에 같이 있다가 먼저 세상을 떠난 피해 할머니들에게 못해준 거만 떠올라서 미안하고."

해림 할머니가 가지에 매달린 채 바람에 떠는 노란 은행잎을 올려다본다.

"저는 할머니와 종태 할아버지가 어떻게 만나고 엇갈렸는지, 두 분께 벌어진 일을 듣고 싶어요."

"우리에게 벌어진 일을 듣고 싶다고?"

"종태 할아버지가 마지막까지 해림 할머니를 만나려고 한 거 아시잖아요. 저도 할아버지가 쓴 편지를 보고 놀랐어요. 할아버지의 마지막은 해안 절벽의 동굴에서 끝나니까요. 그 동굴이 할머니를 마지막으로 만났던 곳이라 했고."

"그랬지."

"그곳에서 할아버지는 우키시마호가 출발하던 일본으로 갔을까요?"

"우키시마호?"

"네."

"난 그 배가 뭔지도 몰라."

"종태 할아버지가 혹시 그 배를 타지 않았을까 생각한 적이 있어요. 조선인 노동자들이 그 배에 많이 탔다고 했으니까······."

"코랄섬에 있었는데 어떻게 종태 오라버니가 일본까지 갔겠어? 나야 일본에 갔지만."

"할머닌 일본에 계셨어요?"

"차차 말하지. 차차."

해림 할머니는 말을 아낀다. 한동안 곰곰이 생각에 잠겨 있더니 불쑥 묻는다.

"기억나?"

"뭘요?"

"내 사연을 소설로 만들어달란 부탁."

"네. 그랬지요."

"내 이야기를 듣고 이해할 수 없는 부분이 많다고 했지?"

"무조건 불러주는 대로 적고 녹음했지만, 솔직히 말씀드리면 그 시절을 잘 이해하기 어려웠어요. 그래서 소설을 어떻게 쓰나, 자신이 없었어요."

"종태 오라버니가 보내온 수기를 읽으니 채워지는 부분이 있지?"

"네. 좀 더 많이 알게 됐어요."

"그럼 됐어. 네가 나하고 종태 오라버니를 좀 살려다오."

"네?"

"우릴 다시 살게 해달란 말이다."

"그게 무슨 말씀이세요?"

"나도 지금까지 한 번도 얼굴을 못 봤지만, 평생 알고 지낸 거 같은 사람이 있거든. 바로 소설 속에 나오는 인물들이 그렇잖아. 나와 종태 오라버니도 소설로 되살아나서 다른 사람의 마음에 살아 있을 수 있지 않겠어?"

"……."

"우리 일을 없었던 일로 하면 안 되지. 엄연히 있었던 일이니까. 그러니까 지유 같은 젊은이가 나서서 되살려줘. 젊은이들이 그 당시 우리의 젊은 시절을 들여다볼 수 있도록."

그제야 지유는 오래전 해림 할머니가 했던, 자신의 내밀한 이야기를 받아적었다가 나중에 꼭 소설로 남겨달란 말을 이해했다. 당신이 세상을 향해 증언했던 말과는 다른 속말을 남기고 싶어 한다는 것을. 소문처럼 떠돌게 된 증언이 아니라 속말을 남겨 후대와 대화하려는 꿈을 꾼다는 것을.

지유가 할머니의 손을 쥔다. 지유의 손안에 들어온 할머니의 손은 가볍고 마르고 찼으나 무언가 할 말이 많은 듯 꼼지락거린다. 지유는 힘껏 할머니의 손을 잡아준다. 따뜻한 온기가 돌 때까지.

*

지유는 1년 동안 종태 할아버지의 수기와 해림 할머니의 증언을 바탕으로 한 권의 소설을 썼다.

소설 초고를 쓴 뒤 메일로 서로의 이야기를 주고받던 피터에게 연락했다. 수기를 읽고서야 헨리 준장과 종태 할아버지의 인연에 대해 알게 되었고 피터와 무척 가깝게 연락을 하는 사이가 되었다. 종태 할아버지를 만날 때는 중령이었으나 전역 후 준장 계급을 달았다는 것도 알게 되었다.

"미국으로 출국해서 소설을 직접 전해주고 할아버지의 수기 원본을 받아오고 싶습니다. 만나면 헨리 준장님과 종태 할아버지의 인연을 직접 들려주세요. 제 소설은 그 뒤에야 완성될 듯합니다."

지유의 메일에 피터가 답장을 보내왔다. 피터는 초고라고 해도 소설책을 어서 읽고 싶다고, 내용이 무척 궁금하다고 썼다. 그리고 어서 만나자고 재촉했다. 지유는 강의 일정을 정리하는 대로 비행기표를 예약하겠다고 약속했다.

지유는 미완성의 책 제목을 '전쟁터로 간 사랑'이라고 정한 뒤 여행용 가방에 넣었다.

2부

전쟁터로 간 사랑

1

 민영수는 가게 앞 평상에 나와 앉아 먼 산을 바라보는 일이 잦아졌다.
 '안개가 하도 짙어 연둣빛 나뭇잎을 다 가린 거라.'
 먼 산을 보다가 마당 화단의 잡풀을 보며 중얼댄다. 잡풀 사이에 핀 국화도 며칠 사이 죄다 시들어서 늘어졌다.
 총독부가 배당한 공출을 마련하느라 마을 사람들은 허리가 휠 지경이다.
 마을 초입의 잡화 가게마저 툭 하면 경제 경찰이 들락거리며 전쟁에 쓸 만한 물건을 압수해 가서 문 닫기 직전이다. 일본인 주인 밑에서 점원으로 일하던 민영수도 일자리를 잃게 될 처지다. 냄비, 칼, 수저까지 철이 든 것이라면 뭐든 전쟁 무기를 만든다고 가져가니 일본인 주인도 배겨날 수 없어서 두 손을 들었다.

민영수의 다섯 식구는 잡화점에 딸린 두 칸 방에서 지냈으나 졸지에 거리로 나앉게 생겼다. 일본인 주인에게 통사정하여 민영수는 집안 잡일을 해주고 아내는 아기 돌보는 일을 해주면서 그 집에서 머무는 상태다. 요즘 들어 일본인 주인이 대놓고 남양군도로 이주 가라고 내몰고 있다.

"남양군도 가면 월급도 많이 주고, 두 해만 살고 오면 땅도 준다지요. 조선인도 우리 일본에서 하는 사업에 동참해야지요."

면 직원이 공문서를 흔들어대며 남양군도에 갈 주민을 모집하고 다니는 일도 잦아졌다. 마을 사람들은 모이기만 하면 남양군도 이야기를 수군댄다.

*

오늘도 마을 공터에 사람들이 모였다.

면장과 구장, 순사가 공터 앞에 마련된 연단 위로 올라간다. 엄마 치마폭에 매달리던 어린애도 칭얼거리다 말고 확성기 소리가 나는 쪽을 바라본다.

"지금부터 내가 전하는 사항을 잘 들으시오!"

구장이 확성기를 입에 대고 먼저 나선다.

"소문 들었습니까? 알다시피 그동안 대일본은 청나라, 러시아와도 싸워 승리했고 두 해 전, 진주만에서 미 해군도 이겼습니다. 지금 일본군은 남양군도 전역을 요새화해서 미군 침략에 대비하고 있소."

"……"

"에, 그래서 오늘 이렇게 모이라 한 거요. 우리 대일본의 영토가 된 남양군도로 이주할 가족을 모집 중이오. 남양군도는 드넓으니 우리 마을 주민들도 남양군도의, 팔라우란 곳에 가서 마음껏 일하고 돈을 벌 기회를 얻기 바라오."

구장은 들고 있던 종이를 머리 위로 올려 펼쳐 보인다. 남양군도라고 하는 태평양 섬들이 그려진 지도다. 그는 섬 지도 중 한 곳을 검지로 짚는다.

"바로 여기가 팔라우요. 남양군도의 남양청을 설치한 발전된 곳이오. 남양군도 전체로는 서쪽으로 치우쳐 있으나 대일본과는 가장 가까운 섬이오. 대일본이 동아시아에 진출할 발판으로 삼으려고 이 지역을 개발해왔소. 땅도 많고 과일이 주렁주렁 열려서 바나나든 망고든 마음대로 따 먹을 수 있으니 굶어 죽을 걱정도 없소. 여기 이주해서 돈 벌어 금의환향하면 되오. 고향으로 돌아와서 벌어온 돈으로 논밭을 사들일 기회란 말이오. 운수대통한 일 아니오."

구장이 종이를 말아 한 손에 들고 주민의 반응을 살핀다.

"그렇게 좋으면 일본인들 보내지 왜 우리 조선사람 가라고 난리요? 섬이라면 일본인이 더 잘 적응할 거구먼."

맨 앞에 선 이씨 노인이 나서자 옆에 있던 여인도 노인의 말을 거든다.

"갈 땐 배에 실어서 데려간다 해도, 돌아올 땐 배에 실어주지 않으면 어쩝니까? 난생 들어도 못 본 곳에 가라니, 배가 뒤집혀 온 식구가 다 물고기 밥이 될지 누가 압니까?"

"그런 걱정하지 마시오. 대일본 해군이 큰 배로 무사히 모셔올 거요. 일을 잘하면 포상도 내릴 거요."

구장이 대답한다.

마을 사람들이 옆 사람과 의견을 주고받느라 웅성댄다. 구장은 순사의 눈치를 살피더니 손에 든 바랜 신문 한 장을 펼쳐 흔든다.

"자, 조용히 하고 여기를 보시오! 이건 다섯 해 전, 그러니까 1938년 동아일보에 나온 기사요. 아주 오래전부터 조선인이 이곳에 진출했다고 쓰여 있단 말이오. 생판 모르는 곳이 아니오. 이 사진을 보시오. 야자수가 펼쳐진 해변이 얼마나 멋지오? 남양군도가 어떤 곳인지 기사를 한 줄 읽어줄 테니 잘 들어보오."

구장은 신문 한 면을 차지한 기사를 읽기 시작한다.

"멀고 먼 남쪽 나라에서 노동자 500명을 초빙, 일본 남양청의 의뢰를 받은 조선 총독부가 알선 방침을 세우고 모집을 시작해서 도별로 50명씩 알선, 대우도 양호하다. 천국과 같은 바닷가에 누워 낮잠을 자고 있으면 바나나 파인애플이 떨어져 배불리 먹는다."

쩌렁쩌렁하게 기사를 읽은 뒤 마을 주민의 반응을 살핀다.

"어떻소? 오래전부터 조선인이 가서 잘 살고 있던 곳이란 말이오."

"그런데 우리 같은 농사꾼더러 뭣 하러 거길 가란 거요."

주민들이 수군댈 때도 조용히 듣고만 있던 김씨가 손을 들고 묻는다.

"남양군도에 제당업을 발전시켰으니 사탕수수 재배를 하거나 비행장 건설을 거들 수도 있소."

"당최 배우지도 못한 일을 하러 온 식구를 끌고 바다를 건너겠소? 하루이틀도 아니고 바쁜 사람들 왜 이리 자주 부릅니까. 나 원 참……."

이씨 노인의 말이 신호탄이 된 양 저마다 한마디씩 옆 사람과 불만을 터뜨린다. 도무지 관심이 없는 기색을 살피고도 구장은 순사의 눈치를 살피며 확성기를 입에서 떼지 못한다.

"기회란 자주 오는 게 아니오. 일생에 딱 세 번 온다고 하지 않소? 이 기회를 꽉 잡으시오. 개인이 하는 일이 아니오. 조선 총독부가 모집하는 것이오."

"비행장을 만들다가 전쟁이라도 터지면 개죽음 아닙니까?"
면장이 크게 손을 내저으며 구장의 확성기를 뺏어 든다.
"전쟁은 군인이 하는 것이오. 대일본군은 기세가 하늘을 찌를 정도요. 지원병 나가겠다고 줄을 서고 있소. 더 질문 있으면 어서 하시오."
"거긴 아주 덥다던데? 모기떼도 많을 거고, 원주민도 다 칼 차고 다닌다고 들었고. 커다란 도마뱀이 물고 그런답디다. 내 고향에서 다보록하게 퍼진 소나무 아래 모여 앉아서 찬물이라도 나눠 마시고 이 쑤시는 게 낫지, 안 그래요?"
"천만에요!"
구장이 주민들의 말을 막아선다.
"잘 들어보오. 남양군도에 민간인이 많이 파견됐어요. 티니언섬으로 간 조선인들은 남양의 섬들이 지상낙원이라 했어요. 사계절 없이 따뜻하고 수수 재배를 하면 돈을 잘 벌 수 있다고요."
"모르는 소리 말아요. 그곳에 간 최씨 일가는 떠난 뒤 어떻게 사는지 아무도 소식을 못 들었다고 합디다."
키가 큰 청년이 손을 번쩍 든다. 그는 박종삼 씨의 아들 박한이다. 여섯 해 전에 박종삼 씨의 가족은 남양군도에 이주한 뒤 소식이 없다. 가문을 이을 씨 하나 두고 가란 할머니의 성화에 어린 박한이 남겨졌으나 그도 어느새 스무 살이 되었다.

"경거망동하거나 함부로 남양군도에 못 가게 선동하지 마오. 그런 짓을 하는 자는 주재소에 출두시켜 조사를 받게 될 것이오."

이번에는 순사가 나서며 윽박지른다. 박한은 순사의 말에 발끈하며 오히려 한 발 앞으로 나선다.

"여기 모인 분들도 다 아는 이야긴데 뭘 선동이라 하오? 거기 가신 뒤 아버지에게 편지 두 번 오고 끝입니다. 처음엔 아버지가 남양회사란 곳에 취직해서 야자농원을 관리하면서 일했지만, 나중엔 비행장 만드는 일에 동원되어서 힘들어 죽겠다고 편지 보낸 뒤 끝이오. 하도 말라서 엉덩이 살이 푹 꺼지고 얼굴도 해골 같아졌다고 했고요. 한 번 들어가면 절대 나갈 수 없는 감옥이라고 저한텐 절대 들어올 생각 말라고 했어요. 고향에서 뼈를 묻으라고."

"……."

"돈 있으면 고국으로 오고 싶다고, 돈 보내달라고 했어요. 돈 때문에 나오고 싶어도 못 나온다고. 거기 가는 뱃삯부터 그동안 먹은 밥값, 옷값까지 다 토해내야 보내준다고 해서 못 나오고 있다고 말이오. 작업장에 가서도 신발, 이불 등 모든 사용료가 선대금이라면서 그걸 내야 보내준다 해서 못 돌아온다 했어요. 할머니가 보내줄 돈이 어디 있습니까? 그래서 소식이 끊어졌어요."

"조용히 하시오!"

구장이 박한의 앞으로 나서며 그를 끌어내리려고 하자, 마을 사람들이 막아선다. 구장을 둘러싸는 주민을 순사가 흩어지게 한다. 그 광경을 보던 면장의 얼굴이 우락부락하더니 다시 확성기를 입에 댄다.

"거기 가서 음식점이나 점포 차린 사람도 있소. 기생을 두고 일본인 상대해서 돈을 왕창 끌어모은 조선인도 있고. 운이 좋아서 사이판이란 섬 정착하면 눈이 휘둥그레지도록 잘살아요. 먹을 것이 풍부하고 버스도 다녀서 활기 넘치는 곳이오. 저자의 말은 무시하고 이 기회를 놓치지 말고 잘들 생각하시오."

또 다른 남자가 면장의 말이 끝나자마자 손을 들고 나선다.

"경남 함안에 사는 우리 큰이모 일가가 남양군도로 갔어요. 팔라우 시가지에서 점포를 차려서 장사한 사람도 있다 하고 여러 섬에 들어가서 야자 열매나 코프라를 채취하는 수집 중개상도 있다고 들었어요. 그런데 그 뒤 몇 년간 돌아온 사람이 없으니 어찌 사는지 당최 알 수가 없어요."

"자, 자, 부화뇌동하지 말고 내선일체란 걸 생각해서 떠드시오. 우리 마을은 무조건 열 가족이 가야 하오. 대일본 총독부의 할당량이오. 조선 총독부가 나서서 하는 일에 협조하지 않으면 나중엔 돈 한 푼 못 받고 끌려갈 수도 있어요."

면장의 말에 몇 사람이 침을 뱉으며 돌아선다.

"이놈의 세상, 어디에 발을 두고 살아야 할지. 이 땅 버리고 섬나라로 가는 게 쉽다고 합디까?"

순사가 투덜대는 사람들 앞으로 다가서며 군홧발을 구른다. 윽박지르는 그의 태도에 마을 사람들이 야유하자 순사가 멈칫하더니 확성기도 없이 소리친다.

"떠도는 소문을 함부로 말하지 마오! 분명히 말하지만, 법대로 도장을 받고 데려갈 거요. 아니면 왜 지원하라고 하겠소? 이미 조선인이 남양군도로 천 명도 넘게 들어갔어요. 이렇게 소란을 피우는 건 우물 안 개구리라 무식해서 그런 거요."

순사는 사람들을 내몰 듯 두 팔을 휘젓는다.

"자, 자……. 며칠 안으로 집집에 통지문이 갈 거요. 이주를 결정한 집은 통지문에 도장을 찍어주고 이주를 준비하기 바라오. 자! 이만 해산하시오!"

*

박한이 순사에게 끌려갔다는 소문에 민영수의 잡화 가게 앞 평상에 마을 사람들이 모여든다.

"박한이가 새벽에, 옷을 제대로 여미지도 못하고 머리는 새 집을 지은 양 그렇게 순사에게 끌려갔다고 해. 남양군도에 가면 안 된다는 유언비어를 퍼뜨린 혐의라는데 말이 되는 소린가 말일세."

이씨 노인이 주먹을 쥐어 가슴을 친다.

"내가 옷가지를 챙겨다가 유치장에 들여보내줬어. 박한이 할머니가 세상을 버린 뒤 혼자 감자 농장에서 일 거들어주며 근근이 살던 형편이라 챙겨 갈 변변한 옷 한 벌 없더만. 내 옷을 갖다 줬다니까. 박한이가 말하길, 당장이라도 남양군도로 떠나겠다면 유치장에서 내보내주겠다고 해서, 그런다고 지장을 찍었대. 그 먼 데 가서 가족이 어딨는지 알고 찾겠다는 건지. 원 참."

박한의 사연이 남의 일 같지 않다고 한마디씩 얹으며 서로의 앞날을 걱정한다. 열다섯이 넘은 아들이 있는 집은 근로 보국대에 끌려가서 징용당할까 걱정이고 과년한 딸을 둔 가장들은 처녀 공출로 근로 정신대에 끌려갈까 술렁인다. 뿔뿔이 흩어질 바엔 차라리 모두 남양군도의 팔라우란 곳에 가서 죽든 살든 가족이 함께 살자는 말도 나온다.

"우리야 살 만큼 살았으니 어디 간들 두렵지 않으나 머리에 피도 안 마른 내 새끼들이 이 풍파를 어찌 견디나. 피 토하는 심정이라."

가장들이 저마다 한숨을 내쉬며 삼삼오오 모여서 걱정이다.

*

잡화 가게 앞 평상에 민영수와 박대철만 남았다. 오후 내내 머리를 맞대고 대화를 주고받던 사람들이 돌아간 뒤에도 두 사람은 평상에 앉아 있다. 민영수와 박대철은 함께 박대철의 아버지 박 훈장에게 서당 공부를 한 친구 사이다.

"일본이 태평양 섬을 점령지로 만들어 길 닦고 비행장 만들어서 전쟁터로 삼겠단 거야. 원주민은 게으르고 문명화가 안 됐으니 조선인을 끌어다 쓰겠다는 거고."

박대철이 말한다.

"전쟁터에 가란 소린데, 뼈도 못 추릴 거야."

"이 사람아. 섬에서 전쟁을 하겠나? 일본 점령지라는데 왜 거기서 전쟁을 하겠어?"

"미국이 그 섬을 뺏겠다고 작정하면 바로 전쟁이 나겠지. 자기네가 점령하고 있어야 일본이 설쳐대는 걸 막을 수 있으니까."

"전쟁을 해도 군인이 하는 거니까, 노무자는 시키는 일만 하면 안 되겠나."

"그럼 자식들은? 자네 아들이 전쟁터에 끌려가서 총 들지 않으란 보장이 있겠어?"

"여기 있어도 전쟁이 커지면 징병당할 텐데. 거긴 일하러 가는 거니까 총 안 들 수 있고."

민영수와 박대철의 의견이 팽팽히 맞선다.

"서두르지 않으면 나중엔 가고 싶어도 못 간대. 갈 수 있는 인원이 정해져 있어서. 이렇게 사는 게 지옥인데 더한 지옥이 있을까 싶고. 순사들이 하는 짓 보면 어서 떠나고 싶지. 일본 놈 밑에서 살 떨리게 사는 거보다야 안 낫겠어?"

설왕설래하다가, 확신할 수 있는 일이 뭐가 있나, 중얼거리며 민영수는 하늘을 올려다본다. 하늘은 푸르기만 하고 구름은 유유히 제 갈 길을 가고 있다.

*

종태가 아버지 박대철을 모시러 전방으로 왔다. 박대철보다 민영수가 종태를 더 반겨 맞는다.

"우리 종태 사위 삼으면 내 딸 해림이 근로 정신대에 끌려갈 걱정은 안 해도 될 텐데."

민영수의 말에 박대철은 허허 웃고 종태는 귀까지 새빨개진다.

"그냥 해보는 말이 아닐세. 종태하고 우리 해림이가 어릴 때부터 남매처럼 지냈으니 서로 알 만큼 알지? 내 사위 삼겠다고 숱하게 말해왔고. 이런 난세에 물 한 그릇 떠놓고 혼인을 올리면 마음이 턱 놓이겠어."

"……"

"달리 마음에 둔 처자가 있어?"

종태가 고개를 끄덕인다.

"누구?"

"……."

"종태만 믿었는데 따로 마음에 둔 처자가 있다니 어쩔 수 없지."

민영수는 몰아붙이지 못하고 물러선다.

"딸 가진 부모라면 민씨가 아니라 누구나 혼인 서두르려고 난리야. 허나 우리 종태도 딱하긴 마찬가지지. 당장 내일이라도 지원병 되라고 출두 명령서 오면 주재소 가서 지원서 써야 할 거야. 그러면 괜히 남의 귀한 집 딸을 생과부 만드는 거지. 그러니 조급해하지 말게."

"그 말도 맞지. 나도 아들이 셋이나 있잖나. 나이가 아직 어려서 다행이지만 언제라도 끌려갈 수 있다 싶으면 자다가도 벌떡 일어나서 잠이 안 와."

종태는 평상 끝에 앉아서 두 사람의 걱정을 듣는다.

"그놈의 육군 특별지원병제가 시행된 게 1938년이니, 벌써 다섯 해가 넘었네. 요샌 17살만 넘으면 육군에 입대하라고 강요하데. 전엔 지원하라더니……."

"처음엔 서류를 다섯 가지나 내야 한다면서 지원병 되는 게 무슨 훈장이나 주는 것처럼 굴더니만……."

"그때만 해도 조선인이 신성한 황군을 더럽힌다 어쩐다 하더니, 그래서 뭐나 되는 것처럼 굴었지. 지금 지원병 못 보내서 안달하지만 누가 자식을 일본군대에 내보내고 싶겠어. 지원자가 줄어드니까 재산을 본다, 주소지 읍 면장의 증명서를 본다는 말이 쑥 들어갔더구먼. 허울만 육군지원병이라니……. 소가 웃을 일이지. 도별 할당을 줘놓고 말은 그럴듯하지. 지원이면 아들 가진 부모가 이렇게 잠 못 이루겠나?"

"강압으로 부득이하게 지원하게 해놓고는 지방관청에서 모집을 많이 했다고 선동하는 거 누가 모르나. 가서는 조선말도 못하게 한다더니만. 내선인 간의 차별대우도 심하다 하고. 시골의 농촌 청년들이 순박해서 세상 돌아가는 걸 모르니까 끌고 가려 덤비는 거야. 우리 마을에도 서른 명이나 할당을 받았다지?"

"더러 지원한 자도 있긴 하겠지. 군 복무 마치고 제대하면 지위가 올라갈 거라고 꼬드기고. 살기가 좋아질 거라 하고. 전사해도 가족에게 혜택을 줄 거라고 선전하니, 호구지책에다가 가족들 살려보겠다고 나선 젊은이가 없겠어? 며칠 전에도 초등학교 교정에서 입대 장정들을 모아놓고 후배들이 손에 든 깃발을 흔들고 환송을 하고 어른들이 나서서 격려해주더만."

"마을마다 선전 전단을 벽에 붙여놓고는 남자 형제가 두 명만 있어도 한 명은 군대에 지원하지 않으면 비국민이라나, 불령자라나."

"우리 종태를 상급학교에 보냈으면 이리 속 태우지 않아도 될 것을. 그나마 상급학교 다니면 면제해준다던데."

"그것도 얼마나 가겠나? 전쟁이 커지면 학도병으로 다 끌고 갈 거란 소문이 파다해. 갈수록 조선인을 총알받이로 쓰려고 한 대."

"걱정이야. 걱정."

"그래서 내가 조급한 거야. 우리 해림이만 혼인시키면 아들자식들 나이 더 먹기 전에 다 데리고 남양군도에 가야지."

민영수가 말한다.

"거기 가다가 어찌 될지 몰라. 물고기 밥이 될지 원주민의 독화살에 맞을지 일본인의 전쟁 노름에 총알받이가 될지. 그 섬도 일본 점령지라니 일본인 설쳐대는 게 여기와 다르지 않을 거야. 고향을 떠나니 더 낯설고 어려운 일이 많을 거고."

박대철의 만류에도 남양군도로 온 가족이 이주하겠다는 민영수의 결심은 더 단단해지고 있다. 박대철은 민영수의 결심을 말리지 못한 채 종태와 함께 민영수의 잡화상을 나선다.

2

"순사가 와요!"
해림이 서당 앞에 이르렀을 때 사내애가 앞질러가며 알린다. 사내애는 서당 문을 열고 다시 한번 순사가 온다고 소리친다. 서당 안에서 책을 보던 서너 명의 아이들이 훈장의 지시를 기다리듯 쳐다본다. 훈장은 서당의 뒷문을 연다. 열린 문 안으로 흐린 회색 구름 한 덩이가 냉큼 먼저 들어와 앉는다.
"정리해라!"
펼쳐진 책을 후다닥 덮은 아이들은 보자기에 책을 싸고 등에 매단다. 순식간에 뒷문으로 몰려나간 여섯 명의 아이들이 뒷문 섬돌에 올려뒀던 신발을 신고 뒷산으로 뛰어올라간다. 큰 바위나 나무에 몸을 숨기며 제집으로 돌아가는 일은 한두 번 겪는 일이 아니라 재빠르다. 그 아이들의 모습이 보이지 않을 때쯤 훈장은 서당의 뒷문을 닫고 단정히 좌정한다. 허리를 꼿꼿이 펴고 손님을 기다리는 자세로 앉아서 서당의 정문 밖을 바라본다. 서당 안에 마지막까지 남아 있던 종태는 그제야 서당 밖으로 나와 순사를 피해 서당 옆으로 난 길로 걸어간다.

해림이가 골목 끝에서 종태를 기다리고 섰다가 다가온다.
"갈수록 단속이 심해지니, 훈장님은 오늘 또 얼마나 심문당할까요?"
해림이 걱정하는 말을 쏟아내고 종태는 묵묵히 큰길로 걸음을 옮긴다.
1930년에 서당 폐쇄령이 내려졌으니 벌써 13년 전이다. 그런데도 박 훈장은 배우러 찾아오는 아이들을 돌려보낼 수 없다고 아이들을 가르쳤다. 대를 이어오던 예전의 서당은 일제의 손에 허물어지고 서당이 있던 자리에 작은 행랑채 하나 지었다. 규모는 작아지고 서당의 모습은 벗어났지만, 아이들이 배우러 오는 대로 돌려보내는 일 없이 가르쳤다.
순사는 시늉만 낸 서당 운영에도 못마땅해하며 수시로 들이닥쳐 감시한다. 수업하는 장면이라도 잡아내면 박 훈장을 주재소로 불러들여 심문했다.

"내 집에 온 손님인데. 작작들 간섭하시오."

박 훈장도 고집을 꺾지 않는다. 툭하면 주재소에 끌려가도 풀려나오면 곧바로 아이들을 가르쳤다. 순사의 감시가 느슨한 새벽에 출석해서 도둑질하듯 공부를 마치고 날이 밝기 전에 집으로 돌아가는 아이도 있었다.

"아이들 몇 개인적으로 글 가르치는 게 뭔 잘못이오?"

박 훈장의 지론은 변함이 없다.

"일상적인 대화를 하러 온 손님을 응대하는 일에도 성의를 다해야 하지 않소? 하물며 공부를 가르쳐달라고 온 아이들을 어찌 그냥 돌려보내란 거요?"

박 훈장의 말에도 신참 순사는 수업을 끝낸 아이들을 뒤쫓아가서 심문했다. 무엇을 배웠는지 묻고 박 훈장이 무슨 말을 했는지 조사했다. 보다 못한 박 훈장이 조사받던 학생들을 돌려세워 집으로 보내는 바람에 신참 순사와 언쟁이 벌어지고 급기야 주재소로 호출당한 적도 있다.

아들인 박대철을 서당에서 가르칠 때만 해도 박 훈장은 서당이 들썩이도록 아이들과 잡담을 주고받으며 활기찼다. 우스갯소리와 허튼 말을 쏟아낼 때는 한 번도 감시가 없었는데 허튼소리 없이 공부만 가르치는 지금 도리어 수업 내용을 검열하고 나선 것이다.

신참 순사는 서당의 툇마루에 앉아 수업 내용을 엿듣고 간 적도 있었다. 그런 순사의 누렇게 뜬 얼굴은 늦가을 늙은 호박 같았다. 공부를 끝내고 눈동자를 반짝이며 방문을 열다가 순사를 보면 아이들은 화들짝 놀라서 도망치기 바빴다.

종태는 서당에서 먹도 갈고 글공부 가르치는 것도 도왔다. 벼루 열 개를 구멍 낼 정도로 박 훈장은 연신 글을 써서 아이들에게 건넸다. 글을 가르칠 때면 가슴까지 늘인 수염을 두 손으로 번갈아 만졌다. 종태는 박 훈장의 그런 모습에 묘한 안정감을 느꼈다. 흰 눈썹 아래 깊고 맑은 눈빛을 마주 볼 때도 그러했다.

아무리 기세 좋은 순사도 박 훈장이 온종일 글공부시키는 일을 훼방 놓거나 공부 방을 때려 부수지는 못했다. 명분이 없는 것이다. 박 훈장은 서당의 규모를 축소할 대로 축소해서라도 선대의 유업을 이어가고자 했다.

박 훈장은 종태를 소학교에 못 다니게 했다. 창씨개명 하고 조선말 대신 일본말 배우는 꼴은 못 본다고 반대했다. 대신 직접 종태의 공부를 도맡아 가르쳤다. 종태가 웬만한 전문학교 다니는 정도의 실력을 쌓을 수 있게 된 것은 아버지의 힘도 컸다. 아버지 박대철은 부산까지 가서 신학문 책을 사 왔다. 종태는 밤늦도록 그 책을 읽으면서 다양한 학문을 접했다. 또한, 수호도 종태에게는 큰 스승이었다. 몇 달 전 이 마을로 들어온 이방인이지만 수호는 종태에게 세상 돌아가는 이치와 형편을 깨우치게 해주고 있었다.

*

"왜 여태 나를 기다렸어?"

마을 어귀로 들어서자 종태가 해림에게 묻는다.

"수호 오라버니가 데려오라고 했어요. 급히 할 말이 있대요."

"야학에도 순사가 들이닥쳤나?"

종태가 걱정스레 말하며 걸음을 재촉한다.

야학은 두 해 전에 종태가 열었다.

"이 마을의 어른이나 아이 할 것 없이 낫 놓고 기역 자도 모르는 문맹이 대부분이라 나라가 이 모양이 된 거야. 우리 글을 쓰고 읽을 줄 알아야 세상 돌아가는 사정을 배워서 식민지 지배에서 벗어날 수 있지."

박 훈장은 입만 떼면 아이들에게 글자를 가르쳐야 한다고 했다. 마을의 아이들은 입학시험에 붙을 실력이 안 되는 것은 물론이고 입학한다고 해도 수업료를 낼 형편도 못 되었다. 집안일을 돕느라 배울 기회를 놓친 아이들이 대부분이었다. 그런 아이들에게 한글을 가르치도록 종태에게 권한 것이 박 훈장이었다.

처음에는 가르칠 마땅한 장소가 없어서 큰 느티나무 아래에 짚 멍석을 깔고 아이들을 둘러앉혔다. 널빤지를 나뭇가지 사이에 걸어놓고 시간 될 때마다 한 글자라도 가르쳤다. 배우려는 아이들이 늘어나자 아버지가 비워준 곡물 창고를 교실로 개조해서 가르쳤다. 한글이나 셈 수를 가르치다 보면 아이를 데리러 온 부모들도 기웃거리다가 종태의 성화에 못 이겨서 한글을 배우기도 했다.

학생이 스무 명이 넘자 종태는 이웃에 살던 해림과 이옥도 야학 교사로 끌어들였다. 해림은 초등 과정을 4학년까지 다니다가 중퇴했고 이옥은, 지금은 국민 학교로 명칭이 바뀐 5학년에 다니는 중이니 가르칠 만한 실력이 충분했다. 흰 저고리에 검정 치마를 입고 이옥과 해림은 경쟁하듯 열성적으로 아이들을 가르쳤다. 모여앉아 한 글자씩 따라 읽는 아이들의 목소리를 들으면 온 마을이 환해지는 듯했다.

*

해림은 걸으면서 가끔 종태를 올려다본다. 키 차이도 크게 나지만 늘 종태의 표정이 궁금한 때문이다. 올려보다가 눈이라도 마주치면 심장이 멎을 듯 숨쉬기가 거북해진다. 관심 없는 척 선머슴처럼 굴지만, 매번 종태에게 자신의 마음을 들키는 것 같다. 종태는 그럴수록 더 묵묵히 정면을 보며 걷는다. 분명 깊은 생각에 빠진 듯한데 알 수가 없으니 늘 종태의 마음이 궁금하다. 이럴 땐 이옥이 옆에 있으면 싶다. 이옥과 함께 걸을 때는 쉴 새 없이 종태가 떠든다. 이옥 역시 종태 옆에 있으면 편안해

보인다.

오늘따라 몸에 와닿는 햇빛이 더할 수 없이 따뜻하다. 눈앞에 보이는 자연은 어느 하나 싱그럽지 않은 게 없다. 옆에 종태가 있다면 어려운 일은 어려운 일이 아니다. 닥친 어려움도 떠오르지 않고 잊을 정도다.

허리를 꼿꼿이 세우고 긴 다리로 성큼성큼 갈 길을 가고 있는 종태와 함께 걷는 동안 해림의 입꼬리는 저절로 올라간다. 흰 저고리 뒤로 드리워진 댕기 머리를 흔들며 검정 치마를 찰랑대며 걷는 해림은 둘의 뒷모습을 누구라도 봐줬으면 싶다. 틀림없이 아주 잘 어울리는 한 쌍이라고 치켜세울 테지.

아카시아 향도 달콤하다. 숨을 들이쉴 때마다 향기가 온몸에 스며든다. 몸 가득 아카시아 향의 들큼함이 채워지도록 숨을 들이마신다.

배고프거나 심심할 때 아카시아 꽃잎을 따서 쪽쪽 빨며 그 맛과 향기로 온몸을 채우던 배부름과는 다르다. 종태 옆에서 걷는 동안 다른 사람이 된 듯하다. 향기로 채워진 흰 구름 한 덩어리가 몸속에 들어온 듯 몸이 둥둥 떠다니는 것 같다.

지천으로 널린 토끼풀도 희고 이팝나무에 매달린 꽃도, 개망초 꽃도, 온 세상이 하얗다. 하얗고도 향기 나는 꽃들.

"아카시아 향기가 나요."

종태는 숙였던 머리를 들어 산비탈마다 하얗게 채운 아카시아 꽃을 올려다본다. 처음 본 광경인 양 눈을 크게 뜬다. 깊이 숨을 들이마시고 내뱉는다.

"아, 좋네. 그러고 보니 세상이 다 하얗네. 저 구름도 그렇고."

순간 그를 위해준 듯 뿌듯하다.

"사방에 하도 순사들이 설쳐서 마음이 회색빛이었는데. 해림이 덕분에 기분이 좀 나아지네."

종태가 웃는다.

"그런데 어젠 왜 이옥이가 야학에 안 왔지?"

"친척 집에라도 갔겠지요."

해림이 퉁명스레 대꾸한다. 이옥의 소식을 묻는 그의 말에 아카시아 향기와 흰 구름에 둥둥 떠다니던 자신의 마음이 무색해진다. 줄곧 정면을 보고 걷던 그의 마음에는 이옥 생각뿐인 모양이다. 평소에도 이옥이 던지는 사소한 말 한마디, 웃음에 종태는 소리 내 웃었으니까. 저절로 웃음이 난다고, 좋은 것을 바라보고 있을 때처럼 무조건 좋다고 말했으니까. 해림은 그의 마음을 백번 이해한다. 종태를 보는 해림의 마음이 그러니까.

그러라지. 뭐. 자신을 좋아하든 아니든 별 상관은 없다. 그런다고 자신이 원하는 것을 못하고 물러서거나 망설인 적이 없다. 종태와 혼인을 못한다고 해도 종태를 그리며 평생 살 수 있다고, 남강의 물결을 내려다보며 다짐한 적도 있다.

왜 이옥만 좋아할까. 때때로 남강 물결을 내려다보며 물어본 적이 있다. 작은 체구에 목소리도 손도 이목구비도 어느 하나 작지 않은 것이 없는 이옥. 이옥의 말을 들으려면 주의를 기울이고 귀를 기울여야 한다. 늘 조곤조곤한 말투가 마음에 든 것일까. 바느질 솜씨나 글씨를 쓰는 솜씨가 빈틈없고 빼어나서일까. 이옥 앞에서 줄지어 앉아 배우는 아이들의 마음처럼 이옥에게는 사람을 집중하게 하는 힘이 있는 모양이다. 이런저런 생각을 하며 걷는 사이 어느새 야학 앞이다.

*

야학엔 갈수록 아이들이 많이 모여들었다. 순사가 서당을 감시하듯 야학도 들락거렸다. 아이들이 겁에 질려 결석하면 종태는 직접 그 아이의 집으로 찾아가서 그날 배운 것을 알려주고 다음날 출석할 용기를 주고 돌아왔다. 한 명이라도 더 글을 깨쳐야 자신이 이곳에서 떠나도 서로에게 배움을 줄 수 있다고 다독였다.

대를 이어 서당을 이어온 집안 가풍을 할아버지가 지금도 이어가고 있는 것처럼 종태도 배건네 마을에 배움의 풍토가 대대로 이어지길 바랐다. 우리말과 글을 놓아버리면 일본으로 민족이 넘어간다는 박 훈장의 말이 곧 종태의 말이 되고 있다.

몇 달 전 수호가 배건네 마을에 들어온 것은 종태로서는 행운이었다.

수호는 부산에서 공립 중학교에 다니다 그만뒀다고 한다. 집안 형편이 좋지 않아서 세 해째 인쇄소에서 일하고 있었다. 그런데 함께 일하던 동료가 근로 보국대에 들어가겠다고 지원서를 썼다고 한다. 집안에서 누구든 한 사람이라도 가야 한다는 성화에 시골에서 농사짓던 마흔 살 된 아버지가 편지를 보낸 것이다. 농사일도 많은데 아버지가 직접 갈 수는 없고 동생들은 아직 어리니 네가 집안을 대표해서 근로 보국대로 나가달라는 편지였다. 집안 형편과 아버지의 부탁에 어쩔 수 없이 승낙하고 말았다는 것이다.

동료가 떠나기 전날 술 한잔으로 작별인사를 하던 술집에서 수호는 근로 보국대로 끌고 가는 일본의 행패에 울분을 토했다. 인쇄소 주인이 수호에게도 지원병으로 지원하라는 말을 줄곧 해와서 가뜩이나 불만이 많던 때였다. 직장에도 지원병을 모집하라는 할당이 내려졌으니 인쇄소 사장으로서는 적임자가 수호란 말을 들은 뒤였다.

다음날 오후에 인쇄소로 순사가 찾아왔다. 유토라고 했다. 그자는 대뜸 수호에게 주재소로 가자고 했다. 수호는 이유를 물었다. 전날 술집에서 일본군부와 일본의 정책에 대해 비판한 것을 일본인 술집 주인이 듣고 신고를 했다는 것이다. 선동죄라고 했다. 수호는 인쇄소 출구로 달아나려 했으나 유토가 따라와서 붙잡으려고 했다. 어릴 때 아버지에게 격투를 배워 단련된지라 수호는 단숨에 유토를 제압해 팔다리를 움직이지 못하게 만들고 도망쳤다고 한다.

순사를 그 지경으로 만들었으니 인쇄소로 돌아갈 수 없게 된 수호는 그길로 고향에 내려갔다. 어머니는 새파랗게 질려서 도망치라고 했다. 고향에는 그를 지원병으로 내보내려고 순사와 구장이 드나들면서 출두 명령서를 두고 갔다고 한다. 그런데 사고까지 쳤으니 꼼짝없이 붙잡혀 가게 생겼다고 벌벌 떨었다. 그날 밤은 어머니가 뒷방에 숨겨주었지만 그다음 날 노심초사하는 어머니를 두고 고향마저 떠날 수밖에 없었다는 것이다.

"그래서 이 마을까지 온 겁니까?"

수호가 고향 떠난 사연을 듣던 날 종태가 물었다.

"사실은 한 은인을 만났어. 심 선생이라고. 그분이 나를 한참 거둬줬지."

"심 선생이라면……."

"그분에 대해서는 차차 말할 기회가 있을 거야."

"그래서 그 뒤 이 마을로 들어오게 된 겁니까?"

"그렇지. 이 마을에 숨어들어와서 처음 밥을 얻어먹으러 들어간 곳이 박 훈장님의 행랑채였거든. 내 사정을 들으시더니 거처를 마련해주고 당분간 지내다 가라고 했지. 마을 사람에게는 종태의 사촌 형이라 둘러대주셨고."
수호와의 뗄 수 없는 인연의 시작이었다.

수호는 갖은 고초에도 불구하고 아이들을 가르치는 일을 포기하지 않는 박 훈장의 모습에 감명받았다면서 야학 일을 도왔다. 학생을 한 명이라도 더 받자며 곡물 창고 지붕에 천막을 덧대고 천막 아래에 가마니와 널빤지를 깔아 야외 교실까지 만든 것도 수호였다. 도망자여서 주위의 눈치를 살피느라 직접 나서서 가르치지는 않았지만 틈나는 대로 체계적으로 아이를 가르칠 학습서를 만들어주었다.
수호는 종태보다 두 살이 많았고 훨씬 박식했다. 인쇄소를 다니면서 온갖 책을 읽었다는 그는 돌아가는 정세에도 밝았다. 종태가 궁금해하는 질문에 뭐든 척척 답해주었다. 종태에게 우물 밖의 세상을 알려주는 사람이었다.

*

"여기 계셨군요."
종태와 해림이 야학 문을 열고 들어서자 수호가 반갑게 일어선다. 수호는 한 여학생과 심각하게 이야기를 나누는 중이었다.
"무슨 일 있습니까?"

"조금 전 순사들이 다녀갔어. 나는 뒷문으로 나가서 벽 뒤에 숨어 순사를 피했는데 학습서 만드는 것을 도와주던 여학생을 데려갔어."

"네? 왜요?"

"야학에서 오간 말을 검열할 모양이네. 주재소에 불려간 아이 중 몇 명이 생각 없이 들은 말을 털어놨겠지. 회유하니까 넘어갔을 거야."

"가봐야겠네요. 주재소에."

"그보다 더 큰일이 있어."

"네?"

"방금 이옥이 어머니가 다녀갔어. 혹시 야학에 오지 않았느냐고 물었지. 행방을 몰라서 사방으로 다 찾아다니는 모양이야."

"어디로 간 걸까요? 좀 더 기다리면 돌아오지 않을까요?"

"이옥이 어머니 오시기 전엔 연이 어머니가 울고불고하다 가셨어. 연이는 이틀이나 소식이 없대."

수호에 말에 모두 침통해진다.

"얼마 전부터 국민복을 입은 일본인을 대동해 일자리를 주겠다고 돌아다니는 양복 입은 낯선 조선인을 봤어요."

여학생이 말한다.

"수상한 어른들 꾐에 넘어갔을지도 몰라요. 저도 그런 권유를 몇 번이나 받았거든요. 일본으로 가서 일하면 돈을 많이 벌 수 있다고 해서 솔깃했어요. 집안이 어려워서 입 하나라도 건지면 형제들이 배불리 먹겠다 싶었고, 돈을 벌어 와서 효도하고 싶기도 했고. 집에서 반대하면 못 갈까봐 부모님께 말도 하지 않고 배를 탈까 했어요."

"그런 생각을 왜 하나?"

해림이 발끈한다.

"엄마가 아이들을 찾아 부산으로 갔을 때 도리어 제 엄마를 설득시키려는 애들도 있다잖아. 어이없다가도 오죽 살기 힘들었으면 그랬을까 싶기도 하고. 기막힌 일이야. 부모들도 사내들의 꾐에 넘어가서 돈을 받고 딸을 보따리 들려서 보낸다잖아."

종태가 들었던 이야기를 꺼낸다.

"그 사람들 따라가면 팔자 고친다는데 나만 이 시골에 남아서 이러고 사나 싶어요. 어찌나 말을 그럴듯하게 하던지. 일본 공장 가서 돈 벌고 싶단 생각이 절로 났으니까요."

"그런 말 함부로 하지 마!"

수호가 정색하며 나무란다.

"그자들이 우리 조선인을 불쏘시개로 삼고 있어. 저희 방 덥히려고 조선인을 아궁이에 땔감 쑤셔넣듯 하겠단 말이지. 정신 똑바로 차려야지. 말을 쉽게 하면 행동도 쉽게 따라가니까 조심해."

여자애는 무안해진 듯 서둘러 인사를 하고 야학에서 나간다.
"하긴 솔직히 말한 저 애가 무슨 죈가?"
수호가 여학생이 나간 문을 바라보며 자책한다.

*

"세상이 어떻게 돌아가는 겁니까?"
답답하다는 듯 종태가 묻는다.
"태평양 섬에서 전쟁을 일으켜 군수물자와 군인이 더 필요해 졌겠지. 식민지에서 인력을 조달하려고 이 난리야."
"만주 사변을 일으키고 여섯 해가 지나 중일전쟁으로 번졌을 때도 우리 조선인이 얼마나 많이 끌려가서 희생당했어요?"
"맞아. 중일전쟁이 길어지니까 조선인특별지원병령이란 걸 공포해서 17살, 소학교 졸업 이상이면 군대 지원시키고 있지. 경찰서나 행정기관과 어용 단체나 홍보 기관이 다 동원되어서 지원을 강요하니 그게 지원이야? 눈 가리고 아웅하는 거지."
"아버지가 부산에 책 사러 갔더니 거기서도 도지사나 경찰서장이 나서서 업무를 한다고 하면서 직장이나 지역마다 지원하지 않을 수 없게 성가시게 군다고 했어요. 수호 형님도 인쇄소에서 그렇게 해서 나왔다고 했지만."
"전쟁을 길게 끌다 보니 경제가 어려워지고 그걸 메꾸려고 또 다른 델 침략해서 자원을 수탈하고. 그래서 국가 총동원법이란 것도 내렸잖아. 국가가 명령하면 누구든 노동에 투입되어야 한다고."

"대동아전쟁이란 그럴듯한 말을 붙이지만 결국은 일본이 다 먹을 테니 수중으로 들어오란 소리네요."

"일본이 메이지유신 이후로 서양을 통해 과학기술이나 경제 발전에 눈을 떴지만, 그때 남의 나라 침략해서 식민지로 만드는 것까지 배워 온 게 문제야. 어떻게든 남의 나라를 손에 넣겠다고 남쪽으로 뻗어가다가 1차 세계대전을 일으켰지. 독일령이던 남양군도 일대를 적도 부근까지 점령해서 피 한 방울 안 흘리고 접수한 뒤 간이 부었어. 섬 주민은 어리둥절해서 속수무책으로 항복하고 일제 밑으로 알아서 기어들어갔다고 할 수 있으니까."

"그 정도 하지. 일본은 정말."

해림이 한숨을 내쉬며 투덜댄다.

"달리는 호랑이 등에 올라탄 격이야. 일본이 남양군도를 지배한 것은 벌써 30여 년이지. 초기에는 해군이 직접 통치하는 군정이었고. 그 뒤 팔라우에 남양청을 두고 통치를 했지. 그 기관 밑에 사이판, 팔라우 등 여섯 개 지청을 뒀고. 그 섬들을 발판으로 동남아시아를 다 삼키려는 야욕이 시작된 거야. 남양군도를 일본의 전진 기지로 삼으려는 거지. 본격적인 전쟁터가 될 거고 조선인들 많이 끌고 가겠지."

수호의 말에 모두 표정이 어두워진다.
"일본이 다 먹을 수 있나요? 작은 동물은 아무리 큰 동물 잡아먹고 싶어도 배 터질 텐데."
듣고 있던 해림도 답답해서 대화에 끼어든다.
"전쟁의 불쏘시개가 되지 않도록 조선 청년들은 몸 사리라고 외치고 다닐 수도 없고."
수호가 한숨을 내쉰다.

*

해림이 집으로 돌아와서 막 잠자리에 들려는데 끼익, 대문의 문장부가 열리는 소리가 난다. 방문을 여니, 대문간을 지나 어두운 마당 안으로 누군가 들어선다.
"해림이 자?"
목소리가 나는 곳을 향해 등잔불을 켜고 마루로 나간다. 이옥의 어머니가 얼굴 위로 흐트러진 머리카락을 추스르지도 않은 채 들어온다. 이옥 어머니의 옷매무새는 치마가 흘러내리고 저고리 고름도 한쪽으로 돌아간 상태다. 쓰러질 듯 들어와 앉는데 가뜩이나 마른 몸이 휘청, 한다.
"우리 이옥이가 아직 안 왔어. 벌써 사흘쨴데 지금까지 소식이 없어."

들릴락 말락 한 목소리에 힘이 하나도 없다. 야학에서 만난 지도 오래되어서 해림은 대꾸할 말이 없다.
"갈만한 덴 다 가봤는데 아무도 못 봤다니, 애가 하늘로 솟았나 땅으로 꺼졌나."
"아무 일 없다는 듯 들어올 겁니다. 이러다가 이옥이 엄마가 먼저 쓰러지겠어요."
"우리 이섭이가 잡혀간 지 얼마나 됐다고……."
이옥의 어머니는 일어나지 못하고 이옥의 오빠인 이섭 이야기를 꺼낸다.
이섭은 소학교에 다니는 동안 하루도 빠짐없이 교장이 지시하는 대로 교정에 모였다고 한다. 기초군사훈련을 받고 훈련장으로 데려가서 시키는 대로 군사 훈련을 받아야 했다.
어느 날 면사무소 노무계에서 이섭에게 남양군도에 가라는 출두 명령서를 보냈다. 1년 동안 다녀오면 월급도 준다고 했다. 남양군도에 가지 않을 거라면 군대 지원병이나 일본 군수공장으로 가야 한다고 했다. 이섭은 다음날 아침에 신체검사를 받으러 불려갔고 얼마 지나지 않아서 일본 수송선에 몸을 실어야 했다. 그렇게 이섭을 끌고 간 이유는 이옥의 아버지가 독립운동을 하러 상해를 떠돈다는 정보 때문이라고 한다. 그 일로 이옥의 어머니는 몸져누웠다가 봄에 간신히 몸을 추슬러 일어났는데 이번에는 이옥이 없어졌으니 넋이 나간 것이다.

"마음 단단히 먹으세요. 곧 돌아올 거라 믿어야 하고요."

해림의 말에도 이옥의 어머니는 몸을 주체하지 못한다. 해림이 부축해서 집으로 모셔간다. 이옥은 여전히 집에 돌아오지 않았다.

*

이옥의 어머니를 모셔다 드린 해림은 늦은 밤길을 걸어 종태의 집으로 향한다. 종태도 이옥 어머니의 방문을 받았다면서 사립문 밖으로 나오는 길이었다. 불길한 예감을 뒤로 한 채 두 사람은 이옥이 갈 만한 곳을 샅샅이 뒤지고 다녔다. 한 번도 야학 수업에 결근한 적이 없던 이옥이 며칠째 안 보이는 것은 아무래도 큰 사달이 난 것이다.

구름에 가려 달빛마저 희미하고 바람은 유난히 스산하게 살갗에 들러붙는다. 마을을 돌아다니다가 강가로 향한다. 대숲이 바람에 솨, 소리치며 침묵을 깬다. 대숲이 내는 소리만이 허공을 가득 채운다.

"이제 어쩌지?"

시커먼 강물을 묵묵히 내려다보다가 종태가 중얼댄다. 그의 어깨가 어둠에 짓눌려 보인다

"쉽게 누굴 따라갈 성격이 아닌데."

"그럼 끌려갔을까요?"

"연이도 소리 없이 사라지더니 이게 무슨 일인지."

"이옥이 아버지가 만주나 상해를 오가다가 가끔 집에 들른다던데, 아버지가 데려간 거는 아닐 텐데요."

"그랬다면 이옥이의 어머니에게 말했겠지."

대화는 또 끊어지고 대숲이 한 번 더 크게 운다. 어둠은 아예 사물의 모습을 통째로 지우는 중이다.

*

이옥은 닷새째 어디로 갔는지 소식이 없다. 이옥의 어머니는 매무새를 갖추지 못해 엉망인 상태로 집집이 찾아다니다가 몸져누웠다.

마을에는 여러 소문이 무성하다. 여자애들을 서울의 부잣집 양녀로 데려가겠다는 사내들이 마을을 휩쓸고 다닌다. 돈을 주고 데려가겠다는 사내를 따라나선 여자애들도 있다. 식구들 먹을 것이 떨어진 집 가장은 큰돈을 받고 사내들에게 딸을 내주기도 한다. 사내들이 딸을 좋은 가문의 양녀로 보내 호강시켜 줄 거란 말에 혹한다. 그렇게 사내들에게 딸을 내준 사람이 서넛이다.

며칠 지나지 않아서 흉흉한 소문이 돈다. 양녀로 보내놓고 난 뒤 자신의 행동을 후회한 한 가장이 양녀로 갔다는 집에 찾아갔다. 그곳에 딸은 없고 양녀로 왔다는 여자애들이 여섯이나 모여 앉아 있더라고 한다. 딸을 서울 양반댁 양녀로 보낸 줄 알았던 가장들은 한바탕 난리가 났으나 이미 부산에서 배에 실려 일본으로 보내졌다는 말에 넋이 나갔다.

*

마을이 어수선해지자 민영수도 딸 해림을 방에 불러 앉힌다.
"널 이대로 집에 두기가 영 불안해. 이옥이도 행방불명되었고 마을 처녀들이 서넛이나 사라졌다는데 아무래도 이번엔 네 차례다 싶어. 내가 널 데리고 주인집 따라 일본에 들어가기도 뭣하고. 우린 남양군도로 간다 해도 넌 어째야 좋을지. 어디로 가든 적의 소굴로 들어가는 거 같아서 말이야."
"남양군도로 간단 말씀은 마세요. 거기 가다가 배가 뒤집히거나 어뢰를 만나면 물고기 밥이 된다 해요. 적기가 날아다니고 포탄을 쏘아댄다고 하던데 동생들 데리고 어떻게 가겠다고 그래요?"
"위험하지 않은 곳이 어디 있나 말이다. 너는 할머니 집에 가서 숨었다가 구장이나 순사가 덜 설치면 돌아오는 게 좋겠어. 종태하고 혼인하면 좋겠지만 딴 데 마음이 있다니까 별수 없고."

해림은 가지 않겠다고 했다.

"요새 구장이 서류 들고 다닌다고 하더라. 여자애들 근로 정신대 보내려고 혈안이 됐다 하고. 오늘도 옆집에는 다녀갔대."

민영수는 아내를 불러 할머니 댁에 보낼 보따리를 만들라고 일렀다. 아내는 눈물을 찍어내며 보따리를 쌌다. 야학 수업하러 안 가면 애들이 기다린다고, 이옥이가 돌아오면 가겠다고, 종태와 헤어져 있기 싫다고, 하소연하는 해림의 말을 들은 척하지 않는다.

"네가 끌려가면 내가 어찌 살겠어? 잘 숨었다가 이 미친 바람이 지나가길 기다려."

"가기 싫어요."

"야마다가 집 앞으로 자꾸 오가는 걸 내 봤으니까 하는 말이야."

야마다는 면사무소의 노무계에서 근무하는 사내다. 마을 사람들은 국방색 국민복에 전투모를 머리에 쓰고 각반을 차고 마을을 어슬렁거리는 야마다를 보면 몸을 숨기느라 바빴다. 어쩌다 야마다가 면장까지 거느리고 마을 초입에 나타나면 문밖에 나가지 않고 그가 지나가기를 숨어서 기다렸다. 지나가다가 그가 불러세우면, 황국 선서를 낭송하라거나 집 안에 있는 것 중 전쟁에 쓸 만한 것을 내놓으라 했다.

"네 남동생 셋이 징용이나 징병에 끌려갈 나이는 아니지만 나이가 들어 신체가 커질 게 영 불안해. 입에 풀칠하기도 어렵지만 끝내 자식들하고 섞여 살고 싶은데 그마저도 어렵네. 조선에서 살려고 바둥거리지 말고 애들이 한 살이라도 더 어릴 때 섬이든 어디든 떠나는 게 상책이야."

남양군도로 가려는 민영수의 결심은 갈수록 커지고 있다. 어머니는 대책 없이 틈나는 대로 빌고 빈다. 자식이 무사하기를 밤마다 장독대 위에 찬물 사발 떠놓고 달을 보며 빈다.

*

해림은 아버지의 말을 듣고 제 방으로 돌아가다가 몰래 종태네 집으로 발길을 향한다. 당장 내일 새벽에 떠나자고 하니 종태에게 작별인사라도 하겠다고 마음먹고 나선 길이다. 아버지에게 들키면 한 발짝도 못 나갈 것이므로 조심스럽게 발소리를 죽여 문을 나선다.

종태는 집에 들어오지 않은 상태다. 야학에 가봤으나 문이 굳게 닫혀 있다. 며칠 전 순사가 학생 하나를 심문하려고 데려간 뒤 상황을 봐가면서 문을 열기로 한 모양이다. 야학의 비품도 일부 압수해 갔다더니 앞으로 수업을 재개할 수 있을지도 불투명하다.

종태를 만나지 못하고 집으로 돌아오자 아버지가 문 앞에서 기다리고 있다가 몰래 나갔다고 불호령이다. 당장 할머니 댁으로 가자고 재촉하며 어머니에게 보따리를 가져오라고 한다. 어머니는 시집간 여자처럼 보이도록 해림이의 머리에 쪽을 지어 흰 수건을 씌웠다. 어머니가 손에 들려준 보따리를 들고 앞장서서 걷는 아버지를 뒤따른다.

밤새 아버지를 뒤따라 산고개를 넘고 숲을 지나고 강을 지나 할머니 댁에 도착한다. 자상하고 인자하기만 하던 아버지가 일방적으로 해림을 끌고 집에서 나왔으니 해림은 당황스럽다.

'내 파랑새.'

어릴 때 아버지는 고명딸인 해림을 그렇게 불렀다. 잡화 가게에서 파는 유리로 만든 파랑새보다 더 예쁘고 반짝인다며 사람들 앞에서도 내 파랑새라고 불렀다. 마을 사람들이 유리로 만든 파랑새는 금방 깨진다고 놀리면 아버지는, 우리 해림이는 깨지지 않는 유리로 만든 파랑새라고, 절대 깨지지 않을 유리로 만든, 세상에 둘도 없는 파랑새라 우겼다.

*

해림이 아버지의 손에 이끌려 밤새 산길을 걸어 할머니 댁에 도착한 때는 여명이 틀 무렵이다.

"집에 여자애가 있단 사실을 아무도 모르도록 해야 합니다!"

아버지는 거듭 할머니와 해림에게 당부한 뒤 대문을 나선다.

딸을 빼돌렸다는 의심을 사면 안 된다면서 한달음에 가는 아버지의 걸음이 휘청댄다. 그런 뒷모습에서 눈을 떼지 못하는 해림을 할머니가 돌려세운 뒤 방으로 들여보낸다. 바깥에서 인기척이라도 있으면 부리나케 다락으로 올라가 숨으라고 당부한다.

초가집 방은 천장에서 쥐가 오르내리고 비가 오면 빗물이 방바닥을 적신다. 할머니는 감자와 푸새를 삶아 죽을 끓여준다. 며칠째 죽만 먹고 지낸 해림은 힘이 없이 축 늘어진다. 활동을 거의 못하니 힘이 빠지고 잠을 자고 또 자다가 깨기를 반복한다. 며칠 동안 죽 냄새도 맡기 싫어서 제대로 먹지 않았더니 구석진 곳에서 말라비틀어진 푸새 같다.

무료한 시간을 버티려고 상상으로 맛난 밥을 먹고 상상으로 종태를 만난다. 종태가 웃고 있다. 약간 불거진 광대뼈가 웃을 때면 달걀처럼 매끈한 둥근 선을 만든다. 손바닥으로 그 곡선을 만져주고 싶어서 손을 내민다. 야학에 온 나이 든 어른 학생이 가갸거겨를 소리 내 읽는 소리가 들린다. 강가의 대숲에서 쏴아 내지르는 푸른 소리가 이마를 스친다. 그 숲을 종태와 걸으면 어느새 다가온 이옥이 옆에서 조잘댄다.

'좋은 생각을 하면 좋은 일이 생겨.'

수호의 말과,

'빛이 들 거야. 믿어.'

라던 종태의 말,

서로를 위로하고 힘을 내란 말, 그 말대로 해림은 상상한다. 종태의 손을 잡고 강가를 거닐고 종태와 만나 품에 안기고 종태 닮은 아이를 업고 있는 상상에 이르면 얼굴이 달아오른다.

그렇게 보름이 지나자 할머니가 끓여 온 감자죽을 먹는데 토할 것 같다. 할머니도 힘겨워 보이고 도와주지 못하고 신세만 지는 것도 할 짓이 아니다 싶다. 그만 돌아가자. 이제 돌아가자. 해림은 마침내 결심하고 몰래 집 밖으로 나온다. 종태와 이옥의 소식도 궁금하고 야학에서 기다릴지 모를 아이들도 만나고 아버지가 팔라우로 갈 준비를 하는지도 알아내고 싶다. 꿈속에서 아버지가 태평양 건너 팔라우란 곳으로 가기 위해 배에 탄 모습을 봤다. 그런 꿈을 꾸고 놀라 깬 적이 한두 번이 아니다.

동트기 전에 서둘러 할머니 집에서 나온다. 할머니가 말릴 것이니 하직 인사도 없이 나온다. 깊숙한 잡목 속으로 최대한 몸을 굽혀 걸으며 할머니 집에서 멀어진다.

*

마을 어귀에서 순사와 마주친다. 어찌나 놀랐던지 있는 힘을 다해 뛴다. 뛰면서도 불안하다. 왜 뛰냐고 무슨 죄를 지은 거냐고 자신에게 물어본다. 순사가 잡으려고 뒤쫓아와서 고레 고맛

다나!(참 곤란하네!)라고 외치며 달려드는 소리가 들리는 듯하다. 조선의 여자애란 사실이 죄인처럼 여겨지는 현실이다. 몸이, 숨겨야 할 불행한 물건처럼, 몸을 들키면 안 된다는 절박함, 집에 돌아오지 말았어야 했나, 좀 더 숨어 지냈어야 했나 싶은 마음이 순식간에 뒤섞인다. 공기처럼 스며들어서, 할머니 집에서 그랬듯이 부엌 뒤주나 창고에 숨어 있으려고 했는데 순사에게 들켰으니 큰일이다 싶다.

곧장 아무 집이나 들어가서 몸을 숨기려다 보니 마을 어귀에서 지게 지고 다니면서 산에 나무하러 다니는 아이들이 눈에 띈다. 첫 집인 이옥의 집으로 들어간다. 이옥이 지내던 방문을 열지만, 이옥은 아직 돌아오지 않았는지 텅 비었다. 이불을 덮어쓴다. 조금 전 맞닥뜨린 순사가 문을 열고 들어오거나 야마다가 트럭을 몰고 와 자신을 태워갈까봐 마음을 졸인다.

이대로 실려가면 부모님은 해림이 연기나 안개처럼 사라졌다고 탄식할 것이다. 이옥도 그렇게 소리소문없이 사라진 것일까. 해림은 웅크리고 있다가 잠이 든다. 깼을 때 다행히 누구도 문을 열고 들어오지 않은 것에 안도한다. 잠깐 든 잠에 자신이 파랑새처럼 날아가는 꿈을 꾸다가 눈을 뜬다.

해림은 이불을 걷고 다락에서 내려온다. 집에 들어가기 전에 종태를 만나야 한다. 이곳에 몰래 왔다는 사실을 아버지가 안다면, 그다음에는 해림을 어디로 보낼지 모를 상황이니까. 해림은 용기를 내어 문을 열고 밖으로 나온다. 종태만 생각하면 용기가 치솟는 병이라도 걸린 듯싶다. 이불 밖으로 나와 방문을 열자 대낮의 햇살이 몸을 비춰 눅눅한 기분마저 말려준다.

이옥의 집은 무슨 일인지 시간이 지나도 텅 비어 있다. 해림은 부엌으로 가서 찐 감자 하나를 먹고 물 한 바가지를 마신다. 밖으로 나오자 환하고 맑은 물 흐르듯 자연스레 갠 하늘의 푸르고 고요한 빛이 느껴진다. 정자나무 그늘에는 노인들 두 명이 장죽 쇠머리를 만지거나 담배를 피우며 이야기를 나누고 있다.

*

종태의 집도 비었다. 앞산과 면사무소를 지나 종태 할아버지의 서당으로 가볼까. 갈림길에서 해림은 갈팡질팡하다가 종태와 자주 걷던 남강으로 가는 길로 들어선다. 사람들이 거의 다니지 않는 길이지만 종태와 자신이 비밀 통로처럼 걷던, 대숲이 우거진 길이다. 강물이 흐르는 그 길을, 대숲을 헤치며 걸으면서 종태가 마주 걸어오는 상상을 한다. 가장 나쁜 경우의 수는 종태를 만나지 못하고 순사를 맞닥뜨리는 일이다.

불길한 마음 대신에 대숲 사이로 퍼져 들어오는 햇살이 점차 해림의 몸으로 파고들어서 검게 들어찬 연기 같은 것을 몰아내고 빛으로 환히 채운다. 강물도 햇살에 물결을 돋우며 천천히 흘러간다. 저 많은 물결이 어제처럼 흐르고 있어도 어제와 전혀 다른 물결이겠지. 찌푸렸던 얼굴을 펴고 종태와 만날 약속을 해둔 것처럼 가슴을 편다. 곧 종태의 얼굴을 볼 수 있다면, 달걀처럼 매끈하고 부드러운 두 볼의 광대뼈가 솟아오르는 웃음을 볼 수 있다면.

해림아, 넌 멀리서 봐도, 가까이에서 봐도, 옆에만 있어도 기분이 좋아져. 시원하고 큰 눈이 아무도 미워하지 않을 거 같거든. 누구에게나 상냥하게 대해서 좋아. 종태가 칭찬하던 말이 떠오른다. 종태에게, 오라버니는 키 크고 잘생겨서 좋아요. 남자답고요. 그런 기분 좋은 칭찬을 해주고 싶다. 더 늦기 전에.

*

종태를 찾을 수 없다. 혹시 누구라도 뒤쫓아올까 조심하며 집으로 향한다. 마루에 오르려는데 안방에서 부모님이 대화를 나누고 있다. 징병이란 말이 들려와서 마루에서 대화를 엿듣는다. 아버지의 목소리가 들리고 어머니는 등잔불 아래에서 바느질 품삯 일을 하는 모습이 창호지 밖으로 비친다. 아버지가 그 옆에 웅크리고 앉아 한동안 말이 없다.

"면마다 할당을 줬다니 별수 있어요?"

"죄다 입대 지원하라고 난리니, 조선에서 사내로 태어난 게 화근인 게지."

"우리 해림이도 노리는 눈이 많아서……. 구장이 오늘도 초저녁에 찾아와서 일본에 데려가 간호사 시킬 테니 딸 보내란 독촉을 하고 갔어요. 일본이 어디라고 배를 태워, 여자애를 군인들 간호하게 시키겠다고. 관에서 내일 떠나는 지원병들을 위해 환송회를 한대요. 부모 가슴에 대못을 박고 뭔 환송회를 해준다고 설레발인지."

"성대히 환송해주겠단 이유가 뭐겠어? 그래야 면장한테 미안해서라도 도망 못 치게 하려는 게지. 다음에 또 다른 청년들 끌고 갈 때 우쭐하게 만들어서 순순히 데려가려는 수작이야."

부모님의 이야기는 이어진다. 해림이 방으로 들어가자 부모님이 불쑥 나타난 해림을 보고 놀란다. 어머니는 손을 잡고 왜 이리 말랐냐고 눈물을 떨어뜨려 해림의 손등이 젖는다. 아버지는 왜 돌아왔냐, 돌아가란 말도 못하고 해림을 쳐다볼 뿐이다.

3

"뭐? 아버님이 붙잡혀 갔다고?"
서당에서 뛰어온 아이들이 전한 말에 농사일을 끝내고 들어온 박대철은 대문까지 한걸음에 뛰어나간다. 마당에서 어머니를 도와 농기구를 정리하던 종태도 아이들을 쳐다본다.
"순사 둘이 와서 할아버지 팔을 잡아끌고 갔어요."
아이들은 같은 말을 서너 번 되풀이한다. 눈을 크게 뜨고 발을 동동 구르며, 어서 가보라고 펄쩍펄쩍 뛴다.
종태는 순간 새로 부임한 순사의 얼굴이 떠올랐다. 천황과 국가의 방침에 철두철미하고 충성스럽게 일하려 한다고 유독 강조하던 신참 순사의 말을 듣던 때부터 어느 정도 예견된 일이다. 왜 그렇게 충성하려는 것인지 생각해봤습니까? 신참 순사를 볼 때마다 묻고 싶었다. 마을 주민을 피의자 다루듯 경직된 태도로 대하는 그에게 종태의 질문은 입 밖으로 나온 적이 없다.

주재소 가기 전에 들린 서당은 참혹한 상태였다. 방문이 떨어져 있고 마당에는 타다 만 책이 불꽃이 사그라지지 않은 채 재가 되고 있었다. 방 안에 있던 책이 모조리 없어지고 책을 올려두던 선반도 부서진 상태다.
"공부를 못하게 막겠다고? 어림없다."
박대철은 흥분해서 목소리를 높인다.
"너희들은 집으로 가고 종태는 날 따라오너라."
박대철은 종태를 데리고 주재소로 간다.

"유치장에서도 순사에게 훈계를 일삼으니, 괘씸죄에 걸려서 그래요."
순사가 말한다.
"서당은 300년 동안 내려온 가업입니다. 그런 서당을 당신들이 폐쇄했으면 됐잖아요. 아버님이 그저 소일거리처럼 찾아오는 아이들 몇 데리고 공부를 가르치는 겁니다. 그것도 안 됩니까? 조선 천지에 이런 법이 있습니까? 아버님이 뭐 그리 큰 죄를 지었다고 감시하고 유치장에 가둡니까?"

박대철은 흥분하다가도,

"아이들에게 선동이나 자극적인 언동을 하실 분이 아니니 쇠약한 어르신을 어서 집으로 모셔가도록 선처해주시오."

쉰 목소리로 사정하며 머리를 깊이 숙이길 반복한다.

"나잇살이나 먹었으면 돌아가는 걸 제대로 읽어야 할 거 아니오. 지금 대일본이 아시아를 서구의 적으로부터 지켜내려고 목숨 걸고 나서는데 그 뜻을 알아차리고 고마워하기는커녕 사사건건 시비를 걸고 아이들을 불러모아 조선말을 가르치고 근로보국대에 가지 말라는 등 선동하고 나서니 모셔다놓은 거요."

"동양척식회사에서 조상 때부터 이어받은 농토를 몰수해가도, 부엌에 있던 솥이나 수저, 창고에 있던 금속품을 다 가져갔을 때도 불평하는 말 한마디 않던 분입니다. 절대 경솔한 언동을 하실 분이 아닙니다."

"아실 만한 양반이 왜 아이들을 불러 모아놓고 일본이 결국은 전쟁에서 질 거라고, 보국대나 군대 어디도 가지 말라고 했답니까?"

"우리 아버님이 그런 말을 했을 리가 없어요."

"아이들이 들었답디다. 일본군이 전쟁에서 피 흘리고 싸우는데 그런 말이나 지껄이는 건 악담이나 저주가 아니오?"

신참 순사는 직접 전해 들은 말이라고 우긴다.

"일본어를 가르치고 일본 제도를 가르쳐서 일체화 교육을 한다 해도 반발한 적 없잖소? 우리 국토를 가져갔어도, 화폐를 통합하고 시장도 통합하고 일본의 법을 조선에 적용했어도 아무 말도 할 수 없었소. 교원들이 조선 학생을 압박해도 입 다물었단 말입니다."

박대철은 분해서 숨이 가빠올 지경이다.

"이미 10년 전에 폐쇄 명령을 내린 서당을 버젓이 운영하는 자체가 일본에 저항하는 거 아니오. 천황이나 국가가 용납하지 않을 거요."

순사는 천황이나 국가의 말과 명령이 그대로 자신의 정의며 그것을 따르는 것이 제 할 일이라고 우긴다. 개인적인 삶이나 개인적인 신념을 내세우는 것 자체가 죄악이라는 자들, 박대철은 고개를 젓는다.

*

박 훈장은 그들과 달라도 너무 다르다. 개인의 신념이나 가치에 맞으니 위협이 닥쳐도 지속하겠다는 것이다. 무작정 움직이는 거대한 기계를 한 작은 생명이 막아선 형상이다. 박 훈장은 주재소로 수없이 불려다니고 그때마다 눈에 띄게 노쇠해져서 돌아오지만, 눈빛만은 한 번도 수그러들거나 달라진 적이 없다. 고문을 당하고 와도 하루 동안 몸을 추스르기도 전에 또 배움을 구하러 온 아이들에게 글을 가르친다.

"내 일상을 누가 막아? 눈감을 때까지 하기로 작정한 일인데."

그렇게 일갈했다.

"당신들이 내선일체라 하며 전쟁에 조선인을 동원하고, 조선 역사도 가르치지 않으면서 황국신민 서사를 강제로 외우게 하지 않습니까. 또 무사도를 가르치며 일본 정신 교육을 강화하고요. 그러면서 박 훈장님이 공부시키는 건 왜 문제가 된단 거요?"

박대철의 목소리가 점점 더 커진다.

"자, 생각이란 걸 좀 해보시오. 모든 공부는 다 하나로 통하는 것 아니오."

"조용히 해요!"

"학교에서 가르치는 선생은 죄다 일본인 아니오? 조선인이 미개하다고 떠들고 다녀도 누가 뭐라고 합디까? 뭐가 겁나서 서당을 부수고, 그것도 성에 안 차서 아버님까지 가둔단 말이오. 고희가 넘은 어르신을 유치장에 가두고 뭘 어쩌자는 거요."

"당신도 사상이 의심스럽군. 유치장에 들여보내줄 테니 거기서 기다리다가 부르면 조사받고 가시오. 지금 한 말을 심문할 것이오."

"좋소. 내가 조사받을 테니 제 부친을 집으로 돌려보내주시오."

"둘 다 사상이 의심스러운데 누굴 내보내란 거야!"

순사가 버럭 소리를 지른다. 박대철은 나무 책상을 두 손으로 들어 엎은 뒤 순사에게 달려들어 멱살을 잡는다. 순식간에 벌어진 일에 주재소의 순사 둘이 박대철과 순사를 떼놓는다. 박대철을 제압해 두 손을 뒤로해서 수갑을 채운다.

"어서 가. 집에! 뒤도 돌아보지 말고!"

박대철은 끌려가면서 종태에게 외친다. 순사에게 덤비는 일이 얼마나 무기력한 일인지, 위험한 일인지 그제야 현실을 깨달은 사람처럼. 이렇게 해서는 이길 수 없다. 계속 당할 일밖에 없다. 허둥대는 걸음을 옮기며 종태는 중얼거린다.

*

집으로 돌아와서 방금 벌어진 일을 말하자 어머니는 마루에 주저앉는다.

"아버님이 걱정이야. 연세가 많으신데. 이 양반은 아버님 모시러 갔으면 어떻게든 구해 올 궁리를 할 것이지 같이 잡혀 들어가면 어쩌냐."

"……."

"이러다가 당최 불똥이 어디로 튈지 모르겠어. 누구 집에서는 순사가 상투를 잘랐다고 하더라. 흰옷도 못 입게 단속하는 세상인 거야. 조선이 없어지는데 마을 아이들 교육이 뭔 소용이라고 이 난린지. 칼 찬 순사들이 이리 설치는데 주재소에 들어가서 하고 싶은 말 다 하는 간 큰 양반이 가장이라니."

종태는 묵묵히 어머니의 흥분이 가라앉기를 기다린다.

"조선인 공무원들이 양복을 빼입고 순사들과 어울려 다니면서 온 집 안을 헤집고 다닌대. 일본사람들은 툭하면 전쟁에서 크게 이기고 있다고 떠들더니만 왜 이리 못 잡아먹어서 난리야. 그 많던 농작물도 다 뺏기고 콩깻묵을 먹고 살아야 할 정돈데, 옆집 사람들은 자식까지 근로 보국대로 끌고 가서 탄광으로 보낸다, 징용 보낸다 해서 근심이 한가득하더라. 우리 집 양반들은 자식들 걱정은 않고 왜 이리 나대는지."

어머니의 탄식은 끝이 없다.

*

다행히 이틀 뒤 박 훈장은 풀려났으나 지나친 고문으로 기력 없이 축 늘어져서 자리보전이 길어졌다. 서당이 훼손되어 수업을 이어갈 수 없다는 사실을 알자 조상 뵐 낯이 없다면서 식음을 전폐한 바람에 기력이 더 소진된 것이다. 곡기를 끊고 돌아가실 지경이 되자 종태는 매일 주재소로 찾아가서 아버지와 면회를 시켜달라고 통사정한다.

"할아버지가 언제 돌아가실지 모르니 아버지를 내보내주시오."

종태가 매일 읍소한 지 나흘 만에 아버지는 유치장에서 나왔다. 종태는 서당으로 가서 훼손된 문짝과 선반을 고쳤다. 그런 모습을 본 순사가 기웃거려도 종태는 아랑곳하지 않고 서당을 본래 상태로 되돌리는 일에 힘썼다.

*

해림은 종태를 만나지 못한 채 이틀 동안 집 안에서 꼼짝하지 않았다.

"민해림 부친 계시오!"

구장이 양복 입은 일본사람을 데리고 대문 안으로 들어선다. 해림은 깜짝 놀라서 방 모서리에 붙어서 문틈으로 그들을 내다본다.

"이 집 고명딸 해림이가 집에 돌아왔다던데? 흐흐······."

아파서 멀리 요양 보냈다고 둘러댔는데 집에 돌아온 것을 귀신처럼 알아낸 모양이다. 저들의 손아귀에서 벗어날 수 없을 거라던 어머니의 말이 귓전에 맴돈다. 해림의 손바닥에 땀이 흥건히 밴다.

해림은 숨죽인 채 구장과 일본인이 아버지에게 떠드는 소리를 엿듣는다. 일본으로 근로 정신대 나가면 공부도 할 수 있다, 마을 처녀는 갈 수밖에 없다, 강제로 끌려가는 것보다 순순히 가는 것이 좋은 곳으로 보내질 가능성이 크다, 부모가 결단을 빨리하는 것이 해림을 위하는 길이다, 해림이 워낙 영특하니 머리 쓰는 곳에 취직시켜주라 하겠다, 그런 말을 숨도 쉬지 않고 늘어놓는다. 아버지는 버릇처럼 먼 산을 바라본다. 그들은 다음엔 서류를 가져올 테니 도장만 찍으면 된다고 말한 뒤 돌아갔다.

"경찰이 한통속이라서, 소개업자들이 설쳐도 잡지도 않고 도리어 몰래 놔주고. 옆집 사는 설이도 소개업자가 그 집 딸을 고무공장 여공으로 취직시키겠다고 데려갔어. 경성으로 부친이 찾으러 가서 수소문했더니, 한 여관에서 소개업자는 찾았는데 딸은 이미 팔아넘기고 어디로 갔는지도 모른다더라."

"설이가……."

"설이 아버지가 딸 내놓으라고 통곡하고 난리 쳐도, 그자들은 뻔뻔하게 서류를 디밀고 위임장에 지장 찍은 걸 보여주더래. 그게 팔아넘겨도 좋다는 증서였다고 했어. 그 여관엔 백지위임장에 도장이 찍힌 서류가 구석에 수북하게 쌓여 있더라니 말해 뭐 하겠어."

"그런 일이……."

"그자는 학생 가르치던 자여서 아는 것도 많고 글도 잘 아니까, 농촌의 가난한 사람들 속여먹는 덴 선수였지. 자기만 이런 짓 하는 게 아니라고 큰소리까지 치고 다니고."

아버지 말을 듣는 동안 어찌나 어금니를 악물었는지 해림은 턱이 아프다.

"내 일 마치고 돌아올 때까지 집에서 꼼짝 마라. 인기척이 나면 다락에 올라가서 숨고. 알겠지? 아무래도 네가 근로 정신대에 가지 않으려면 할머니 집에 가서 더 있다가 오는 수밖에 없겠어. 답답해도 섬나라로 끌려가는 것보단 나을 거야. 밤에 할머니 집에 데려다줄 테니까 단단히 짐 싸고 있어."

신신당부한 뒤 아버지는 집을 나선다. 어머니와 동생들도 집을 비운 뒤 해림은 또 혼자 집에 남는다. 방 안을 종일 서성인다. 머릿속에는 종태밖에 떠오르지 않는다. 종태와 헤어져 있기 싫다는 생각과 종태를 만나서 당장 혼인해달라고 매달리고 싶은 마음이 오간다. 이옥이 사라지고 없으니 위기에 빠진 자신을 도와주면 안 되겠냐고 하소연하면 그의 마음이 움직일까. 이옥에게 못 할 짓을 하는 건가. 이대로 할머니 집에 가야 하나. 아무리 서성여도 답을 찾을 수 없다. 아버지가 돌아오기 전에 할머니 댁에 가지 않을 방법을 찾기 위해 서둘러야 한다.

어둑해서 얼굴을 가릴 만하자, 해림은 종태의 집으로 향한다. 종태 부모님은 종태가 어디에 있는지 모른다고 한다. 야학에도 가봤으나 문이 굳게 닫혔다. 틈으로 안을 살펴봐도 한쪽 구석 의자에 앉아서 학습서를 만들던 수호도 안 보인다. 해림은 야학 앞마당을 오가다가 달도 없는 밤하늘을 원망스레 노려본다. 구장이 던진 그물에 금방이라도 걸려들 것 같아서 초조하다.

*

종태와 자주 만나던, 대숲이 우거진 강가로 향한다. 이곳에서도 못 만나면 꼼짝없이 할머니 댁으로 가야 한다. 짐승이 소리 내 울기 시작한다. 대숲도 화답하듯 소리 내 우는 듯하다. 바위에 앉아서 옻칠한 듯 검은 강을 내려다보고 있은 지 얼마나 지났을까. 꿈결처럼 발소리가 들린다.
"종태 오라버니?"
일어서며 묻는다.
"여기서 뭐 해. 늦었는데……."
걱정과 반가움이 뒤섞인 목소리가 점점 가까워진다.
순간, 달빛이 비친 강물 위로 무언가 날카롭게 튀어오르는 소리가 난다. 종태와 해림이 동시에 그 소리를 향해 강가를 쳐다본다. 첨벙대는 소리가 제법 크다. 두 마리의 수달이 물에서 튀어나와 바위 위로 오른다. 서로 달려들거나 희롱하며 쫓고 쫓겨 다닌다. 수달 한 마리가 숲을 지나 물속에 잠수하자 다른 한 마리도 같이 뛰어든다. 때마침 후드득 새가 날갯짓하며 수달의 소동을 구경하는 듯하다.

잠시 소란이 지났지만, 해림은 종태의 얼굴을 바로 보지 못한다. 기다린 시간보다 할 말의 무게가 더 무거워서 꺼내놓을 수가 없다. 혼인해달란 말을 어떻게 한단 말인가. 꼭 그 말을 해야 한다, 거절당하더라도. 오락가락하는 마음을 다잡으며 고개를 든다.

"늦은 밤에 이런 곳에서 서성거리면 위험해."

"집이라고 안전한 건 아니에요."

"그나마 집이 낫지."

"아버진 또 할머니 댁에 가 있으라고 해요. 거기라고 순사가 안 오겠어요? 그 사람들은 귀신같이 알고 찾아다닌다던데."

해림이 목소리가 갈라진다.

"저들이 우리 허락받고 전쟁을 일으킨 것도 아니고 조선을 독립시키겠다고 전쟁하는 것도 아닌데 왜 조선사람을 못살게 구는지. 아까 낮에는 구장이 마을 사람들 모아놓고 그림 한 장을 흔들더라. 조선인 농부의 아들이 육군에 지원해서 적탄을 맞아 죽어가면서도 천황폐하 만세, 대일본제국 만세!라고 외쳤대. 그게 대단하다고 그 청년의 얼굴을 그려서 온 마을에 다 뿌리면서 지원병 모집하고 다니더라."

"그 이야기가 마을에 파다해요."

"구장이 하도 핏대를 올려서 선전하니 반박도 못하고 돌아섰지만, 속이 부글거리고 얼굴이 달아올랐어. 장성한 아들이 있는 부모들은 황망한데 한집에 남자가 둘 이상 있으면 무조건 한 명은 근로 보국대나 지원병으로 나서라니. 이 마을 남자들을 그물로 훑어 죄다 전쟁터로 던져넣으려 드네."

"움막 하나 지어 옥수수나 심어 먹고사는 것만 해도 좋은데. 짐승도 누릴 수 있는 자유를 우린 왜 못 누리겠어요. 이옥이는 소식이 없지만…… 나라도…….'

혼인하자는 말이 입안에서만 맴돈다. 이옥의 이름을 꺼내자 도저히 못할 짓 같다.

"오늘도 이옥이 찾으려고 건넛마을까지 샅샅이 뒤지다 왔어."

"종일 이옥이 찾아다녔어요?"

그러니까 이옥이는 잊어요. 이옥이가 세상에서 없어졌다고 여기고 나라도 좀 살려줘요. 할 말은 정리되었는데 꺼내놓지 못한다.

"이대로 나도 이 마을을 떠날 거 같아."

"네?"

갑작스러운 그의 선언에 놀라서 쳐다본다.

"오늘 면사무소 노무계에서 출두 명령서가 왔어."

"출두 명령서라면?"

"조선 총독부 허가를 받아서 면사무소 노무계가 필요한 인력을 강제로 선발해서 내보내겠다는 거야. 관이 주도해서 필요한 인원을 할당해서 채우려고 나처럼 농촌에 있는 청년을 동원하려는 거야."

"어디로 가는데요?"

"모르지. 출두하지 않으면 한두 달 안에 통지서를 보낸대. 그러면 명령대로 가라는 데로 가야 한대. 이옥이 소식도 모르는데 고향을 뜨게 생겼으니."

그도 해림처럼 앞이 캄캄해서 강가로 나온 모양이다. 바위 아래 강물이 어둠을 덮고 무겁게 출렁인다. 해림은 종태를 기다리며 앉아 있던 바위에 도로 앉는다. 강물을 손으로 휘저으며, 할 수가 없겠구나, 혼인이란 말은. 이대로 헤어지면…… 뿔뿔이…….

해림은 말없이 오랫동안 강물만 휘젓는다.

푸드덕! 물고기가 움직이는 소리가 물살을 휘감으며 들린다. 조금 전에 봤던 수달 한 쌍이 문득 부럽다. 자유로이 물가와 숲을 오가면서 노닐던 수달. 그 수달을 품고 있는 강이 부럽다. 강가에 휘늘어진 나뭇가지도, 바위도, 부럽기는 마찬가지다. 쫓겨다니지 않고 숨을 곳을 찾아다니지 않아도 되는 모든 것이 부럽다. 고향 땅을 떠나지 않아도 될 모든 것이 부럽다.

강의 수면도 잠잠하기만 하다. 잔잔한 수면에 하고 싶은 말을 띄우면 그 말이 수면을 타고 종태에게 들릴까. 이옥과 출두 명령에 정신이 없는 그에게 다급한 자신의 사정을 좀 들어봐달라고 할 수 없어서 더 서럽다. 지금 종태의 마음 어디에도 해림이 들어찰 자리는 없는 것이다.

종태의 앞날을 걱정하는 마음이 왜 생기지 않는 걸까. 오직 생생하게 자신을 자극하는 것은 그에 대한 자신의 감정이라니. 피가 스미도록 아랫입술을 깨물며 자책해도 소용없다.

종태에게 당부라도 해야 하나. 하지만 그가 말하지 않았나. 이옥의 소식도 모르는데 고향을 떠야 한다니,라고.

이옥을 생각하는 마음의 절반이라도, 아니 절반의 절반이라도 자신을 생각해달라고. 그런 말을 뱉을 수 없는 형편이니 해림은 어두운 강물만 두 손으로 휘젓다가 일어선다.

말없이 걸음을 떼어놓는다.

강가 산 비탈진 곳의 나무 한 그루가 눈에 들어온다. 금방이라도 굴러떨어질 것 같은 산비탈의 바위에 기대어, 약간의 흙에 덮인 상태로 간신히 버티고 선 나무. 뿌리가 약하니 어떻게든 버텨 생명을 유지하려고 드러누운 자세로 옆으로 가지를 뻗어 나가고 있다.

나뭇가지들이 늘어지고 커갈수록 뿌리는 흙더미 밖으로 더욱 드러나며 금방이라도 뽑힐 듯한데, 햇볕을 찾아 사방으로 뻗은 것이 역력하다. 기울어져 버티면서도 이파리를 무성히 달고 있는 나무를 바라본다.

버틸 수 있을 때까지 버티는 거지. 먼저 무너지지는 않아. 저렇게. 하늘을 향해 꼿꼿이 뻗어 올라가지 못해도 수평으로 몸을 눕히고 버티는 저 나무처럼.

악착같이 흙 속으로 뻗어간 뿌리가 한눈에 들어온다. 한 치 앞도 내다볼 수 없는 상황에 자신의 감정이 휘둘리는 것이 마음에 들지 않는다.

종태가 뒤따라오는 발소리가 들린다. 해림은 돌아보지 않고 앞장서서 빠르게 걷는다. 그를 위로해주지 못한 자신이 미우면서도 자신과 헤어질 일에 대해서는 아무런 아쉬움을 말하지 않는 그가 못내 원망스럽다.

해림은 묵묵히 집 쪽으로 걸음을 옮긴다.

*

집으로 돌아와서 아버지에게 할머니 댁에 숨는 일은 절대 않겠다고 말한다. 아버지는 끙, 한숨을 내뱉고 밖으로 나가고 만다. 어머니는 달리 할 말이 없는 듯 해림을 물끄러미 바라볼 뿐이다.

어머니는 바느질 바구니를 당겨 광목천을 찾아 든다. 그 천에 붉은 실로 수를 놓는다. 한 사람이 한 바늘씩 천 명이 뜨는 천인침이란 것을 만드는 것이다.

"너도 한 땀 떠라. 천 사람이 한 땀씩 뜬 광목천을 몸에 두르고 전쟁에 나가면 많은 사람의 정성을 하늘이 귀히 여겨 총알이 비켜 가도록 돌봐준대. 옆집에 내일 갖다줘야 하니까."
 어머니가 바늘을 내민다. 바늘을 건네받아 쥔 해림의 손이 떨린다. 그것이 사실이라면 수백 번이라도 떠주고 싶다. 하지만 해림은 천인침을 강조하는 이유를 알고 있다. 마을 사람들이 군대에 가는 청년을 지지하고 잘 싸우도록 격려하는 마음을 전달하는 것처럼 포장하고 있다고. 실제로는 군대에 보내는 부모들의 슬픔과 불안을 기만하는 짓임을. 이제 떠나면 죽을 수도 있음을 상기해주고 전쟁에서 죽더라도 하늘이 돕지 않아서라고 호도하려는 의도임. 수호가 탄식하며 알려주던 말이 떠오르자 광목천에 들어가야 할 바늘 끝이 손톱 밑을 찔렀다.

*

 집에 먹을 것이 없다고 어머니가 망태를 들었다. 밭에 나가서 씨알이 작아서 버려진 감자라도 주워 오겠다고 집을 나선다. 해림은 숨어서 지내는 일이 갑갑해서 어머니의 만류에도 따라나선다. 어머니는 시집간 여자처럼 보이려고 해림의 머리를 쪽을 지어 올리고 머릿수건까지 씌워준다.
 밭으로 가는 길에 말 타고 지나가던 순사가 해림을 힐끗 쳐다본다. 별말은 없으나 눈빛이 섬뜩하다. 순사는 말없이 말을 달려 어디론가 사라진다. 어머니는 불길하다면서 서둘러 감자를 줍는다. 씨가 작거나 썩은 것, 호미에 찍힌 것을 망태에 담는다. 이미 다른 사람들이 주워 가고 남은 찌꺼기여서 주워 담을 감자가 별로 없다. 그래도 어머니의 망태는 제법 묵직하다.

 어머니가 부엌에 들어가서 감자를 정리하는 사이 해림은 우물가에서 손을 닦는다.
 오랜만에 일을 해서 그런지 허리가 아프다. 이옥이 아직도 안 온 걸까. 소식이라도 들을 게 있을까 싶어서 이옥의 집으로 향한다. 어머니는 마을 산책도 못하게 하므로 조용히 집에서 빠져나온다. 마을은 오늘따라 더 괴괴하다. 사람들이 어디로 숨어버린 듯 들판이 텅 비었다.
 이옥의 집으로 가기 위해 마을 어귀에 이르자 트럭 한 대가 앞질러 멈춰 서며 길을 막는다. 트럭 문이 열리더니 헌병 두 명이 뛰어내린다. 누런 군복에 각반과 완장을 찬 헌병들이 다짜고짜 해림의 양쪽에서 팔을 잡는다. 해림이 비명을 지르며 몸을 비틀고 발버둥을 쳤으나 주위에 아무도 없다. 비명을 들어줄 사람도, 구해주려고 달려올 사람도 없다. 그런 사정을 틈타 해림에게 다가온 것 같다. 해림의 몸을 들어올려 트럭의 적재함에 실었다.
 적재함에는 이옥이나 연이 같은 여자애가 숨죽이고 웅크리고 있다. 보따리처럼 서로에게 기대거나 뭉쳐진 듯 대여섯 명의 여자애들이 앉아 있다.

"왜, 왜요?"

해림이 소리치자 더러운 걸레 같은 것으로 입을 틀어막는다.

트럭이 속도를 높여 달리기 시작한다. 마을 길도, 집도 보이지 않도록 먼지가 앞을 뒤덮는다. 요란한 엔진 소리, 터뜨린 여자애들의 울음소리에 닥치라는 헌병의 고함, 더 크게 터지던 여자애들의 훌쩍이는 소리가 도무지 현실처럼 느껴지지 않는다. 해림은 여자애들 틈에 끼어 총구를 들이대는 헌병의 감시를 받으면서 온종일 달리는 트럭에 화물처럼 몸이 변해가는 것을 느낀다.

밤새 어둠 속을 달린 트럭이 해림을 내려놓은 곳은, 부산의 한 여관이라고 했다.

4

그새 많은 일이 있었다.

해림이 끌려갔다는 말을 듣고 종태는 충격에 빠졌다. 혼인을 해줬더라면 이런 일이 없었을 거란 죄책감으로 괴로웠다.

부모님도 충격에 휩싸이기는 마찬가지였다. 그런 와중에 순이네 집에서 종태를 사위로 삼고 싶다는 언질이 왔다. 징용 가더라도 대를 이을 자식 하나 낳고 가야 한다고 조급해진 종태의 아버지는 그 언질을 받아들였다. 순이 부모님은 종태가 출두명령서를 받아서 언제 징용 나갈지 모른다는 것도 알고 있었다. 하지만 가더라도 1, 2년 지나면 돌아올 거라 믿었고, 마을의 청년 누구나 종태와 비슷한 처지였으므로 이것저것 따지고 잴 형편이 못 되었다.

*

종태는 순이와 한마을에서 살았으므로 낯선 상대는 아니었다. 다만 이성적으로 가까이 지낸 적이 없었다. 순이는 모든 면에서 평범한 처녀였다. 그런 순이가 종태에게 시집오겠다고 했다니 종태는 해림에게 했던 것처럼 거절해서 상처를 줄 엄두가 나지 않았다. 그랬다가 순이마저 잡혀가면 이 마을에서 살 수 있겠느냐고 아버지가 강요하듯 말했다. 그렇게 함부로 말할 분이 아닌데도 아버지는 쫓기는 사람처럼 불안해 보였다.

*

종태는 마음을 종잡을 수 없어서 강가로 향한다. 어두운 강물결이 뒤집힐 듯 요동친다. 그제야 바람이 불고 있었다는 것을 느낀다. 강물에 이옥의 얼굴이 어른댄다. 이옥은 어디로 갔을까. 그리고 해림은……. 이제 두 사람 모두 영영 못 보는 것인가. 종태가 이옥, 해림과 종종 깊은 이야기를 나누던 대숲 안의 큰 바위 앞에 멈추어 선다.

그곳에 앉자, 이옥에게 자신의 마음을 전하던 기억이 떠오른다. 이옥과는 태어났을 때부터 이웃이었다. 열 살이 넘어서자 이옥이 종태를 피하고 쉽게 말 걸지 않았다. 그럴수록 종태의 마음은 더욱 이옥에게로 향했다. 이옥에게 한마디라도 붙여보고 싶어서 마음이 달아오르던 사춘기 내내 이옥은 종태를 피해 다녔다. 그런데도 적극적으로 자신을 따라다니던 해림보다 이옥에게만 마음이 갔다.

열다섯 살이 지나서야 이옥이는 종태에게 마음을 열었다. 큰 바위에 앉아 간밤에 다녀간 아버지 이야기를 들려주곤 했다. 이옥의 아버지는 독립운동을 하면서 만주나 상해를 떠돈다는 소문이 사실이라고 했다.

이옥은 그 이야기를 꺼내던 날, 종태에게 곁을 두지 않은 이유를 알려줬다. 아버지에 관해 물을까봐 겁났고 아버지에 대해 알려주면 종태도 조사받아 잡혀갈 수 있으니 조심하란 어머니의 부탁 때문에 일부러 피했다고 한다.

이옥의 비밀을 알고 나니 더욱 이옥이 좋았다. 느린 행동처럼 이옥의 마음도 느리게 열렸다. 무슨 일이든 느리지만, 차분히 해나가는 태도가 종태의 마음에 들었다. 느리지만 자신의 심지를 지니고 있어서 외부 환경에 쉽게 흔들리지 않고 살아갈 것 같았다. 그런 이옥의 태도가 할아버지 박 훈장과 닮아 보여서 더욱 끌렸다.

종태는 이옥에게 고백했다. 무슨 일이 있어도 가장 가까운 곳에 함께 있자고. 이옥이 머뭇거리며 고개를 조금 끄덕였으나 종태는 큰 파도의 한 자락을 본 듯 가슴이 울렁였다.

두 해가 지난 일이지만 그날의 기분이 생생히 떠올랐다. 학교에서 순사가 이옥을 어디론가 데려갔다는 소문이 돌았다. 이옥의 어머니가 매일 학교에 찾아가서 알아봤으나 모른다는 말뿐이었다고 했다. 이옥의 어머니는 며칠 전 쓰러져서 지금 사경을 헤매고 있다.

종태는 요동치는 마음을 간신히 누르며 걷는다. 물오리 떼가 간혹 자맥질하고 잠수하여 나오지 않다가 한참 떨어진 수면 저쪽에서 불쑥 올라오는 것이 보인다. 물속으로 자맥질해서 저 멀리까지 가닿을 수 있는 물오리가 부럽게 느껴진다.

달빛이 은은히 비치는 강물 위에 유혹하듯 버드나무 가지가 흔들린다. 가족과 이옥과 마냥 이런 풍경을 즐기며 고향에서 살 수만 있다면……. 달빛이 퍼지는 강물과 강물 위로 버티고 선 어둠 사이에서 마음을 추스르려 애쓴다. 종태는 고향을 곧 떠나게 될 것 같은 예감을 누르며 고향의 공기를 마지막인 양 깊이 들이마신다.

시간이 지날수록 달빛이 비친 강물이 평소와 확연히 달라 보인다. 수많은 이야기를 담고 흐르는 강 물결에 달빛이 산산조각이 난다. 조각난 달빛을 강물이 낱낱이 씻어 품고 있다. 오랫동안 바람에 따라 움직이는 수백만의 물결은 저마다 하나씩 날을 세운다. 아니 종태에게 마지막으로 다정한 작별의 눈길을 보내오듯 달빛을 전하며 반짝인다.

*

해림 대신 순이라도 근로 정신대에 끌려가지 않을 수 있다면 혼인을 올리자고 마음을 굳힌다. 마치 물에 떠내려가듯 자신의 삶이 둥둥 떠다니는 기분이다. 굳이 따지자면 이옥이나 해림의 삶은 오죽한가. 자신의 처지는 오히려 행복한 게 아닌가. 간신히 자신을 추스른다.
이옥에 대한 마음은 깊숙이 밀어넣으려 애쓴다. 아무리 수소문해도 이옥의 소식을 알 수 없으니 할 수 있는 일이 없다. 모두가 이옥과 해림이 비슷한 일을 당했을 거라고 혀를 찼다.

*

종태는 부모님이 추진하는 대로 혼례를 치렀다. 앞마당에서 마을 사람 몇 명을 모시고 간단히 올린 식이었다. 동네 사람들이 오가는 것보다 양가 부모님께 중요한 것은 구장이나 순사가 혼례식을 참관하고 갔다는 사실이다. 특히 순이네 부모는 순이가 이제 처녀가 아니라는 것을 만천하에 알린 것에 안도했다. 최소한 근로 정신대에 나가지 않아도 되어서 다행이라며 좋아했다.
　혼인이 끝나고 사랑방으로 쓰던 곳을 신혼방으로 정해 순이와 합방을 했다. 오랜만에 보는 어른들의 밝은 모습에 종태는 씁쓸한 마음뿐이었으나 내색하지 않으려 애썼다.

*

　혼례를 치른 지 보름이 지났다. 종태는 농기구를 정리하고 있었다. 구장이 찾아와서 주머니에서 통지서 한 장을 꺼냈다.
　"출두 명령을 어기니 내가 직접 통지서를 전달하러 온 거요. 이제라도 이 통지서에 서명하고 즉시 주재소에 들르시오."
　통지서의 내용을 읽기도 전에 구장은 서명하라고 강요한다. 종태가 천천히 읽고 결정하겠다고 버티자 구장은 통지서를 던지고 돌아선다. 종태는 통지서를 주워 들고 내용을 읽었다.
　"황국신민의 산업 전사로 당당히 뽑혔음을 알린다. 거룩한 성전을 하루빨리 완수하는……."
　글자를 읽다 말고 피가 거꾸로 솟는 듯 얼굴이 뜨거워져서 통지서를 구겨버린다. 어머니가 다가와서 뭐라고 쓰였냐고 묻는다. 어머니의 얼굴은 사망통지서를 받아 든 것처럼 하얗게 질려 있다.

"출두 명령서가 왔는데 주재소에 안 갔더니……."

"저것들이 네 사촌 형도 끌고 가서 아직 보내주지 않으면서……. 우리 집안 아들들을 죄다 전쟁터로 끌고 가려고."

어머니는 중일전쟁 때 실종된 이종사촌 형의 이야기를 꺼내며 울먹인다. 나이 차이가 크게 나는 형이라 가깝지는 않았지만 해맑은 얼굴에 키만 껑충하게 컸던 형이 손에 쥐여주던 따뜻한 달걀의 온기는 종태에게 남아 있다. 오랫동안 잊고 있던 사촌 형을 떠올릴 정도로 어머니는 종태의 징용 통지서를 보고 영영 이별이라고 단정한 듯하다. 좀처럼 꺼내지 않던 사촌 형의 이야기를 꺼낸 어머니의 마음을 알아채자 눈을 마주 볼 수가 없다.

"조상을 어찌 보라고…… 우리 조선의 앞날이 남아 있기는 한 것인지……."

들릴락 말락 한숨을 섞어 중얼거리더니 마루에 주저앉는다.

"남양군도 노무자로 가라니, 비행장이나 군수 시설을 만드는 데 동원될 겁니다. 포탄도 나르라고 시킬 거고. 포탄을 적군에 던지라고 할지 누가 압니까. 조선을 지배한 일본의 전쟁에 동원되란 건데, 절대 못 갑니다, 전."

"그럼 어쩌겠어? 달리 방법이 있어?"

어머니의 목소리가 들릴락 말락 잦아진다. 한숨을 내쉬며 올려다본 하늘은 오늘따라 구름 한 점 없이 태평스레 푸르기만 하다.

"급해지면 연행해 갈 거야. 무슨 짓이라도 시킬 기센데."
"할아버지가 알면, 못 가게 말릴 겁니다."
어머니가 말을 잇지 못하고 대문 밖에 덩그러니 서 있는 회나무를 올려다본다. 회나무에 앉아 있던 까마귀가 울며 푸른 하늘로 사라진다.
"경거망동하면 안 돼. 이 어미는 매사에 살얼음판 디디는 거 같구나. 네 동생 생각도 해야 하고."
"바람 좀 쐬고 오겠습니다."
어지러운 마음을 들킬세라 뒤돌아보지 않고 대문을 나선다.

*

수호와 의논하기 위해 야학으로 발길을 돌렸다. 야학은 주재소에서 순사들이 다녀간 뒤 문을 닫은 상태다. 비상문으로 들어가니 교실 구석에 앉아서 수호가 학습서를 만들고 있다. 통지서를 보여주자,
"꼼짝없이 끌려가게 생겼군. 그것도 남양군도로······."
수호가 등을 두드려준다. 종태는 두려움에 고개를 숙인다. 일제가 뻗은 손길이 그물처럼 느껴진다.
"남양군도 노무자라니, 노무자로 지낸다 해도 비행장 건설이나 군사시설 만드는 일을 시키겠지. 중요한 건 거기가 전쟁터란

거야. 지금."

"총도 들라 할까요?"

"상황에 따라 신분 전환도 하겠지. 그러다가 군속으로 징집당하면 총알받이도 되라 할 수 있지. 총이나 수류탄을 쥐여주고 싸우라면 싸워야지 별수 있겠나."

"국가 총동원법을 들먹이면서, 저를 졸지에 남양군도의 노무자로 써먹겠다네요. 이럴 줄 알았으면 출두 명령서 왔을 때 곧바로 노무계로 갈걸 그랬습니다. 그랬다면 남양군도로 가지는 않았을 텐데."

"별반 다르지 않았을 거야. 지금은 그쪽으로 보낼 인원이 필요해진 거니까. 남양군도 군속으로 조선 청년들을 대거 징집하고 있다는 정보를 들었어."

"……."

"자네 보니까 등잔불 곁에 나를 앉혀놓고 어머니가 내 걱정을 하던 모습이 눈에 선하네. 별수 있나. 안 가려면 도망쳐야지. 이방인으로 떠돌며 험한 세상이 끝장나길 기다려야지."

"도, 도망이라면……."

"당장 내일부터 감시원이 붙을 거야. 도망칠까봐. 오늘 밤에 떠나지 않으면 힘들어져."

"네? 오늘 밤에요?"

"나도 그렇게 갑자기 도망친 거야."

"수호 형님이 이 마을에 들어와 살게 된 심정이 오죽했을까 싶어요."

"여기 있게 된 건 비단 그런 이유만은 아냐."

"그럼 무슨 딴 이유라도 있어요?"

"처음에 고향을 떠났다가 심 선생이란 분을 만났지. 내가 전에 심 선생 이야길 했었지?"

"네……. 그런데 심 선생이 누군데요?"

"종태가 나를 만났듯이 우연히 만났지. 우연이지만 필연 같은 만남. 하하."

무슨 말을 하려는지 잘 알 수 없다.

"종태를 보면 내가 처음 심 선생을 만났을 때가 떠올라. 나하고 처지가 너무 같아서. 나도 그때 앞길이 막막하고 어디로 가야 할지 몰랐거든. 누구라도 붙들고 하소연하고 싶었지. 고향 집 나와서 돌아다니다가 배가 고파서 밥집 앞에서 서성거렸지. 그때 은인처럼 나타난 분이 심 선생이었어. 빈털터리던 나를 주막으로 데려가서 국밥을 사줬지. 그리고 시골 농가에서 나를 데리고 살아줬어."

이야기가 어디로 흘러가는지 가늠이 되지 않는다.

"나중에 알았지만 심 선생은 항일운동가였어. 3·1 운동에도 참여했고. 지금도 민족 해방을 위해 조직을 만들어서 움직이고 있어."

"민족 해방을 위해서 조직을……?"

"여기저기 농가를 찾아서 나 같은 청년을 만나면 민족의식을 심어주려고 했어. 우린 태어날 때부터 일제에 속해 살았잖나. 식민지라서 차별받는 게 억울하고 분하다는 정도로 나라와 민족을 생각하지만, 국기를 알거나 우리말을 쓰고 읽을 수 있는 백성도 많지 않으니 문제야. 그래서 일본에 당한 거지."

"우리 마을에 들어온 이유가 궁금했는데 침묵한 이유가 있었네요."

"궁금해도 캐묻지 않아서 종태가 기특했지. 이런 시골에 야학을 만들어서 우리말을 가르치는 열의도 대단했고. 역시 박 훈장님의 손자답다 싶었지. 그래서 말인데……."

수호는 머뭇거리더니 일어나서 바깥 문을 열고 주위를 살피는 듯했다. 그런 뒤 바짝 다가와서 귀에 대고 소곤댄다.

"자네를 심 선생과 내가 속한 조직에 넣어주려고 해. 물론 내 제안에 동의한다면."

"조직이라면……."

"심 선생이 만든 조직에 가입해서 활동해보겠나? 지금 자넨 갈 길을 잃었잖나? 나도 그랬지. 그때 심 선생이 길을 알려줬듯이 자네에게 내가 길을 제시하는 걸세."

"조직원이 되면 무슨 일을 하는 겁니까?"

"조직원을 모집하고, 정신 교육과 무술 훈련을 받게 될 거야.

조직에서 필요로 할 땐 언제든 큰일을 수행할 태세를 갖추고 있어야 하니까. 무슨 일을 할지는 그때 봐서 조직이 결정하겠지."

종태는 선뜻 대답하지 못한다.

"왜? 겁나나? 나도 겁났어. 심 선생의 뜻을 따르는 것이 내 길이라고 여기지 않았으면 조직에 들어가지 못했겠지."

민족 해방을 위해 조직에 들어가라니. 한 번도 생각해보지 못한 일이다. 그런 조직이 조선에 있다는 것도 알지 못했다.

"농촌 청년을 설득해서 조직원으로 만드는 게 쉽지 않아. 감시가 워낙 심하니까. 내가 종태를 안 지 꽤 됐는데 이제야 이런 뜻을 전하잖나. 그 정도로 신중해야 하는 일이고. 조금만 삐끗해도 조직이 발각되어 산산조각이 날 수 있으니까. 심 선생이 만든 조직 이름도 말하지 못하잖나. 자네는 내게서 들은 이야기를 어디서도 발설하면 안 되네."

"……."

"부담 느끼지는 말게. 징용 안 가겠다고 이대로 도망치다 유치장에 가든, 심 선생의 조직원이 되든 자네 뜻대로 하게. 선택할 수 있게 해주는 거, 그게 일본과 우리 조선이 다르다는 증거 아닌가? 하하."

수호가 여유 있게 웃는다.

"이제 우린 할 수 있는 일이 둘 뿐일세. 하나는 함께 떠나는 일, 다른 하나는 나만 지금 당장 떠나는 일. 혹시 자네가 변심해서 밀고하면 조직은 무사할 수 없겠지."

종태가 그럴 일은 없다고 고개를 가로젓는다.

"예전 생각이 나네, 떠날 때가 되니까. 내 고향에 갔던 일도 떠오르고. 산골 벽지에 있는데도 유토가 날 찾아다닌다고 들었네. 내가 인쇄소에서 제압했던 바로 그 유토 말이네."

"유토란 자가 끈질기네요."

"일본의 그릇된 교육을 탓해야지. 그자를 악랄하다 할 수도 없네. 징병 보낸 조선인 부모들조차 징병 안 간 학생이나 그 어머니에게 손가락질하면서 비겁하게 숨기고 있다고 하는 세상이니까. 어머니가 고향에서 살기 어려워서 친정으로 갔는데 거기까지 미행했다더라. 우리를 비국민이라 부르는 저들의 손에서 놓여나려면 누군가는 피 터지게 투쟁할 수밖에 없어."

수호는 종태 옆에 바짝 붙어 앉아 소곤댄다.

"전쟁이 길어지고 있어. 최근 입수한 단파에 따르면 작년에 미드웨이 해전에서 일본이 패한 뒤, 일본은 항공모함을 비롯해서 물자와 조종사를 대체할 능력이 떨어졌다는 거야. 반면 승리한 미군은 전력을 빠르게 정비했고. 그래서 더욱 조선인들을 죄다 끌고 가서 일 시키려는 거야. 전쟁이 길어질 거니까 물자도 필요하고 인력도 무한정 필요하지."

"아. 그렇습니까. 시골에 있어도 돌아가는 상황을 다 안다니, 우물 안으로 빛이 비치는 거 같고 그 빛을 따라 올라가면 될 거 같아요."

"자네는 어쩌면 그렇게 말을 잘하나? 빛이란 말도 참 오랜만에 들어보네. 빛을 따라 올라간다니. 멋지네. 자넨 감성적이면서도 이성적이야. 하하. 내가 사람 보는 눈은 있지."

종태는 겸연쩍으면 하는 버릇대로 왼손을 들어 뒤통수를 쓱쓱 문지른다.

"아까 태평양에서 전세가 불리하다고 했는데 언제쯤이면 일본군이 물러나겠어요?"

"어림없지. 전쟁이 길어지면서 인적 자원이 부족해지니까 그걸 메우려고 혈안인 거야. 몇 년 전만 해도 조선 청년에게 총을 쥐여주면 자신들에게 총구를 들이댈 거라고 꺼렸는데 지금 아군 적군을 가릴 여유도 없어진 거 보면 알 수 있지 않나?"

"지는 전쟁에 왜 우리 조선 청년을 몰아넣겠다는 건지……."

"천황의 이름으로 강제 노동을 시키고 징병을 내보내고 있어. 그래도 난 믿어. 언젠가는 이 전쟁이 끝날 거란 걸. 결국, 일본이 지겠지. 지금 하는 짓을 보면 간이 부었거든. 군부는 갈 데까지 가려는 거야. 그래야 책임에서 멀어지니까. 책임질 일을 피하려고 질 때가 되어도 전진을 외치겠지. 자기들이 지금 왜 전쟁을 이어가는지도 모른 채. 뒤에서 누군가 채찍질하듯, 호랑이 등에 올라탄 것처럼 막 달리고 있어. 일본 본토 사람들도 그 지경이고."

수호가 한숨을 내쉰다.

*

"이리 좀 더 가까이 와봐."

수호가 한껏 작아진 목소리로 종태의 귀에 대고 소곤댄다.

"사실은 오늘 밤에 남강에서 배를 타고 나갈 거야. 부산으로 갈 배를 타러 가기 위해서. 부산에 계신 심 선생을 만나서 수행할 일이 생겼거든. 오후에 사람이 다녀갔어. 학습서를 만들고 자네에게 가서 이런 이야기를 전달한 뒤 떠나려던 참인데 마침 자네가 온 거네."

"그럼 저는?"

"자네가 징용에 가지 않겠다면 당장 나를 따라와야지. 자넬 조직이 보호해줄 거야."

"……."

"감옥에 가뒀던 죄수도 전쟁터나 광산으로 내몰고 있지. 자네가 전쟁터에 안 가고 유치장에 갇혀도 전쟁터로 끌려나가는 결론은 같을 거야."

종태는 수호의 말을 들으면서 조부 박 훈장을 떠올린다. 박 훈장은 독립운동을 하지 않았던 당신을 부끄러워하지 않던가. 식민지를 만든 일본에 항의하고 죽어간 많은 열사를 칭송하며 그 열사 중 한 사람으로 살지 못한 당신의 용기 없음을 한탄하던 모습도 떠오른다. 박 훈장은 지금 종태의 뜻을 들으면 기꺼이 종태의 등을 두드려주며 수호와 동참하라고 할 것이다.

"결심이 섰으면 같이 힘을 합해보자고. 박 훈장께서 지금껏 이 마을로 피신한 나를 거둬줬으니 나도 보답할 기회가 온 것인지 모르겠네."

수호가 말한다.

"부모님께 인사드리고 오게. 남강의 동쪽 대숲 밑으로 11시 정각에 내려와. 예전에 우리가 만나서 야학 일 의논하던, 큰 느티나무가 서 있는 곳 알지? 근처에 배를 대놓을 테니까. 더는 묻지 말게. 비밀이 하나라도 새나가서 좋을 건 없으니까. 11시까지 기다리지. 안 오면 나만 떠나겠네. 내가 했던 말을 누구에게도 발설하면 안 되네. 여러 사람 목숨이 달린 문제니까."

수호는 종태를 힘껏 안아준 뒤 먼저 야학의 비상문으로 빠져나간다.

*

종태는 부모님께 고향을 떠나겠다고 말한다. 수호와 나눈 대화는 비밀에 부쳤으나 아버지는 종태의 결심을 들은 뒤 손을 꽉 쥔다.

"이렇게 된 건 어쩔 수 없다 해도 앞으로 혹시라도 남의 목숨 뺏고 나 살겠다고 총 쏘는 일은 하지 마라."

아버지로선 피를 토하는 심정일 것이다. 네가 살기 위해서 누군가를 죽여도 된다고 말하지 않고, 조상 때부터 대물림되었을 말을 종태에게 당부한다.

"여기 식구들은 살 방도가 생길 거니까."

"어떻게 하시려고요?"

"네가 도망치면 우리 식구 가만두겠어? 어디로든 보내려 하겠지. 멀쩡하게 지낼 수 있다면 기적이겠지. 그제 저녁에도 구장이 찾아와서 이주하라고 떠보고 갔어."

"……."

"하지만 난 안 떠나. 식민지 백성이라 해도 조상들 선산을 두고 움직일 수 없어. 끌려가기 전까지는 여기서 뼈를 묻을 거야. 해림이 아버지도 해림이가 없어지고 나니까 여기서 한 발짝도 안 움직일 거라더라. 딸이 돌아올 때까지 기다리겠다는 거야. 우리나라 두고 우리가 어디로 떠돌겠나. 누구라도 지키고 있어야지."

아버지가 짧은 곰방대에 담뱃잎을 꾹꾹 눌러담아 불을 붙여 문다. 담배 연기를 빨아들이느라 가뜩이나 가파른 두 볼이 광대뼈 안쪽으로 사라진다. 긴 연기를 내뿜은 뒤 어머니를 부른다.

간단히 짐을 챙겨주란 말에 어머니는 서둘러 부엌으로 나간다. 아버지는 방 한쪽에 둔 상자를 열더니 동전과 지폐를 남김없이 꺼내 주머니에 넣어준다. 아버지가 가진 전 재산임을 알면서도 종태는 거절하지 못한다.

"떠나라, 어서. 잡히지 말고."

종태는 고개를 끄덕인다. 눈물을 흘리지 않으려고 눈에 힘을 주고 어금니를 악문다.

"고향에서 만날 수 있다면 더없이 좋겠지만……."

아버지가 종태를 안아준다. 야윈 어깨가 아프게 가슴에 닿는다. 포옹을 풀며 아버지는 늦기 전에 떠나라고 재촉한다.

"어찌 되든, 결국은 끝날 거 아니냐? 전쟁이 끝났다고 하면, 그때 고향에 돌아와. 그 전까지는 고향 근처에도 얼씬 말고. 너 살 궁리만 해. 오직."

아버지가 눈물을 보이지 않으려고 눈을 끔벅인다. 종태는 큰절을 올리고 물러선다.

어머니는 대문까지 따라 나온다. 종태는 신혼방을 차린 사랑방을 힐끗 본다. 호롱불이 켜져 있고 바느질하는 순이의 모습이 어렴풋이 보인다.

"어서 가. 순이에겐 네 사정을 잘 일러줄 테니. 아무도 모르게 조용히 가는 게 좋을 거야."

순이가 울음이라도 터뜨릴까봐 걱정이라고 했으나 정작 한바탕 소리 내어 울고 싶은 것은 종태 자신이다.

위기에 몰릴수록 어머니는 더 차분해진다. 광목 주머니에 온 갖 소지품을 넣었다고 내민다. 갈아입을 옷 두 벌과 임시로 먹을 곡식과 곶감과 볶은 콩, 물통이 들었으니 잘 챙겨 먹으라고 신신당부한다.

대문을 나선 뒤 뒤돌아보지 않고 대숲까지 뛰어가는 동안 조금 차분해진다. 마음이 가라앉자 야학의 학생들이 떠오른다. 해림도 이옥도 수호도 그리고 자신마저 없어지니 야학의 학생은 누가 가르치나 싶다.

*

이윽고 종태는 약속 장소에 다다른다. 대숲에 숨어 있는 배 한 척이 보인다. 먹을 푼 듯 검은 강물에 배가 위태롭게 흔들린다. 힘껏 뛰어 배에 올라탔으나 수호는 없다. 사내는 말없이 노를 저어 움직인다. 강물 위에 뜬 배 한 척이 세상의 모든 것인 듯 주변의 것이 삭제되고 있다고 느낀다. 배가 강 건너 미지의 저쪽 세상으로 묵묵히 나아가고 있다.

*

배가 닿은 곳에 지프가 한 대 서 있다. 수호가 운전대를 잡고 있다가 어서 타라고 재촉한다. 재빨리 차에 오르자 수호는 수고 했다고 말한 뒤 돌길을 달리기 시작한다. 차는 돌길을 달리느라 널뛰듯 흔들리며 비탈길을 오르내린다. 신음조차 조심스러워 내뱉지 못하고 종태는 긴장한다.
"밤새 달릴 거야. 한숨 자. 웅크리고 있다고 달라지는 건 없으니까."
수호가 여유 있게 말한다. 처음에는 긴장된 몸이 잠에 빠져드는 것을 허락하지 않았으나 어느새 스르르 잠든다.

종태는 줄곧 어두운 동굴 밖으로 걸어나가는 꿈을 꾼다. 오래 걸어나가도 환히 밝아오는 동굴 밖은 나타나지 않는다. 어둠이 덮인 동굴이 이어지고 또 이어진다. 동굴은 마치 꼬리를 문 뱀처럼 끝없이 이어진다. 끝없이 이어지는 동굴에서 빠져나가려고 해도 입구는 보이지 않는다. 동굴처럼 길고 커다란 뱀이 팔을 문 것 같다. 깨어나려 팔을 흔들며 몸을 버둥대는데 총소리, 바퀴가 펑크 나는 소리, 차가 내려앉으며 처박히는 소리…….
간신히 눈을 뜨니 순사가 차 문을 열고 종태의 이마에 총구를 들이댄다.
"어디로 도망치려고? 응?"
운전석을 점령한 헌병이 핸들 위로 쓰러져 있던 수호를 끌어낸다. 순사가 수호와 종태의 손을 뒤로 한 채 쇠고랑을 채운다.

수풀에 처박힌 지프를 두고 순사는 두 사람을 경찰차에 짐짝처럼 밀어넣는다. 순사와 헌병이 양옆에서 수호와 종태에게 바짝 붙어 앉는다. 운전병이 시동을 건다. 타이어가 빠져 달아날 정도로 덜컹대는 돌길을 거칠게 달리기 시작한다.

수호의 옆에 탄 순사가 소리 내 웃는다.

"나 유토야."

수호와 종태가 고개를 돌려 순사를 쳐다본다.

"제 갈 길 가야지. 우리가 밀착해서 감시하는 걸 몰랐나?"

수호가 고개를 꺾는다. 종태는 등받이에 고개를 기댄다.

"날 피해 갈 수 있을 거 같아? 어림없지. 혼자가 아니라 그새 한 명 더 데리고 왔네. 날 위해 새끼까지 쳐서 잡혀주는 건가. 나야 좋은 일이지. 좋은 일이고말고. 좋은 데로 보내줄게. 내 팔다리를 부러뜨리고 달아났으니 당장 감옥에 처넣고 싶지만, 남양군도에 지금 일꾼이 부족하다고 도망자들 색출해서 몽땅 보내라는 명령이니, 유감이지만 할 수 없지."

쇳소리가 섞인 목소리가 신경을 긁는다.

5

종태와 수호는 덮개가 있는 화물 열차에 올라탔다. 징용자의 탈출을 막고 한꺼번에 많은 인원을 수송하기 위해 만들어진 열차는 온종일 달렸다. 안은 오랫동안 버려진 창고처럼 곰팡내가 지독하고 습하다. 어둡고 칙칙한 자리에 붙어 앉아 있으니 멀미가 났다. 덜컹대며 철로를 달리는 바퀴 소리는 몸과 마음을 먼 곳으로 빼돌릴 듯 요란하다.

최종 도착한 곳은 부산에 마련된 보국대 임시 대기소라 했다. 태평양 전쟁에 투입될 군인들과 근로 정신대나 근로 보국대로 가게 된 남녀가 전국 각지에서 모였다. 저마다 생김새와 복장이 다르지만, 앞으로의 일을 알 수 없어 초조하고 불안한 표정은 다르지 않다. 칸막이 친 방에 남녀별로 대략 서른 명씩 집어넣고 생활하게 했다.

"부산에서 일본으로 가는 연락선을 태우기 쉽도록 부두에 대기소를 마련한 모양이야."

좀처럼 기죽는 법이 없는 수호가 종태에게 알려준다. 이곳에 도착하자마자 헌병이 종태와 수호의 머리카락을 밀었다. 종태는 그때 마음도 무너져내리는 듯 비감했지만, 수호는 재밌는 놀이라도 구경하는 사람처럼 떨어지는 머리카락을 내려다보며 낄낄대는 여유를 부렸다.

부관 연락선에 문제가 생겼는지 대기 상태가 길어졌다.

이틀째가 되자 근로 보국대로 온 사내들과 함께 온종일 교육을 받았다. 내선일체, 황민화, 인간개조란 말이 교관들의 입에 오르내리고 그 입을 바라보며 하루를 보낸다. 군가를 부르게 한 다음 일본이 통치해주니 감사하다는 일기를 쓰게 한 뒤 소등했다.

*

적막한 어둠에 숨소리도 가라앉는다. 고르지 않게 오르내리는 숨소리를 뚫고 나지막한 노랫소리가 들린다. 노랫가락이 익숙하다. 감정을 꾹 눌러 담아내는 노랫소리는 처음에는 꿈결처럼 스며든다.

나의 살던 고향은 꽃 피는 산골. 복숭아꽃 살구꽃 아기 진달래. 울긋불긋 꽃 대궐 차리인 동네. 그 속에서 놀던 때가 그립습니다.

노랫소리에 고향의 냄새가 묻어나고 고향의 정경이 떠오른다. 지금 있는 곳과 상황을 잊은 채 가슴에서 우러난 노래를 부른 사람이 누군가 고개를 돌려본다. 어둠 속이라 확인하기 어렵다. 여러 사람이 나지막하게 따라 부른 때문이다.

조용히 하라고, 한 조선인 사내가 찬물을 끼얹는다. 사내는 일어나더니 밖으로 나가서 교관을 데려온다. 교관의 기세에 놀라서 노랫소리가 뚝 끊긴다.

"노래 부른 놈 일어나!"

교관의 말에도 일어나는 사람이 없다.

"모두 일어나 앉아."

그는 취침 시간을 어기고 조선의 노래를 불렀다는 이유로 정신교육 설교를 시작한다.

"조선은 스스로 근대화할 수 없는 열등한 민족이다. 대일본제국이 은혜를 베풀어 근대화시켜주려 하는 것이다. 이것을 한시도 잊지 마라. 조선은 이제 일본제국의 영토고 너희는 일본제국의 신민이다. 천황폐하의 황은에 보답해야 한다. 명심하라!"

두 시간째 설교가 이어진다. 하지만 요지는 하나, 반역자나 비국민, 불령선인이 되지 말고 천황의 깊은 뜻을 생각해서 무조건 지침대로 행동하라는 것이다.

*

다음날부터 수호에게 밀착 감시가 붙었다. 어제 노래를 처음 시작한 자가 수호라고 일러바친 조선인 사내가 있었다. 그는 문을 열고 나가서 노래 부르는 것을 일러바친 사내이기도 했다. 종태가 그 사내의 행동을 이해할 수 없다고 하자,
"일본인 눈치 보느라 지레 저러는 거야. 유토도 그랬으니까."
수호가 알려준다.
"유토는 알고 보니 창씨 개명한 조선인이었어. 일본말을 하도 유창하게 해서 모두 일본인인 줄 알지. 내가 들은 정보에 의하면 그는 만주의 군대에 참전해서 중일전쟁을 치르고 후방으로 들어온 자라고 했어. 순사로 갈아타서 일본군 출신처럼 지위가 올라가고 싶겠지. 일본 본토에 아내와 아들이 있다니 조선인 청년을 더 많이 징병해서 충성심을 보여 본토로 가려는 거고."
"아, 그렇습니까? 저 조선인 사내가 제게 수호 형님과 붙어 다니지 말란 훈수를 두던데요."
"아마 유토가 교관에게 언질을 줬을 거야. 우리가 요주의 인물이니 특별 관리 하라고. 한시바삐 탈출해야 해."

수호가 사방을 살피며 말한다. 탈출이란 말이 뜨겁게 귀에 들러붙는다. 주위의 시선을 의식해서 그게 가능하냐는 질문도 못 하고 고개만 끄덕인다.

교관은 수호를 따라다니면서 사사건건 시비를 건다. 함부로 쉿소리 섞인 욕설을 내뱉는 그를 볼 때면 종태는 욱하는 심정이지만 간신히 참는다.

*

수호는 감시자가 잠시 틈을 보이면 종태에게 다가온다. 앞으로 조선 청년이 해야 할 일을 열성을 다해 일러준다. 앞으로의 일을 알 수 없다는 불확실성 때문에 수호는 종태에게 하나라도 더 알려주려고 애쓴다.

"민족 해방을 위해 뭐든 해야 해!"

수호가 입에 달고 다니는 그 말이 오늘따라 종태의 가슴에 꽂힌다.

"우리가 할 일을 생각해. 언제나. 그 생각만. 그래야 이겨낼 수 있어. 어떤 수모도. 몸은 갇혀져 있어도 정신은 이곳에 두지 말고 내일에 머물러 있도록 해야 해. 어떤 상황에 내몰려도 기죽지 말고. 역사는 승리할 거란 걸 믿고."

수호는 상황을 낙관하라면서 큰 그림을 그려준다.

"일본군이 러일전쟁, 중일전쟁에서도 이겼으니 이제 태평양에서도 이길 것이라고 떠들고 다니지만, 어림없어. 조선 청년들이 상황 돌아가는 걸 잘 알고 있어야 대처할 수 있어."

보이지 않는 곳에서 조선 청년들이 움직이고 있다는 사실을 들으면 종태의 눈앞이 환해진다. 낮에는 훈련받고 밤에는 조선 역사나 병술을 배우는 조직의 움직임이 있으며 여기서 나가면 종태도 그 조직에서 일하게 될 것을 강조한다. 원하면 정보 활동도 할 수 있는데, 지금도 돌아가는 상황을 알고 있는 이유는 정보 활동을 하는 조직원이 단파를 보내오기 때문이라고 한다. 조직이 곧 두 사람을 탈출시킬 준비를 하고 있다고 귀띔해준다.

*

나흘째가 되자 수송선을 타기 위해 이동할 예정이라 한다.

"정신 바짝 차려! 그날이 바로 오늘이야."

수호가 신호를 보내면 바짝 따라붙으라고 한다. 이동하기 위해 트럭에 올라타느라 어수선한 틈을 타서 화장실 쪽으로 걸어가라고 한다. 그곳에 일본 국민복을 입은 청년이 흰 광목천을 건네주면 따라가면 된다는 것이다.

순간 종태는 유토의 길고 강파른 얼굴이 자꾸 떠오른다. 지구 끝까지라도 따라와서 기어이 수호를 남양군도의 전쟁터로 보내겠다는 그의 말이 귓전에 맴돈다. 유토의 붉고 탁한 눈빛이 스쳐지나간다. 거칠고 가쁜 숨소리, 갈라지던 탁한 목소리가 옆에서 들리는 것 같아서 오싹해진다.

대기 인원들이 수송선으로 이동하느라 부산하다. 종태는 수호가 일러준 대로 화장실에 볼일 있는 사람처럼 걸어간다. 수호의 말대로 한 사내가 흰 광목천을 내민다. 그것을 받아들고 따라가며 뒤돌아보니 수호가 바짝 붙어서 다가오고 있다.

*

종태와 수호는 담 뒤편에 주차한 지프에 올라타고 무사히 탈출한다.

"저들을 따돌린 듯해요."

수호가 지프의 백미러를 보며 운전대를 잡은 사내에게 말한다.

"이제 유토의 손에서 벗어난 건가."

수호의 목소리가 유독 밝다.

"조선이 독립하려면 유토 같은 자부터 없애야 해요."

종태가 불만을 터뜨린다.

"절대 그렇지 않아."

수호가 반박한다.

"사람을 귀하게 여겨야 해. 저지른 잘못을 갚기 위해 노력할 기회를 주는 게 조선을 위해서 할 일이지. 조선은 아직 배운 사람이 드물잖아."

"배운 자라니요? 못 배운 자라고 해야죠."

종태의 대꾸에 수호가 소리 내 웃는다.

"우리끼리 티격태격하지만, 해방이 안 되면 무슨 소용이야? 흥분하긴 일러."

수호의 말에 종태가 머쓱해진다.

"변절한 조선인도 많지만, 조선인을 위해 몸 바치는 일본인도 있어. 이 차 운전해주고 있는 쇼타가 그렇거든."

수호는 쇼타를 소개한다.

*

지프는 부산의 한길장이란 여인숙 앞에 멈춘다. 한길장은 부산 바닷가를 끼고 있는 항구 근처의 300여 평 되는 3층 양옥건물이다. 교사였던 심 선생은 조선이 식민지가 되자 독립운동을 하기 위해 선대에 물려받은 논밭을 팔아서 이 여인숙을 매입했다고 한다.

1층 출입문은 격자 나무로 멋을 낸 유리창이 눈높이에 붙어있다. 그 문을 열고 들어서자 안내 창구의 사내가 일어나 인사를 한다. 한눈에 봐도 기품이 느껴지는 사내다. 여인숙 실내도 고급스럽고 깔끔하다. 수호는 안내 창고로 가서 일행이 머물 방의 키를 받고 몇 마디 대화를 주고받는다.

"자, 2층 식당으로 올라가지. 식사하고 있으면 귀하신 분이 내려올 거야."

수호가 식당 쪽으로 앞장서서 걷는다.

식사와 차를 곁들이는 동안 쇼타가 자신의 이야기를 들려준다. 그는 소탈하고 유쾌해 보인다. 경계가 없이 탁 트인 사람 같다. 덩치가 크지만 여린 구석이 있고 뜻이 크지만 쉽게 속을 드러내지 않는 유형의 사람인 듯하다.

"뭘 그리 유심히 보나?"

수호가 종태에게 주의를 시킨다. 종태가 무안해져서 물을 마신다.

"조선의 해방을 위해서는 나 같은 일본인이 많이 생겨야지? 하하. 그렇다고 나를 너무 믿지는 마."

쇼타가 눈을 찡긋해 보인다. 종태가 일본인이라는 이유로 다소 의심의 눈길을 보낸 것을 눈치챈 듯 뼈 있는 말을 던진다.

*

"아버지는 일본을 떠나기 싫어하는 어머니와 누나를 두고 두

살도 안 된 나만 데리고 조선으로 왔대."

식사를 마친 쇼타가 말문을 연다.

"가족과 흩어지더라도 일본 땅에서는 살 수 없더래. 아버지는 부산에 정착한 뒤 나를 소학교에 입학시켰거든. 거기서 난 심 선생을 만난 거야. 열 살 때였고 조선말을 조금 구사할 무렵이었지."

쇼타는 할 말이 많은 듯하다.

"아버지는 항상 내게 남에게 보여주기 위해 살지 말고 뜻을 세워 살라 했지. 돈을 밝히고 출세에 집착하면 저속하니 그러지 말라고. 다른 이를 사랑하는 일이 자신을 사랑하는 일이라고. 자신과 이웃을 다 같이 사랑하라고 하셨고."

종태는 쇼타의 말을 들으면서 고향에 계신 아버지와 가족을 떠올린다.

"모든 인간은 다 평등하다는 걸 명심하고, 주위 사람에게 양심적으로 대해야 네 양심이 성장해서 다른 문제도 양심적으로 처리할 능력이 생긴다고 했어. 핍박받는 조선인을 위해 뭔가 하고 싶은 마음이 싹터서, 양심을 지키려고 이 길에 뛰어든 거야."

"무슨 계기가 있었을까요? 아버님이 그렇게 생각한?"

종태가 묻는다.

"조선인에게 항상 미안해서 그랬을 거야. 일본 중심으로 아시아를 지배하려는 생각을 뒷받침하려고 조선인과 중국인을 멸시하는 풍조를 만든 것도 그렇고."

쇼타의 반짝이는 눈빛에 진정성이 느껴진다.

"아버지를 크게 바꾼 건 일본 대지진 때 간토 학살이었지. 평생 잊을 수 없는 경험을 한 거지."

쇼타는 잠시 말을 멈춘다.

"조선인이 일본인을 죽이려고 우물에 독을 탔다는 등 유언비어를 퍼뜨렸으니까. 지진으로 혼란에 빠져 있는 동안 소문이 일본인에게 확산됐던 거지. 일본인은 지진 때문에 가뜩이나 공포에 질려 있는 상태여서 조선인에 대한 불신이 커졌거든. 조선인은 선천적으로 배신을 잘하고 거짓말꾼이며 무능력자고 사회 부적격자 이등 국민이라고 떠들고 다닌 거지. 가장 앞장선 것이 자경단이란 집단이었지. 재향군인, 청년단원, 소방단원 등 일반 시민이 무장조직을 만들었대."

"하지만 계엄사령부가 유도한 단체란 소문도 돌았지."

수호가 말한다.

"무장한 그들에게 조선의 유학생이나 노무자, 직공, 인부, 광산노동자, 하루 벌이 노동자 등 육체노동을 하는 노동자까지 당했지. 끔찍하지."

"그렇게까지 조선인에게 한 이유가 뭔가요?"

종태가 묻는다.

"조선인이 가해를 일삼을 수 있다는 유언비어가 커지니까 겁에 질렸던 거야. 조선인이라면 무자비하게 잡아서 죽였지. 아버지도 그 광경을 목격했대."

쇼타가 잠시 숨을 고른다.

"간토 학살 당시 아버진 노무자였대. 큰 다리 밑에 조선인을 모아놓고 처단하는 일본인의 모습을 목격했던 거지. 그들 중에 함께 일하던 동료가 셋이나 있었대. 그 동료들은 영문도 모른 채 일하다 말고 끌려갔던 거고. 조선인이란 이유로 그 다리 밑으로 끌려가서 눈이 가려지고 손이 묶인 채 총에 맞았다니 통탄할 노릇이지. 동료들이 끌려간 곳을 찾아갔다가 충격을 받았다고 했지."

"상상하기도 싫었겠어요. 정말."

"그 뒤 몇 해 못 버티고 아버진 일본을 떠났던 거야. 내가 고학년이 되어서야 자세한 사정을 알게 됐지. 아버지는 일본이나 일본인이 다 싫어져서 견딜 수 없었다고 했어. 너무나 미안했다고."

쇼타는 아버지가 간토 학살에 대해 말해주던 날, 악몽에 시달렸다고 한다.

"지독한 악몽이었어."

쇼타는 두 손으로 귀를 막았다. 악몽이 떠오르는 것을 막겠다는 듯.

"내가 많은 사람을 한꺼번에 모아놓고 총살하는 일본 병사

중 한 명이 되어 있는 꿈. 총에 맞아 고꾸라져 뒹구는 조선인들이, 가을 낙엽이 바람에 날리듯 허공으로 치솟다가 내 얼굴을 덮칠 듯 날아왔거든. 총을 손에서 내려놓으려고 해도 방아쇠가 손가락 깊이 박혀 있었어. 국가가 총을 손에 쥐어줄 때 그렇게 장치를 한 것 같았지. 반사적으로 손가락을 움직이기만 하면 저절로 총알이 쏟아져서 사람들의 몸에 박혔지. 다다다다······. 다다다다······. 기관총의 소음이 귀를 뚫을 듯했어. 총이 신체 일부처럼 떨어져나가지 않고 손가락은 발악하듯 움직였지. 태어난 순간부터 몸에 지니고 나온 문신처럼 총이 떨어져나가지 않았지."

쇼타는 말을 잇지 못하고 악몽이 아니라 마치 직접 자신이 겪은 일을 말하듯 몸을 떤다.

"내 옆에 서 있던 병사도 같은 자세로 무표정하게 총을 쏘는 기계 같았어. 소리 지르면서 그만하겠다고 버둥대다가 악몽에서 놓여났지. 꿈이 어찌나 생생했던지. 식은땀으로 몸이 차갑게 식고 오한이 들었어. 다음날 아침까지 온몸에 이불을 감싸고 학교는커녕 문밖에도 못 나갔으니까."

쇼타가 말한다.

"생각나. 심 선생이 쇼타에 대해 내게 들려줬던 말."

수호가 끼어든다.

"뭔데?"

쇼타가 묻는다.

"수업에 자주 늦더래. 혼내주려고 이유를 물었더니 꿈 이야기를 하더래. 그땐 참 기특했다고. 쉽게 할 수 있는 이야긴 아닌데도 일본인이 조선인에게 고해성사하듯 그 이야기를 하니까 놀랐다고. 부친에게 그런 이야기를 듣고 괴로워했다니, 일본도 아주 구제 불능은 아니구나, 작은 희망을 봤다고. 심 선생이 그렇게 말하니까 얼마나 실감이 나던지."

수호의 말에 쇼타가 미소 짓는다.

"나도 기억해. 심 선생이 내게 했던 말."

"뭐라 하셨어?"

"너나 네 아버지는 아무 죄가 없는데 가장 고통받는 것은 너와 네 아버지라니. 정작 그런 일을 저지른 자들은 사과도 하지 않는데……. 나를 안더니 머리를 쓰다듬으며 위로해줬어. 얼굴을 붉히고 품에 안겨서 훌쩍이던 어린 내 모습이 생생해."

쇼타가 종태를 보며 말한다.

"조선인을 위해 할 일을 찾아봐. 그래야 마음이 편치 않을까. 네가 다치더라도 조선인만큼은 아니야,라고 하셨지. 참 이상했어. 심 선생님과 그런 대화를 나눈 뒤 거짓말처럼 악몽에 시달리지 않게 됐으니까. 내 진심을 알아준 조선인이 있단 사실만으로도 죄책감이 한결 덜어졌으니까."

종태는 두 사람의 이야기를 들으면서 한결 마음이 놓인다. 이들과 함께라면 자신도 가치 있는 일을 할 수 있을 것이라는 믿음이 생겼다.

*

"아버지가 돌아가실 때 유언을 했어. 누구도 지배하려 들지 말라고."
쇼타가 울컥한다.
"누구도 지배하려 들지 않는 것, 그게 바로 일본인으로 살지 않고 너 자신으로 살 수 있는 길이라고 하셨지. 누구라도 지배하고 싶은 마음이 조금이라도 들면 바닷가 모래사장으로 가서 깨끗이 씻어내라고."
쇼타의 말에 모두 숙연해진다.
"아버진 조선에서 나온 뒤 조금이라도 덜 가지려고 했지. 누구보다 낮은 지위의 사람이 되려고 했고. 밥도 최소한으로 드셨고. 돌아가시기 전엔 걷기도 어려울 정도로 말랐어. 간토 대학살 때 죽임을 당한 조선인 동료에게 속죄하는 마음으로 할 수 있는 것이 절제된 생활밖에 없다는 듯 사셨지. 돌아가실 땐 평화롭고 자애로운 모습이셨고. 맑고 깨끗한 얼굴로 돌아가셨지. 나도 아버지 같은 얼굴로 죽음을 맞이하고 싶어."
쇼타가 잠시 말을 멈추더니 덧붙인다. 아버진 마지막 순간까지 자신이 결심한 대로 살다가 돌아가셨다고.

*

"귀한 분이 내려오시네. 저기, 심 선생님이셔."

수호가 식탁에서 일어서며 인사를 한다. 종태와 쇼타도 동시에 일어선다. 마르고 작은 키에도 불구하고 한눈에 작은 거인처럼 느껴진다. 커다란 뿔테 안경으로 얼굴의 반을 가리고 있어서 심 선생의 표정은 쉽게 알 수 없다. 눈빛만은 세상의 이치를 다 꿰고 있는 듯 부드러우면서도 맑은 기운이 풍긴다. 웃을 때 유독 주름살이 많지만, 반삭에 가까운 짧은 머리에 흰 와이셔츠에 갈색 슈트를 걸친 모습이 오십대의 성공한 사업가 같다. 종태는 심 선생에게 허리를 꺾어 인사를 올리고 자리에 앉는다.

"아주 똑똑한 청년입니다. 하필 이럴 때 식민지 조선의 청년인 것이 유감이지요. 죄도 없이 도망 다녀야 하니……. 그래도 미래는 창창할 겁니다."

"그렇고 말고. 독립된 나라에서 살도록 노력하세. 우리 수호가 데려왔으니 무조건 믿지. 수호가 사람 보는 눈은 확실하거든."

심 선생이 웃으며 말한다.

"그런데 전쟁은 어찌 진행되고 있습니까?"

쇼타가 식당 테이블에 몸을 바짝 붙이고 묻는다.

"일본이 태평양 전쟁에서 계속 밀리고 있다는 정보야."

"다행입니다."

"일본은 아직도 자국 청년과 국민에게 정신 무장으로 이길 수 있다고 부추기지만, 미군의 무기나 군사력 앞에선 한계가 있어."

"정신 승리……. 참 무모하지요. 무책임하고, 선동적이고. 언제까지 이어지려는지."

"일본 본토 지식인도 우국이니 뭐니 하면서 전쟁을 마냥 낭만적으로 생각하니 문제야. 사람을 전쟁 도구로 삼고 죽어가도 무감각해. 모험적이고 도전적인 일을 일본이 해나간다고 포장하면서 식민지를 늘리는 데 혈안이 됐지. 군부는 말할 것도 없고."

"맞습니다. 일본의 내로라하는 작가도 일본이 점령한 남양군도로 일본 본토 사람들이 이주해서 지내는 것을 낭만적으로 그리고 있으니까요."

쇼타가 말한다.

"그렇지. 그걸 멋스러운 일로 여기기도 하더구먼."

"일본이 서구 외세를 물리치고 아시아의 지배권을 일본이 쥐어야 한다는 논리에 마취되어 있거든요. 제 부친이 말씀하시던, 간토 대학살의 악몽이 떠올라서 끔찍합니다."

"결국은 항복할 거야. 그걸 믿어. 항복하는 순간 조선도 반드시 독립한다는 것도 믿고. 독립된 나라에서 뭘 할까. 미리 계획을 세워놓는 게 좋을 거야. 우리 종태는 독립된 나라에서 제일 먼저 뭘 하고 싶나?"

"독립된다면 우선 공부를 하고 싶습니다. 미국이든 유럽이든 큰 나라로 가서 큰 세상을 보고 싶고요. 그 뒤 조선에 돌아와서 큰 학교를 세울 겁니다. 다시는 식민지 지배를 받지 않도록 나라를 재건할 인재를 만들도록 교육할 겁니다."

종태는 준비해둔 말처럼 술술 계획이 쏟아져나왔다. 심 선생의 확신에 찬 말이 그에게 자신감을 주었다.

"저는 독립된 나라에 공장을 세울 겁니다. 풍족하게 물자를 만들어 쓸 수 있도록……."

수호가 말한다. 심 선생이 고개를 끄덕이며 쇼타를 본다.

"저, 저는 아마도 일본인이라고 쫓겨나지 않을까요? 수호가 차린 공장에 들어가서 일하면 무사하려나. 그때 취업시켜줄 수 있어?"

쇼타의 말에 모두 웃는다. 옆에서 조용히 듣고 있던 수호가 손을 내저었다.

"무슨 소리야? 그땐 일본에 돌아가서 좋아하는 여자와 아이 낳고 고기 잡으며 살아야지. 그게 꿈이었다면서, 잊었어?"

수호의 짓궂은 말에 쇼타가 얼굴을 붉힌다.

"아니. 난 돌아가지 않을 거야. 조선에서 살면서 일본인이 저지른 일을 회개하다가 죽을 거야. 조선인이 실컷 나를 욕했으면 좋겠어. 욕먹으면서 살 거야. 일본인 누구라도 욕받이가 되어야 한다면 내가 하고 싶어. 사죄하며 살다가 우리 아버지처럼 들꽃같이 시들어야지. 그러면 아주 편할 거 같아."

"좋아, 아주 좋아."

심 선생이 유쾌하게 웃는다.

"나도 계획이 있어."

모두 심 선생을 쳐다본다.

"난 자네들이 언제든 날 찾아와서 이렇게 대화하고 즐길 시설을 만들 거야. 숙소도 있고 연구실도 있고 정원도 있어서 자네들이 자식들 데리고 와서 몇 박 며칠 머물 수 있는 곳으로 만들어야지. 자유롭고 또 여유로운 공간을 만들 거야. 누구나 다 와서 마음껏 쉬면서 토론이나 연구하고 쉴 수 있는 곳을 말이지."

"좋습니다. 아주 좋습니다."

조금 전 심 선생의 말을 흉내 내며 쇼타가 손뼉을 쳤다.

*

심 선생이 먼저 숙소로 올라간 뒤에도 세 사람은 남아서 대화를 이어갔다.

"두 가지 질문을 늘 해. 왜 일본은 이 전쟁을 하는 거지? 또 하나는, 일본인은 왜 이런 전쟁에 열광하지?"

술을 한잔 마신 수호가 혼잣말처럼 묻고 스스로 대답한다.

"일본군부는 전쟁하는 이유를 솔직히 고백 안 하지. 천황과 국가를 위해 전쟁을 한다고 내세우지만, 실상 이 전쟁이 천황과 국가를 위한 것인지는 점검을 안 해. 나중에도 그럴까?"

수호의 말이 갈수록 신랄해진다.

"옆 동료가 죽으면 적개심으로 무장하고, 복수가 힘이라고 달려들겠지."

쇼타가 말한다.

"식민지 만드는 일에 군부나 천황이 나서서 그 타당성을 역설한 적이 있었나? 대동아공영권이란 구호가 정당한지 따져본 국민이 얼마나 될까. 구호 이전에 국민의 동의가 있었나? 대다수 군인은 그 뜻조차 이해하지 못하고 전쟁터로 내몰렸지. 얼마나 측은해?"

"우리 조선 청년은 또 어떻고요?"

종태도 끼어든다.

"그래서 난 일본인으로서 조선인을 도울 일이라면 뭐든 할 거야. 진심이야."

쇼타의 진정성 있는 말에 모두 숙연해진다.

*

어느덧 가을의 선선한 바람이 불기 시작한다.

노크 소리와 동시에 식당 문이 열리더니 식사가 배달된다. 심 선생과 수호도 함께 식당으로 들어온다.

"종태는 오늘 여기 여인숙에서 잡일을 도와주며 은신해 있도록 해. 수호와 쇼타는 나를 도와서 한 이틀 외출하고 올 거야. 외부 사람에게 노출되지 않도록 조심하고. 식사도 방으로 올려 달라고 해서 먹도록 해."

"명심하겠습니다."

"손님들에게 관심을 두거나 신경을 안 쓰는 게 좋아. 오가는 사람의 얼굴도 보려 말고. 더 궁금한 게 있나?"

"저, 혹시……."

종태는 오랫동안 망설이던 말을 꺼내놓을지 말지 망설인다.

"뭔데? 말해."

"저. 근처에 큰 여관이 있다던데 다녀와도 될까요? 조선의 실종된 여자애들이 부산의 큰 여관 같은 곳에 감금되어 지내다가 일본으로 가는 배를 탄다는 말을 들었다. 며칠 전 손님들이 떠드는 소리를 들은 것이다.

심 선생이 대답 대신 밥 한술을 뜬 뒤 뭇국을 숟가락으로 휘젓는다. 한 모금 먹은 뒤 슬쩍 종태를 본다. 걱정스러운 눈길이다. 종태는 마음을 들킨 듯 고개를 숙여 묵묵히 식사한다. 식사를 마친 심 선생이 수저를 내려놓으며 지나가는 투로 말한다.

"오 리 떨어진 곳에 제법 큰 여관이 있지. 주변에서 가장 큰 여관이야. 조선인들이 가길 꺼려. 얼굴 찌푸릴 일을 목격하니까."

"얼굴을 찌푸리다니, 왜 그렇습니까?"

"조선 각지에서 데려온 여자애들을 대기시키는 곳이니까. 몇 달이고 머물게 했다가 숫자가 채워지면 큰 수송선에 싣고 일본이나 태평양으로 데려간다지. 소문으로는 그 여자아이 중에 군위안부로 군인들의 노리개가 되는 일도 있다고 해. 일본뿐만 아니라 만주든 태평양이든, 전쟁이 치러지는 곳이면 어디든 데려간다고 하지."

대꾸를 못하고 멍하게 있으려니까 심 선생이 종태의 눈을 똑바로 바라본다.

"종태는 이 여인숙에서 움직이면 안 돼. 숨어서 지내야 할 처지잖나. 여기 있다가 내가 배에 태워 보내주면 중국으로 건너가서 조선 독립을 위해 조직에서 시키는 일을 해야지. 그동안 내가 준 책 읽으면서 마음의 준비를 단단히 하고."

심 선생이 단호하고 위엄 어린 목소리로 당부한다.

"청소하고 잡일 도와주는 것도 당분간은 하지 말도록. 유토란 작자가 이 부근에 나타났단 정보가 들어왔어. 쉽사리 수호나

자넬 포기할 위인이 아니야. 그런 자가 수시로 드나들 수 있는 여관이 그곳이니까 절대 가지 말게. 내가 임무를 줄 때까지는 이 여인숙 밖을 나가면 안 되네. 알겠지?"
종태는 그러겠다고 약속한다.

*

심 선생 일행이 외출한 뒤 시간이 지날수록 마음이 어수선해진다. 큰 여관에 가면 고향에서 없어진 여자애들의 소식을 알 길이 있을지 모른다는 생각이 들자 좁은 방 안을 수없이 서성인다.

종태가 머무는 여인숙은 숲에 둘러싸여 있어서 길가 쪽에서 봐도 눈에 잘 띄는 위치는 아니다. 여인숙이라기보다 은신처라고 하는 것이 잘 어울릴 장소다. 비가 오면 창문 밖으로 보이는 여인숙 마당은 더 은밀해 보인다. 여인숙 담벼락은 일부러 가지를 자르지 않은 큰 나무로 뒤덮여 있고 정원에는 키 큰 꽃나무가 무성하게 자라 있다.
여인숙에 들어오는 손님의 모습을 감춰주도록 설계된 구조다. 신분 노출을 막아주려는 배려라 하기에는 여인숙을 가린 나무숲으로 지나치게 울창하다.
날이 갈수록 이곳에 드나드는 손님의 정체가 궁금해진다. 단순히 하룻밤 투숙하는 것이 목적이 아니라 특수한 목적을 가지고 드나드는 것처럼 보인다.

여인숙의 1층에는 방이 열 개 있다. 방마다 창문이 밖으로 나 있고 채광이 좋다. 1층의 객실 복도 중앙에 있는 계단으로 올라가면, 복도를 가운데 두고 양쪽으로 객실이 늘어서 있다. 여인숙임에도 객실마다 화장실이 있는, 고급스러운 특별 방이다. 객실의 반 정도는 항상 손님이 든다. 손님이 많으니 경영은 어렵지 않은 듯하다.

*

종태는 심 선생이 시킨 대로 책을 읽으면서 은신하고 지낸다. 머릿속에는 부근에 있다는 큰 여관으로 잠입하는 그림이 그려지고 있지만, 그때마다 고개를 젓는다.

수호와 쇼타를 데리고 나갔던 심 선생은 사흘 후 지친 몸으로 돌아왔다. 인사를 할 사이도 없이 세 사람은 밤마다 거의 매일 외출한다. 무슨 일을 하는 걸까. 일제 앞잡이와 일본 고관을 습격하는 장면이 떠오른다. 은밀히 돌아오고 조용히 나가므로 거의 일주일 동안 한마디도 주고받지 못한 상태다.

종태는 2층 객실에서 책을 읽다가 지치면 창문 밖 풍경을 내려다본다. 햇살이 비춰들면 맑고 투명하고 강렬하게 찌르는 빛이 아름다워서 마음껏 바깥을 쏘다니고 싶어진다. 살짝 창문을 열어 그 빛을 손으로 만져보려고 꼬물거려보기도 하다. 빛이 종태의 손바닥에 내려앉았으나 방 안으로 가져올 수는 없다.

수풀에 둘러싸인 1층 정원에 비가 쏟아지는 날이면 창문을 살짝 열고 손을 내밀어 빗방울을 받는다. 부드러운 물기가 손을 적신다. 바깥으로 내려가서 시원하게 얼굴을 적시고 오랫동안 비를 맞으며 몸을 적셔도 좋을 듯하다. 숨어 있는 자신이 세상에 없는 존재처럼 아득하게 느껴진다. 언제나 이곳에서 나갈 수 있을지.

*

작은 유리창 너머로 외부 건물을 살피며 눈을 치켜뜬다. 종태는 갈수록 오 리 밖에 있다는 큰 여관으로 가보고 싶어 안달하는 자신을 느낀다. 안 된다고, 꼼짝 말라던 심 선생의 말을 떠올린다. 주먹을 불끈 쥐며 자신의 나약함을 책망한다. 이옥과 해림이 일본으로 가는 배를 타고 떠나는 악몽에 시달리다가 잠에서 깬다. 그때마다 혼잣말한다. 보고 싶다. 어디 있니.

6

 해림이 눈을 뜨자 트럭의 적재함에 기다란 칼을 차고 왼쪽 어깨에 붉은 견장을 붙인 사내가 보였다. 그 옆을 당꼬 바지 차림의 일본인이 지키고 있었다. 동틀 무렵이다. 트럭은 밤새 달린 모양이다. 여자애들은 죽은 듯 조용하다. 바지저고리를 입은 조선인이 그들 사이에 섞여 있다가 트럭이 정차할 때마다 여자애들을 한두 명씩 더 태운다.
 트럭이 한 여관 앞에서 멈춘다. 여관에 상주하던 노무계원들이 노무자 공출 인원을 관리한다고 명부를 펼쳤다. 여자애들의 주소와 이름, 인원수를 확인한 뒤 여관방에 분산 배치했다.
 해림은 2층 방으로 올려 보내진다. 열댓 명의 여자애들이 짐짝처럼 여관방에 들어와 있었다. 평소 입던 대로 막 끌려온 듯 치마저고리가 지저분하다. 그을음이라도 뒤집어쓴 듯 얼굴 역시 칙칙하다.

"여기가 어디야?"

해림이 옆에 앉은 여자애에게 묻는다.

"트럭에서 내릴 때 동아여관이라고 적힌 걸 봤어."

여자애가 말한다. 기어다니는 작은 벌레처럼 말소리가 귓속에 파고든다.

"어디서 왔어?"

"동래. 넌?"

"난, 진주. 우리 왜 여기로 온 건지 알아? 어디로 가는 거야?"

헌병이 조용히 하라고 주의를 준다. 세 군데 방문 앞을 지키고 서 있는 헌병을 올려다보는 여자애들의 얼굴이 하얗게 질린다. 한동안 정적이 이어진다. 여자애들은 벽에 붙어 앉아서 웅크리고 있다.

"일본 공장에 돈 벌러 가는 거 맞지?"

여자애가 해림에게 묻는다. 해림은 대꾸하지 못하고 옆에 아이를 쳐다본다.

"일본 가서 돈 많이 벌 수 있다고 해서 트럭에 탔어."

옆에 앉은 아이의 대답도 같다. 그렇다면 공장으로 가는 중인 모양이라고 해림은 생각한다.

"부잣집 양녀로 들어갔는데 마을 반장이 일본 공장에서 일할 인원을 공출한다고 트럭에 태웠어."
"어떤 공장이래?"
"왕골로 슬리퍼를 만들어서 병원에 납품하는 공장이라 했어."
헌병의 눈치를 보며 머리를 방바닥에 닿을 듯 수그린 채 소곤 댄다.

해림은 화장실에 다녀오겠다고 헌병에게 말한다. 헌병이 화장실까지 데려다준다. 모두 네 개의 방문을 지나자 구석에 화장실이 있다. 그 안으로 들어가자 손바닥만 한 환기창으로 희미한 빛이 비친다. 저 빛줄기를 타고 밖으로 나갈 수 있다면, 새처럼 작아질 수 있다면, 뱀처럼 가늘고 길어질 수 있다면, 몸이 녹아서 흐물흐물해진다면, 불이라면, 물이라면, 바람이라면, 이곳을 빠져나갈 텐데. 아버지 말대로 할머니 댁에 숨었다면 붙잡혀 오지 않았을 텐데. 후회해도 소용이 없다. 헌병이 빨리 나오라고 소리친다. 굶주림 탓인지 몸이 떨려온다. 도망칠 방법은 없을까, 환기창을 뜯어낼 수는 없을까. 두리번거리다가 화장실에서 나온다. 헌병이 해림의 팔을 잡아 방으로 밀어넣는다. 방 안에 모여 앉은 여자애들의 등허리가 올망졸망하게 싸놓은 보따리처럼 구석에 모여 있다. 해지고 낡은 물건을 싼 허름한 보따리들처럼 볼품없어 보이는 모습이다.

여관에서 며칠 동안 있었는지 헤아리는 것도 포기한다. 일본인 여관 주인과 조선인 조바(관리인)가 들락거리며 주먹밥을 주면 먹고 화장실에 몇 번 오가다가 누우라고 명령이 떨어져야 잠을 잘 수 있다.
"쉰 명이 차야 출발한대."
한 여자애가 오가며 알아 온 정보라고 말해준다. 출발이란 말에 해림의 신경이 곤두선다. 출발을 거듭할수록 집에서 멀어질 것이다.
"넌 왜 왔어?"
나미코라고 이름을 밝힌 여자애가 묻는다.
"국민복을 입은 일본인과 양복 입은 조선사람이 집에 들이닥쳤어. 그 사람에게 덤비다가 총대에 맞고 쓰러졌는데 아버지는……."
나미코는 말을 잇지 못한다. 아버지……. 해림이는 입속말로 아버지를 불러본다.
아버지……. 집 앞 강가의 흐르는 물살 속에 서 있던 나무의 이름이 무엇인지 물어보려 했는데, 아버지는 그것을 알려줄 것인데, 아버지를 못 만나고 이렇게 끌려오다니. 물속에서 자라는 나무 위로 올라가게 해달라고, 그 나뭇가지 위에 올라가서 아침

해가 떠오르는 산 너머를 조금이라도 더 가까이 보고 싶었는데……. 붉은 햇살이 물속에 비치면 그 물빛 속으로 뛰어내려 환해질 때까지 헤엄치고 싶었는데, 헤엄치면서 물 위로 날아드는 새의 날갯짓을 보려 했는데, 아버지와 함께, 그렇게 하고 싶었는데, 파랑새야, 내 파랑새, 아버지가 부르던 대로 중얼거려본다. 이렇게 붙잡혀 있는 모습을 상상이나 할까. 차라리 끝까지 모르는 게 낫지. 아버지란 세 글자가 여자애의 입에서 발음되자, 해림의 눌렸던 감정이 치올라온다.

"선수금은 받았어? 난 못 받았지만."

희망 섞인 목소리로 나미코가 여자애들에게 묻는다. 나미코는 일본말을 버릇처럼 섞어 말한다.

공장에서 돈을 번다면 바느질 품삯을 하는 엄마의 손놀림이 조금 한가해져도 될 것이다. 호롱불을 끄고 일찍 잠자리에 들어도 될 것이다. 해림은 돈을 번다는 말에 기대를 걸어보려고 애쓴다.

"취직시켜준다고 구장 어른이 찾아와서 부모님에게 종이를 내밀었어. 아무것도 안 적힌 종이. 어차피 적혔어도 글을 모르니 마찬가지 아니냐고. 일단 서류를 갖춰야 취직시켜준다고 했지. 경성의 고무공장이랬어. 위임장이니 엄지손가락에 인주를 묻혀서 찍기만 하면 됐대. 공장에 가서 쌀도 사고 배불리 식구들 먹일 수 있다니 따라나섰지. 공부도 시켜준다고 했고."

마을에서 살던 조선사람들의 형편이야 해림이도 훤히 꿰고 있다. 나무뿌리를 캐 먹고 디딜방아 찧어주며 품삯을 받거나 콩이나 팥잎을 말려뒀다가 겨울에 삶아 먹는 등 가난하기 그지없던 살림. 일본인이 경영하는 조면 공장에서 일하던 여자애들이나 목화송이 솜 타기를 하느라 솜 공장에서 먼지투성이로 지내던 열 살도 안 된 여자애, 아기 기저귀를 빨고 심부름시키는 건 다 하며 남의집살이를 하던 여자애도 있었다. 그러다가 다른 집에 팔려 간 여자애까지, 모두 야학에 나오던 여학생들의 형편과 다르지 않았다.

"광목 공장에 보내준다고 해서 구장을 따라나섰어. 형편이 안 좋아서 날 낳지 않으려고 엄마가 별걸 다 했대. 꽈리 뿌리도 달여 먹고……. 나도 클 때 하도 배를 곯아서 찔레를 따서 온종일 씹으면서 다녔어. 좀 살 만하면 보리밥 먹고 저녁에는 어김없이 죽 끓여 먹고. 하지만 공장 가면 밥도 주고 돈도 준댔어."

희망을 이야기하는 여자애도 있다.

"책 보따리를 빼앗아서 아궁이에 넣은 아버지가 미워서 집 나왔지. 일본의 공장에 다니면 공부도 시켜준다고 해서 트럭에 탔어."

공부를 할 수 있다는 기대를 하기도 하고,

"우리가 돈 벌면 가족들도 좋아할 테니까, 웃자, 웃어. 얼굴 펴고."

마치 큰언니나 되는 양 모두를 위로하는 여자애도 있다.
"조용히 해!"
문 앞을 지키고 섰던 헌병이 군홧발을 구르며 소리친다. 겁에 질린 여자애들의 말소리가 자잘한 모래알처럼 흩어진다. 더는 말을 이어가지 않는다. 벽에 등을 기대거나 옆 사람의 손을 잡거나 자신의 손바닥을 만지작거리며 눈치를 본다.
나미코를 쳐다보는 횟수가 늘어날수록 나미코와 눈이 자주 마주친다. 나미코는 그 옆에 앉은 여자애의 사연을 듣느라 검은 눈동자가 더 깊어진다. 순하게 생겼지만 왕방울 눈을 한 여자애는 눈을 깜박이다가도 이내 환한 웃음을 짓는다. 여자애는 마을 동회관으로 쓰던 초가집에서 야학 공부를 한 이야기를 소곤댄다. 공부를 가르치던 선생님이 보고 싶다고 했다.

취침 시간에 눈을 감으면 종태가 떠오른다. 지원병으로 갔을까, 징용에 동원되었을까. 출두 명령서를 받았다는 소리를 들었으니 무슨 일이든 당했을 것 같다. 그렇다면 이옥은? 혹시 두 사람이 고향에서 만나고 있을까. 그렇다면 좋은 일이지. 그랬으면 좋겠다 싶다가도 마음이 허전해진다.
종태를 사이에 두고 어릴 때부터 얼마나 신경전을 벌였던가, 설핏 미소가 떠오른다.
종태가 자신을 보고 웃으면 온종일 기분이 좋았고 이옥에게 말 걸면 온종일 하늘이 회색빛으로 보이던 기억이 난다. 종태는 해림 옆에 있을 때도 자주 주위를 살피며 이옥을 찾았다. 해림과 이옥이 친구니까 이옥이 찾아오지 않을까 기대하는 눈치였다. 끝내 이옥이 나타나지 않으면 어깨를 내리뜨리고 걸었다. 해림이 말을 걸어도 시무룩해하다가도, 이옥이만 나타나면 대번에 활짝 웃으며 환해지던 종태…….

*

낮 동안 축 늘어져 있다가, 쉰 명이 다 찼다고 여자애들을 이동시킨다. 동아여관에서 나와 군용트럭에 실려서 또 밤새 이동한다. 이제 일본으로 가는 배를 타러 가는 중이라고 수군댄다. 도망칠 틈을 살피지만, 총을 든 일본군이나 헌병이 눈을 부릅뜨고 쳐다보면 그 기세에 머리를 어깻죽지로 밀어넣기 바쁘다. 군용트럭은 가끔 멈춰 서서 또 몇 명 더 여자애들을 태웠다. 얼마나 달린 걸까. 바다 냄새가 나는 부두 근처의 여관에 여자애들이 한꺼번에 부려진다.

부산의 동아여관보다 더 큰 여관에 도착했다. 이곳에 머물다가 제각각 나뉘어서 배를 탈 부두로 가게 된다고 했다.
밤새 또 한 무리의 여자애들이 여관방으로 쏟아져들어왔다.

그들 중 유난히 숱 많은 곱슬머리를 단발로 자른 한 여자아이
가 눈에 띈다. 머리가 산발이라서 얼굴이 잘 보이지 않지만, 낯
이 익었다. 여자애는 구석진 자리에 앉아서 고개를 무릎에 파묻
고 움직이지 않는다.

해림은 헌병이 자리 정리를 하느라 어수선해지자 어딘가 낯
익은 모습의 그 여자애 앞으로 다가앉는다. 여자애가 고개를 들
어 다가온 해림을 마주 본다. 한눈에도 여리디여린 심성이 느껴
지는 표정, 긴 눈썹과 꾹 다문 작은 입술, 해림은 소스라치게 놀
라 두 손으로 입을 막는다. 여자애도 해림과 눈이 마주치자 한
손을 허공에 휘저으며 놀란다. 해림이 그 손을 끌어당겨 잡는
다. 여자애는 몸을 던지듯 와락 해림에게 달려들어 안기며 어쩔
줄 모른다.

"너, 너……."

"해림아…… 해림이지? 니가 왜 여기에…….

"이옥아!"

다른 여자애와 다르지 않은 누추한 모습을 한 이옥이 고개를
숙인 채 흐느낀다.

"어떻게…… 어떻게 여기로…….

이옥의 작은 몸이 해림이에게 안긴 채 부르르 떨린다. 절반은
속울음으로, 절반은 소리를 막지 못해 터져나온 신음 같다. 헌
병이 다가와 두 몸을 떼어내더니 이옥을 멀찍이 옮겨놓는다.

식사를 위해 자리 이동이 가능해지자 해림이 이옥에게 다가간다. 정신이 나간 사람처럼 이옥은 해림이의 귓속에 울음 같은 사연을 쏟아넣는다. 식사를 마치고 취침 시간이 되자 헌병의 눈을 피해 해림 옆으로 자리를 옮겨 눕는다. 이옥이 털어놓은 사연은 밤을 새워도 끝나지 않는다.

*

이옥이 끌려간 날은 평소와 다르지 않게 하늘이 맑았고 들판은 푸르렀다. 끌려가기 며칠 전, 조례를 위해 운동장에 모인 아이들 틈에 끼어 일본인 선생이 바라보는 동쪽을 향해 섰다. 그림자가 흙바닥에 허깨비처럼 납작하게 누워 있었고, 긴 그림자를 낯선 듯 내려다보며 조회를 진행하는 선생의 명령에 따랐다. 왼손과 오른손을 모아 배꼽 부근에 붙이고 엄지손가락과 네 손가락을 맞붙여 황국신민 서사를 암송했다. 황국신민 서사는 눈에 잘 띄도록 교실 벽 정면에 붙어 있고 수업 시간마다 외웠으므로 입만 열면 자동으로 나올 정도였다.
"하나. 우리는 황국신민이다. 충성으로써 군국에 보답한다."
이옥은 그 소리가 입에서 나오는 소리가 아니라 땅 위에 길게 누운 자신의 그림자가 떠드는 소리라 여겼다. 속으로는 '우리는 조선의 백성이다'라고 생각하면서 입으로만 그 소리를 뱉었다.

"하나, 우리 황국신민은 서로 믿고 아끼고 협력하여 단결을 공고히 한다."

"하나, 우리 황국신민은 괴로움을 참고 몸과 마음을 굳세게 하는 힘을 길러 황도를 선양한다."

암송이 끝나자, 교육의 3대 강령을 일상생활에서 실천하라는 교장의 훈시가 이어졌다. 길 가다가도 일반인도 불러 세워 암송을 해보게 시켰다. 암송을 제대로 못하면 벌금을 물거나 태형을 당하는 일도 있어서 토씨 하나 틀리지 않고 외웠다. 훈시에 이어 조례를 마친 뒤 반 친구들과 이야기를 나누다가 일본 아이와 시비가 붙었다. 조선말로 떠든다고 담임에게 일러바쳤고 담임은 '황국신민 서사'를 스무 번 암송하게 시켰다. 수업에 들어가지 못하고 두 시간 동안 복도에 서서 반성하라 했다.

세 번째 수업에 들어가자 일본의 신화와 역사를 가르쳤다. 천황이 신과 같다는 말에 교실에서 뛰쳐나가고 싶을 정도였다. 아버지가 생각났기 때문이다.

아버지에 관해 물으면 한마디도 하지 마라. 어머니가 늘 신신당부했다. 아버지가 간밤 집에 다녀갔단 말도 하지 말라고 일렀다. 평생 일본 순사를 피해 다니면서 독립운동을 하는 아버지가 다녀가면 소나무가 다 베어진 민둥산을 보는 일처럼 며칠 동안 속이 헛헛했다.

얼마 전, 밤도둑처럼 집에 들렀다 갔다는 아버지가 이옥의 자투리 천에 조선 지도를 그려두고 갔다. 이옥은 며칠 동안 조선 지도를 수놓아 천을 메꾸고 테두리는 들꽃으로 수놓아 장식했다. 아버지가 다시 오면 생일 선물로 주고 싶었다. 꼬박 두 달, 수를 놓는 동안 가슴에 붉은 꽃물이 든 듯 설렜다.

집에 온 아버지가 차갑고 꺼칠한 수염이 난 얼굴로 이옥의 볼을 비비던 어린 시절이 떠올랐다. 사슴처럼 크고 순한 눈을 껌벅이며 다정하게 웃던, 잘생긴 아버지. 볼을 만져주던 거칠고 차갑던 손바닥도 그리웠다. 새벽이면 눈뜨자마자 섬돌부터 살피는 버릇이 생겼다. 아버지의 신발은 좀처럼 그 위에 올려져 있지 않았다.

간밤에 몰래 다녀간 아버지는 이옥이 수놓은 것을 나뭇가지를 얽어 만든 액자에 끼워두고 떠났다. 아버지가 간밤에 저렇게 만들어두고 갔다고, 아버지가 돌아올 때까지 공부 잘하고 있으라고 당부했다고 어머니가 말해줬다.

그런 일이 있은 지 사흘 뒤였다. 담임 하야시 선생이 집 방문을 했다. 갑작스러운 방문이어서 어머니와 이옥이는 함께 마루로 나갔다. 누추한 집 안을 보이기가 부끄러웠다. 담임은 못마땅한 일이 있으면 혀부터 찼으므로 또 얼마나 혀를 찰까 싶었다. 마루를 지나 방 안으로 안내하자 담임의 눈이 휘둥그레졌다. 미처 치우지 못한 조선 지도를 수놓아 끼운 액자가 벽에 세워져 있었다. 놀란 어머니가 액자를 돌려놓았다.

어머니는 담임의 심기를 건드리지 않으려고 애쓰며 부엌으로 가서 찐 감자를 양푼에 담아 왔다. 담임에게 내밀었지만 담임은 감자에 손도 대지 않았다. 담임은 봉투에 든 종이 한 장을 꺼냈다.

"이옥이가 똑똑해서 내가 추천했어요. 이번에 모집하는 곳으로 가면 간호 기술을 가르쳐줄 거예요. 반에서 신청한 학생이 많아요. 일본에 들어가서 큰돈 벌어와서 효도할 거요."

얼굴이 파랗게 질린 어머니가 이옥을 일본에 보낼 생각이 없다고 딱 잘라 거절했다. 담임은 혀를 끌끌 차고 미간을 찌푸리며 집에서 나갔다.

다음날 수업이 시작되자마자 일본 순사가 교실 앞문을 열고 들어왔다.

순사가 이옥에게 다가오더니 복도로 나오라고 지시했다. 영문을 몰라 꼼짝 못하자 담임이 순사와 함께 다가와서 양팔을 붙들어 일으켰다. 이옥은 두 사람에게 이끌려 복도로 나왔다. 담임은 교실로 돌아가고 이옥은 순사를 따라 복도를 지났다. 순사는 긴 복도를 지나 학교의 정문 옆에 있는 창고로 데려갔다. 평소에도 순사들이 학교로 와 학생들의 사상을 검증한다는 이유로 이곳에서 심문을 한다는 말을 들은 적이 있었다. 무슨 잘못을 했는지 짚이는 데가 없었다. 어두컴컴한 창고 의자에 이옥을 앉혔다.

"근로 정신대로 가라는 데 지장도 찍지 않고 버틴다면서. 황국신민선서도 소리 내 낭송하지 않고 조선 아이들과 어울려서 조선말만 쓴다는 신고도 있고. 널 이대로 학교에 둘 수 없지. 안 그래?"

이옥은 억울하고 분해서 고개를 젓는다.

"내 말 똑바로 들어. 만약 네가 근로 정신대에 가겠다는 지장을 찍으면 네 어머닌 붙잡아 오지 않겠어."

어머니를 왜 붙잡아 오냐고 소리치자, 순사가 가까이 다가왔다. 담뱃진 냄새가 온몸에서 난다. 순간 두 손이 이옥의 가슴을 훑고 지나갔다. 저고리를 여민 손을 잡아채며 또 한 번 순사의 손이 가슴에 들어오자 이옥이 순사의 귀를 물었다. 순사가 욕을 퍼부으며 뒤로 물러섰다가 이옥의 몸에 인정사정없이 발길질을 퍼부었다.

"근로 정신대 간다는 지장만 찍으면 교실로 보내주려고 했더니, 보통내기가 아니네. 아무래도 주재소 가서 조사를 해봐야겠어! 사상이 의심스러워."

순사의 말에 놀라서 벌떡 일어서자마자 그의 손이 이옥의 팔을 잡아 창고 밖으로 끌어낸다. 창고 앞에 대기시켜둔 그의 지프에 실려 이옥은 주재소의 창고 같은 방에 감금된다. 그곳의 손바닥만 한 창문으로 어스름한 불빛이 들어왔다. 그 빛 쪽으로 기어가서 꺼내달라 벽을 쳐도 소용없었다.

"사상이 의심스럽지만, 지금이라도 근로 정신대로 간다고 하면 용서해주지. 내가 추천서도 학교에 써 냈으니까."

지장을 찍어야 할까. 어머니마저 잡혀 오면 아버지는 어쩌나? 몸 둘 바를 몰라서 서성인다. 이런 곳에 끌려온 것을 누가 알까. 이 사실을 알았다면 당장 뛰어왔을 사람들의 얼굴이 어른댔다.

다음날부터 물과 밥이 들어왔으나 아무것도 손대지 않았다. 단식해서 병이 나면 일본으로 보내는 대신 집으로 돌려보내주지 않을까 기대했으나 반응이 없다. 열이 나고 금방이라도 죽을 듯하다. 정신을 똑바로 차리겠다는 생각에도 불구하고 그대로 쓰러지고 만다. 그 밤에 트럭에 태워져서 이리저리 몇 밤을 숙박업소에 내리고 타기를 반복하다가 부산의 한 여관에 내려졌다. 그리고 해림과 만난 것이다.

*

새벽 6시에 기상 후 저녁 8시에 잠자리에 들게 하고 문마다 헌병들이 보초를 선다. 원해서 온 것이 아닌데, 자발적으로 선택해서 온 것으로 서류를 작성하고 엄지손가락에 인주를 묻혀 찍는다.

엎치락뒤치락 서로의 말이 끝이 없으나 해림과 이옥은 멀찍이 떨어뜨려진다. 서로에게서 가장 멀리 떨어진 위치에 앉았지만 바로 옆에 있는 듯 고개를 돌릴 때마다 자꾸 눈이 마주친다.
"여기에 모아뒀다가 배에 태워서 일본 섬 전투지로 보낸다고 들었어. 너하고 나도 어디로 어떻게 갈라져서 갈지 몰라."
이옥은 해림과 같이 있고 싶은 눈치다.

다음날 둘은 다른 트럭에 태워진다. 이옥이 서른 명의 여자애들과 트럭에 태워져서 1차로 떠난다. 어디로 가는지 누구도 알려주지 않는다. 이옥은 고개를 숙이고 모든 것을 다 자포자기한 나이 든 여인처럼 앉아 있었다. 훌쩍일 틈도 없이, 해림도 헌병들의 인솔을 받아 트럭에 실렸다.

*

트럭은 해림 일행을 부둣가에 있는 한 창고에 부려놓는다. 부두 근처에 있는 수용소라고 한다. 바닥에 가마니를 깔아놓았고 50여 명이 함께 있어서 옆으로 몸을 돌릴 수 없이 비좁다. 주먹밥을 먹고 다리를 펴지도 못한 채 보낸다. 헌병은 잠잘 때도 보초를 선다.
닷새 만에 부둣가에서 여객선에 오른다. 기적 소리가 저승에서 부르는 소리처럼, 영영 돌아오지 못할 곳으로 떠나는 신호처럼 들려온다. 둔탁하게 울리는 그 소리에 한 여자애가 흐느낀다. 그 울음을 찍어누르듯 뱃고동 소리가 더욱 요란하게 허공을 덮는다. 배 밑창의 화물칸으로 들여보내진다. 배의 가장 밑바닥까지 내려온 것이다. 다다미 바닥에 누워 둥근 유리창 밖으로 시퍼렇게 출렁이는 파도를 본다. 가끔 갈매기가 보이고 뱃고동 소리가 들린다. 어디로 가는지 아느냐고 누구든 눈이 마주칠 때마다 서로에게 묻는다.

몰아치는 파도에 뱃멀미가 심해서 드러누워 지낸다. 토하고 또 토해도 어지러움과 멀미는 가시지 않는다. 먹은 것이 없어서 쓴 물만 쏟아져나오고 속이 느글댄다. 어디로 가든 목적지에 도착하기만 해도 바랄 것이 없을 듯하다.

뱃멀미가 심할수록 파도는 보란 듯 기세를 높여 더욱 거세게 출렁인다. 선실이 아닌 갑판에 나가서 시간을 보내는데 갑판에는 각목으로 만든 뗏목들이 실려 있다. 항해 중 미군 잠수함에 격침되면 저 뗏목을 타고 구조를 기다려야 한다는 것이다.

일본 군함이 수송선에 서치라이트를 비추며 계속 따라붙었다.

바다와 하늘이 보일 뿐 이곳이 어딘지, 어디로 왜 가는지 도무지 해림은 현실감이 없다. 그러다 옆자리의 머리가 산발인 꾀죄죄한 여자애를 보면 현실임을 깨닫는다.

"이름이 뭐야?"

"남순이."

"왜 배 탔어?"

"배불리 먹여주고 취직시켜준다고 해서요."

"……."

"이렇게 배를 타고 멀리 갈 줄은 몰랐어요. 트럭을 타고 서울로 간다는 말만 들었는데."

남순이 두리번거리며 중얼거린다.

*

해림이 탄 배가 마침내 일본의 한 섬에 도착한다. 군부대가 있는 섬이란 것만 알 뿐, 어딘지도 알려주지 않는다.

포장을 두르지 않은 군용트럭에 태워져서 산비탈을 돌아 몇 채의 군용막사가 보이는 곳으로 들어선다. 길가에 보초병이 서 있다가 차를 세운다. 일본군 사병이 운전병에게 통행증을 확인한 뒤 통과시킨다.

검문소 부근에는 여러 대의 군용트럭이 서 있다. 부대와 연결된 도로로 트럭이 지나다닌다. 트럭은 검문소를 통과해서 군부대에서 조금 떨어진 산비탈까지 달린 뒤 양철지붕으로 된 축사 같은 막사로 들어간다.

트럭에서 내린 여자애들을 군인이 인솔해서 위생계로 이동시킨다. 위생계란 현판이 붙은 건물 앞에 여자애들이 줄지어 서자 위생검사가 시작된다. 위생병 한 명이 의무원을 도와 시중을 든다. 진료실 한쪽에 커튼이 쳐져 있으나 다리를 벌리고 검사를 받게 한다.

위생검사를 끝낸 뒤 배정된 방으로 이동시킨다. 옆 사람과 조선말을 해서도, 서로 이야기를 나눠서도 안 된다고 군인들이 주의를 준다.

"공장에 간다면서 왜 이런 검사를 받아요?"

해림이 묻자 일본 헌병이 어이없다는 듯 웃는다.

"공장? 지내보면 알아. 여기가 어딘지."

헌병의 말에 여자애들은 겁에 질린 표정을 지을 뿐 반응이 없다. 다른 여자애들도 영문을 몰라 두리번대거나 두 무릎 사이에 고개를 박고 있다.

해림의 옆에 섰던 이숙이란 이름의 여자애는 어깨를 가린 옷을 들치며 아프다고 찡그린다. 진물이 나고 고름이 생겨서 얼른 치료해야 할 상태다.

"썩겠어. 빨리 치료해달라 해."

헌병이 여자애에게 다가온다. 이숙은 따라가지 않으려고 몸을 빼다가 헌병에 이끌려 복도 끝으로 사라진다. 괜한 말을 한 거라고 옆에 있던 여자애가 투덜댄다.

"상처를 치료하는 대신 몸을 달라 했을걸."

"몸을 달라니, 무슨 말이야?"

여자애는 뭔가 아는 눈치지만 입을 다문다.

해림은 방문 틈으로 밖을 엿본다. 보초 서는 군인이 막사 텐트 앞에 서 있다. 텐트 밖으로 나가면 막사 뒤쪽이 바다인가. 그렇다면 텐트 앞을 지키는 헌병을 따돌려도 소용없다. 바깥으로 나가는 철문도 자물쇠로 잠겨 있을 것이다. 헌병이 경비를 서고 경비견도 다니겠지. 담벼락 위로는 쇠창살 철조망이 뾰족하게 치솟아 파란 하늘을 찌르고 있다.

*

해림은 위안소에서 생활했다.

이동의 자유는 물론 외출마저 금지되어 있다. 오전 동안 막사 뒤에 있는 작은 돌밭에서 햇빛 바라기를 할 수 있는 시간이 유일하게 허용되었다. 30분을 넘으면 야단법석을 피우면서 어서 들어가라고 우리에 가두듯 위안소로 몰아넣는다.

며칠이 지나자 몇 가지 정보를 알게 되었다. 그중 하나가, 이곳에 온 여자 대부분은 군부대를 따라다닌다는 것, 그렇게 여러 곳을 이동하며 군 위안부 노릇을 한다는 사실이다.

*

해림이 군 위안소에 들어온 지도 어느새 두 달이 지났다. 아침 9시가 되면 여자애들을 부대의 연병장에 모이게 했다. 그러곤,

"너희가 군인 한 사람에게 몸을 주는 건 힘과 용기를 북돋아 전쟁터에서 잘 싸우고 이겨서 오라고 주는 것이다."

라고 교육한 뒤 다다미 두 쪽이 깔리고 가로지른 각목에 판자를 대어 만든 천장이 있는 방에서 군인을 받으라고 했다.

해림은 첫날, 방에 들어온 일본군을 밀쳐내고 뛰쳐나가다가 붙잡혀 두들겨 맞아 피투성이가 됐다. 본보기였다. 이틀 뒤 방에 되돌려 보내졌다. 해림이는 몸을 파고드는 군인의 허벅지를 손에 쥐고 있던 사금파리로 찍었다. 피를 흘리면서도 군인은 해림의 머리카락을 틀어쥐었다. 피가 침대 시트를 물들이는 것에 아랑곳하지 않고 군인은 욕정을 채운 뒤 나갔다. 잇달아 들어온 군인들이 붉은 시트를 걷어내고 아랫도리를 벗었다. 그들은 해치울 욕정밖에 없는 것 같았다.

*

해림은 일본말에 능숙한 편이라는 점 때문에 가끔 불려 나가

통역을 했다. 대신 군인들에게 몸을 맡겨야 하는 시간이 줄었다.
"끌려왔다고? 거짓말 마. 돈 벌려고 왔으면서."
군인들에게 자신이 끌려왔다고 말하면 거짓말이라고 일축했다. 제대로 몸을 팔고 돈을 챙기라고 조롱하듯 말한다. 그래야 덜 미안한가. 그래야 덜 창피하고 그래야 자신이 하는 짓이 짐승 같지 않아지는가. 작은 수치심이라도 느끼는 군인이 있다면 그를 기꺼이 인간이라고 불러줄 수 있겠다 싶었다. 자발적으로 온 여자애는 없다고 반박하면,
"일본군이 열네 살 이상 된 조선의 여자애들에게 일거리를 준 거라고 하지. 그럼. 헛소리 말고."
아마 근로 정신대에 가는 줄 알고 따라나선 여자애들 이야기를 하는 모양이었다. 이런 상황을 미리 들었다면 여자애들이 왔을 리 없고, 가족이 알았다면 누가 이런 곳에 딸을 보냈겠는가.
그런데도 틈날 때마다 해림은 자신이 느닷없이 트럭에 실려 왔다는 말을 계속했다. 그 말을 누구도 믿지 않았다. 법대로 절차대로 하는 것이 일본의 철칙이라고 우겼다.
얼마 지나지 않아서 해림은 자신의 억울함을 토로하는 일마저 그만뒀다.
가끔 조선인 군인이 들어오면 통조림이나 아스피린을 주고 갔다. 불쌍하다면서 건빵을 주고 간 일본인도 있었다. 그 일본인은 천황 명령으로 어쩔 수 없이 군인이 되었지만, 고향에 돌

아가고 싶다고 했다.

　해림은 군인의 몸 아래에 있을 때 견디는 방법을 찾아가고 있었다. 살아남아서 탈출할 날이 올 거라고, 빛이 스며들 거라고, 지금 군인의 몸 아래에 있는 몸은 해림의 것이 아니라고 중얼거렸다. 배건네 마을에 살던 열일곱 살 여자애의 것이 아니고, 아버지가 파랑새라 부르던 여자애의 것이 아니고, 저들이 지어 부른 가즈코란 일본 이름을 가진 여자애의 것이라고. 모르는 여자애가 지금 군인의 몸 아래 깔려 있다고, 당했던 것을 잊으면 없었던 일이 될 거라고, 버틴다. 버틴 뒤 버틴 시간에 대한 기억마저 지운다. 그 순간들을, 남자들로부터 해방된 한밤중에 시간의 톱날로 밤새 잘라낸다.

　늦은 밤, 비로소 몸이 놓여나면, 씻고 또 씻어내면서 몸을 눕히고 중얼거린다.

　열일곱.

　나이를 되뇐다.

　배건네 마을.

　고향을 되뇐다.

　아버지. 어머니. 동생들.

　그리고 종태, 이옥이.

　번갈아 되뇌며 눈을 감는다. 또 고향의 말을 떠올린다. 잊어서는 안 될 말들.

뭐꼬. 우야꼬. 내사 괘안타.

한 번 더 중얼거려본다.

내사 마 괘안타. 괘안은 기라. 하모!*

*

"어디서 왔나?"

누구든 만나면 묻고 또 묻는다. 어디서 왔냐고. 고향의 소식을 알 수 있을까 싶어서. 아니다. 그저 고국의 어디라도, 지명이라도 듣고 싶은 것이다.

"잊었어. 어디서 왔는지 기억이 안 나."

해림이 남순의 얼굴을 빤히 본다. 남순이 고개를 젓는다. 기억을 되살리려고 미간을 찌푸려도 떠오르는 것이 없어 서운한 표정이다.

남순은 해림의 옆에 바짝 붙어 앉더니 자신이 이곳에 온 사연을 쏟아낸다.

"생리도 하기 전인데 조선 여자가 나를 군용차에 타게 한 뒤, 여기저기 옮기다가 이곳에 부려놨지. 밥하고 빨래를 하는 일을 시키더니 더 어린 여자애가 들어오자 군인을 받으라고 하더라."

* 진주 방언. '그렇다'는 의미.

남순은 속말을 꺼내놓는다.
"그런데 기억이 안 나. 어디서 왔는지는."
"나도 너처럼 기억이 없어지는 날이 올까?"
두려운 마음을 드러내지 않으려 애쓰며 묻는다. 말이 오락가락하기는 남순이나 해림이나 마찬가지다. 괜히 남순에게 온 곳을 물어서 울적하게 했나 싶다.
"아주 잊은 건 아냐. 어젠 고향에서 쑥 뜯는 꿈을 꿨어. 쑥 삶을 때 나던 쑥 향도 맡았던 거 같아. 내 몸에 밴 거 같아서 눈뜨자마자 맡아봤지."
남순은 냄새가 나는지 맡아보라고 불쑥 팔을 내민다. 앙상한 손목이 드러난 남순의 손목을 잡고 시늉만으로 냄새를 맡는다. 역겨운 냄새. 남자들의 정액 냄새. 남순이 기대하듯 유난히 작은 눈으로 쳐다본다.
"난다. 쑥 냄새. 심심하면서도 뿌리에서부터 나던 냄새……."
"갈 수 있을까? 다시?"
남순이 눈을 반짝이며 묻는다. 해림은 고개를 끄덕인다.
"넌 고향이 어딘데?"
"진주 배건네."
"배건네?"
"배를 건너서 가는 마을이란 뜻이야. 배 건넛마을. 우린 사투리로 배건네라고 불러."

"아, 배건네……. 이름이 정겹네."

맞아. 내 고향이 정겹지. 해림은 남순에게 들려준다. 고향에서 걷던 강가와 바람에 물결이 출렁일 때마다 비늘처럼 일어나던 움직임, 그것을 볼 때 설레던 마음을. 한 방향으로 흘러갈 때 바람의 흔적을 그리던 수면에 대해서도……. 모래사장에서 노을이 질 때 친구들과 부르던 노래도 불러준다. 복숭아꽃 살구꽃 아기 진달래 그 속에서 놀던 때가 그립습니다. 남순도 어느새 노래를 따라 부른다.

남순이, 야학의, 공부하러 온 마을 여자애 같은 남순에게 해림은 자신의 이름을 기억하고 고향을 기억하고 가족과 이옥과 종태를 기억하려고 얼마나 애쓰는지 들려준다. 그들이 자신의 마음의 그물에서 빠져나가지 않도록 가둬놓는 일에 기울이는 정성을 말해준다. 몸이 만신창이가 될수록 고향의 그 모든 것이 더 반짝이는 보석임을 알려준다. 떠나보내고 잊어야 살 수 있을 것 같다는 남순에게, 절대 그렇지 않다고 말해준다.

"고마워. 고마워."

남순이 해림의 손을 잡는다.

"그렇게 말해준 건 네가 처음이야. 내가 사람인 것처럼 느꼈어. 잠시라도."

남순이 말한다. 마지막까지 가지고 있을 것이 있어서, 그것을 지니고 있어서 부럽다고 덧붙인다. 꿈에서 맡았던 쑥 향이 다시 느껴진다고 웃는다.

해림은 남순의 차갑고 작은 손을 잡아준다.

"그런데 가끔 보면 벽 보고 뭘 중얼거리던데 뭐라 한 거야?"

"사투리 잊어버릴까봐 혼자 떠들거든. 벽 보고. 내사 괘안타. 그렇게."

"내사 괘안타!"

남순이 따라 한다.

"찹다. 너무 찹다. 니 손이."

"내 손이 차긴 차지."

"차나? 하고 물으면 아이라예, 그렇게 말하거나, 어데요? 말도 안 됩니더,라고 말하지. 힘들 땐, 쌔빠지게 힘들다고 하고. 어른들이 잘 쓰던 말인 기라. 게으르게 굴면 아버지가 나무라면서 그랬어. 깰 받노? 게으르나?라는 말이지."

"재밌다. 그래서 네가 한 번씩 벽 보고 히죽대고 웃었구나."

"맞아. 고향 사투리 쓰면 고향을 느끼거든. 잊지 않으려고. 돌아가서 쓸 말을 잊으면 안 되니까."

남순이 해림을 살짝 안았다가 놓아준다.

"그런데 왜 여기선 사투리를 안 써?"

"군인들 앞에서 입 떼기 싫다. 내 고향 욕보이는 거 같아서……."

"그렇지. 그래. 그런데 잊지 않았겠지? 가족이 우릴? 돌아가면 알아볼까. 우린 많이 변했잖아."

남순이 불쑥 묻는다.

"어데요. 말도 안 됩니더. 우예 잊었겠습니꺼?"

해림이 사투리를 쓰며 손을 내젓자 남순이 그제야 환히 웃는다. 해림은 고개를 들다가 하늘에서 후드득 떨어지는 빗방울을 느낀다. 이내 얼굴이 젖어든다.

*

식사시간 외에는 온종일 군인을 받는 일과다. 영양이 부족해서 어지러울 때면 벽을 짚고 헛구역질을 한다. 식사라야 매번 나무 상자에 담겨 온 밥과 된장국, 단무지, 시퍼런 나물 절임이다.

식사가 끝나면 해림은 남순과 잠시라도 산책한다.

위안소 막사 주위의 잡풀 사이로 아무렇게나 피어 있는 이름 모를 꽃을 가리키며, 아무렇게나 고향의 꽃 이름을 붙여보라고 한다.

"저 노란 꽃은 애기똥풀 같다. 저건 금낭화 같고, 저건 큰개불알풀 같고 저건 미나리아재비……."

남순은 유독 꽃 이름을 많이 알고 있다.

"저 흰 꽃은 뭐 같아?"

"저건 조팝나무, 저건 수국, 저기 숲에 있는 건 노루발풀, 저

긴 토끼풀, 다 보고 싶다."

"난 봉숭아꽃, 무궁화, 그런 분홍색 꽃 보고 싶어. 여기 꽃은 아무리 봐도 우리 꽃 색하고 달라."

그렇게 해림이 말해도 남순은 꽃만 보면 조선에서 본 꽃 이름을 붙여준다.

"제 이름을 두고 그렇게 부르다가 원주민이 들으면 화내겠는데?"

해림이 웃으며 말하자,

"원주민이 뭐라 부르는지 모르잖아. 우리가 여기 있는 동안만 그렇게 부르겠다고 해도 화를 낼까?"

"아닐걸? 어서 고향 가서 꽃들 실컷 보고 싶다. 아카시아꽃 따서 꽃물도 빨아 먹고 싶고."

남순이가 해맑게 웃는다.

"우리 동네에 회화나무가 있었거든. 여름이면 누런빛이 도는 흰꽃이 피었어. 나무 위쪽으로 꽃이 무성하면 풍년이 든댔지. 시월 회화나무에 달린 열매를 모두 따서 그릇에 담아두면 반드시 우는 열매가 있댔어. 아버지가 그 열매를 내게 먹였는데…… 그걸 먹으면 총명해진다고."

해림이는 남순이와 위안소 주변을 두리번거리며 떠들다가 입을 다문다. 헌병이 손짓으로 어서 들어가라며 다가오고 있다. 막사 입구마다 총을 들고 차렷 자세로 서 있던 보초병이 고개를 돌려 쳐다본다.

*

"위안부는 일본 이름과 일본어를 사용하라. 일본 옷으로 갈아입고 일본식으로 머리 손질을 해서 군인들이 위안을 받도록 하라. 군인의 몸과 정신을 위안하여 그들이 전투에 나가 장렬히 싸우도록 도와주는 것이 너희들의 주 임무다."

아침마다 설교를 들은 뒤 군인을 받는 하루가 시작된다.

"인기가 좋으니 사탕을 주지. 군인을 더 많이 받으면 특별식도 줄 거야."

위안부끼리 경쟁을 부추기는 말을 하기도 하고,

"오래 있었던 위안부가 상급자야. 상급자는 신참 위안부를 처벌할 수 있어."

위계질서를 세워 위안부끼리 갈등을 조장하기도 한다.

몸 위로 군인들이 올라올 때마다 해림은 칼끝이 연약한 피부를 긋는 것 같다. 칼날로 허벅지를 그어 피부에 솟아난 피를 짓이기며 몸속에 파고드는 군인들도 있었다. 간혹 잠시 앉았다가 나가는 군인도 있었는데, 대체로 학도병이거나 조선인이다. 전쟁에 내몰린 자신과 침대에 누운 여자를 동일시한다. 연민 어린 시선으로 내려다보며 긴 한숨을 내쉬다가 일어나서 나가지만 그렇다고 해서 해림의 처지가 달라지는 것은 아니다.

*

 남순이 죽었다. 지난밤에 죽었다는데 원인은 모른다고 한다. 남순은 쓰레기 봉지 같은 자루에 넣어져서 손수레에 실려 나갔다. 수군대는 여자들 말에 의하면 돌아버린 듯 날뛰던 군인의 손에 죽었다고 한다. 남순을 애도할 틈도 없이, 죽음이 전염된 듯 또 한 명의 여자애가 제초제를 마시고 숨졌다. 남순이 당하던 장면을 목격한 옆방 여자애였다. 여자애들은 그 뒤 자신에게 닥칠 일을 미리 맞닥뜨린 양 얼어붙어서, 무기력하게 늘어져 지냈다.

*

 이숙은 불안할수록 해림을 붙잡고 자꾸 떠든다.
 "임신해서 6개월을 지냈지만, 하루도 빠짐없이 병사를 방에 들였어. 아이가 사산되고 몸을 추스를 틈도 없이 또 군인을 받았지. 얼마나 한스럽던지. 임신했을 때 도망쳤더라면 아이를 낳아서 키웠을 텐데."
 이숙은 사산된 아기에게 죄스러워한다. 이숙이 또 임신을 하자 이번에는 누구에게도 그 사실을 말하지 않은 것이다.

"꼭 도망칠 거야. 목숨을 잃어도. 도망칠 때 날 도와줄 거지?"

탈출하겠다는 말만 들어도 긴 칼에 몸이 베일 듯 무섭다.

"같이 도망치자!"

이숙이 해림에게 속삭인다. 해림은 도망치다가 죽임을 당하기 싫다고, 살아서 고향에 돌아가기 위해서 버틸 작정이라고 거절한다.

"곧 다른 부대로 이동할 거래. 그때가 바로 도망칠 기회야. 같이 가자!"

이숙이 자신의 배를 만지면서 다급하게 속삭였으나 해림은 고개를 젓는다. 이옥이, 그리고 남순과 한 약속이 떠오른다. 누구든 이곳을 떠나 고국에 돌아가게 된다면 자신들의 고향에 찾아가서 이옥의 사연을, 남순의 사연을 들려주겠다는, 그리고 부모님을 위로해주기로 한 약속을 지켜야 한다.

거절당한 이숙은 며칠 동안 해림과 눈도 마주치지 않고 싸늘히 대한다.

*

오전 일찍 숙소 밖으로 나온다. 산책이 허락된 하루 중 가장 소중한 시간이다. 이숙은 귀남과 귓속말을 나눈다. 해림은 걱정스레 천막 저쪽의 헌병을 쳐다본다. 헌병이 두 사람의 쑥덕임을 알게 될까 두렵다.

귀남은 어머니 몸이 편찮은 것을 보고 와서 한시바삐 고향에 가야 한다고 조바심을 낸다.

"꿈 깨! 그러다 죽은 사람이 한둘인 줄 알아?"

포기하라고 말했으나 귀남은 탈출하겠다고 한다. 귀남은 자주 주위를 살핀다. 높은 벽과 철조망으로 둘러싸인 곳을 바라보고 개들이 짖어대는 소리를 듣는다. 경비병이 사방에 배치된 것도 확인한다. 해림은 매일 두 사람의 초조한 행동을 지켜보며 덩달아 초조하다. 탈출 계획이 탄로 날 수 있을 정도로 두 사람은 눈에 띄게 불안정하다.

해림은 언젠가, 도망친 여자애가 잡혀 와서 고문받다가 죽는 것을 본 적이 있다. 그 여자애는 그나마 다행히 지하에서 죽어서 수치스러운 모습을 만천하에 드러내지 않았다. 하지만 도망치다 잡힌 다른 여자는 위안소 앞 은행나무에 두 팔이 묶였다. 도망치면 어떻게 되는지 보라고 엄포를 놓은 것이다. 여자의 머리카락이 풀어헤쳐진 가슴을 가려서 그나마 다행이었다. 한나절 동안 땡볕에서 그 상태로 벌을 받던 여자는 축 늘어져서 정신을 잃었다.

한 여자가 항의하며 뛰쳐나온 것은 그 순간이다. 나무에 두 팔이 묶였던 여자와 가깝게 지내던 여자였다. 손에는 칼이 들려 있었다.
"나무에 묶인 여자를 풀어주지 않으면 목을 긋겠어!"
여자가 소리쳤다. 여자는 한 달에 한 번 점심시간에 방문하는 상인에게 아편 섞인 환약을 사곤 했다. 환약을 먹으면 나른하고 기분이 좋아진다더니 그 약에 점점 더 의존했다. 나중에는 그것 없이는 잠들지 못한다고 매달렸다. 군인들은 그 약의 부작용을 알면서도 그것을 먹으면 여자들이 고분고분해져서 좋다고 환약 구매를 부추기기도 했다.
환약의 부작용 탓인지 여자가 한바탕 소란을 일으키자 헌병이 달려와서 나무에 묶여 축 늘어져 있던 여자애를 등에 업고 들어갔다. 업혀 간 여자는 다음날에 시신으로 발견되었다. 그 여자를 풀어주라고 소리치던 여자마저 군용 지프에 태워져서 사라졌던 일이 떠올랐다.
"최전방의 군 위안소로 옮겨졌거나 모르는 곳에 데려가서 묻었겠지."
군인들이 아무렇지 않게 말했다. 탈출하면 어떻게 되는지 낱낱이 보여준 장면이었다.
위안소를 빠져나간다 해도 바깥이 더 위험하다. 나간다고 해도 주민들과 말이 통하지 않으니 이동할 수도 없다. 위안부 감시를 부대장과 헌병이 책임지고 있어서 하루에 몇 번씩이나 헌병이 경비를 돈다.

자물쇠, 헌병, 경비견, 철조망, 쇠창살…….
그런 것을 다 넘어 탈출할 수 있을까. 탈출한다고 해도 굶어 죽을 수도 있고, 발각된다면 더 비참해질 일이다. 도무지 희망이 떠오르지 않는 선택이다. 결과가 어떻게 되든 이숙과 귀남은 상관없다고 한다. 지금 이곳만 떠날 수 있다면, 그곳이 지옥이라도 선택하겠다고.

*

며칠 뒤, 이숙이 텐트 옆 공지로 해림을 불러낸다.
"내일 떠나. 혼자."
"귀남인?"
"계획대로 안 됐어. 귀남이에겐 비밀로 해줘. 혼자 먼저 떠날 거야. 내가 떠나고 나서 이틀이 지나도 잡혔단 소식이 없으면 성공한 거야. 그땐 말해줘. 혼자 탈출해서 미안하다고 했다고. 꼭"
"어떻게 나갈 건데?"
"부대장 참모인 중좌에게 통사정했어. 제발 나가게 해달라고."
"그랬더니?"
"돈으로 매수해보겠대. 위안부 담당자를."

"그게 가능해?"

"날 지프 차에 태워서 당당히 데리고 나가겠다고 큰소리쳤어."

"정말 그게 가능할까. 믿을 만한 사람이야?"

"내 고향이 어디냐고 물었어. 익숙한 억양이라고. 강원도 정선이라고 했더니 자기 어머니 고향도 그곳이었대. 마을 이름도 묻고 부모님 함자도 묻더니 어머니와 같은 고향 사람이라더라. 아버지만 일본인이었나봐. 일단은 공관으로 나를 데려다놨다가 나중에 어떻게든 배에 태워서 고국으로 보내주겠대."

"기적이네."

"귀남이에게 미안하지. 귀남이와 철석같이 약속했거든. 도망쳐서 배를 타기로. 나중에 네가 나 대신 귀남이 데리고 탈출해주면 좋겠어."

이숙은 기쁨이 넘치는 얼굴로 부탁한다. 애초에 해림의 대답은 안중에 없어 보인다. 그런 이숙의 손을 잡아준다. 이숙의 배는 눈에 띄게 불렀고, 이것이 최선임을 알고 있다. 지옥 같은 이곳을 벗어날 수 있다니 한편으론 부럽다.

해림은 온종일 군인에게 시달리는 동안에도 이숙을 줄곧 생각한다. 이숙은 이젠 성병 주사를 맞을 일이 없구나. 줄 서서 기다리는 군인에게 생지옥을 느낄 일도 없겠구나. 공습으로 바깥에서 문을 잠그고 가버려도 내보내달라고 울부짖을 일은 없겠구나. 단발머리가 길어지면 수놓은 댕기를 곱디곱게 달 수 있게 되겠구나…….

*

다음날도, 그다음 날도 이숙은 돌아오지 않는다. 문제 삼는 사람도 없다. 다만 귀남은 해림의 이야기를 들은 뒤 넋이 나간 표정이다.

귀남은 산책 시간에 자신의 이야기를 쏟아낸다. 마치 이숙이 탈출을 결심한 뒤 자신의 모든 과거를 털어놓았을 때처럼. 그래서 해림은 귀남의 고백을 듣는 것이 두렵다.

"집에 가는 길에 군인이 입에 수건을 물려서 군용차에 태웠어. 지하실 철문 안에 여자애들과 같이 가뒀어. 보리쌀로 만든 주먹밥만 줬지. 내 나이 열여섯이었지."

귀남의 얼굴을 마주 본다. 주근깨투성이 얼굴에 눈 밑이 파랬다. 얼굴에 눈만 있는 것처럼 눈동자가 인상적으로 크다.

"어느 날 군의관이 신체검사를 하더니 트럭에 나눠 실었지."

그러더니 오랫동안 구역질을 한다.

"몸이 이상해? 무슨 일이야?"

"이젠 도저히 이 짓 못하겠어. 잡혀서 죽어도 좋아."

또다시 헛구역질한다. 쑥대머리같이 헝클어진 머리카락이 겨울 들판에 세워져서 빗물에 젖어가는 짚단 같다.

*

 귀남은 사흘 뒤 쇠창살 사이의 작은 개구멍으로 탈출하다가 잡히고 그 자리에서 총에 맞아 죽는다. 시신이 거적때기에 말려서 버려진 것은 한나절도 되지 않아서다. 해림은 그 뒤 더 자주 군인들에게 대든다. 이숙이나 귀남처럼, 탈출에 실패했던 많은 여자애처럼, 탈출을 꿈꾸기 시작한다.
 그러자 해림에게 많은 통제가 따라붙는다. 자주 헌병에게 불려가서 온갖 소리도 들어야 했다.
 "우리는 천황과 나라를 위해 싸우는 거야. 위안소는 군인을 위해 꼭 필요한 곳이지. 합법적으로 군에서 마련해준 장소야. 그것을 이용하는 우릴 혐오하면 안 되지."
 "천황이 뭘 원하든 당신들과 무슨 상관이지? 나와는 또 뭔 상관이고? 천황이 무기를 쥐여준다고 무조건 휘두르는 건 죄가 아니야?"
 헌병이 천황과 군인을 모욕했다고 구타했다. 해림은 그날 밤 위안소에서 나왔다.
 감시 등이 반짝이고 철조망 안쪽의 경비견이 짖어댄다. 탈출해야 한다고 수없이 중얼거리는 자신의 목소리만 들릴 뿐이다. 숨 쉬기 힘든 지경이고 이대로 있다가는 숨 막혀 죽을 것이니, 이래 죽으나 저래 죽으나 마찬가지다 싶다.

그제야 탈출하던 여자애들이 두려움을 무릅쓴 이유를 알 듯하다. 두려움도 무감각해질 정도로 견딜 수 없는 매 순간이 그들의 숨을 막았던 것을, 죽어서라도 도망치고 싶던 마음을. 멀리서 전등불이 눈을 뚫을 듯 비춘다. 멈추라고 소란스레 떠드는 소리, 해림은 그 소리도 무시하고 앞으로, 앞으로 발을 내디딘다.

7

종태가 여인숙에 숨어 지낸 지 한 달이 지났다. 심 선생의 지시대로 어둠이 가시지 않은 새벽에 건물 계단과 정원 청소를 한다. 오전에는 퇴실한 손님의 방 청소와 정리를 도왔다. 저녁에는 심 선생이 준 책을 읽었다. 주로 조선 독립을 위해 해야 할 일을 피력한 책들이다.

반복되는 일상에 종태는 마음의 안정을 찾아가고 있었다. 유토가 붙잡으러 올지 모른다는 불안이 차츰 무뎌진다. 그럴수록 심 선생에게 허락받지 못할 계획이 머릿속에 그려지고 있다. 자연스럽게 떠오르는 그림은 고개를 저어도 저절로 커져갔다.

우선 큰 여관으로 가자. 객실을 달라고 해서 하룻밤 머물자.

복도를 살피면서 객실에 묵고 있는 사람들을 살피자. 여자애들이 큰 여관에서 머물다가 수송선을 타기 위해 트럭에 태워져 이동한다는 정보가 사실이라면 그들 중 누구라도 만날 수 있다. 여자애들은 새벽에 움직이겠지.

 머릿속에 떠오른 그림은 차츰 기대로 바뀌고 급기야 확신이 되어간다. 설사 이옥이나 해림이 아니더라도, 조선의 여자애를 한 명이라도 마주친다면 붙잡고 수소문해볼 수 있겠지. 계획의 마지막 장면은 자신이 어둠을 틈타 몰래 여인숙에서 빠져나가는 것으로 끝난다.

*

 수호와 쇼타는 종태와 동떨어진 생활을 하고 있다.

 심 선생은 저녁이면 주로 205호에서 다른 손님들과 어울리는 듯하다. 그 방에 수호와 쇼타도 함께 들어가는 것을 본 적이 있다. 저녁 9시쯤 시작해 새벽까지 회합을 끝내고 동트기 전에 여인숙에서 나갔다.

 그러니 심 선생 일행이 종태를 찾는 일이 거의 없었다. 당분간은 더욱 바쁜 일이 있다고 했다. 이번 일이 잘 성사되면 종태를 데리고 중국으로 갈 것이니 마음의 준비를 단단히 해두라는 심 선생의 언질을 받았다.

그날이 바로 오늘 밤이 될 수도 있다. 그러니 큰 여관에 다녀오려는 종태의 마음은 조급하다.

결국, 오늘 밤 종태는 자신의 계획을 실행하기로 마음을 굳힌다. 1층 식당 옆 식자재를 보관하는 창고로 들어간다. 밤새 그곳은 사람들의 출입이 없으므로 간이의자에 앉아 있다가 몰래 빠져나갈 작정이다. 고향을 등지고 유토에게 잡혀 구사일생으로 탈출해서 여기까지 왔으니 위험한 짓을 하면 안 된다는 것을 알고 있다. 마음을 아무리 돌려 세워봐도 이옥과 해림의 얼굴이 떠올랐다. 이대로 심 선생을 따라 중국으로 떠나게 된다면 나중에라도 고향 여자애들을 모른 척한 자신을 용서 못할 것 같다.

심 선생 일행이 205호로 들어가는 9시가 지나자 종태는 식자재 창고에서 나왔다. 여인숙 안내 창구를 지키는 사내가 화장실에 간 사이 종태는 여인숙을 빠져나왔다.

*

심 선생이 말한 큰 여관은 5층 건물이다. 심 선생의 여인숙보다 서너 배는 넘게 큰 규모다. 종태는 집 떠나올 때 아버지가 준 돈을 만지작거리며 뛰듯 걷는다. 숨이 턱에 차서 가쁜 숨을 고르며 여관의 안내 창구로 다가선다.

"하룻밤 묵을 방 주시오."

"빈 객실 없어요."

"네? 그게 무슨 말인지, 이렇게 큰 여관에 방이 없다니⋯⋯."

"단체 손님으로 객실이 다 찼단 말이오. 조선인 같은데, 사장님이 허락한 특별 손님이 아니면 조선인은 들이지 않아요."

예상치 못한 상황에 종태는 머뭇거린다.

"빈 객실 없다고 했습니다."

안내원은 창구의 작은 유리문을 닫아버릴 기세다.

"단체 손님이라면 혹시 조선 여자애들인지⋯⋯."

"뭐요? 그걸 왜 따져 묻는 거요?"

여자가 발끈해서 목소리가 커진다. 그때 순사 두 명이 안내 창구 쪽으로 걸어오다가 종태를 힐끗 쳐다본다. 종태는 흠칫, 뒤로 물러서며 고개를 떨어뜨린다. 순사들은 제 갈 길 간다는 듯 계단을 타고 2층으로 올라간다. 종태는 자신을 쳐다보던 그들의 눈초리가 예사롭지 않다고 느껴져 신경이 쓰인다.

"순사들도 이곳에 묵습니까?"

"그건 또 왜 묻소? 염탐이라도 하려고 온 자요?"

안내원은 거칠게 안내 창구 문을 닫아버린다.

종태는 안내 창구 앞에 멀거니 서 있다가 돌아선다. 순사들이 계단으로 올라가는 것을 보면 분명 주의할 인물들이 있는 모양이다. 전국 각지에서 데려다놓았다는 여자애들을 단체 손님이라 지칭했다는 확신이 든다. 이곳까지 와서 돌아서야 한다니,

속이 쓰리다. 별 소득도 없이 공연히 위험한 짓을 한 게 아닐까. 아무래도 순사에게 자신이 노출된 것이 꺼림칙하다.

*

종태가 허겁지겁 여인숙에 들어서자 수호가 입구에 서 있다가 종태를 불러세운다.
"어디 다녀오는가?"
수호가 묻는다. 죄라도 지은 듯 귀가 뜨거워진다.
"심 선생이 찾으시니 가보게."
종태는 얼굴이 벌게진 채 걸음을 옮긴다. 심 선생이 허리를 꼿꼿이 세우고 책을 읽고 있다가 종태를 맞는다.
"앉게."
종태는 무릎을 꿇고 앉는다.
"어디 다녀오는가?"
수호가 한 것과 같은 질문을 받았으나 종태는 대답할 수 없다.
"일거수일투족에 다 미행이 붙는다는 것을 말해주려고 불렀네. 오늘 여관에 다녀온 것도 알고 있고. 무슨 일로 그곳까지 갔는지 말하게."
"죄송합니다. 고향에서 실종된 여자애들 소식이라도 알 수 있을까 하고 갔습니다. 방이 없다 해서 들어가보지도 못했지만."

"그 여자애를 찾을 수 없을 거야."

"네?"

"수시로 많은 애들을 배에 태우고 일본의 전쟁터나 태평양의 남양군도로 데려가니까. 사흘이 멀다고 내보내거든."

"……"

"잊어. 그게 최선이야. 이럴 때일수록 자기가 맡은 일에 집중해야 승부가 나."

"그래도……. 그 여자애들은 어떻게 되는 겁니까?"

"저들 말로는 물자를 만들게 하거나 간호사가 되어 군인을 돌보게 한다고 했지. 군인들의 성노예가 되기도 할 거고."

"그건 범죄 아닙니까?"

"범죄? 자넨 여기 왜 왔나? 죄지어서 왔나? 붙잡아서 어디든 데려다놓겠다는데 그걸 거부할 수 있나. 지금 일본이 조선을 식민지로 만든 뒤 조선인 전부를 대상으로 범죄를 저지르고 있는데도 아무 말 못하잖나."

"……"

"다시는 함부로 움직이면 안 되네."

"선생님께서 저 대신 소식을 알아봐주실 수는 없나요?"

"소용없대도."

"이옥이의 소식을 어떻게든 알아야겠습니다."

"알아내서, 또 경거망동하겠나? 그렇다면 미안하지만, 함께

할 수 없네."
 심 선생의 엄포에도 종태가 별다른 반응이 없자,
 "그렇게 절실하다니, 한번 알아봐주겠지만, 기다려주게. 우리 모두를 위험에 빠뜨리지 않으려면 제발 자중하게."
 심 선생이 당부한다.

*

 보름 동안 심 선생 일행은 돌아오지 않고 있다. 여인숙에서 잡일을 하면서 반복되는 일상을 이어가는 종태의 마음은 갈수록 복잡하다. 할 일이 끝나면 방에서 책을 읽고 잠을 청하는 일상이 반복될수록 마음은 이옥과 해림이 갔을 미지의 장소를 찾아 헤맨다.
 심 선생의 부재가 길어지고 순사가 더 자주 드나든다. 심 선생의 부재를 확인하고 감시하는 것이 목적인 사람들 같다. 쫓는 자와 쫓기는 자의 숨바꼭질처럼 숨 가쁜 기운이 느껴진다.
 순사가 자주 드나들자 객실 손님은 반으로 줄어들었다. 심 선생 일행이 돌아오지 않으니 아무도 못 만나고 자신도 순사에게 끌려가서 전쟁터에서 싸우는 꿈을 되풀이해 꾼다. 심 선생이 당부한 대로 섣불리 바깥출입을 못하니 더욱 답답하다.

*

 새벽까지 잠을 설치다가 바깥에서 들려오는 발소리를 듣는다. 문을 열어보니 심 선생 일행이 2층으로 난 계단으로 올라가고 있다. 낯선 남자 두 명이 뒤를 따라 올라간다. 모른 척하는 것이 도와주는 일이라 여겨 종태는 방문을 닫는다.
 무사히 돌아온 것에 안심이 된다. 그동안의 걱정이 한꺼번에 쓸려 내려간다. 내일 아침이면 심 선생에게서 여자애들 소식도 들을 수 있을까?
 한참이 지나서 수호가 종태의 방으로 찾아온다. 그동안 여인숙에 별다른 일이 없었는지 묻는다. 순사가 몇 차례 오갔다고 대답하자 수호는 긴장한 표정이 역력하다. 그의 몸에서 고된 땀 냄새가 배어나온다.
 "갔던 일은 잘 됐습니까?"
 "비교적."
 수호는 그늘진 이마를 중지로 문지른다.
 "정보에 따르면, 일본이 태평양 전쟁에 모든 걸 쏟아붓고 있어. 그러느라 우리 조선인의 수난이 심해졌어. 눈에 불을 켜고 조선 청년들을 전쟁에 투입하려고 혈안이니 조심해야지."
 "더 위험해진 거네요."
 "잡혀서 강제 연행되면 어디든 끌려갈 수 있어."

"어디든 말입니까?"

"일본이 침략한 전선이면 어디든. 일본은 물론이고 중국, 만주, 시베리아, 몽골, 대만, 동남아시아, 태평양까지……."

"왜 여자들까지 전쟁터로 끌어들입니까?"

"군대 위안소란 걸 운영한대. 군인들이 주둔지의 여자를 건드려서 문제를 일으키는 일을 막으려고 시작했겠지. 군인들 성병도 막으려고 했을 거고. 그걸 아예 제도로 만들어서 운영한 거지. 조선인 매춘업자들이 일본군과 한패가 되어 조선 여자를 끌고 가는 거지."

고향의 여자애들을 걱정하는 종태의 처지가 떠오른 것인지 수호는 여자들 이야기를 중단한다.

"아무튼, 농토를 잃거나 생활 수단을 빼앗겨서 해외로 유랑하는 조선인이나, 강제로 연행되어 해외 전쟁터로 나간 조선인이나, 안타깝지."

평소 여유롭던 수호의 목소리에 쫓기는 자의 초조감이 배어 있다. 종태가 모르는 긴박한 상황 중이란 긴장감이 느껴진다.

"조만간 심 선생이 다른 곳으로 옮겨 갈 데를 수소문 중이야."

"어디로 언제 간다는 말입니까?"

"내일 새벽에라도 떠날지 몰라. 순사가 드나드는 것이 아무래도 수상해. 언제든 출발할 수 있도록 짐을 챙겨둬."

"저, 혹시 심 선생님이 큰 여관에 있다는 여자애들 소식을 알아본 게 있습니까?"

"심 선생은 지금 그런 신경 쓸 정신이 아니야."

수호가 종태의 등을 손바닥으로 친다. 종태의 몸이 앞으로 휘청할 정도다. 일종의 경고란 것을 종태는 알고 있다.

수호가 방에서 나간다. 위기를 위기로 인식하지 않으려는 마음은 해이해진 증거야. 수호가 나가면서 한 말이 마음에 걸린다.

그렇다고 해도 내일 새벽에 이곳을 떠난다면 여자애들의 소식을 알아볼 수 있는 일은 없어지는 것이다. 심 선생이 돌아오기를 기다린 보름 동안 피 말리듯 무슨 소식이라도 가져올 거라고 기대했는데 허사라니, 곧바로 이곳을 떠날 것이라니.

종태는 바깥 동정에 귀를 기울인다. 사람들이 오가는 것을 살피려고 현관문을 조금 열어둔다. 발소리가 나서 내다 보니 심 선생과 일행이 커다란 가방을 들고 나가는 중이다. 또 어디로 가는 걸까. 저 짐은 뭔가. 내일 새벽에 떠나자고 하더니. 종태는 숨이 가빠오는 것을 느낀다.

종태는 일행이 사라진 뒤 1층으로 내려온다. 무엇을 할 작정인 것이 아니다. 걸음이 자꾸 밖으로 향하고 있다. 건물 밖으로 나가서 정원이라도 거닐까 싶다. 막상 밖으로 나오자 여인숙의 담을 지나 아치 모양으로 만들어진 출입구까지 걸어간다. 이대로 곧장 걸어나가 큰 여관에 가볼까. 큰 여관에 머물던 여자애들을 트럭에 태우는 장면을 볼 수 있지 않을까. 새벽을 틈타 그런 일이 벌어진다면 멀리서라도 그들을 지켜보는 것도 방법일 수 있겠고, 심 선생 일행이 외출했으니 몰래 다녀올 수 있겠다 싶다.

*

밤바람이 제법 차다. 바람을 헤치며 걷다 보니 어느새 큰 여관 앞에 다다라 있다. 느티나무 뒤로 숨어 하염없이 5층 여관 건물을 쳐다본다. 건물의 출입문이 과연 열릴까.
맞은편 길에서 트럭 한 대가 들어온다. 어, 어 하는 사이, 두 대의 트럭이 더 들어온다. 트럭이 여관 앞에 멈춰서자 여관의 바깥 출입문이 열린다.
여관 마당에 나와서 미리 대기하고 있던 여자애들이 보인다. 세 줄로 길게 서서 트럭에 실려 갈 때를 기다린 모양이다. 트럭 짐칸 위로 여자애들이 올라탄다. 매일 밤 이런 일이 벌어지는 것일까. 아니면 오늘 밤이 바로 그날인가. 알 수 없지만, 종태는 눈앞에 벌어지는 광경을 보고도 아무것도 할 수 없다.
느티나무 뒤에서 헌병의 인솔을 받으면서 연이어 트럭에 올라타는 여자애들. 저들 중에 이옥이나 아는 애들이 있을까, 뚫어지게 살핀다. 열다섯. 열여섯. 열일곱……. 속으로 트럭에 타는 여자애들 숫자를 센다. 여자애들의 표정을 알 수 없지만, 잔뜩 웅크린 모습에 겁에 질린 듯 굼뜬 행동이 느껴진다. 이옥과 비슷한 몸매의 여자애가 보일 때마다 식은땀이 난다. 세 대의 트럭에 여자애들을 모두 싣는다. 트럭이 한 대씩 왔던 길로 다시 빠져나간다. 트럭을 붙잡기라도 할 듯, 자신도 모르게 느티나무 뒤에 숨겼던 몸이 트럭이 이동하는 길로 향하고 있다.

"여기서 뭣 해?"

불쑥 나타난 순사가 앞을 막아서며 묻는다.

"길 가다가 트럭이 지나가는 걸 구경했는데……."

"이 새벽에? 어디 사는 놈이야?"

대꾸를 못하고 우물쭈물하자, 수상하니 주재소로 가자고 잡아끈다. 죄송하다고 거듭 머리를 조아리고 몸을 돌려서 있는 힘을 다해 도망친다. 따라오는지 뒤를 돌아볼 새도 없이 줄행랑치다가 돌아본다. 순사가 멀찍이서 무전기를 귀에 대고 어딘가로 연락을 취하는 중이다.

*

종태는 여인숙 방에 들어와서 숨을 헐떡이며 눕는다. 순사에게 들킨 것보다 트럭에 실려 가던 여자애들의 모습에 더 놀라서 가슴이 옥죄어온다. 손바닥만 한 창문으로 들어오는 달빛을 향해 고개를 돌린다. 희망이 있을까. 저들을 위해 할 수 있는 일이라도…….

 순간 복도에서 우당탕하는 발소리와 함께 큰 소리로 떠드는 소리가 난다. 곧이어 종태의 방문을 쾅쾅 친다. 문을 열자 두 명의 순사가 들이닥치더니 종태의 두 팔을 뒤로 꺾어 쇠고랑을 채운다.
 "나와!"
 버티는 종태를 복도로 끌고 나간다.
 "이자들은 수배자들이다!"
 순사가 쇠고랑을 채운 조선 남자들을 계단으로 끌어내린다. 무방비로 당한 남자들이 종태를 노려본다. 종태가 일제의 앞잡이가 아닌가, 의심하는 눈빛이 이글댄다.
 "저 사람들은 여인숙 손님이야. 끌고 가지 마!"
 종태가 소리치자 순사가 헝겊을 종태의 입에 집어넣어 틀어막는다. 종태는 끌려가는 남자들을 바로 볼 수 없다. 심 선생과 자주 회합하던 남자들이 분명하다.
 "수배하던 놈들을 잡아들였으니, 미끼가 아주 훌륭했어."
 순사는 종태가 처음 여관에 다녀온 뒤부터 줄곧 미행한 모양이다. 수호가 순사가 드나들기 시작해서 거처를 옮겨야 한다고 했던 것도 종태가 미행당한 사실을 알게 된 것 때문인 듯하다. 여인숙에서 한 발도 나가지 말라던 경고를 어기고 화를 자초하다니, 고개를 들 수 없다.

순사들이 이 방 저 방을 뒤지더니 조선인 남자 세 명을 더 끌어낸다.

두 대의 지프가 헤드라이트로 어둠을 헤치며 달린다. 돌이킬 수 없는 상황을 만들다니. 수습할 길도, 대안도 떠오르지 않는다. 심 선생 일행이 여인숙에 없어서 그나마 다행이라고 가슴을 쓸어내렸으나 잡혀가는 남자들이 그들의 동선을 진술할 가능성이 없지 않다. 모두를 위험에 빠뜨리다니.

주재소 앞에 두 대의 지프가 세워지고 종태와 남자들은 유치장에 갇힌다.

*

종태는 조사실로 불려간다. 책상을 가운데 둔 채 종태를 마주 보고 앉은 사내와 눈이 마주친다.

"다, 당신은……."

마주 앉은 사내가 웃는다. 순간 숨이 멎는 듯하다. 더 풍성해진 콧수염을 만지며 웃는 사내는 분명 유토다. 그는 종태의 반응이 재밌다는 듯 발끝을 까닥이며 흡족한 표정을 짓고 있다.

"내 손에서 벗어날 수 있을 거라고 생각하나? 잡겠다고 작정하면 놓친 적이 없는 내게서?"

그가 묻는다.

"조선 여자애들이 머무는 여관에 한 번쯤 들릴 거라 확신했지. 오래 기다린 보람이 있어. 처음에 왔을 때 덮치지 않고 더 큰 미끼를 물 때까지 기다렸더니 성공했어. 덕분에 조선 독립운동을 하던 잔당을 일망타진했고. 고맙다고 해야 하나."

종태는 분해서 부르르 몸을 떤다.

"조서를 꾸밀 테니, 질문대로 답해! 경남 진주 출생, 박종태 맞나?"

유토는 서류에 인적 사항을 적는다.

심 선생과 쇼타는 잡히지 않았으니 그나마 다행이다. 그들과 접촉한 사실을 극비에 부치란 쪽지를 받았다. 콩장을 담은 그릇 아래에 접힌 쪽지가 그에게 전달되었다. 재빨리 읽고 종이를 반찬처럼 씹어 삼켰다. 심 선생의 조직원이 전해 온 비밀 쪽지다. 하지만 수호는? 수호의 행방을 알 수 없어서 안절부절못하는 사이 유토의 질문이 쏟아진다.

"여인숙에는 왜 있었나?"

"잡일을 하면서 식사와 잠자리를 얻었습니다."

유토는 받아적지만 미간을 찌푸린다. 종태의 말이 마뜩잖은 표정이다.

"고향에 있는 가족을 다 대라. 할아버지부터 동생들까지."

종태는 가족의 이름과 나이를 말해준다.

"태평양 바다에 있는 섬들에 대해 좀 아나?"

뜬금없이 유토가 묻는다.

사이판, 팔라우, 티니안처럼 평원이 있어서 농사를 지을 수 있다고 들은 기억이 난다. 바닷물 수위에 따라 떠오르거나 잠기는 환초를 포함하면 수천 개나 되는 섬이 있다는 것도.

종태가 대꾸 없이 생각에 잠기자 유토가 발로 테이블 다리를 걷어찬다.

"그럼 그중 팔라우란 섬 들어봤어?"

"……."

"모르겠지. 내가 설명해주지. 팔라우섬은 중부 태평양의 최서부 캐롤라이나 제도의 서쪽 끝에 있어. 남양본청이 있던 곳이지. 조선인이 이미 30여 년 전에 200명 넘게 이주한 적이 있는 섬이야. 지금은 그곳에 훨씬 많은 조선인이 들어가 있고."

이자가 무슨 말을 하나 싶어서 유토의 눈을 똑바로 바라본다.

"야자수 주위로 망고 파파야 과일이 주렁주렁 매달리고, 언제든 밥보다 맛있는 과일을 먹을 수 있는 곳이지. 야자수 그늘에 펼쳐진 넓은 바다도 멋지고 말이야. 그런데 지금 이곳에서 대일본은 미국을 상대로 전쟁을 하고 있어. 대동아를 보호하고 발전시키려 하는 전쟁이니 조선인이든 원주민이든 다 같이 나서줘야지. 안 그래?"

"……."

"일본인은 모험을 즐기는 민족이야. 야만인들에게 문명의 은혜를 주고 싶어 하는 민족이기도 하지. 이미 조선이 그 은혜를 받고 있지. 안 그래? 내선일체니 일본이 하는 일은 무작정 도와야지. 조선인이라면."

"당신도 조선인이란 걸 알고 있어!"

종태의 말에 유토가 발끈하며 의자를 발로 차서 쓰러뜨린다. 바닥에 쓰러졌다가 바로 앉자마자 또 떠들기 시작한다.

"조선인? 이제 그런 건 없어. 우린 모두 다 일본인으로 거듭나야 해. 이 멍청아!"

"그래서 무슨 말을 하고 싶은 거요?"

뒤틀린 속을 두 손으로 움켜쥐며 종태가 묻는다.

"박종태 군을 남양군도 팔라우섬으로 보내서 우리 대일본이 그곳에 비행장을 건설하는 일에 참여할 영광을 주겠네. 식민지 조선인이 노무자도 아니고 일본군대의 군속이 된다니, 가문의 영광일 거야. 그 역사적인 대공영에 참여하다니 가슴 벅차지 않나?"

"거절하겠소."

"네겐 선택권이 없어."

"……."

"사이판이나 팔라우섬 부근 해변에 비행정 기지가 건설되었어. 해변에서 육지로 비행정을 끌어올리려고 착륙 시설도 만들었지. 요코하마, 사이판, 팔라우를 잇는 정기 항공편이 개설될 거야. 생각해봐. 섬마다 수상함정이나 잠수함이 기항할 항만 시설을 설치하게 되는 것을. 어때? 설레지?"

유토의 말에 열정이 가득하다.

"질 전쟁에 왜 내보내겠다는 겁니까? 당신 같은 인간이 흥분해서 설치니 생사가 오가는 전쟁터에서 승전고가 울리겠습니까? 자신을 과대평가하고 흥분의 도가니에 빠진 자들이? 죽음을 맞이해야만 흥분 상태를 끝낼 수 있을까요?"

"뭐라고……."

종태의 말에 유토의 반응은 의외였다. 그가 갑자기 차분해졌다.

"흥분하지 않으면 승전고를 울린단 말이지? 종태 군은 그렇게 하게. 꼭 승전고를 울리고 돌아와. 팔라우에서. 기다리고 있겠네."

"……."

"아, 또 자네가 팔라우에 가야 할 이유가 있지. 찾아다니던 조선 여자애들도 함께 수송선에 태워져서 떠날 걸세. 남양군도의 여러 섬으로 흩어져서 일본 군인을 위안하겠지. 자네도 군속으로 있다가 혹시라도 군복을 얻어 입게 되면 위안소로 가서 위안받을 기회가 올 거야. 조선 여자애들을 거기서 만나면, 아주 반갑겠는걸? 호호……."

종태는 유토의 웃는 얼굴을 보지 않으려고 눈을 질끈 감는다.

"자, 남양군도에 조선인을 보내주는 건 천황이 선심 쓰는 거야. 기꺼이 그곳에 가야지?"

유토가 종이를 종태에게로 내민다. 남양군도에 가서 일하겠다는 서약서였고, 맨 밑에 종태의 이름이 적혀 있다. 이미 그 서류에는 그가 징용에 동의했다는 계약이 끝나 있다. 종태가 종이만 내려다보고 있자, 유토가 그의 오른손을 끌어다가 엄지에 인주를 묻혀서 강제로 도장을 찍게 한다. 그런 뒤에야 종태를 조사실에서 내보내준다.

*

심문을 마치고 유치장에 들어가자 뜻밖에도 수호가 들어와 있다.

"아, 어쩌다가……."

"이런 일이 생긴 줄 모르고 혼자 방에 들어갔다가 잠복해 있던 헌병에게 연행됐어."

"아, 저런……. 저 때문에……."

종태는 머리를 벽에 박는다. 수호가 종태의 머리를 두 손으로 감싸 안으며 말린다.

"유토에게 덜미를 잡힌 건 어쩔 수 없는 일이야. 나를 지구 끝까지 쫓아다닐 거라고 했으니. 일본이 자행하는 대동아전쟁의 대단한 추종자거든. 전쟁에 협조하지 않는 조선인을 용서하기 싫겠지. 그자는 조선인이지만 일본인보다 더 일본인이 됐어."

"천벌받을 놈. 결코 용서 못합니다."

"내가 심 선생의 조직에 있으면서 조선 청년을 선동해서 징용이나 징병에 못 나가게 막는다는 정보를 입수한 거 같아. 날 잡으러 다녔으니 피할 수 없는 일이었어."

종태의 등을 쓰다듬으며 위로한다.

"심 선생은 무사합니까? 쇼타는 어찌 됐고요?"

"심 선생은 중국으로 무사히 넘어가셨어. 쇼타의 행방은 몰라. 잡히더라도 일본인이니 우리보단 처지가 낫겠지."

수호가 걱정하지 말라고 큰형처럼 종태를 다독인다.

8

트럭, 이동, 부두. 몸이 자신의 것이 아닌지 오래되었다. 종태는 줄곧 까부라져 가수면 상태다. 잠이 들면 꿈을 꾸고 아주 잠깐 꾸는 꿈에서도 이옥을 본다. 이옥은 기차 화물칸에 태워지거나 부두를 서성이거나 어딘가로 가는 배를 타고 있다. 흰 저고리에 검은 치마를 입은 채 손짓하며 종태를 부른다. 종태가 이옥에게 다가가지만, 난데없이 쏟아지는 폭우가 앞을 가린다. 물기 젖은 몸으로 이옥을 안는다. 이옥의 몸이 차디차다. 이옥을 꼭 끌어안자 품속에서 사그라져버린다. 종태는 사라진 이옥을 찾아 두리번거린다.

폭우 속을 달려 배의 끝 쪽으로 가자 한 여인이 서 있다. 이옥이 아니라 어머니다. 어머니는 종태를 보고 활짝 웃지만 다가오지 말라고 손짓한다. 그래도 한 걸음 다가간다. 가까워질수록 어머니는 뒷걸음친다. 가지 말라고, 왜 다 떠나기만 하냐고 소리치는데 누군가 그의 몸을 흔든다. 눈을 뜨자 수호가 악몽으로 몸을 떠는 그를 내려다보고 있다.

"불안해?"

수호가 묻는다. 종태는 수호와 눈을 마주치지 못하고 외면한다. 자신의 불찰로 붙잡혀 이곳까지 끌려온 수호에게 말할 수 없이 미안해서 어찌할 바를 모른다. 차라리 수호가 종태를 마음껏 원망한다면 죄책감이 덜할 것 같다.

"사형장에 끌려가는 죄수 같네. 너무 쫄지 마. 거기도 사람 사는 데겠지."

수호가 등을 토닥여준다.

"지금 같은 때 무사하길 바라면 욕심이지. 앞서거니 뒤서거니 할 뿐이지. 누구든 어딘가로 보내지는 것은 예정되었다고 봐야지."

어떤 상황에서도 그는 비관하지 않는다.

"이렇게 끌려가지만, 우리 목표는 단 하나야. 살아서 고국으로 돌아가는 거. 오직 살 생각만 해. 돌아갈 생각만. 그럴 수 있다면 뭐든 견딜 각오를 하고 말이야. 파리처럼 하찮은 취급을 당해도 살아남아."

"……."

"살 수 있다고 믿어. 배건네로 돌아갈 수 있다고 믿으라구! 힘들 땐 앞으로 일어날 좋은 일을…… 생각해."
수호가 온 힘을 다해 종태를 격려한다.

*

부두 창고에서 하룻밤 재운 뒤 새벽이 되자마자 신체검사를 했다. 오후가 되자 수송선에 태운다. 수송선 6척과 호위선인 구축함, 군함 3척이 선단을 이뤄 움직인다. 군인들, 각지에서 온 징용 가는 가족들도 타고 있다. 탄광이나 군수공장으로 가는 청년도 섞여 있다.
층층이 나무로 된 침대 맨 아래 칸은 화장실과 가까워서 냄새가 지독하다. 식사할 때도 운동할 때도 훈련받거나 체조할 때도 냄새가 온몸과 모든 시간과 모든 공간에 산재한다. 선상의 공기가 가장 강력히 일상에 스며들어 있는 듯하다. 냄새를 뿌리치는 방법은 없다. 푸른 바닷물로 뛰어내린다면 벗어날 수 있을까. 화장실에 뿌린 독한 소독약 냄새에 모두 갇힌 듯하다. 지독한 화장실 냄새조차 대수롭지 않아진다면 그때도 살아 있는 상태라고 할 수 있을까.
밤새 항해했다.
"천황과 나라를 위해 몸 바칠 각오를 한 청년만이 살아 돌아올 수 있다는 것을 명심하라!"

장교가 확성기에 대고 떠든다. 식전이나 식후에 어김없이 훈시한다.

"머리에 인이 박이도록 떠드네."

사람들이 투덜댄다. 저녁 식사 후 취침 시간 전까지 지원병들이 한 명씩 연사로 나서서 확성기를 잡는다. 물론 상관이 지시했기 때문이다. 자신들이 얼마나 충성스러우며 이곳에 오기까지 주민들의 환호가 얼마나 열렬했는지 떠들어댄다.

"교정에서 환송 행사를 해줬습니다. 잘 다녀오라고 격려를 해줬습니다. 에…… 또……. 면장님과 구장 어른이 어찌나 열렬히 환송회를 열어주던지. 그분들의 은혜를 생각하면 목숨 바쳐 이기고 돌아갈 마음뿐입니다."

저 군인이 하고 싶은 말은 따로 있겠지. 종태는 생각한다. 기합이 세서 훈련받는 동안 도망치거나 자살할까 망설였다는 말이나, 지원병이 되지 않으려고 했다는 말을 속 시원히 하고 싶겠지. 가장 하기 싫은 말을 앞에 나서서, 마이크까지 잡고 떠드는 군인의 표정이 이미 죽은 사람처럼 생기가 없다.

*

"배 아래쪽 화물칸에 여자애들이 모여 있대. 짐짝처럼 갇혀서 운송 중이라더라."

열흘이 지나자 사람들의 입에 여러 말이 오르내린다. 종태는 그 말을 듣고 틈날 때마다 배 아래쪽 화물칸 주변으로 가려고 배회한다. 그의 행동이 몇 번이나 지적을 받아 요주의 인물이 된 상태다. 무슨 이유로 배를 시시때때로 탐색하고 다니는지, 신고가 들어왔다며 추궁한다.

"목적이 뭔가? 첩자는 아닐 거고."

종태는 실실 웃다가 정강이를 구둣발에 까인다. 맞으면서도 웃음을 거두지 못한다. 큰 여관에 있던 여자애들도 이 배에 타고 있다니, 유토가 한 말이 사실이구나 싶어서 기가 막혀서 웃음이 난다. 한편으로는 그 여자애들을 만날지 모른다는 기대로 웃음이 난다. 한꺼번에 투망에 걸려든 생선들처럼 조선 젊은이들의 운명이 서러워서 나온 웃음이기도 하다. 여자애들이 종태와 같은 배를 타고 남양군도의 어느 섬으로 떠난다는 사실이 반가운 일인지 슬픈 일인지 헷갈릴 지경이다.

남양군도의 어느 섬에서 고향의 가족을 만나 함께 사탕수수 농장에서 일하는 모습을 그려본다. 생소한 곳에서 일하는 가족의 삶이 함께 모여 산다고 좋은 것은 아닐 것이다.

선실에서 고향 여자애를 만날지도 모른다는 사실은 절망이자 희망이 되어 종태의 하루를 지배한다. 얼마나 아이러니한가. 우연이 맞아떨어질 가능성이 작을지라도, 만나는 장면을 상상해보면 아득해진다.

 몽상에 빠져 지내는 종태와 달리 수호는 현실 적응력이 뛰어나다. 누구와도 가깝게 지낸다. 수호는 조선인을 만나면 남녀노소를 불문하고 대화를 이어간다. 물론 헌병들 몰래 속삭인다. 종태는 그 말의 요지를 들어보지 않아도 알 수 있다. 용기를 잃지 마라. 조선이 독립하는 날이 반드시 올 것이다. 그때까지 버틸 힘을 스스로 길러라. 정신 무장을 하고 고향에 돌아갈 거란 희망을 버리지 마라. 그런 희망을 주는 말들.

*

 종태는 파도가 출렁일 때마다 선실에서 갑판으로 나온다. 바다 위로 날아가는 새의 자유로운 날갯짓이 선명하다. 고개를 뒤로 젖히고 새들의 비행에 시선을 떼지 못한다. 막막한 서러움을 느끼며 이 바다를 지나서 남양군도로 들어갔을 조선인이 떠오른다. 해의 움직임이나 밝기에 따라 하늘의 구름도, 바다의 물결도, 시시때때로 다양하게 변하며 출렁인다. 매순간 다른 모양과 물결을 만들며 출렁이듯 이곳을 지나간 조선인의 여정도 정처 없었겠지.

*

항해한 지 열흘째, 사이렌이 울린다.
"어뢰 공격! 어뢰 공격을 당하고 있다! 조심하라!"
스피커로 위급한 상황이라고 외치는 소리가 숨넘어갈 듯하다.
배가 요동치고 갑판까지 뛰쳐나온 사람들이 우왕좌왕한다. 손에 잡히는 기둥이나 난간을 붙잡고 흔들리는 몸을 지탱하려 애쓴다. 중심을 못 잡고 나가떨어져서 뒹굴고, 바다로 떨어지지 않으려고 버둥대고, 비명을 질러대는 젊은이들로 아수라장이다.
종태도 자칫하면 바다에 떨어질 뻔한 위기를 몇 번이나 겪었다. 그러면서도 배의 화물칸에서 선실로 올라오는 여자들의 비명에 귀를 기울이는데 그 소리가 아득히 먼 곳에서 들려오는 환청처럼 현실인지 아닌지 헷갈린다. 항해하는 내내 미군의 어뢰 공격에 대한 경계심과 두려움에 떨었다. 그때마다 종태는 여자들의 비명이 들려오는 듯해서 귀를 막았다. 비명조차 나오지 않는 상태에서 소란이 이어지다가 조용해지길 반복한다. 그러다가 언제 그랬냐는 듯 잠잠해진다.

*

미군이 어뢰 공격을 이어가면 배가 침몰할 수 있으므로, 바다에 뛰어내려 위기에 대처할 수 있는 훈련을 받는다.

공격이 없고 훈련도 끝나 조용해지면 종태는 이옥의 목소리, 저음에 작지만 조곤조곤한 말투로 뭔가 들려주는 목소리를 듣는다. 그럴 때마다 몰래 한 번쯤은 화물칸으로 내려가볼 작정을 하게 된다.

이옥이 조곤조곤 속삭이듯 다감한 목소리로 들려주던 많은 이야기, 학교에서 배운 것, 싸운 일, 좋거나 싫었던 일을 말해줄 때면 배고플 때 먹는 밥보다 포만감이 들었다. 종태에게 이옥이 전해주는 사소한 이야기는 꼭 필요한 하루의 양식 같았다.

"왜 이옥이나 고향 여자애들을 찾는 일에 네가 집착하는지 알아?"

수호가 물은 적이 있다.

"지금 벌어지는 일을 받아들이기 어려우니까 버텨야 할 이유를 만드는 거지. 미래를 생각해, 나처럼. 고향에 돌아가서 공장을 세울 일 같은 거. 너도 학교 세운댔잖아."

수호가 당부한다.

"현실에 매몰되지 말란 뜻이야."

종태가 알겠다고 대답한다.

"일본이 만든 이 연극에 주연이 될 것인가, 조연이 될 것인가, 그런 것에 예민하게 굴 필욘 없어. 감정이입을 할 필요도 없고. 영화 같은 거 보면 그런 인간 하나쯤 꼭 나오잖아. 아무리 총을 맞아도 또 살아나는, 끈질긴 인물 말이야. 끝까지 살아남겠다는 인물은 이길 수 없거든. 그러려면 살아서 할 일이 있어야 해. 반드시 살아야 할 이유 같은 거. 난 독립된 고국에 돌아가서 공장을 세워야 하는데 쉽게 죽을 수 없잖아. 죽음이 날 피해가겠지."

"조선인은 일본인이 기획한 연극의 조연으로 고용되어 여기까지 온 거 아닙니까?"

"조연이란 생각 마. 그런 생각을 하지 않는 한, 넌 그대로 너야. 지금, 이 순간도 원해서 온 거라고 돌려서 생각해봐. 지금 당장 할 일이 떠오를 거야. 그 일을 하면 그만이야. 매 순간 그러란 말이야."

"말도 안 됩니다. 내 발로 왜 이 배를 탑니까?"

"부정한다고 뭐가 나오나? 오직 하나, 고국에 돌아가서 내가 할 일만 빼고 현재 벌어지는 일에서 살아남을 길만 찾자고. 죽음이 날 함부로 다루든 말든 상관하지 말고. 그 죽음마저도 구경거리로 삼아버려. 구경하면 상황에 끌려들어가지 않을 수 있어."

수호가 진심으로 말한다. 그 표정이 담담하다. 한가하게 들판에 누워 옛이야기를 들려주는 태평스러운 표정이다. 그는 어디에 있든, 무엇을 하든, 여유를 잃지 않는 유일한 인간일지도 모른다.

"구경만 하겠다는 인간을 자기 라운드로 끌어들이지 못하면 그 인간이 주연인 거야. 어쩔 수가 없지. 끝까지 구경만 하겠다는 인간을 어떻게 이기겠냐고. 난 이곳에서 벗어나서 내 고향에 갈 때까지 철저히 구경꾼으로 살 거야. 영화 같은 이 상황을 구경할 거라니까. 구경하고 있다고 생각하면 벌어지는 일이 더 적나라할수록 재밌겠지. 구경꾼이 되면 현실에 매몰되지 않을 수 있어. 그게 이 전쟁판에서 할 수 있는 내 유일한 선택인 셈이지. 고국에 돌아가서 공장을 짓겠다는 꿈을 품은 채 말이지."

그가 미소를 짓는다. 종태의 반응을 구경하는 중인 듯하다. 종태도 잠시 그를 구경하듯 쳐다본다. 머리를 약간 뒤로 젖히고 눈은 어느 먼 곳을 향한 그를 본다. 구경꾼이 되어 그를 바라보는 일은 그를 배우로 만들고 그를 둘러싼 모든 것을 무대 장치로 바꾸어놓는다. 무대에서 어떤 일이 벌어지든지 구경꾼의 자리에서 바라본다면 덜 놀랍고 덜 괴로울 듯하다. 수호가 지금까지 모든 일을 덤덤히 받아들인 이유가 그런 훈련 때문인 모양이다.

어뢰 공격으로 배가 침몰할 지경에 몰리고 미 공군기가 퍼붓는 폭격을 맞닥뜨리고도 구경꾼처럼 행동한다면, 과연 그의 말대로 살아서 고국으로 돌아갈 수 있겠다 싶다. 종태 자신에게 가능한 경지일지는 모르겠으나.

*

선실에서 어김없이 밝아오는 아침 해를 본다.

"신선하네. 해는 변함없이."

수호가 말한다. 종태도 수호처럼 난간에 기대어 바다를 본다.

"오랜만에 느껴. 이런 신선한 공기. 어릴 땐, 아침이 되면 아버지가 매일 새로워지라 했지."

"여기서 매일 새로워질 일은 없겠지요?"

"천만에. 난 매일 새로워지는 중이야."

수호가 활짝 웃어 보이더니 해를 향해 몸을 돌린다. 온종일 헌병이 붙어다니고 화장실 가는 것도 동행하며 일거수일투족을 감시하는 매 순간을 겪으면서도 그는 매일 새로워지는 중이라고, 자신 있게 말한다.

*

배에 탄 징용자 중에는 죄수도 많다. 일본 경찰에게 폭력을 가한 조선인도 있고 경제사범이나 음식을 훔쳐먹다가 붙잡힌 잡범이나 정치범도 있다. 다급해진 군부가 철창에 갇혀 있던 죄수들도 남양군도로 가는 배에 태운 것이다.

박씨도 그런 형편이다. 그는 일본군에게 폭력을 쓴 죄로 철창에 갇힌 지 2년 만에 갑작스레 배에 태워졌다고 한다. 박 씨는 섬에 도착해서 노무자로 이용당할 바엔 어떤 수를 쓰더라도 탈출할 것이라고 큰소리친다. 조선인들끼리 대화를 나눌 때면 그는 담대해져서 속말을 다 꺼내놓는다.

 정씨는 박씨에게 도망칠 때 같이 가자고 숟가락을 슬쩍 얹는다. 그는 혼인을 약속한 처녀가 있었으나 사탕수수 농장에서 일하겠다는 지장을 찍었다는 서류를 보여주면서 끌려왔다고 한다. 처음에 그는 호시탐탐 배에서 뛰어내릴 궁리를 했으나 박씨와 어울리면서부터는 눈빛이 살아난 듯했다.

 조선인이 모이면 서로에게 하소연이 길어지지만, 헌병이 나타나면 슬그머니 입을 다문다. 헌병이 가까이 오면 지시하는 대로 따른다. 더 고된 노동에 투입되거나 구타를 당하는 일을 피하려면 순순히 말을 들어줘야 한다.

 "저들은 과일 따서 식사하고, 바다에서 작살로 생선을 잡아먹고, 여자들은 낮잠 자고 신선놀음하는 섬으로 간다고 말하지만 천만에. 박박 길 각오를 해야 할 거야."

 오씨가 겁을 준다.

 잡담이 길어지면 화물칸에 타고 있다는 여자애들 이야기가 끼어들기 마련이다. 종태 못지않게 선상의 사내들은 여자애들에게 관심이 가는 모양이다.

 "선실 밑 화물칸에 여자애들 서른 명 타고 있다던데……."

 "쉰 명이란 말도 있던데……."

 설왕설래가 이어진다.

"난 직접 봤어. 단발을 한 열댓 살 된 여자애들 대여섯 명이 선실로 올라오는 계단에 쪼그려 앉아 있었어. 갑판으로 올라오고 싶어 했어. 헌병이 화물칸 밑으로 내려보내고 문을 닫아버려서 더는 못 봤지."

"어떻게 생겼어?"

"파리하고 더러운 얼굴에 말라서 쓰러질 거 같은데 이상하게도 악착같아 보였어. 내가 죽더라도 저 애들은 살아남겠구나 싶을 정도로."

한 사내가 오씨의 말을 받아챘지만, 헌병이 다가와서 모두 흩어지라고 경고한다. 다들 제자리로 돌아갔지만, 종태는 여자애 이야기를 꺼낸 사내에게로 다가가 말을 건다.

"화물칸으로 내려가는 수가 있어요?"

"그랬다간 목숨이 남아나질 못해. 금기니까 그쪽으로 가는 건……. 그 여자애들 존재 자체를 모른 척해야 해. 절대 아는 척 입 밖에 내서도 안 되고."

"왜 그렇죠?"

"그 여자애들은 천황이 일본 군인에게 하사하는 선물이라잖아. 함부로 아는 척했다가는 정보 누설로 무사하지 못하지. 비밀리에 군인을 따라다니면서 위안하는 여자를 배에 태워 다니니 창피하지 않겠어? 세상 어느 나라가 그런 짓을 대놓고 한 적이 있기나 해? 그러니 관심 꺼. 그 여자애들이나 우리나 짐짝처럼 어디로 옮겨지는지 모르고 이동하게 될 거니까 알아봤자 소용도 없고. 자네나 나나 섬에 들어가면 언제 목숨이 달아날지 모르는데 뭔 여자 타령이야? 여자애들 만나서 말이나 해볼 수 있겠어? 여자애들은 다 일본군 거야."

사내가 종태를 몰아세운 뒤 선실로 향한다.

*

수송선은 오사카에서 군수물자를 싣고 다음날 출발했다.
선임병과 신임병이 조를 이뤄 갈수록 삼엄하게 경비한다. 조선인 군인과 노무자가 뒤섞여서 소동을 일으킬까봐 감시가 강화되고 있다. 조선인끼리 모여서 수군댈 시간을 주지 않으려고 체조부터 시작해서 위기대처 훈련이나 황민화 교육 등을 쉴 틈 없이 시킨다.
수송선은 요코하마로 이동한 뒤 이틀을 머무르다 출발한다. 그럴 때마다 이동하는 배의 규모가 더 커진다.
수호는 감시를 피해가며 조선인들에게 한두 마디라도 더 말을 붙이며 위로를 해준다.
"같은 처지니 한마디라도 따뜻하게 합시다. 웃고, 또 웃어요. 그게 저들에게 이기는 겁니다."
수호는 마치 구호처럼 온종일 사람들에게 말한다.

종태도 수호처럼 조선인을 다독이려고 애쓴다. 종태와 동갑이라는 마씨도 두 사람의 영향을 받아 부쩍 사람들을 대하는 태도가 살가워졌다.

충청도에서 온 그는 사탕수수 노무자로 지원하라는 면장의 손에 끌려 배를 탔다고 한다. 섬으로 가면 월급을 받고 일하다가 1년 후 고향에 돌아갈 수 있다고 굳게 믿고 있다.

"팔라우란 데 간다던데, 전쟁이 터져서 사탕수수 농장 일꾼 대신 비행장 건설 노무자로 쓸 건가봐. 일 시킬 사람이 모자라면 우릴 내보내주겠어?"

한 청년의 말에 마씨의 어깨가 축 처졌다.

"광산에서 인광 채취를 할 수도 있대요. 뭘 시킬지 가봐야 알지. 섣부른 실망은 일러요."

종태가 위로해준다.

"전쟁이 끝나면 고국에 돌려보내주겠지? 어디서 일하든."

마씨의 말에,

"그렇게 믿어요. 그래야 버틸 수 있으니까."

종태가 수호가 그랬던 것처럼 그의 등을 두드려준다.

저녁 점호가 끝난 뒤 일본군 중좌가 앞서 출항한 배가 전멸했다고 알려준다. 그 배에 고향을 떠난 부모님이나 이옥이 타지 않았을까. 고향 여자애들은? 순간 그런 생각이 스쳐지나갔다.

종태는 어떤 종교도 믿지 않지만, 고향의 가족들과 어디 있을지 모를 여자애들을 위해 수시로 기도한다. 자신의 실수로 이곳에 끌려온 수호도, 소식을 모르는 쇼타도 모두 무사하기를, 이 배에 탄 모든 조선인을 위해서도 기도한다.

*

수송선에 미군의 어뢰 공격이 이어진다. 새벽에는 침몰 직전까지 몰렸으나 간신히 수습하고 출항을 이어갔다. 언제 또 어뢰 공격을 받아 혼란에 빠져드는지 몰라서 선실 안 사람들 사이에 긴장감이 퍼진다.

배가 무사히 도착할지, 도착한 곳에서 어떤 일을 하다가 다시 살아 돌아갈 수 있을지, 불확실하다는 사실만이 확실하다. 풍랑과 어뢰를 피해 항해하느라 출렁이는 배를 탄 사람들은 뱃멀미하거나 괴이한 정적에 빠져들었다.

서로 다른 곳에서 온, 다른 신분과 다른 목적으로 모여든 사람들이 어뢰 공격이란 위험 앞에 무사히 배가 정박하기만을 기다리는 같은 목적의 집합체가 되어가고 있다. 가해자와 피해자가 뒤섞인 배 안에서 미군의 어뢰라는 공동의 적이 만들어지자 저절로 단합해 하나가 된 상황이 만들어졌다.

미군의 어뢰 공격을 피할 만반의 준비를 하며 집단으로 움직였다. 일본군은 이런 상황이 지극히 흐뭇할 것이다. 철창에 갇혔던 일본인 죄수마저 한배에 탄 순간부터 노무자란 신분으로 하나가 되었듯이 일본군이나 조선인이 하나가 되어가고 있다.

"구경해, 구경. 재밌는 구경."

종태가 지금의 상황을 힘겨워할 때마다 수호가 구경이란 말을 부적처럼 꺼내든다.

어느 곳으로 배를 저어 가야 할지 모르는데 불어오는 바람이 순풍일 리 없다는 말이 떠오른다. 구경한다고 여기면 그 상황에서 빠져나올 수 있기라도 한 듯, 어떤 판단도 유보한 채 그저 구경꾼이 되라고 말하는 수호에게 어느 순간부터 종태는 반발심이 일었다.

"현실을 방관한다고 뭐가 달라집니까? 그래봤자 무기력하기는 마찬가지 아닙니까? 비겁하게 타협하란 말과 뭐가 달라요?"

처음으로 수호에게 대들었다. 수호도 종태의 눈을 마주 보더니 웃음기가 가셨다.

"지치면 안 돼. 좀 쉬어."

수호가 종태의 곁을 떠났다. 종태는 그의 뒷모습을 보며 생각했다. 수호도 맞받아칠 여유가 없는 걸 보니, 지쳐가고 있구나.

*

 밤중에 사이판에 도착한 뒤 수송선 세 척과 군함 두 척으로 선단을 이뤄 다시 출항했다. 하루만 더 가면 도착이라고 했다. '도착'이란 말에 모든 것을 의지한 사람들처럼 분위기가 술렁인다. 짐을 챙기는 동안 도착하는 것만으로도 장하다고, 긴 항해에서 살아남았다고, 저마다 한마디씩 축하해주는 분위기다. 일본군도 하선할 짐을 챙기라고 부산하게 굴면서도 조금 여유를 부리는 듯했다.

 저녁이 되자 곧 도착할 기대에 부풀어 있었다. 그런데 갑자기 사이렌이 울렸다. 미군의 비행기가 선단 바로 앞에서 들이받을 듯 요란한 소리를 내며 떠다녔다. 기총 사격이 퍼부어지고 폭탄도 선체에 투하되어 불이 붙기 시작했다.
 "공습이다!"
 "불을 꺼! 화재 진압!"
 확성기에서 다급한 소리가 울려퍼진다. 장병들이 소총으로 대응하고 군속들은 불을 끄느라 정신없이 움직인다. 급작스러운 총성이 이어지다가 이윽고 미군 비행기가 창공에서 사라진다. 병사 두 명과 징용되어 온 사람 세 명이 화재로 숨진다. 그중에는 마씨도 포함되었다. 시신은 거적에 말려 바다로 던져졌다.

충격에 빠진 종태는 파도에 휩쓸려 들어간 시신이 자신의 몸인 듯 겁에 질린다. 몸을 가누지 못하고 휘청대는 종태를 수호가 붙잡아준다. 퍼런 파도가 시신을 퍼렇게 물들이고 마침내 뼈만 남긴 뒤 그 뼈마저 가루로 만들어버릴 무기처럼 보인다. 눈을 부릅뜨고 바라본 바다의 저쪽에 다섯 구의 시신이 떠다닌다. 생에 대한 미련을 보이듯 파도의 출렁임에 따라 몇 차례 떠오르거나 가라앉기를 반복한다. 이내 그마저도 흔적을 남기지 않고 사라진다.

누구도 섣불리 갑판에 나가지 못한 채 선실에 웅크리고 앉아 배가 도착하기만을 기다린다. 그렇게 여명이 뜨기를 기다리는데 또 한 번 요란한 사이렌이 울린다. 스피커에서 미군의 잠수함 공격을 받았다고 알리는 소리가 사이렌에 섞여 들린다.

"수송선이 침몰하고 있다!"

비명이 스피커에 섞여들었지만, 사람들은 수송선이 침몰하는 것을 느끼기도 전에 침몰하고 있다는 소리에 지레 놀라 우왕좌왕한다. 비명과 아우성이 터져나온다.

"뱃머리에 올라가서 뛰어내려라! 뗏목에서 구조를 기다려! 즉시 실시한다. 실시!"

사람들이 너도나도 바다로 뛰어든다. 여기저기서 비명과 고함과 울음소리로 아수라장이다. 수호가 겁에 질린 종태를 붙잡으며 정신 차리고 뱃머리로 가고 소리친다.

종태의 몸은 반사적으로 화물칸에서 우르르 여자애들이 나오는 곳으로 움직인다. 몇 차례 뒹굴었으나 다시 일어서서 그곳으로 향한다. 수호가 뒤따라오며 고함을 친다. 어서 뱃머리로 가서 뛰어내리라고 성화다.

"이러면 너도 죽어. 정신 차려!"

수호의 말에 아랑곳없이 종태의 몸은 이미 여자애들에게 가 있었다. 수호도 뒤따라왔다. 화물칸에서 나온 여자애들이 군인들의 도움을 받아 뱃머리로 향한다. 화물칸에 남아 있던 마지막 여자애까지 계단으로 올라왔지만, 이옥이나 고향 여자애는 없다.

"어서 뛰어내려야 해!"

수호가 종태를 이끌고 뛰어내리기 쉬운 뱃머리에 섰다. 종태가 겁에 질려서 머뭇댄다.

"뛰어내려야 살 수 있어!"

다시 한번 요란한 사이렌이 울린다. 수호가 종태의 손을 잡고 바다로 같이 뛰어내린다. 바다로, 쓸데없어진 물건처럼 몸이 던져졌다. 간신히 헤엄쳐서 물 위로 떠올라 배에서 떨어져나간 커다란 판자에 몸을 의지했다.

"잘 붙잡아. 일본 해군의 구조선이 올 때까지 어떻게든 버텨야 해."

수호는 마지막 순간까지 자신이 아니라 종태를 더 걱정하고 있다. 배가 우당탕하는 소리를 내며 침몰하기 시작한다. 바로 옆에는 바다로 뛰어내렸으나 뗏목에 타지 못한 여자애들이 허우적거린다. 손을 내밀어 나무판자를 잡을 수 있도록 도와준다. 다른 한 명의 여자애는 판자를 잡으려 하다가 파도에 휩쓸려가고 만다.

구경하란 수호의 말은 이럴 때를 위한 말이었나. 절망적인 상황에서 살아남을 방법은 타인이나 상황을 구경하듯 받아들이는 것밖에 없다는, 그렇지 않으면 살아남을 수 없다는 것이었나. 휩쓸려간 여자애를 걱정할 여유도 없이 종태는 자신의 몸도 곧 파도에 휩쓸릴 것이란 위기감에 떨었다. '구경'은 할 수 있는 일이 아무것도 없을 때 마지막으로 선택할 수 있는 마지막 행위였던가. 절박한 상황에서 살아남기 위한 유일한 처세였던가. 시간이 지날수록 바닷물에 온몸이 차갑게 식어간다. 견딜 수 없이 몸이 떨려온다. 판자에 매달린 여자애들도 수호도 차갑게 식어갔다. 종태는 여자애들에게 힘내라고, 눈을 부릅뜨라고, 정신 똑바로 차리라고 말해준다.
이옥이 어쩌면 배 아래 화물칸에 타고 있을지 모른다고 상상하던 순간도 사실 행복한 한때였다. 웃어, 웃으라고. 그게 저들에게 이기는 길이야. 수호의 말이 떠오른다. 맞다. 지금 저들을 이기는 방법은 죽어가는 이 순간에조차 웃는 것이다. 그것이 죽음의 공포에 떠는 자신을 이기는 방법이기도 했다.

"구출될 거야, 곧."

"버텨!"

수호의 말도 희미하게 들리기 시작했다. 여자애들이 나무판자에서 몸이 떨어질 듯 아슬아슬 매달려 있다. 까맣게 정신을 잃어가면서도 종태는 여자애들에게 신경을 쓰고 수호는 종태에게 신경이 집중된 듯하다. 종태가 하마터면 나무판자를 손에서 놓칠 뻔했으나 수호가 다리로 몸을 지탱해줘서 위기를 넘겼다. 파도에 휩쓸려 죽을 고비를 몇 번이나 맞았으나, 저 멀리서 일본 해군의 배가 다가오고 있었다.

*

군함은 사이판으로 종태와 일행을 다시 데려다놓는다. 함께 구출되어 같은 배에 탄 사람은 모두 100여 명이다. 그중 수호, 종태와 함께 판자에 매달려 목숨을 구한 여자 셋은 모두 같이 실려 온다. 경상도와 전라도, 강원도에서 온 여자애들은 말없이 떨기만 한다. 뜨거운 국물을 마신 뒤에야 여자애들은 조금 생기가 났는지 한두 마디 떠들어댄다.

"집에 가고 싶어."

"……."

"아침부터 소 먹이고 저녁에는 소 먹일 여물을 베어 오고, 그 일이 싫었는데 지금 생각하면 그때가 제일 좋았네."
 종태는 여자애들이 진정되자마자 화물칸에 몇 명이 있었는지 묻는다.
 "모두 100명 정도 있었어요. 그러다가 배가 정박할 때마다 몇 명씩 끌려나가고. 마지막엔 한 50명 정도 남았던 거 같은데 확실하지는 않고요. 헤어진 애들이 어찌 됐을지……."
 화물칸에서 간신히 선실로 올라왔어도 바다로 뛰어내리기를 주저하다가 죽어갔거나, 바다로 뛰어내렸으나 뗏목이나 나무 판자를 찾지 못해 나뭇잎처럼 파도에 휩쓸려갔을 여자애들…….

 사이판에서 기력을 회복하는 동안 종태는 여자애들에게 이옥이란 이름을 들은 적이 있는지 묻는다. 누구라도 이옥의 소식을 알고 있다면 그것도 좋은 소식일 수는 없는 것이다. 이옥이란 이름을 들은 적이 없다는 말이 가장 좋은 소식일 터이다. 그러면서도 종태는 물어보지 않을 수 없다.
 "이옥이?"
 여자애들끼리 서로의 얼굴을 쳐다보며 이옥의 이름을 주고받는다. 그중 한 여자애가 종태에게 할 말이 있는 듯 입을 오므린다. 선뜻 말하기를 주저한다.
 "괜찮아요. 무슨 말을 해도."

"이옥이를 안다는 여자애는 만난 적이 있어요. 해림이라 했나?"

"해림이? 이옥이를 안다고 했다고?"

종태가 되묻는다.

"우린 해림이랑 같은 트럭을 타고 이동했어요. 여기로 오는 배를 타기 전에."

"해림이는 어디로 갔는데?"

"잘 모르지만, 해림이가 여관에서 배를 타려고 대기하고 있다가 친구를 만났다고 했어요. 이옥이라는 친구를 만나서 끌어안고 밤새 울었다고 했고. 다른 트럭을 타고 다른 곳으로 가게 되어 서로 헤어졌대요. 그 말을 하면서 계속 울어서, 아직 그 모습이 생생해요."

"……."

"그것밖엔 몰라요. 우린 다음날 새벽에 또 다른 트럭에 옮겨 타서 헤어졌으니까요."

배를 타려고 했다니, 유토의 말이 떠오른다. 부산의 큰 여관에 있던 여자애들이 남양군도로 간다고, 그곳에서 만날 수 있다고 했던 말. 그 말이 사실이었다. 종태는 설마 했던 일이 사실로 밝혀지자 할 말을 잃은 채 멍해진다. 받아들이기 힘들어서, 어쩔 줄 몰라서, 몇 번이나 머리를 벽에 박는다. 머리에서 피가 터지면 아무것도 모르는 일이 될까. 자학하는 종태를 힐끔대며 여자애들이 화장실 쪽으로 가버린다.

*

종태가 탄 배는 사이판에서 머문 뒤 수송선에 태워졌다.
1944년 3월이라고 했다. 종태가 탄 수송선에는 일본군 2000여 명에 징용으로 끌려가는 조선인이 600여 명 탔다. 선실은 바닥에서부터 층마다 촘촘하게 칸으로 나눠진 방이 있다. 답답할 때면 갑판 난간에 나간다. 일본 군인들이 눈치를 주면 이내 선실로 돌아가서 바닥 칸에 앉아 지낸다. 간혹 폭격기가 급강하하면서 기관총을 쏘아댄다.

그사이 많은 일이 있었다. 여자애들은 다시 화물칸으로 이동하고 징용으로 끌려온 사람들은 더는 불평하지 않는다. 탈출이란 말을 입 밖으로 내지도 않는다. 몇 차례 어뢰를 맞아 침몰을 경험하고 일본 해군에 의해 구조되는 동안 대체로 단순해지고 무감각해지고 있다.

"일본군과 마음이 일체되어가고 있군."

수호가 조선인이 변해가는 모습에 한마디 한다.

"일본군이 자기들을 여기까지 끌고 와서 사지로 내몰고 있다는 사실을 망각하고 있어. 적은 오직 미군이라 여기고, 있는 힘을 다해 전쟁에 임하겠지. 외부의 적을 물리치라는 명령은 그래서 언제나 유효하고 힘이 센 모양이야. 착취하는 자와 착취당하는 자의 힘의 불균형은 이래서 유지되는 거고 말이지. 그 힘이 선에 쓰이든 악에 쓰이든 상관없는 매 순간이 전쟁터에서 벌어지고 있으니 말이야."

수호가 하늘을 올려다본다. 먹구름이 주위의 구름을 다 잡아먹은 듯, 공룡처럼 커다랗게 덩치를 키우는 중이다.

*

최종 목적지인 팔라우섬의 해역 부근으로 선박이 진입을 시작한다.

"내가 아마 일본과 남양군도를 오가는 배를 가장 많이 탄 조선인일 거야."

이름이 민석이라고 밝힌 오십대의 사내가 수호와 대화를 나누는 중이다.

"일본이 남양군도를 지배했을 때부터 일본 해군이 통치하는 군정이 시작된 거지. 이곳에 온 뒤 주로 일본인과 조선인의 통역을 해주거나 조선인에게 교육을 시켰지."

"그러니까 선생께서 남양군도에서 어떻게 일해야 하는지 지시하는 책임을 맡았단 말이네요."

"내가 하는 일에 충실했을 뿐이지만 때론 일본 지휘관에게 욕먹고, 때론 끌려가는 조선인에게 원망을 사는 일이었지."

큰 키에 새까맣게 그을려 황색인이 아닌 것처럼 보이는 민석은 언변이 유달리 유창했다. 수호는 그가 한가해 보이면 바짝 붙어 서서 이것저것 궁금한 것을 물었다.

"팔라우 제도엔 크고 작은 섬이 많아. 사람이 사는 곳은 여덟 개 정도지. 팔라우 본섬이 전체 면적의 70퍼센트 이상이야. 팔라우 본섬의 남쪽에 코랄섬이 있는데 거기가 중심지고."

"코랄섬은 처음 들어보는 곳인데요?"

"10여 년 전엔 남양 척식회사가 팔라우를 본격적으로 개발했지. 그때 코랄섬에 학교나 병원도 세우고 선착장 도로도 정비했지. 그 일에 조선인 노무자가 많이 동원됐어. 그 덕분에 코브라 생산이나 제당 사업을 하면서 코랄섬이 중심지가 된 거야."

"코랄섬이 팔라우의 중심지군요?"

"그렇지. 코랄 시가지 북쪽에는 바벨다오브섬이 있어. 원주민은 해안 지대에 살고 내륙은 대부분 정글이지. 남양청은 이 정글 지대를 국유지로 만들었던 거지. 코랄섬 남쪽으로는 배를 댈 수 있는 항구가 있는 섬과 수상 비행정이 이착륙할 수 있는 기지가 있는 섬이 있지. 두 섬은 코랄섬과 다리로 연결되어 있고."

"아, 생각나요. 야자수와 그 앞에 파도 치는 풍경을 담은 사진을 흔들고 다니면서 마을 사람을 꾀던 구장이 있었거든요. '반도 청년에 거듭되는 영광'이란 제목의 신문 기사도 읽어줬던 기억이 나요. 1942년경의 매일신보였던가? 해군 군속을 채용한다면서, 조선인에게 황국신민이 될 기회를 줄 테니 영광으로 알라고 쓴 기사를 듣고 피가 거꾸로 솟았는데 지금 여기 왔네요, 내가. 허허 참."

"조선인이 산을 허물고 그 흙을 실어 날라 다리를 만드는 일을 했지. 코랄섬의 도로를 만들어서 섬끼리 다리로 잇느라 아이고 아이고 신음이 그칠 새가 없었고. 처음엔 나도 거기서 조선인 노동자로 일했거든. 우리 고향에서 이곳에 왔던 가족 이야기 해줄까?"

수호의 옆에 섰던 종태도 민석의 말에 귀를 기울인다.

"그 가족 열 명이 한꺼번에 와서 처음에는 남양흥발이란 곳에 소속되어 일했지. 어린 딸들은 학교에도 들어가서 공부했지만, 전쟁이 터지자 모두 비행장 공사장에 동원되었지. 가장이 다쳐서 죽자 곧바로 가족이 뿔뿔이 흩어졌고. 딸들이 위안부로 끌려갔다는 소문이 돌고 아들은 일본인 군속으로 징집당해 갔지."

"저런!"

"그 아들들은 비행장에서 폭탄을 수송하거나 비행기 연료를 운반하면서 고생했어. 또 다른 아들들은 비행기 활주로와 진지 구축하는 시설 공사에 투입되었다고 들었고."

"……."

"팔라우는 동남아시아와 태평양 섬들이 만나는 중간 지점이거든. 일본에서 가장 가까운 위치니까 이곳에 비행장을 짓기 시작한 거야. 또 팔라우는 필리핀과 가깝거든. 일본 해군이 필리핀을 점령할 작전인 거야. 그래서 그 남쪽 섬인 펠렐리우에 전투기를 이용할 수 있는 비행장을 조성하는 거고."

"아, 그렇군요."

"그래서 사단 본부가 코랄섬에 자리잡고 미토 보병 제2연대가 펠렐리우섬 수비를 맡았지."

"전쟁터로 가는 게 맞군요?"

"자네들도 각오해야 할 거야. 전쟁이 격화되면 그보다 더 심한 일을 하게 될 테니까."

멀리서 헌병이 다가오자 모두 뿔뿔이 흩어져 제자리로 돌아간다.

9

긴 운항을 끝낸 배가 팔라우의 코랄섬에 정박한다.

"우리가 가는 곳은 어딥니까?"

"코랄섬에서 남쪽으로 배를 타고 한 시간 정도 내려가면 펠렐리우섬이 있어. 그곳이 해군비행장이지. 해군의 설영대를 파견해서 조성한 비행기지야. 팔라우 농장의 근로자는 물론이고 조선인 수만 명이 군속으로 끌려와서 비행장 건설에 투입되었지."

"끌려왔다고?"

듣고 있던 헌병이 민석의 말을 제지하며 묻는다.

"아, 끌려온 게 아니고, 자, 자발적으로 왔고. 일당 60전을 주지만 그나마 승전했을 때 지급한다고 하니 그때 가봐야 알 일이고. 돈 같은 건 잊고 그저 살아남으려는 목표로 일하는 게 좋을 거야."

민석이 헌병의 눈치를 한 번 더 살피며 설명을 마친다. 얼굴이 땀범벅이다.

*

일행은 일본군의 지휘를 받으며 코랄섬에서 뗏목으로 갈아타고 남쪽으로 한 시간 정도 더 갔다.

군인들이 이끄는 대로 뗏목에서 내린 조선인 징용자들은 섬의 정글 속으로 들어간다. 울창한 수목이 우거졌다. 가는 곳마다 무성히 뻗어오른 야자수가 바람에 흔들린다.

야자수 정글의 풀들은 사람 키보다 웃자랐다. 덩굴과 관목으로 얽힌 정글을 헤집고 걸어들어간다. 짙은 연둣빛의 주먹만 한 도마뱀이 나무 위로 기어오른다. 숨 막히는 무더위를 식히는 비가 한차례 퍼부어 숨통을 틔워준다.

야자수와 빵나무가 울창한 곳을 지나자 통나무로 네 기둥을 세우고 야자 잎으로 덮은 원주민의 집이 드문드문 보인다.

"빵나무 열매도 따서 먹고 바다에 나가서 물고기도 잡고, 이 섬에서 저 섬으로 걸어서 왕래하며 살아가지. 썰물 때가 지나

수심이 깊어지면 배로 이동하고."

 민석이 안내하는 말을 들으면서 노무자와 군속들은 낯선 환경으로 들어간다. 밀림과 원주민이 사는 곳을 지나자 일행이 숙식할 야자수 정글 속 판잣집으로 된 숙소가 보인다.

*

 날이 밝으면 비행장 도로를 건설하느라 파헤쳐진 비행기지로 향한다. 섬 전체를 해군 기지로 활용하겠다는 군부가 조급하게 서두를수록 허리 한 번 펴지 못한다. 비라도 쏟아지면 흐르는 땀을 씻어낼 텐데 싶어서, 어쩌다 한 번 올려다보는 하늘은 플라스틱 조각처럼 단단하고 매끈하다.

 비행장 시설을 급조하느라 일본군은 직접 시설 부대를 조직했다. 해군 경비대가 지휘권을 갖고 군대에 소속된 민간인인 군속이 지휘관이 되는 설영대가 운영된 것이다. 이들은 징용자를 작업부원으로 만들었다.
 "수조 탱크부터 비행기 활주로와 진지와 방공호 등의 시설 공사를 단시일 내에 완수해야 한다. 수조 탱크의 기초공사인 콩그리를 하기 위해 땅파기 작업을 철두철미하게 하라."
 지시에 따라 노무자들은 삽과 곡괭이, 손수레를 대동하고 움직인다. 하늘도 안 보이는 정글을 비행장으로 만들기 위해 장검을 휘두르며 잡목을 제거하기도 하고, 온종일 나무뿌리를 삽으로 자르고 자갈밭을 곡괭이로 퍼내는 작업을 한다. 공사 작업은 매일 반별로 할당량이 정해져 있다. 게으름을 피우면 연대 얼차려를 받고, 작업량을 못 채우는 일이 벌어지면 다 같이 남아서 밤늦게까지 그 일을 해야 한다.

"온종일 왜 이렇게 뜨거운 거야."

속살이 부풀어오를 정도의 더위 탓에 팬티만 입고 새벽 4시부터 오후 4시까지 2교대로 일한다. 상체가 햇빛에 시커멓게 탔다.

종태가 하늘을 원망하며 두 팔을 내려뜨리고 있으면 현장 감독이 달려와서 발길질을 하고 소리를 지르고 막대기를 휘두른다. 해가 뜨면 시작해서 해가 져도 끝나지 않는 노동이 반복된다.

하루에 대여섯 번 현장을 순찰하고 감시하는 자들이 돌아다닌다. 맞아서 쓰러졌다가 거적에 덮여서 생매장되는 사람들이 늘어간다. 그 장면을 여러 번 목격한 종태는 다른 사람에게 피해를 주지 않기 위해 죽을힘을 다해 일한다. 비행장을 만드는 데 필요한 흙이나 자갈이나 큰 돌을 차에 싣고 모으느라 쉴 틈이 없다. 배당된 양을 완수해야 거처로 돌려보내지는데 그렇게 하루 배당된 일이 끝나면 어두운 밤이다. 하지만 비행장과 포진지를 향한 미군의 공급은 밤새 이어진다.

*

"시끄러워!"

한쪽에서 소란이 일어난다. 일본 노무자와 조선 노무자 간의 패싸움이 붙었다. 비행장 공사를 위해 남양군도에 온 일본인 노동자는 대체로 오키나와 출신이라고 했다. 일본 노무자가 조선인을 차별하고 멸시하며 식민지인으로 취급하는 바람에 늘 불평이 넘치던 끝에 터진 것이다. 종태가 소란스러운 곳으로 다가서자 기수를 네 명의 일본 노무자가 둘러싸고 있다.

두 일본 노무자가 그들 손에 떠밀려 쓰러진 기수의 몸을 밟는다. 종태가 끼어들어 그들을 밀쳐내고 기수를 일으킨다. 종태의 뒤로 조선인 노무자가 우르르 몰려든다. 일본인 책임자가 호루라기를 불며 달려와서 조선인 노무자를 뒤로 물리친다.

비행장 만들 장소에 커다란 돌이나 자갈흙을 가져다 놔야 하는 중노동을 시키는 사람들은 대체로 온몸에 문신을 한 야쿠자 출신이다. 야쿠자들을 시설부 노동력으로 주로 사용해서 조선 노동자를 통제하려 들었다.

"공사가 대충 끝났는데 우릴 고국에 데려갈 수송선은 왜 오질 않지?"

조선인 노무자들은 모이기만 하면 먼바다를 하염없이 바라본다.

*

비행장 공사장에 투입되어 일하는 동안 미군 비행기가 수시로 높이 떠서 섬을 정찰하고 사라진다. 그런 뒤 다시 나타난 B-29 비행기는 일직선으로 낮게 날면서 비행장 건설 현장 부근의 진지에 포탄을 투하한다. 공습 사이렌이 울리고 머리 위 비행기 소리와 섬광, 쿵쾅하는 쇳소리가 지진이 난 듯하다. 폭탄이 터지는 하늘을 바라볼 새도 없이 노무자들은 등 뒤, 머리 위로 날아다니는 포탄을 피해 줄행랑을 친다. 대체로 야자 숲이나 방공호로 뛰어가거나 그것도 안 되면 원주민이 사는 마을까지 뛰어가 숨는다. 원주민이 사는 마을에는 폭격을 하지 않기 때문이다.

*

펠렐리우섬의 전투는 갈수록 더 치열해진다. 두 달이 지나도록 일본군은 미군의 상륙에 맞서서 가파르고 구불구불한 능선에 견고한 요새나 동굴, 지하 진지를 구축한다. 일본군이 맹렬히 저항할수록 미군의 공격이 거세지고 있다.

미군도 일본군의 진지 구축으로 고전 중이다.

펠렐리우섬에 있는 수백 개의 석회암 동굴은 일본군 기술자들이 진작부터 터널로 연결해둔 상태였다. 광산과 동굴이던 그것들을 전시가 되자 방어 진지로 사용하기 시작했다. 동굴 입구에 강철로 된 장갑 문을 추가하고 수류탄과 화염 방사 공격에 방어를 할 수 있도록 만들었다. 일본군은 그렇게 동굴과 벙커로 만든 진지에서 저항을 이어갔다.

죽어나는 것은 전투에 참여한 병사들과 수시로 비행장의 패인 웅덩이를 메워야 하는 군속과 노무자들이다.

*

또 언제 폭격이 시작될지 모를 상황이다. 방책도 없이 비행장 활주로를 만들라고 지휘관은 징용자들에게 연장을 쥐게 했다. 언제 죽어도 관심 가질 사람이 없는 곳에서 직립해서 걸어 다니는 것조차 낯설게 느껴질 때도 있다. 이래도 살아 있다고 말할 수 있나. 이렇게 사는 것도? 종태는 그럴 때마다 수없이 되뇐다.

폭격이 심해지자 조선인 노무자들이 대거 군속으로 전환되었다. 민간인도 마찬가지였다. 군속은 군에 속하는 요원이라서 인신 구속이 강했다. 후방이 아니라 전선에서 싸우니 위험에 더 노출된 것이다. 이들도 군속이 되어 비행장이나 군 관계 시설 공사장에서 일했다. 물자 하역이나 식량 조달도 담당했다.

*

사흘 동안 폭탄 소리가 심하다. 소리가 그치면 폭파된 곳으로 가서 돌로 구멍을 메운다. 미군이 비행장과 포진대를 주로 공격하니 그 주위에서 일하는 조선인 군속은 언제 폭격을 맞을지 모르는 상태로 일한다.

공습을 알리는 빨간 깃발이 걸리고 속사포를 쏘아대면 숲속으로 피난 가서 눈과 귀를 막고 숨어야 한다. 아침 일찍 공습을 받으면 야자 숲으로 숨거나 공습 해제 사이렌이 울릴 때까지 원주민이 사는 곳으로 가서 숨는다.

야자 잎으로 지붕벽을 한 원주민 집은 야생 대형 쥐가 다니고 도마뱀들이 꼬리를 휘두르며 다녔다.

폭격이 지나가면 곳곳에 시신이 널브러진다.

피. 붉은 것에 대한 혐오가 올라올 때마다 종태는 아카시아 꽃, 이팝, 개망초등 흰 꽃을 떠올린다. 고향의 꽃들, 하얗고 작고 오종종하고 얇디얇지만 쉽게 짓무르지 않고 여름 한 철을 견디던 하얀 꽃잎을 생각한다. 작은 이파리로도 허공을 채우던 달콤한 흰 꽃의 향기. 그 꽃잎에 내려앉던 햇살도 떠오른다.

문득 야학의 학생들에게, 이옥이나 해림에게 떠들던 '빛'이 기억난다. 할아버지에서 아버지, 자신에게 이어져 오던 신념 같은 것, 종교 같은 것이 '빛'이었다. 숨어 있는 빛이 드러날 것을 믿으라고, 누구에게라도 한 줄기 빛이 되라던 말들.

*

대숲 사이로 직선의 빛이 정수리에 꽂히듯 내리쬐던 날을 떠올렸다. 남강 변의 대숲 속을 거닐던 어린 시절, 할아버지의 이야기는 길게 이어지던 대숲 길만큼이나 끝이 없었다. 주로 할아버지의 할아버지 때부터 가보로 전해진 죽간에 대한 자랑과 거기에 적힌 선조의 가르침들을 들려주었다.

"죽간에 적힌 글 중 '서로에게 빛이 되라'는 말씀을 특히 가슴에 새기고 살았지. 스스로 빛이 되기는 어렵지만, 서로에게 빛이 되어주는 건 그리 어렵지 않아. 결심만 하면. 대대로 서당을 이끌어온 것도 그런 가르침들 덕분이지."

할아버지의 긴 이야기를 듣는 동안 속으로 질문이 이어졌다. 서당이 그리 대단한가. 고작 마을 아이들에게 글을 가르쳐주는 게 빛에 견줄 만한 일인가. 스스로 빛이 되지 못한 사람이 어떻게 빛을 줄 수 있나.

할아버지의 말씀 중에 가장 이해할 수 없는 말은 '빛은 번지는 것이고 건너다니는 것이야'란 말이었다. 할아버지는 대숲 사이로 스며드는 빛을 올려다보며 간혹 그 말을 되풀이했다.

어느 날 종태는 가슴에 품었던 질문을 꺼냈다.

"할아버지. 빛이 어디로 번지는 것이고 어디를 건너다닌다는 말씀인지요?"

할아버지가 멈춰서더니 빙그레 웃었다. 빛의 움직임을 보란 듯 몸을 틀며 손가락으로 좌우, 위아래를 가리켰다.

"자, 봐라. 빛이 번지고, 이리저리 건너다니는 게 보이지 않느냐?"

"그건 매일 밥 먹는 일처럼 당연한 일인데 왜 그것이 대단한 일처럼 말씀을 하시는지요?"

"저쪽으로 또 이쪽으로, 빛이 스스로 찾아다니는 게 보이지? 빛이 닿는 곳마다 따뜻해지고 환해지고 음지를 양지로 만들고 뭐든 변하게 만들지. 가슴 벅차고 대단한 일이지 않느냐?"

"네? 여전히 무슨 말씀인지 모르겠습니다."

"서로에게 빛이 되라는, 죽간에 쓰인 선조의 말씀을 나는 저렇게 번지고 건너다니는 빛을 보면서 이해했던 거야. 그 말씀이 얼마나 용기를 주던지."

"네? 용기를 줬다고요?"

"허허. 빛을 줄 수 있는 사람이 될 수 있도록 수양하란 말씀 같았거든. 그렇게 하다 보면 스스로 빛이 될 수 있겠지. 내가 빛이라서 누군가에게 빛을 주는 게 아니라 다른 사람에게 손 내밀다 보면 스스로도 빛이 될 수 있다는 게지."

그날도 그 말을 이해하지 못했다. 아무리 봐도 빛은 그저 제 할 일을 할 뿐인데 할아버지에게 빛은 늘 그런 의미로 종태에게 전해졌다. 그 이후로 더 묻지는 않았다.

전쟁터에서 보내는 동안 간혹 꿈에서, 할아버지와 함께 대숲을 거닐던 장면을 봤고 두런두런 가르침을 전하던 할아버지의 목소리가 빛처럼 가늘게 핏줄로 흘러드는 것을 느끼곤 했다.

할아버지의 말씀처럼 해림의 목소리도 떠올랐다.

고향에 머물고 있던 때, 아직은 고향을 떠나지 않았던, 오월이던가.

그날 옆에서 걷던 해림이 말했던가. 아카시아 향기가 나지 않냐고. 고개 숙이고 걷던 그에게 묻던 그 말에 산자락을 올려다봤다. 사방에 아카시아가 지천으로 피어 있고 허공에 향기가 가득 차 있었다. 그가 처음 느낀 하얀색의 향기였다. 그 향기는 햇볕에 널어둔 무명보다 희게 바람을 따라 펄럭였다.

향기가 천지를 뒤덮은 것도 모른 채 고개 숙여 무겁게 걷던 자신을 일깨워주던 해림. 그런 해림에게 무뚝뚝하게만 굴었던

게 미안했다. 사이판에서 만난 여자애들이 해림의 소식을 전해 줬을 때부터 해림에 대한 미안함이 가슴에서 커지고 있었다.

그날 해림에게 받은 깊은 인상도 떠오른다. 이옥의 걱정으로 가득 찼던 그때, 해림은 스스로 숨구멍을 만들어 상대에게도 숨 쉴 수 있게 만드는 사람이구나. 어떤 상황에서도 꽃향기를 맡고 향기 나는 곳을 찾아 사방을 두리번대는구나.

이옥에게 집중하느라 의식적으로 해림에게 무심했지만, 자신을 각성시켰던 것은 늘 해림이었다는 생각이 든다.

시신의 흥건한 피를 본 뒤 잠자리에 들면 피비린내가 가시지 않았다. 고향의 흰 꽃들, 해림이 맡으라고 하던 아카시아 향을 떠올리며 잠을 청했다. 잠이 들면 향기와 함께 이옥과 해림을 만났다. 밤새 꿈속까지 따라오던 피비린내가 아침이면 희게 희석된 듯 숨이 조금 쉬어졌다.

*

짐승처럼, 죽으면 함부로 버려질 몸이란 것을 알면서도 비행장의 파괴된 활주로를 수리하는 일에 하루를 바친다. 해군 정비대와 해군 건설 부대와 함께 일한다. 폭격이 심해질수록 달이 뜬 시각에 야간 작업에도 동원된다. 그래도 폭격으로 인한 파괴 속도를 따라잡기 어렵다. 같이 일하던 한 사내는 남양 특유의 풍토병이라는 친구병에 걸려서 나흘 동안 39도의 고열에 시달리다가 죽었다.

비행장 공사장에서 일할 때면 새벽의 씻어낸 마음은 밀려온 물살에 씻겨나가는 모래처럼 부질없어졌다. 그래도 또 밤이 오고 새벽이 왔다. 다시 하루의 노동이 시작되어도 종태는 버티고 버틸 수 있었다.

*

미군 폭격으로 식량을 운반하던 수송선이 격파되어서 당분간 먹을 것이 들어올 수 없어졌다고 한다. 고구마 잎과 줄기 등을 닥치는 대로 먹어야 했다. 폭격이 이어질 때는 야자 열매를 먹으면서 지냈다. 달팽이를 잡아 물에 삶아 먹거나 산속에서 야자게와 해조알을 가져와서 구워 먹기도 했다. 한 그루에 수백 개의 열매를 달아주는 빵나무가 없다면 이미 굶어 죽었을 정도로 식량이 전혀 공급되지 않았다.

폭격으로 지상의 생활도 불가능해졌다. 비행장 공사와 더불어 밤이면 몸을 숨길 방공호도 파야 했다. 야간 작업을 하다가 죽으면 길가에 묻거나 급한 상황이 닥칠 때는 그대로 방치했다. 급히 판 방공호는 안으로 들어가면 물이 떨어졌다.

*

　종태는 반년째 비행장을 만들기 위해 손에 농기구나 삽, 곡괭이를 들고 있지만 그들이 언제 갑자기 총을 쥐여주며 적진에 뛰어들라고 등 떠밀지 알 수 없다. 총을 잡지 않겠다는 맹세가 타의에 의해 무너질 시간이 가까워지는 것을 실감한다.

*

　수호는 종태와 다른 구역의 비행장 공사장에 투입되었으나 오늘 새벽 일찍 수송선에 태워졌다. 최근 보름 동안은 미군 비행기의 폭격이 없는 소강상태였다. 그 틈을 타서 군부대원을 재정비하고 있었는데 군속과 노무자도 재정비에 포함된 모양이다. 수호가 그 대상이 되어 다른 섬의 비행장 건설에 보충 인력으로 파견된 것이다.
　평소에 조선인 노무자에게 지나치게 밀착되어 수군댄다는 이유로 몇 번 경고를 받은 뒤였다. 수호가 선동해서 탈출이라도 감행할 것처럼 설레발을 치더니 기어이 수호를 다른 곳으로 내보내는 모양이다.
　종태와 작별 인사도 못한 채 수호는 배에 태워졌다. 알려주지 않으니 어디로 가는지도 알 수 없었다. 수호가 탄 배는 이동하면서 몇 군데 섬을 들러 다른 곳에서 온 군속들과 노무자들을 더 태웠다.

수호는 인사도 없이 헤어진 종태가 걱정되었다. 자신은 어떻게든 견디겠지만 종태는 이 전쟁에서 살아남을 수 있을까. 갈매기도 따라오지 않는 배 위에서 낯선 이들에 섞이자 정말 혼자 남았다는 것을 느낀다. 이대로 영영 작별인가. 그런 예감을 물리치려고 고개를 힘껏 젓는다.

거기도 사람 사는 데야. 늘 종태에게 들려줬던 대로 자신에게 그 말을 들려준다.

종태야 잘 지내!

수호는 종태가 있는 섬을 향해 외쳐보지만 메아리조차 없다.

수호는 덤덤히 생각한다. 이제 누구도 봐주지 않는 제 죽음을 자신이 구경할 차롄가.

*

점심 식사를 빨리 끝내면 10여 분의 여유를 즐길 수 있다. 종태에게는 호흡기를 달게 된 것처럼 숨통이 트이는 일이다.

종태는 작업장 밖으로 나와 수평선 위 하늘을 올려다본다. 갈매기가 높이 날아오른다. 열댓 마리의 갈매기가 하늘 위를 선회하며 오랫동안 서럽게 운다.

새벽녘 수호가 배에 실려서 다른 섬으로 차출되었다는 소문을 들었다. 그곳이 어딘지 눈에 띄는 사람마다 붙들고 물었다. 그곳에서도 우리처럼 일하겠지. 사람들은 심드렁하게 대꾸했다. 징용 인원을 차출해 가는 거 보면 우리보다 더 열악한가보네. 일하다가 죽었든지 아니면 미군의 폭격에 죽어서 노동 인원이 부족했나보네. 다 씹은 껌이라도 뱉듯 함부로 떠들었다.

일하는 한나절 내내 종태는 넋이 나가 있었다.

뿔뿔이 흩어져서 제각각의 죽을 장소로 떠나는 중인가. 살기 위해 스스로 떠나는 길이 아니다. 스스로란 말은 적용된 적이 없다. 어디로, 왜,라는 말도 적용되지 않는다. 강제만 있다. 강제하는 사람도 알 수 없고, 강제하는 목적도 알 수 없다.

그렇다면 유령이다. 지금 유령의 삶을 살고 있다. 유령처럼 떠돌고 있다. 그 유령 같은 삶조차 함께할 수 없다.

수호 형!

종태는 가만히 불러본다. 이럴 때 수호가 옆으로 다가와 등을 한 대 치면서 정신 차리라고, 기죽지 말라고, 여기도 사람 사는 데라고, 해야 맞는데.

*

"뭘 해? 들어가야지."

기수가 종태를 데리러 온다. 바위에 걸터앉아 수평선과 갈매기를 번갈아 보던 종태는 재촉하는 기수를 따라 걷는다.

"정글이 모두 비행장이 될 때까지 부려먹을 작정인가. 언제까지 이렇게 살아야 하는지."

기수가 투덜거린다. 그는 종태보다 한 살 많다. 부산에서부터 같은 배를 타고 와서 가까워진 사이다. 종태와 달리 단기간에 한밑천 잡고 논밭을 살 돈을 모을 수 있다는 꼬드김에 넘어가서 배를 탔다고 한다. 온종일 일하다가 지쳐서 온몸이 땀범벅이 되어도 풀풀 날리는 쌀밥에 소금국 반찬이 전부고 월급은 구경도 못해봤다고 투덜댔다. 매시간 죽음에 내몰린 지금 상황에선 그마저도 사치스런 투정에 속했다. 점차 기수는 이곳에서 탈출해서 아예 미 해군이 유인하는 배에 올라탈 궁리 중이다.

"정글로 나와서 관찰했더니, 미군 함정 열 척이 바다에 늘어서 있었어. 미군이 곧 상륙할 거 같아."

기수의 눈빛이 살아 있고 아직 다리에 힘이 들어가 있는 이유는 언젠가 이곳을 벗어날 수 있다는 희망을 버리지 않고 있기 때문이다. 기수처럼 희망에 찬 조선인은 한두 명도 안 될 터다. 태양이 뜨거워서 연신 눈에 흘러드는 땀을 닦으며 기수는 습관처럼 계속 아무 말이나 뱉어낸다. 불안을 말하는 것으로 푼다고 지적받을 정도로 기수는 수다쟁이다.

"일본 해군은 태평양 섬을 불침항공모함이라 부른다지? 일부러 항공모함을 만들지 않아도 주요 요충지에 비행장을 건설해서 항공모함처럼 사용한다는 거지. 섬을 통째로 전쟁터 삼겠단 거지. 이제 몇 달 안에 이 섬은 살 수 없는 폐허로 변할 거야. 비행장 건설이 끝나도 우릴 수송선에 태워 보내줄 인간들이 아니고."

"맞아. 그럴 거야."

"군부는 철수시킬 전략을 짜기나 할는지. 필요 없어질 때까지 우릴 쥐어짜서 이용하려 들겠지. 비행기 수리하고, 폭격 맞은 길 메우고, 그렇게 우릴 써먹었잖아. 그런데 패망하면 먹잇감 남 주긴 아까우니 바다로 뛰어내려 죽으라고 하지 않을까?"

기수가 점점 더 진지해진다.

"내가 들은 정보가 있어. 일본군에게."

"뭔데?"

"일본군 수비대가 해안을 따라 진지도 건설했는데 이게 기가 막히데. 뭐냐 하면, 해변에는 상륙정을 막으려는 수천 개의 장애물을 설치했다는 거야. 지뢰와 뇌관이 노출되어 묻혀 밟으면 폭발하도록 설계된 대형 포탄이 많다고 했어. 상륙을 막기 위해 해변을 따라 대대를 배치해서 미군이 내륙 진격을 지연하려는 거래."

"그래서?"

종태는 기수가 무슨 말을 하는지 선뜻 이해하기 어려워서 물었다.

"수비대나 생존자를 대피시킬 비상계획을 제대로 세웠냐는 거지. 결국, 섬에 있는 모든 일본군사와 노무자가 죽어야 끝이 나는 전쟁을 설계하고 이어가는 중이라는 의심이 드는 거지."

"……."

"정글에 들어가서 수시로 뗏목이라도 만들어야겠어. 내가 왕년에 뗏목을 좀 만들었거든. 내 아버지가 어부 출신이라서, 하하. 야자수들 우거진 한쪽에 나무를 모아뒀거든."

"뗏목 타다가 일본군 총 맞으려고?"

"실패할 거 같으면 바다에 뛰어내려 헤엄이라도 쳐야지."

"불가능한 일이야. 포기해."

"이래 죽으나 저래 죽으나 죽긴 마찬가지니까. 뗏목으로 도망칠 수 없다면 미 함정에 올라탈 거야. 거기까지 헤엄쳐서 항복할 수 있어. 살아남으려면 아마 수영 기록 경신을 해야겠지?"

기수가 앞으로의 일을 쉴 새 없이 떠드는데 종태에게는 허황되게만 들린다.

*

보름째 미군의 폭격이 잠잠하다.

종태는 점심 식사 후 잠시 휴식을 취하느라 비행장 부근의 바위에 걸터앉아 있었다. 모치츠키 중위가 다가와서 잠시 이야기를 나누자고 말한다.

"곧 작업을 시작해야 합니다."

"내가 말해뒀어. 할 이야기가 있으니 한 시간 뒤에 작업장에 보내겠다고."

"그렇습니까?"

종태는 그의 돌출 행동에 어리둥절하다.

"종태와 몇 마디 나누고 싶었어. 말다운 말을 해본 지 너무 오래됐거든."

그가 고백하듯 말하고 쑥스러워한다. 종태는 바짝 긴장한다. 어떤 말일까. 혹시 총을 잡으란 말인가.

"나를 기억 못하나?"

종태는 고개를 젓는다.

"우린 사이판에서부터 같은 수송선을 타고 여기로 왔어. 난 자넬 잘 알고 있어. 수호도 잘 알고. 두 사람과 언제든 이야기를 나누고 싶었지. 좀 답답하거든. 말이 통하는 사람이 없어서. 수호와 대화가 잘 통할 것 같았는데 곁을 주지 않고 피하더군."

"그랬습니까? 제게는 무슨?"

"사람은 그냥 싫은 사람과 그냥 좋은 사람이 있지 않나? 난 줄곧 수호와 종태를 좋게 봤던 거 같아. 내색한 적은 없지만."

"무슨 이유로 그렇습니까?"

"이유가 없다니까. 굳이 말하자면 나와 좀 비슷해 보인다고 할까. 말 붙이고 싶었는데 주위의 눈이 있으니. 이 전쟁터까지 와서 전쟁도 막바지에 다다른 거 같으니 눈치 볼 것도 없어졌고."

"그렇습니까?"

종태는 그의 친절이 달갑지 않으나 모치츠키 중위는 수평선을 바라보며 감회에 잠긴 듯하다. 그제야 누군가와 말을 해보고 싶다는 그의 말이 진심처럼 보인다.

"가까이 와."

중위가 말한다. 종태는 모치츠키 중위 옆으로 다가간다. 그를 몇 번 본 기억이 난다. 평소 그는 다른 지휘관에 비해 말이 없는 편이었다.

"얼마 전 조선인 노동자와 일본 노동자가 패를 갈라서 싸웠지? 기수란 청년이 밟혔고. 그때 종태가 마음에 들었어. 아무도 미워하지 않는 것 같았거든."

"네? 그럴 리가요?"

"무심했어. 난 그런 눈빛을 좋아해. 흥분하지 않고, 차분하고, 지금 벌어지고 있는 일을 남의 일처럼 구경하는 거 같은 눈빛."

수호가 늘 강조하던 말을 모치츠키에게 듣다니, 종태는 기분이 묘해진다.

"그 정도만 말해두지. 나처럼 그쪽도 조용한 성품이어서 맘에 들었다고 할까. 이젠 이해가 되겠어? 이것도 좀 애매하긴 하지만."

"알겠습니다. 하고 싶은 말씀을 하십시오."

"아까도 말하지 않았나? 누군가와 말이란 걸 해보고 싶었다고. 그 누군가가 바로 종태라고."

종태는 한숨을 내쉰다. 이렇게 긴박한 전쟁터에서 이렇게 한가한 말을 지껄이는 일본 군인을 보다니, 신기하다고 비아냥거려주고 싶다.

"반전을 말하고 싶고."

종태는 자신의 귀를 의심한다. 일본군 중위가 조선인 징용자 앞에서 전쟁에 반대한다고 말하고 있다.

"하하. 놀라기는. 이렇게 죽어나갈 줄 몰랐으니까 하는 말이지. 군부는 장기전을 벌이면 무조건 일본군이 유리하다고 봤으니까. 지금은 수송선도 격추당하고, 섬으로 들어올 군량이 끊기니 무슨 수로 버티냔 말이지. 장기전이 도리어 미군에게 유리하지. 패망의 길로 간다고 해도 해볼 만한 싸움이라 여겼지."

"그건 또 무슨 말입니까? 패망의 길이 해볼 만한 싸움이라니."

역시 그렇지,라고 종태는 쓸쓸하게 모치츠키 중위에게 묻는다. 바다가 햇빛을 받아 수천 개의 물살이 동시에 반짝인다.

"우리 일본은 서구 열강의 지배에 놓인 적이 있지. 그 뒤 메이지 유신으로 힘을 키우려고 사절단을 외국에 두루 보내 정세를 살피고 나섰지. 안 그랬더라면 아시아는 이미 서구 열강의 손아귀에 들어갔을지도 모르지. 일본과 싸운 중국과 러시아가 워낙 약체였으니까, 서양의 최신식 무기를 준비하지 않았다면 우리 일본도 서구 열강에 금세 나가떨어졌을 게 분명하니까."

 모치츠키 중위가 단정한다. 종태는 그의 말에 거부감이 들어도 내색하지 못한다. 지배욕을 그렇게 포장하고 있는 거라고, 설사 서구 열강의 식민지가 되었다고 해도 지금처럼 치욕스럽고 희생이 크지는 않았을 거라고, 반성해야 할 시점이 아닌가.

 "태평양 전쟁을 위해 아시아가 하나 된 기억은 잊으면 안 되지. 그것은 하나 된 우주를 떠올리는 위대한 발상이었으니까."

 "서구의 식민지가 되는 것과 일본의 식민지가 되는 게 뭔 차이란 말입니까? 어차피 식민지라면 서구든 일본이든 지배당하는 건 마찬가진데."

 "그렇지 않아. 서구는 아시아와 너무도 다르니까. 서구 열강이 들어와서 아시아의 색깔은 없어지고 또 다른 미국 영국과 프랑스가 될 뻔했으니까."

 "현실을 도외시하고 야욕만 가지고 되겠어요? 미국과 싸워 이길 수 없다는 걸 몰랐을까요. 미국이란 나라에 유학을 다녀온 일본 지식인도 많았을 텐데."

 "모르기야 했겠나. 단기간에 끝장내면 승산이 있다고 본 게지."

그가 인정하기 싫은 듯 말투가 주춤한다.

"결과가 어떻든 우리가 온몸을 던져 천황폐하와 함께 이룩하려 했던 대동아에 대한 꿈을 실현하고 싶었지."

"그렇다면 일본군들은 왜 천황폐하 만세를 부르며 싸우고 죽을 때도 그럽니까? 아시아가 하나 되자면서 일본이 세운 천황의 나라를 만들자고 하고."

"후대를 생각한 것이지."

"후대?"

후대란 말에 종태가 피식 웃으며 고개를 돌려 딴 곳을 보자 중위는 뱉던 말을 중단하고 자신이 한 말을 검열하듯 숨을 내쉰다.

"솔직히 말해도 될까요, 중위님?"

"좋아. 말을 하고 싶었다고 하지 않았나. 지금 자네는 군속이 아니고 나와 동등한 말 상대라고 생각하게."

"후대가 아니라 개인의 욕망을 포장한 거 아닙니까. 천황, 국가, 이런 것을 앞세워 돌진하면서 개개인의 욕망이 그에 희생되어도 좋다고 떠들지만 천만에요. 저는 그렇게 생각 안 합니다."

"그래?"

모치츠키의 목소리가 침울해진다.

"천황과 국가를 내세우고 그 뒤에 숨어서 전쟁으로 이득을 보려는 개인이 있을 겁니다. 그것을 솔직히 인정하지 않겠지만.

젊은이를 얼마든지 희생해도 좋다는 군부에 속한, 그런 개인들. 그와 비슷한 지위에 있는 정치집단의 일원인 개인들의 욕망이 있는 겁니다. 이익집단이라고 해야 하나."

"그렇게 생각한단 말이지?"

"왜 일본인은 그걸 모른 척할까요. 젊은이를 선동하고 세뇌해서 천황 국가 운운하면서 그 사실을 숨기려 들지만 정말 모르고 있는 겁니까? 말도 안 되는 싸움을 밀어붙인 자들이 추구한 게 천황과 국가를 위한다는 건 허울이란 걸. 천황과 국가, 더 나아가 아시아까지 들먹인 싸움의 이유가 정작 그 뒤에 숨은 아시아 지배의 욕망이란 걸. 그 야욕을 잡아 없애면 될 일을 이렇게 판이 벌어지도록, 모두가 끌려왔다는 걸……."

"그, 그건……. 그 정도만 하세."

모치츠키는 종태의 신랄한 말에 얼굴을 일그러뜨린다.

"저기, 몰려옵니다!"

그때 하늘을 보던 종태가 소리친다. 아주 잠시의 정적도 용납하지 않을 듯, 하늘 저쪽에서 비행기가 행렬을 지어 몰려오고 있다.

"또 폭격이 시작되는군."

중위가 일어서더니 뒤도 돌아보지 않고 방공호를 찾아 뛰기 시작한다. 종태도 뒤따라 뛴다.

지금까지 나눈 이야기는 한갓 말일 뿐이란 것을 강조하듯 비행기는 곧 폭격을 시작할 것이다. 곧이어 땅이 뒤집히는 불길과 연기가 치솟아 사람을 해칠 것이다. 사람의 몸이 원래부터 한 무더기의 시신이거나 잿더미였다는 듯 태연히 사라질 것이다. 그 뒤, 조금 전까지 중위가 내뱉던 말은 폭격이 일으킨 불길에 녹아내려, 실체 없고 공허한 허깨비 같겠지.

폭격이 멈추고, 시신을 치우고 난 뒤 폭격 맞은 자리를 다시 메꾸는 일상이 반복된다. 항공기를 정비하거나 공포에 떨며 불볕더위에 몸이 삭아가는 날이 반복되겠지. 그러면 중위는 다시 자신의 말을 되살릴 것이다. 그 말이 또다시 피가 흐르는 사람처럼 자신을 움직이게 하고, 그 말로써 전쟁터에서 청춘을 보내는 의미와 죽음의 의미를 정리하며 위안 삼겠지.

중위와 같은 일본인들, 즉 말의 주인들은, 싸움터에 나가지 않고 싸움터를 지휘한다. 군부의 입으로부터 나온 말을 듣는 병사들은 그 말을 피처럼 수혈받는다. 그렇게 수혈된 피의 말이 없다면 총을 버리고 동굴이나 밀림 숲으로 뛰어들어가 목숨을 부지하기 위한 도망자가 되었을 것이다. 수혈된 말의 피로 인해 총을 들고 앞으로 나아가 싸웠던 것이다.

종태는 그런 일본 병사의 얼굴을, 그 얼굴에서 드러나는 결의를, 경이롭게 마주치곤 한다. 그들이 죽어 돌아오지도 못한 채 산산이 조각나서 허공에 흩어지거나 바다에 수장된 뒤에도, 그 말의 붉은 조각으로 자신의 참전을 변호하겠지.

구원 없는 차가운 붉은 말의 조각에 그들은 죽어서도 찔린다. 죽어서 미안하다는 듯 그 피의 수혈, 말의 수혈을 받고도, 이기지 못하고 죽어버린 자신의 육체를 탓하는 듯, 시신들은 하늘을 올려다보며 바다에서 둥둥 떠다니거나 컴컴해진 등을 보이며 돌아오지 못할 먼바다로 흩어질 것이다.

*

며칠이 지났다.

이번에는 모치츠키 중위가 점심시간에 직접 종태를 찾아왔다. 잠시 이야기를 하자는 중위를 따라 함께 바닷가로 간다.

한차례 전운이 돌고 난 뒤 만난 모치츠키 중위는 어딘가 초조해 보인다. 모치츠키 중위는 수평선이 잘 보이는 바닷가의 바위를 골라 앉는다. 종태는 그 옆에 쉬어 자세로 섰다. 가까이에서 본 중위의 눈은 붉은 실핏줄이 터져서 잔뜩 충혈되어 있다. 그는 수평선 위를 나는 갈매기를 오랫동안 올려다본다.

"저 갈매기들은 겁도 없어."

그가 가벼운 웃음기를 섞어 시시한 농담처럼 뱉는다.

"제 눈엔 갈매기가 겁을 먹어서 우왕좌왕하는 거 같은데요?"

"그래? 그런데 하나만 물어보자. 나, 나도 죽을 수 있을까?"

죽지 않을 수 있을까가 아니라 죽을 수 있겠냐고? 종태는 모치츠키 중위의 얼굴을 힐끗 쳐다본다. 또 말이 시작되려나보다. 말의 향연이 벌어지고, 그 향연이 얼마나 부질없는지 보여줄 비행 함대가 하늘 위로 가득 펼쳐질 듯한 기시감을 느낀다. 두려움으로 하늘을 힐끗 올려다본다. 맑고 푸른 하늘은 물빛과 맞닿아 모처럼 옥색으로 평화롭다.

"예전에 내가 책을 한 권 읽었거든. 그게 갑자기 떠올랐어."

그가 말한다. 자신의 기억을 즐겁게 되씹는 듯. 순간 그의 얼굴이 시인처럼 순해 보인다. 이목구비가 가늘고 길고, 순해 보이는 갸름한 턱선……. 책 한 권 읽었다고 느리게 말하는 그의 목소리와 어울리게 표정이 섬세하다.

"나카지마 아쓰시의 소설이었지. 남양군도에 대한 기록이었는데, 아름다웠어. 가슴을 울렁이게 만든 소설이었지. 그것은 마치 우리의 생이 한 편의 시가 되게 하라고 외친, 어느 시인의 말처럼 우릴 흔들었어. 그 시인의 이름은 기억나지 않지만."

그 책의 정체를 알 리 없는 종태는 다소 쓸쓸해진 기분으로 그의 말을 듣는다. 아름다운 섬은 불과 몇 해 만에 사라지고 섬 곳곳에 널린 건 시체와 포탄과 그을린 바위뿐이란 걸 알면 그 소설가는 젊은이들의 시신을 향해 뭐라 쓸까.

"난 그 책을 손에 들고 배를 탔지. 적어도 나에게는 남양군도란 곳에 대한 설렘을 그가 만들어준 거라 할 수 있으니까."

그 말이 종태의 속을 뒤집을 듯 울렁이게 만든다.

"그 당시엔 그가 본 것을 나도 보고 싶었지. 내 눈은 그래서 틈만 나면 바다를 향했지. 한시도 바다가 있는 쪽을 벗어난 적이 없었어."

그가 말한다.

*

붉은 실핏줄이 늘어난 충혈된 눈을 한 채 중위는 갈매기를 오랫동안, 한 점이 되어 사라질 때까지 쳐다본다. 어쩌면 그가 보고 있는 것은 갈매기가 아니었을 수도 있다. 그는 가고 싶은 어딘가로 날고 있는 자신의 모습을 보고 있을지도. 아니면 두고 왔으나 돌아갈 길이 요원해진 고향 하늘을 보고 있을지도.

"저 갈매기들은 겁도 없어."

조금 전에 한 말을 그가 반복한다. 어디든 향한다는 자체가 겁이 난다는 말로 들린다. 아무리 봐도 종태 눈에는 갈매기들도 겁이 나서 우왕좌왕하는 것 같다. 그가 조금 전과 똑같은 미소를 짓는다.

"《풍물초》란 소설이 있어. 그것도 나카지마 아쓰시가 쓴 소설이지. 아직도 기억나. 이런 구절."

그가 잠시 뜸을 들인다.

"푸른 산호초 리프 피쉬보다도 몇 배나 더 파랗고 상상할 수 있는 최대한으로 밝은 유리색의 손가락 길이 정도 되는 작은 물고기들 무리였다. 마침 아침 해가 비쳐든 물속에 그 무리가 하늘하늘 흔들려 움직이면 선명한 유리색은 금방 짙은 감색이 되었다가 보라색이 되고 금빛의 초록이 되었다가 초록과 자주 두 색으로 빛나기도 해서 정말 눈이 멀 지경이다."*

"……."

"어때?"

그가 외운 구절을 들려주고 흡족한 듯 묻는다. 지금 상황과는 동떨어져 있어 생경하게 들린다.

"내 머리가 좋아서가 아니라 수십 번 읽어서 저절로 입 밖으로 튀어나오는 구절이지. 그래서 여기 오면서 그런 풍경을 보면서 죽어도 좋겠다, 생각했지."

종태는 더 자주 하늘을 올려다본다. 현실과 유리된 말이 그의 입에서 나올수록 이상하리만치 두려움은 커진다. 말의 속성이 그렇듯 자신의 말에 중위는 심취되어 있다. 자신이 뱉고 있는 말의 정당성이 어느새 그를 지배해버린 듯하다.

이 전쟁도 그렇게 시작되지 않았을까. 현란한 말로 시작되지 않았을까.

---

* 《나카지마 아쓰시의 남양 소설집》, 엄인경 옮김, 보고사, 2021

종태는 갈수록 마음이 찢기는 것을 느낀다. 그가 한없이 불편하다. 수많은 희생자 앞에서 말의 유희라도 시작하잔 건가.

모치츠키 중위는 말이 시키는 대로 자신을 만들고 있는 사람처럼 보인다. 말이 아름다운 풍경을 꺼내면 그의 얼굴은 아름다워진다. 말이 그를 사슬처럼 꼼짝 못하게 만들면 그는 감금된 자의 표정을 짓는다.

"그제 폭격이 있었잖아? 그때 내 친구 셋이 폭격으로 죽었어."

"……."

"그 친구들과 내가 그 아름다운 구절을 읊조리고 술을 마시면서 이 전선까지 왔거든. 글을 읽던 친구들과 생사가 갈렸지. 그래서 난 생각해. 나카지마 아쓰시의 마음을."

그가 꺼내든 마음이란 말이 그가 읊조린 구절보다 더 연약한 생명체처럼 느껴진다. 죽은 친구의 시신과 나카지마 아쓰시의 마음은 아무래도 어울리지 않는 연상이다. 그리고 어긋나는 질량의 고통이다. 그는 얼마나 괴로웠을까?

"마음 말이죠?"

모치츠키 중위의 말을 받아들이기 어려워하는 거부감을 억지로 무너뜨리며 종태는 묻는다.

"지금도 일본 본토의 청년들은 그가 쓴 남양군도 이야기를 읽을까. 미지의 아름다운 섬을 동경하며 지배하고자 배에 올라타는 청년이 있을까. 죽음의 섬이 되었어도 이 섬에 대한 작가의 말은 여전히 살아서 돌아다니겠지. 그가 친구처럼 지냈던, 그리고 소설로 그려냈던 인물들, 원주민들이 폭격에 죽어갔고, 그 섬은 폐허가 되었고, 아마 전쟁터로 그 수명을 다하게 되겠지. 오랜 세월이 지나서 복원되더라도 나카지마 아쓰시가 썼던 그 섬은 어디에도 남아 있지 않을 거야. 그가 요절하지 않고 이 광경을 목도했다면 견딜 수 있었을까?"

모치츠키 중위는 여전히 소설가의 마음을 이야기하고 있다. 그렇다면 모치츠키 중위의 마음은 뭔가, 종태는 궁금하다.

"그는 아마 자신이 한 말, 이곳의 아름다움을, 자신이 쓴 아름다운 문장으로 인해, 끝장냈다는 것, 그로 인해 예기치 못하게 벌어진, 이 섬에 끼친 피해에 대해 죄책감을 느끼지 않았을까. 그래서 그가 얼마나 괴로웠을까 싶어. 나도 그렇거든, 지금."

그가 한참 동안 말을 잇지 못한다.

"죽은 세 친구에게 그 책을 소개하고 섬으로 가자고 부추긴 것도 나였으니까. 우린 들뜨고 설렜으니까. 남양군도로 이끈 저 승사자가 나라고 해야 할지 아니면 나카지마 아쓰시라고 해야 할지……. 그러니 그가 살아서 이런 상황을 봤더라면 나카지마 아쓰시의 마음은 어떻겠냐고……."

그가 종태에게 듣고 싶어 하는 대답을 강요하지만, 그는 심드렁하게 대꾸한다.

"글쎄요. 아마 무덤덤할지도."

"무덤덤? 그건 또 왜?"

"그 소설가 역시 지금은 천황폐하나 군부들이 하는 말처럼, 태평양 전쟁에서 승리하는 것이 더 중요하다고 떠들고 있을지도 모르니까요. 대의가 더 중요하다고. 어쨌든 전쟁에서 이기길 바랄 수도 있겠죠. 섬이야 어찌 되었든. 그도 일본인이니까."

종태는 뼈 있는 말을 중단한다. 중위가 망치로 한 대 맞은 듯 멍한 표정으로 종태를 노려보고 있었다. 종태는 다소 무안해서 바다로 시선을 옮긴다. 중위도 말없이 바다를 바라본다.

중위가 바라보는 바다는 멀리 은빛 물결이 일렁이고 그 물결에 닿은 바람이 하늘 위로 푸른 날개를 펄럭댄다. 무척 평화로웠다. 저토록 평화로운 풍경을 두고 전쟁이라니. 절로 탄식이 나오고 누군가를 향한 적개심에 가슴이 저릿하다.

나카지마 아쓰시의 아름다운 풍경 묘사와 군부의 쩌렁쩌렁한 출두 명령이 엇갈리며 수면 위아래로 엉겨들고 있다고 느껴진다.

"아냐. 그는 섬이 더 소중했을 사람이야. 원주민이 희생되길 바라지 않았을 거고."

그가 자신의 주장을 꺾지 않는다. 역시 그다운 말이다. 이 상황에서 자신의 말을 부정하면 그에게 남을 것이 뭐란 말인가.

"나카지마 아쓰시가 본 천연자연의 아름다움에는 빠진 게 있었지."

그는 여전히 소설가의 소설을 이야기한다.

"그것은 인간이 누릴 교육과 지식 문명과 문화 같은 것이지. 그 빠진 것들이 황폐해진 섬에 자욱한 안개처럼 드리웠다가 찬란한 햇빛으로 피어오를 거라는 기대. 문명에 대한 기대가 빠졌던 거지. 우린 그걸 제공하고 싶었던 거고. 자네가 그걸 알아주길 바라네."

모치츠키 중위의 말투에 귀를 기울인다. 종태는 이토록 솔직히 자신의 심정을 드러내는 일본인을 본 기억이 있었나 자문해본다. 특히 일본군 중위란 지위를 가진 자의 솔직한 심정이라니.

*

모치츠키 중위가 조금 전과 달리 종태의 눈치를 본다는 생각이 들었다. 왜 그는 자국의 전쟁을 종태에게 변호할 마음을 낸 것일까. 그도 역시 어쩔 수 없는 일본인이라서? 그의 말이 조금 바뀐 이유를 알 수 없지만, 그 변화를 느낀 만큼 그의 말에 조금 더 귀를 기울여주기로 한다.

"일본군에게는 정신력이 있다고 믿었어. 정신력이면 모든 걸 다 물리칠 수 있다고……. 전쟁을 오래 끌고 가면 승기를 잡을 거라고 믿었지."

종태는 그에게 따질 타이밍이 오기를 기다린다. 한순간이라도 모치츠키 중위가 자각하고 시인하기를 바란다. 겉으로는 아시아주의를 표명하지만 실제로는 식민지를 만들려는 군부의 욕망에 대해. 태평양을 침략해서 이 지역에서 식량과 자원을 수탈하려던 계획에 대해. 모치츠키 중위가 실토하기를 기대한다.

그가 또한 고백했으면 좋겠다. 대동아공영권이란 주장으로 대동아가 하나가 되려는 뜻이 있다면 아시아의 국가들이 자발적이어야 했다고. 동남아시아의 젊은이를 징병이나 징용으로 끌어들이고 여성을 종군 위안부로 삼은 이상 그 모든 건 핑계였을 뿐이었다고.

일본은 오족화합이란 것도 주장하지 않았던가. 대동아공영권 이전에 일본은 만주 사변을 일으켜 만주국을 세우고 오족화합을 주장했다. 일본인, 조선인, 한족, 몽골인, 만주족의 5개 민족이 협력해서 화합해야 한다고. 그러나 실제로는 만주국을 만들어 청나라 마지막 황제 푸이를 국가 원수로 했으나 실권은 관동군과 일본군 관료의 손에 두지 않았던가.

종태는 심 선생이 준 책을 통해 알게 된 일본의 문제점을 따지고 싶었다. 하지만 고개를 젓는다. 지금 이 자리는 모치츠키가 자신의 말을 들어달라고 종태를 노동 현장에서 빼내준 자리가 아닌가.

"한때는 서구처럼 되자는 탈아입구 사상이 메이지유신 때 유행처럼 번진 적도 있었지. 그런데 메이지유신은 천황을 높이고 외세를 배격하자는 쪽으로 흘러갔지. 일본 사상은 그대로 두고 서양 기술을 받아들이자는 쪽으로 말이지. 만약 일본이 자기의 사상을 버리고 서구의 사상을 받아들였다면 이렇게 전쟁이 이어졌을까? 국수주의, 민족주의로 흐르지 않았다면 군부와 대다수 국민이 광적으로 정신 승리를 부르짖었을까. 그게 요즘 난 아쉽긴 하지."

모치츠키 중위가 말한다.

"아시아를 일본에 종속시켜서 서양과 대립하도록 하자는 방향으로 가버린 거야. 전쟁이 그렇게 시작된 거고."

모치츠키 중위가 머리를 감싼다. 그의 표정이 되돌아가고 싶은 어느 시기를 바라보고 있는 것처럼 절박하다.

종태는 모치츠키 중위와 대화를 나눌수록 그가 살아서 이 섬에서 나갈 수 있을까 의심스럽다. 중위에 대한 거부감은 점차 그에 대한 연민으로 바뀐다. 분명 중위는 이미 전의를 상실한 군인 같다. 언제 그가 죽음에 처한다고 해도 하나도 이상할 것이 없는 상태다. 같이 온 친구 셋이 폭격으로 죽은 여파가 작지 않았을 것이다. 중위가 종태를 보더니 미소를 짓는다.

"왜 웃습니까?"

"내 말을 그리 진지하게 들어주니 기특해서."

"……."

"한 3년 만인가. 속내를 드러내본 것이……."

"그렇습니까?"

"내 말을 쏟아내도록 들어줬으니 뭐라도 보답을 해주고 싶어지네."

"……."

"이곳에 있는 동안 무슨 소원이라도 있나? 죽을지도 모르지만 죽기 전에 이루고 싶은 소망 같은 거."

갑작스러운 질문이지만 항상 답을 준비해두고 있었던 것처럼 소망이 떠오른다.

"있습니다."

"그래? 말해보게. 혹시 내가 해결해줄 수 있을지도 모르지. 모든 게 끝나기 전에 나도 조선인에게 뭐라도 해주고 싶어서……."

중위가 말끝을 흐린다. 얼핏 그의 눈에 물기가 어린 듯했지만 아마 태양에 눈이 시려서 그랬을 수도 있다고 종태는 돌려 생각한다. 누구도 연민으로 바라보고 싶지 않다. 연민은 그에게 지배당하게 되는 약점이 될 수도 있다.

"원하는 게 뭔가?"

종태는 얼마 전 코랄섬에 위안소가 있고 그곳에 조선에서 온 여자애들이 위안부로 있다는 말을 들었던 기억이 났다. 고향 여자애들이 그곳에 있을 리는 없지만, 조선에서 온 여자를 만나러 가고 싶었다.

"있습니다. 조선 여자 한 사람을 만나고 싶어요."

"조선 여자?"

"코랄섬의 위안소에 그 여자가 있을지 모르니, 한번 가보고 싶습니다."

"그래?"

중위가 한동안 눈을 깜박이며 그를 쳐다본다.

"그래? 어떤 여자길래······."

"혼인하고 싶을 정도로 사랑했던 여자."

"사랑이라니, 이런 순간에 그런 단어를 듣게 되다니, 내가 운이 좋은 건가."

그가 유쾌하게 웃는다.

"가만있자. 어쩌면, 자네 소원을 성취할 수 있을지도 모르겠네."

"네? 정말입니까?"

"코랄섬에 있는 종군 위안부가 며칠 있다가 배를 타고 이 섬으로 온다더군."

"네?"

모치츠키 중위의 말에 깜짝 놀란다.

"여긴 위안소가 없으니까, 여자를 원하는 간부를 위해 배에 태워 데려오곤 하지. 그렇게까지 하길 바라는 간부가 있거든. 그 간부도 곧 죽을 목숨인 걸 아는 거지. 죽기 전에 뭐라도 하고 싶은 거겠지. 하하. 그래도 힘이 있으니 그걸 이룰 수 있는 거고……."

모치츠키 중위의 얼굴에 혐오감이 스쳐지나지만 어쩌면 간부에 대한 연민일 수도 있겠다 싶다.

"그렇다고 해도 나와는 상관없겠지요. 간부를 만나고 다시 돌아갈 여자를 따라갈 수도 없고."

"따라간다? 하하. 그럴 수도 있겠군. 그 배를 타고 말이지?"

모치츠키 중위의 질문에 종태는 당황한다.

"가능하지 않겠지만……."

"죽은 목숨을 살려놓는 거 말고 여기서 가능하지 않은 건 없어. 조선 여자를 보고 싶다? 흥 그럴 수도 있겠지. 고향의 말을 쓰는 여자를 만지고 말을 시켜보고 싶을 거야."

"그럴 수 있다면……."

"내가 이렇게 떠들었는데 자네 입도 좀 열 수 있게 해줘야 공평하지. 우리끼리라도 공평해보자고. 앞으론 내가 절대 못할 일일지도 모르잖아."

낭만적인 분위기로 바뀐 중위가 미소를 머금고 주머니를 뒤적이더니 지갑에서 종이 한 장을 꺼내 그의 손에 쥐여준다.

"이걸로 일본군이 조선인에게 저지른 죄를 한 조각이라도 갚은 게 되나? 사실 나한테 사용하라고 쥐여준 거거든. 그 위안부 들어오는 걸 내가 주선해준 대가였지."

"대신 갈 수 있다는 겁니까. 그럼, 아주 많이 갚은 거로 해드리죠. 특히 모치츠키 중위님이 지은 죄는 대폭 삭감해드리죠."

"하하, 관대하군. 아마 코랄섬으로 가서 군 위안소로 들어가면 원하는 대로 조선 여자를 볼 수 있을 거야. 소식도 물어볼 수 있고."

"감사합니다!"

"그런데 하나만 물어보자. 꼭 그렇게까지 가고 싶나? 오가다 폭격을 맞아서 죽을 수도 있어. 위험을 각오해야 하지. 못 돌아올 수도 있지. 거기 내려서 무슨 일이 벌어질지 장담할 수 없으니."

종태는 괜찮다고 말한다. 어차피 마찬가지다. 방공호에서 숨어 있다고 해도 폭격에 무사히 살아남으란 보장은 없다. 어디나 위험하다. 뭐라도 하다가 죽는 것이 최선이라던 수호의 말이 떠오른다. 뭐라도 계획하고 그것을 하면서 살아야 한다고.

모치츠키 중위가 고개를 끄덕인다.

"여자들을 실은 배가 들어오면 내가 부탁해서 배 태워 보내주지. 군 위안소로 직접 갔다 와. 내가 데리고 나가주지."

중위의 말에 종태는 고개를 숙인다.

"그렇다고 해도 그 여자를 만나기는 어려울 거야. 거의 불가능한 확률이지. 말리고 싶지만 자네 눈빛을 보니까 지금까지 봤던 것 중에서 가장 간절해 보이니 말이지. 하하."
 모치츠키 중위가 웃으며 바위에서 일어선다.

*

 전쟁이 끝난 듯한 열흘 동안 폭격은 소강상태다.
 "중위가 나가는 것을 봤어."
 방공호에 숨어 있던 종태에게 기수가 말한다.
 "어디로?"
 "모르지. 여자 만나러 간단 소린 들었지만……."
 "여자? 어떤 여자?"
 "코랄섬에서 배를 타고 오는 여자들이 있어. 위안부."
 모치츠키 중위의 말대로 군 고위급 간부의 밤을 함께 지내주어 전쟁이 잠잠한 틈을 타서 군 기강이 해이해지거나 이탈하는 행위를 막으려고 여자를 조달한다고 한다. 코랄섬에서 배를 타고 대여섯 명의 여자가 직접 온 모양이다. 종태는 기수의 말이 신호라도 된 양 재빨리 방공호에서 나와 모치츠키 중위를 찾아간다. 오늘 배가 온다니, 얼마 전 그곳에 실어다준다는 약속을 지켜달라고 할 작정이다.
 "여자들이 나갈 때 그 배를 타고 함께 갈 수 있도록 부탁합니다."

중위는 밤에 배를 탈 수 있도록 주선해둘 테니 준비하고 있으라고 허락한다.

"정말입니까?"

종태의 목소리가 너무 컸는지 주위의 병사들이 힐끔거린다. 모치츠키 중위가 웃는다.

"그런데 위안소는 군인만 들어갈 수 있어. 군복을 내줄 테니까 입고 다녀와. 이제부터 내 부관으로 일하게 해주지. 삽 대신 총을 쥐여줄 수도 있어. 괜찮겠나."

"군인이 되어야 한다는 말은……."

"전시니까, 내 소관으로 그렇게 할 수 있단 말이지. 어차피 군인이나 군속이나 방공호에 처박혀 있긴 마찬가지 아닌가? 자기 몸 지키려면 총 한 자루라도 가진 군인이 낫겠지, 지금 상황에선. 싫으면 말고."

군인이라니, 군복을 입으라니, 거부감이 올라왔지만 받아들이기로 했다.

"아, 아닙니다."

"군복 갈아입고 대기해!"

"네! 대기하겠습니다."

종태는 더욱 큰 소리로 대답한다.

10

 탈출하던 해림은 결국 헌병에게 잡혔다. 트럭에 실려 다른 위안소로 보내지기 위해 이동했다. 배 안에서야 일본 섬에서 도망쳐온 자신이 가는 곳이 남양군도란 것을 알았다. 순사와 면사무소 직원이 아버지와 마을 사람들을 그토록 보내려 애쓰던 남양군도. 아버지에게 절대로 가지 말라고 말리던 남양군도에 자신이 지금 가고 있다.
 수송선 옆으로 작은 배들이 붙어서 운항하는 동안 훈련이 매일 이어진다. 여자들에게 군복을 입혀 훈련을 시키면서 쉴 틈을 주지 않는다. 감시도 빈틈없다.
 해림에게 무엇보다 괴로운 일은 일본말을 배우게 하고 일본말로 군가를 부르라고 시킬 때다. 해림은 노래를 따라 부르는 척 입만 벙긋댄다. 갑판에 서서 일본이 이기라는 군가를 부르는 일은 학교에 다닐 때 진절머리 치게 강요당하던 황국 선서를 외우는 일보다 더 수치스럽다. 군가를 부를 때 입만 벙긋거리는 일이 반복되자 헌병이 해림의 옆으로 다가선다.

"크게 불러!"

해림이 입을 조금 더 벌리고 억지로 목소리를 내자 더 확실하게 부르라 한다. 해림이 입을 벌리지만, 소리가 나오지 않는다.

"장난해? 그게 군가야? 자장가지."

헌병이 해림의 뺨을 치자 코피가 터진다.

"그만해!"

소위 계급장을 단 한 군인이 다가오더니 난폭하게 굴던 군인을 해림에게서 떼놓는다. 모자 뒤에 드림을 달아 햇빛을 가린 모자를 쓴 소위가 해림에게 손수건을 건네준다.

"난 쇼타 소위다. 군가를 부르라면 부르고 다리를 벌리라면 벌려. 뭐든 시키는 대로 해야 살 수 있단 걸 명심해! 자, 이거 먹고 쉬어. 아스피린이야."

소위가 냉정한 말투로 해림을 다그친 뒤 선실로 내려보낸다.

＊

한 달이 넘도록 배를 탔다. 그동안 해림은 쇼타 소위가 지시한 대로 밥을 주면 먹고, 군가를 부르라면 부르고, 시키는 대로 했다.

어쩌다 쇼타 소위를 만나면 은인처럼 반가워서 인사를 한다. 쇼타 소위는 지나가는 말로, 조선에서 오래 살아서 그런지 해림이 여동생 같다고 말했다. 그 말에 용기를 얻어서 해림은 쇼타에게 더 다가갈 수 있었다.

"우리 언제 도착해요? 도착지는 어딘가요?"

가보면 안다고 대답을 회피하더니 몇 번 더 묻자, 어뢰에 배가 부서지지 않으면 며칠 후 팔라우에 정박할 거라고 말한다.

"팔라우? 거긴 어떤 곳인가요?"

"토인이 나무 껍데기로 아랫도리만 대강 가리고 사는 섬이지."

"왜 그런 곳에 우릴 데려가요? 토인이 살던 곳에?"

"거긴 일본이 점령하여 위임통치하는 곳이니까."

쇼타 소위가 말한다.

"점령했다면 이미 일본 땅인데 왜 미군이 공격해요?"

해림의 옆에 있던 영이가 묻는다.

"그 섬이 애초에 일본 땅이 아니잖아. 일본이 미국까지 침공

할 수 있다고 여겨서 그런 거지."

"어쨌든 지금은 일본이 위임 통치하는 곳이라면서요?"

영이가 다시 묻는다. 쇼타는 대답을 회피하며 화장실 쪽으로 가버린다.

"그런 말 마."

해림이 영이를 돌아보며 꾸짖는다.

"내가 뭘?"

영이가 땀 범벅된 얼굴을 찡그리며 묻는다. 아마 꼬질꼬질하고 머리카락이 아무렇게 흩어져서 마른 얼굴을 뒤덮고 있는 초라한 저 모습이 자신과 다르지 않을 듯하다고 여긴다.

"우리가 이곳에 끌려와서 눈치껏 굴어야 해도 그런 말은 하지 마. 우릴 끌고 온 일본군을 편들면 안 되지."

해림이 야학 학생들을 가르칠 때처럼 소신대로 말해준다. 배에서 온종일 일본인의 통치와 훈련을 받으며 지내다 보니 어느새 저들을 아군으로 안다. 영이뿐만 아니라 총탄이 퍼부어지면 조선에서 온 여자애들은 한결같이 미군 욕을 하면서 일본군과 하나가 된다.

"사람들이 타고 있는데 폭격을 퍼부으면 되겠어? 우릴 다 죽이겠다는데 욕이 안 나와? 우리한테 포탄 쏘면 적이지, 우리 편이야?"

영이가 발끈해서 쏘아붙인다. 이쪽도 저쪽도 우리에겐 아군이 아닌 게 분명하다.

"포탄 쏘는 게 우릴 죽이겠다는 건 아니겠지. 일본군이 저지르는 전쟁을 그만두게 하려는 거겠지."

영이는 해림의 말을 이해할 수 없다는 듯 눈을 치뜬다.

"원주민이 일본군이나 미군을 원하겠어? 자기들 땅으로 철수하길 바라겠지. 우리 조선인도 마찬가지야."

"그거와 이거는 다르지."

영이는 물러서지 않는다.

"내가 아는 건 오직 하나야. 미군이 내가 탄 배에 폭격하니까 나쁘다는 거."

영이가 쏘아붙이며 가버린다.

*

수송선이 코랄섬에 도착했다. 스무 명의 여자를 배에서 내리라고 지시한다. 해림과 영이도 코랄섬에서 내린다. 다른 곳으로 이동하는 여자애들과 인사를 나누지 못한 채 뿔뿔이 흩어진다.

이옥과 헤어지던 날이 떠오른다. 이옥은 지금쯤 어딨을까. 일본으로 가는 배를 탈 거라고 했으니 일본의 어느 곳에 도착해 있겠지.

수송선 너머로 바라본 태평양 바닷물은 어찌나 깊은지 시커

많다. 저토록 깊지만, 아무것도 모른 체하는 바다다. 파도가 쳐서 배를 엎어버리고 난파된 배의 널빤지 하나에 의지한 채 고국으로 흘러가는 상상을 해본다. 그런 널빤지가 한 조각이라도 저 바다에 떠 있다면 그리로 뛰어내려 떠날 수 있을 듯하다.

*

해림은 헌병이 이끄는 대로 깊고 울창한 정글 숲으로 들어선다. 조금 전 바라본 바닷물은 검푸르고 무겁게 출렁인다.

헌병이 이끄는 대로 스무 명의 여자는 섬의 외곽까지 이동해 판잣집 단층 건물로 이동한다. 지붕 추녀에 원통형 통이 집마다 만들어져서 길게 연결되어 있다. 그 통으로 빗물이 흘러들어 저장 탱크에 모여지고 그것을 식수나 생활에 사용하는 모양이다. 물 한 방울 제대로 쓸 수 없는 이국으로 들어왔다는 실감이 나자 온몸이 움츠러들고 입안이 바짝 마른다.

"우리 군인들이 적과 잘 싸우도록 너희가 도와야 해. 군인들처럼 너희는 오늘부터 이곳에 파견된 전투 무기야."

전투 무기란 말에 해림이 마른침을 꼴깍 삼킨다.

한바탕 설교를 마친 판잣집 단층 건물의 여주인이 데려다준 방으로 들어간다. 나무로 칸막이가 쳐진 작은 방에 들어서자 해림은 벽에 기대어 주저앉는다.

*

섬에서는 날짜도 시간도 모른 채 하루가 물처럼 흘러간다. 열대성 기후에 계절이 바뀌지 않으니 매일 같은 날씨가 반복되고 일상생활도 그러하다. 해림은 온종일 나무 침대 위에서 일본군을 상대한다.

처음에는 거부했으나 소용없다는 것을 안 뒤부터 무기력하게 몸을 맡긴다.

위안소로 들어오는 군인들은 무지막지하다. 살아생전 여자를 만날 수 없을 거란 듯 죽기 살기로 덤빈다. 마지막 남은 욕정을 해소하고자 몸부림친다. 불안감은 욕망으로 비롯되고 그 욕망은 원하는 욕망으로 실현되기 어려우므로 어긋나게 드러난다.

"가만있어. 뒤집어봐! 아니, 그렇게 말고. 이렇게……."

온종일 군인의 몸에 깔려 그런 말을 듣는다.

전쟁터에서 교전하다가 위안소로 들어온 군인이 원하는 대로 움직이다 보면 극심한 통증에 시달린다. 통증을 느끼는 것은 살아 있다는 것이니 다행이라고 스스로 위로할 때도 있다. 그렇게 고통이 끝나기를 기다리는 시간. 오직 그것밖에 견딜 방법이 없다.

언제 죽을지 모른다는 불안감에 함부로 대하고 나가는 군인들의 뒷모습을 보며 울컥한 적도 있다. 전쟁터로 가는 저들에게 주어진 30분이 안쓰럽기 짝이 없어지는 것이다. 그 30분의 당근과 바꿀 수 있을 정도로 저들의 목숨은 가벼운 것인가. 함부로 대하고 마음먹은 대로 행위를 하다가 갑자기 폭발하는 군인도 있다. 가장 악랄하게, 자신이 가진 마지막 시간을 약자에게 발산하는 자들. 그런 폭력은 야만의 전쟁을 이어가는 일본군부와 다르지 않다고 경멸해준다.

마음대로 되지 않는다고 때리는 뺨을 맞으며, 약에 취한 듯 정신없이 변태 짓을 하는 군인의 행위를 받으며, 해림이는 끝없이 질문한다. 자신과 조선은 왜 이들에게 당해야 하는지. 저항할 기력도 없이, 굴종과 체념으로 축 늘어질 때까지 질문이 이어진다. 그런 시간이 지나 뒷물을 하고 잠자리에 들기 전, 간신히 자신에게 주문을 건다. 이렇게 끝나지는 않을 거야. 이게 끝일 수는 없을 거야,라고.

*

"따라 나와!"

해림은 군인들이 이끄는 대로 한밤중에 위안소 건물에서 나온다. 함께 끌려 나온 여섯 명의 여자들은 헌병이 이끄는 대로 어두운 숲을 지나 바닷가로 간다. 해안가에 통통배가 있고 여자들은 그 배에 태워진다. 위안부가 없는 섬으로 원정을 나가느라 통통배를 타고 가서 군인들을 상대하러 가는 길이다.

위안소에서 군인을 받는 것보다 더 고달프다. 배를 타고 가다가 공습이 시작되면 엔진을 끄고 기슭에서 숨죽이고 기다린다. 섬에 도착하면 나무판으로 칸을 만든다. 짐승도 제 짝을 찾아 몸을 섞을 텐데 강제로 끌려다니면서 흙바닥에 놓인 판자 위에서 남자를 받으며 여러 섬을 떠돈다.

*

쇼타 소위는 기회가 있을 때마다 위안소에 있는 해림을 찾아와서 위로해준다. 같이 대화를 하는 동안은 해림이 쉴 수 있도록 배려한다. 이곳에서 말이 통하는 유일한 사람이자 해림에게는 기댈 언덕이 되어준 일본군이다. 쇼타 소위도 눈치껏 행동해야 하므로 해림이 군인을 못 받도록 관여하거나 위안소에서 빼내오기 어렵다고 자책한다.

어느 날 쇼타 소위는 해림의 고향을 묻는다. 말투가 익숙하다고, 처음부터 해림의 말투에 이끌려서 가까이했다고 말한다. 해림이 진주라고 하자 쇼타 소위는 깜짝 놀란다.

"진주 어디?"

"배건네 마을."

"배건네 마을? 그럼 혹시 종태나 수호를 아는지."

"그럼요. 어떻게 아세요?"

"이런! 어쩐지 말투가 익숙하다 했더니."

쇼타 소위는 말을 잇지 못한 채 해림의 얼굴을 뚫어져라 바라본다. 해림 역시 종태나 수호의 이름을 듣자 깜짝 놀란다. 해림은 쇼타 소위가 묻는 대로 자신이 지금 이곳까지 오게 된 사연을 들려준다. 사연을 듣는 중간중간 쇼타 소위는 머리를 두 손으로 감싸며 괴로워한다.

"내가 죄인이야, 죄인!"

"……."

"이 전쟁은 미친 짓이야."

쇼타 소위의 말에 누가 들었을세라 주위를 살핀 것은 그가 아니라 해림이다.

"종태가 저들의 미끼에 물려서 수호와 내가 붙잡혔던 거야. 종태와 수호가 먼저 끌려갔고. 난 일본인이란 이유로 육군 훈련소로 보내져서 훈련을 받았지."

"그래서 세 사람이 헤어졌군요?"

"맞아. 어쩔 수 없이 헤어진 거지."

쇼타 소위는 한동안 할 말을 찾는 듯 말문을 열지 못한다.

"유치장에서 한 훈련소로 보내졌어. 죄수도 전쟁터로 내보낼 정도로 인력이 모자랐지. 거기서 혹독하게 훈련을 받았어. 본토가 아니라 남양군도로 가겠느냐고 물었지. 일본인이니 소위 계급장을 달아 전투에 투입하게 해주겠다고 생색을 내더군. 내가 좋다거나 거부할 처지가 아니었어. 어디든 전쟁터니까."

해림이 고개를 끄덕인다.

"수호와 종태도 그리로 끌려갔다는 걸 훈련소에 있는 동안 알게 된 거야. 그래서 혹시라도 남양군도에서 두 사람을 만나면 일본군 소위로서 도와줄 일이 있겠다 싶었어. 이곳에 온 유일한 기대나 희망은 오직 그것 하나였어."

고해성사라도 하듯 목소리가 잠겨 든다.

"수호와 종태를 지금껏 못 만났는데……. 해림이가 이런 꼴을 당하는 걸 알면 나한테 뭐라 하겠나. 두 사람을 만난다면 내가 어찌 고개를 드나."

"……."

"나한테 부탁할 거 있으면 말해봐."

"잠시라도 여기서 나가서 바다, 실컷 보고 싶어요."

"그래? 그리고?"

"혼자 있고 싶어요. 혼자 있는 시간이 있으면 좋겠어요."

"한두 번 바닷가에 데려가줄 수 있어. 너와 같이 시간을 보내겠다고 신청하면 시간을 빼줄 거야. 내가 도와줄 일이 그 정도가 전부라서 미안하지만."

해림은 쇼타 소위의 진심을 느끼며 고개를 숙인다. 언젠가는 낱낱이 종태에게 전해질 수도 있겠구나, 싶어서 가슴이 미어진다. 누구에게도 이런 처참한 모습을 목격당하고 싶지 않았는데. 종태를 아는 이를 만나다니.

한편으로는 고향의 소식을 전해줄 누구라도 만나길 기대하지 않았나. 다행한 일이라고 기뻐해야 하지 않나. 혼란스러운 마음을 느끼는 사이, 노크 소리가 나고 쇼타 소위는 문밖으로 나간다.

*

사흘 뒤 쇼타 소위는 해림을 바닷가로 데려간다. 한 시간 동안 마음껏 즐겨도 된다며 자신은 모래사장에 앉는다.

종태와 수호를 서로가 알고 있다는 사실 때문에 부쩍 가까워졌다. 쇼타 소위는 해림을 위해 예전보다 더 많은 배려를 아끼지 않았다. 주위 사람들 눈치가 보일 정도로 챙겨주었다.

"종태나 수호와 어울릴 때 가장 좋았어. 내가 일본인이란 걸 완전히 잊을 정도로, 진심으로."

쇼타 소위의 말을 듣는 동안 종태의 얼굴이 떠오른다. 그의 이름을 누군가와 나누는 것만으로도 재처럼 식었던 가슴이 햇살을 받은 물결처럼 따스해진다.

"종태, 보고 싶네. 남양군도가 워낙 넓으니 어딨는지는 모르지만, 대개 조선인 군속은 비행장 만드는 일에 동원되고 우리와 비슷한 시기에 끌려왔으니 대규모 비행기지가 있는 티니안이나 펠렐리우섬의 군속으로 있지 않을까 싶어. 소문이 돌아서 우릴 만나러 이곳에 올지도 모르지. 종태가 좋아하던 여자애를 줄곧 찾았으니까. 이옥이라고 했던가. 여기 위안소가 있단 소문 들었으면 올 수도 있을 거야.

쇼타는 해림에게 용기를 주려 애쓴다. 처지를 비관하지 말고 전쟁이 끝날 때까지 참아보라고 하며 햇빛이 비치는 곳으로 시선을 돌린다.

해림은 바닷물이 빠진 길고 새하얀 모랫길을 오래 걸으며 옥색의 바닷속을 기웃거린다. 시간이 지나면 물이 다시 차오르고 모랫길이 사라질 것이다. 그 모랫길을 따라 줄곧 걸으면 수평선에 다다라 있는 하늘의 가장자리를 만져볼 수 있을 듯하다.

햇빛이 비치는 방향에 따라 물빛이 수시로 바뀐다. 분홍, 노랑, 연두, 파랑으로 변해가는 물빛. 그 아래로 빛의 옷을 갈아입으며 현란한 차림을 한 채, 물고기가 떼지어 다닌다.

쇼타 소위는 멀찍이 떨어진 곳에 앉아 그녀의 산책을 지켜보기만 한다. 군부에서 책임을 물을 만한 위험을 감수하면서도 그녀에게 자유시간을 허락해준다.

해림은 쇼타 소위의 시선이 머물지 않을 정도의 거리에 이르자 모래사장에 앉는다. 작은 산호로 둘러싸인 섬에서 바다를 본다. 바닷속에는 모래처럼 쌓인 산호와 물고기가 훤히 보인다.
 진주 남강의 물결이 바닷물 위로 겹쳐지며 떠오른다. 잔잔하게 산 그림자를 담아 어두워질 때까지 머물러 있던 남강의 풍경이 그립다. 바다가 거침없이 출렁이고 꿈틀거리며 해림의 그리움을 조각낸다. 바다 멀리 수평선을 보며 생각한다. 저 수평선을 넘고 넘으면 고향에 닿을 수 있을까. 해림은 바다를 바라볼수록 점점 더 고향에 돌아갈 일이 막막하다고 느낀다.
 쇼타 소위가 해림에게로 다가온다.
 "뭘 그렇게 생각해?"
 "그냥, 이것저것……."
 "바다는 모든 걸 알겠지. 저렇게 넓으니 말이야. 온종일 저렇게 출렁여도 지치지 않나?"
 그가 하고 싶은 말을 감춘 듯 애매하게 묻는다.
 "파도니까, 온종일 밀려가고 밀려오고."
 "다음에 수호와 종태 만나면 우리 다 함께 바닷가 근처의 정글 숲에 가자."
 "그럴 수 있을까요?"
 쇼타의 뜻밖의 제안에 어리둥절해서 묻는다.
 "그럴 수 있으면 싶어서……."
 쇼타가 쓸쓸하게 웃는다.
 "정글 숲에 폭포도 숨어 있거든. 시원한 계곡도 있고. 폭격만 없다면 작은 배를 타고 물을 건너 계곡 구경을 실컷 할 텐데. 폭포로 가서 무지개가 뜨는 것을 보거나 야자수 정글을 지나 그 아래에서 물놀이도 즐기고."

"그럴 수만 있다면!"

"이곳에 온 뒤 자연을 자연으로 바라본 적이 있나 싶어."

해림은 그의 말에 바다를 내려다본다.

옥색 바닷물이 마치 연초록의 피를 수혈받은 수액처럼 생생히 흐르는 듯하다. 나뭇잎의 잎맥을 흐르는 생기가 온몸에 차오를 때처럼.

햇살이 목 뒤로 쏟아진다. 흰빛에 가깝고 시리도록 서늘한 옥색 바닷물 위로도 햇살이 쏟아져서 반짝인다. 빛줄기가 가슴속으로 파고든다. 잠시나마 그가 보여준 희망 때문일까. 벅찬 감정이 올라오면서, 아직 자신이 사람이라 느낀다.

"자, 이제 가자. 또 나올 수 있을 거야."

얼마나 지났을까. 손목시계를 보며 쇼타가 일어선다. 해림은 아쉬움에 수평선 너머를 바라본다. 갈매기 한 마리도 수평선으로 날아가는 중이다.

11

1944년 9월, 미군의 펠렐리우섬 공습이 심해진다. 정찰기가 나타나면 3분 안에 전투기가 나타나서 쉴 새 없이 조명탄을 쏘고 폭발탄을 터뜨린다. 지상의 시설이 파괴되자 일본군은 방공호를 파서 그 안에서 지낸다. 식량을 구하러 동굴에서 나왔다가 공습이 시작되어 다급해지면 괭이를 들고 구덩이를 파서 숨는다. 그럴 여력도 없으면 이불을 뒤집어쓰고 나무 아래를 뛰어다니며 폭격이 끝나기를 기다린다.

공습이 잠잠해지면 군인들은 죽음의 공포에서 잠시나마 벗어나려고 위안소로 몰려든다. 폭격으로 언제 죽을지 모르는 위험한 상태에서 남자들을 받아야 하는 것은 기가 막힌 상황이다.

두 눈 가득 두려움을 담은 채 군인들은 거칠게 몸속으로 파고든다. 몸이 너덜너덜해지고 동시에 마음도 찢어진다. 더위가 극심해서 발바닥과 얼굴이 벌겋게 달아오르고 피부 껍질이 벗겨진 사내, 사내들…….

*

쇼타 소위로부터 종태와 수호가 남양군도로 왔을 거란 말을 들은 뒤, 위안소로 군인이 들어올 때마다 종태가 찾아올까 기대를 한다. 만나고 싶은 마음보다 절대 만나면 안 된다는 마음이 컸으나 전쟁이 가열될수록 마음이 바뀌는 것을 느낀다.

갈수록 일본군이 수세에 몰린다는 소문이 들려온다. 가까이 보이던 산이 폭격을 맞아 형태를 찾을 수 없고 군인이 죽어 시신으로 나뒹구는 것을 어디서든 볼 수 있다. 화약 냄새에 섞인 피비린내와 까마귀 떼들과 파리들. 그 모든 것이 패색이 짙어지고 있다는 것을 증언하는 중이다.

그런 징조들 위로 소나기처럼 퍼부어지는 미군의 전단들. 섬의 숲마다 손에 집히는 전단들…….

'폭격이 있을 것이니 민간인은 피신하라'

미군의 전단은 일본말로 된 것과 조선말로 쓰인 것이 섞여서 뿌려진다.

'무사해야 해. 무사…… 무사…….'
해림이 중얼댄다. 알고 있는 모든 사람, 알지 못하는 누구에게라도 속삭이며 당부하고 싶은 말이다.

*

전시 상황에 위안소는 불빛 한 줄기 새나가지 못하도록 단속한다. 야자유 심지에 불을 붙여 등불을 켜고 등잔에 천을 씌워 불빛을 가린다.

해림은 조금 전까지 들어온 군인이 몇 명이었는지 세지 못할 정도로 기진맥진해 있다. 더는 못 받겠다고 하소연해도 소용없다. 물난리 때 집 문지방을 넘어서 꾸역꾸역 넘어오는 물처럼, 문을 열고 들어오는 군인을 감당하기 힘겹다.

한 명이 나가고 또 한 명이 들어오길 기다리는 잠시, 해림은 고개를 벽으로 돌린다. 벽에 묻은 얼룩이 한눈에 들어온다. 코피나 생리혈, 정액 등의 얼룩이 만들어낸 여러 모양이 일상의 흔적으로 남았다. 물걸레로 지워본 적도 있다. 시간이 지나면 지워진 흔적이 되살아나 다시 도드라졌다. 자신의 몸에 지나간 군인들이 남긴 흔적도, 벽의 얼룩처럼 지우고 또 지워도 되살아날까 하는 생각이 든다. 하지만 이곳에서 나갈 수 있다면 흔적이 문제랴. 아랫입술을 깨물며 해림은 눈을 질끈 감는다.

조금 전 들어온 군인은 문 앞에서 주춤하고 서 있다. 침대 위의 여자를 탐색하듯 쳐다본다. 어두워서 보이지 않으니 당황스러웠던 것일까. 군인의 행동이 유난스럽다 싶어서 해림도 유심히 그를 살핀다. 등잔이 비춰준 작은 불빛만큼만 그의 모습과 움직임이 보인다. 보통의 군인들이라면 방 안으로 들어오면서 곧바로 손이 허리춤에 올라가 있기 마련이다. 허겁지겁 허리춤을 풀고 침대 위로 올라오는 군인들과 달리 그의 두 손은 허리 아래로 내려뜨려져 있다.

"처음이라……."

군인은 어눌하게 꺼낸 말도 잇지 못한다. 그의 입에서 나온 말이 조선말이란 것도 한참 뒤에 알아챌 만큼 그의 행동이 수상하다.

"조선인?"

반가운 마음에 반쯤 일어나 앉는다. 다가오면 어디서 살았는지 물어보고 싶은데 그는 해림이 일어나 앉은 뒤에도 가까이 다가오지 못한다.

어둠 속에 선 남자가 그림자처럼 희미하다. 조선인이냐고 묻는 순간 남자의 몸은 더욱 굳어진 듯하다. 일본말로 조선인이라고 묻는 게 아니었나.

해림은 미동도 하지 않는 남자의 모습을 제대로 살피려고 등잔을 덮었던 천을 살짝 들췄다가 재빨리 등잔 위로 다시 올려놓고 만다.

컴컴한 방 안에 들어서서도 자신이 어떤 일로 이곳에 들어왔는지 잊은 것처럼 선 그는, 분명 종태다. 그의 체격, 얼굴을 보고 해림은 대번에 알아챘다. 불빛이 방 안을 채우자 그는 평소에 난처할 때면 하던 버릇대로 왼손을 들어 뒤통수를 만졌다. 뒤통수를 만지고 있으면 해결할 방법이라도 떠오르냐고 해림이 놀리곤 하던 바로 그 행동.

더 확인하는 일조차도 두렵다. 눈을 질끈 감았다가 다시 뜬다. 정말 그가 종태라면 어쩌나. 해림은 얼른 벽을 향해 고개를 돌리며 얼룩을 본다.

종태가 해림을 알아봤을 리 없다고 믿고 싶다. 워낙 짧은 순간이니까. 머리를 귀밑까지 단발로 자르고 형편없이 말라서 광대뼈가 튀어나와 괴기스러워 보이는 자신을, 통통하고 귀염성 있던 해림이라고 짐작조차 못했겠지.

언젠가 이런 순간이 닥칠 수 있다고 상상하며 두려워하고 기다리기도 했다. 막상 닥치자 머릿속이 하얗고 몸이 굳고 만다. 얼핏 본 그의 몰골 역시 해림의 변한 모습과 다르지 않다.

이윽고 그가 침대 모서리에 다가와서 앉는다. 등잔을 덮은 보자기를 더욱 깊숙이 내렸으므로 그의 얼굴은 거의 보이지 않는다. 이불을 턱 위로 올려 덮는다.

"조선 여자요?"

그가 묻는다. 해림은 일본말로 아니라고 말한다. 해림은 제 목소리를 최대한 숨긴다. 목숨을 잃는 일이 있다고 해도 이곳에서 그에게 모습을 드러낼 수 없다고 아랫입술을 깨문다.

"처음이라……."

"……."

"조선 여자가 있는 방이라 해서 들어왔는데…… 내 말은 알아듣는지?"

"……."

"방에서 곧바로 나가도 뭐라 할 테니 조금만 앉았다가 나가겠소."

침묵이다. 무겁게 짓누르는 침묵이다. 해림은 이불을 이마 위까지 올려 덮는다. 그가 문제 삼지 않는다.

군인 중에는 한 번도 여자와 잠자리를 해본 적이 없는 어린 군인이 다수였다. 전쟁에 나가기 전에 여자라도 한 번 안아보게 하겠다고 선심 쓰듯 어린 군인을 방으로 밀어넣는 부대장도 있다고 들었다. 그가 이런 곳에 온 이유는 단 하나일 것이다. 이옥을 찾아서……. 쇼타 소위가 하던 말이 떠오른다. 이옥을 찾아서 조선 여자애가 있다는 코랄섬의 위안소로 그가 와볼 수도 있겠지. 과연 쇼타의 말대로 그가 찾아온 것이 분명하다.

그와 대화를 나눠야 하지 않을까 싶어서 덮었던 이불을 조금 내린다. 하지만 용기가 나지 않는다. 시간이 지나간다. 기다리던 종태가 왔지만, 해림은 벽을 향해 고개를 돌리고 있을 뿐이다. 빨리 시간이 지나서 그가 나가기를 바라는 마음, 시간이 다 되기 전에 그에게 한마디라도 해야 한다는 마음이 오락가락한다. 단 한 번이라도 그를 보기를 바랐는데 한마디도 꺼내지 못할 줄은 몰랐다.

그 역시 편히 숨을 내쉬는 것 같지는 않다. 작은 소음조차 내지 않으려고 애쓰는 모습이 측은해진다.

"조선 여자를 찾고 있소. 혹시 이옥이, 해림이 이런 이름 들어봤는지……."

종태는 대답을 기다리듯 다시 침묵에 빠진다. 또 시간이 지나간다.

"조선 여자가 아니면 나가보겠소."

이윽고 종태가 일어선다. 해림이의 마음이 조급해진다. 나가면 영영 그를 볼 수 없을 텐데 모른 척해도 되는가. 그를 붙잡아야 한다.

'지금 어디에 머물고 있습니까?'

'지내기는 괜찮아요?'

'꼭 살아야 합니다. 버텨야 합니다. 고향으로 같이 돌아가야 해요.'

그런 속 이야기를 들려줘야 하는데 입 밖으로 말이 나오지 않는다. 종태가 느낄 놀라움을, 절망을, 맞닥뜨릴 자신이 없다. 압정이 박힌 몸처럼 움직이기 어렵다.

 이곳이 아니라 바깥의 어딘가에서 그를 꼭 만나고 싶다. 그러려면 약속을 해야 한다. 한 번은 꼭 보자고 말하고 싶다. 그가 돌아서서 문 쪽으로 다가간다. 문고리를 돌리는 소리, 순간,

 "조금만, 더 있다가……."

 해림이 일어나 앉으며 다급하게 말한다.

 "더 있다 가요."

 "조선 여자?"

 그가 돌아본다. 해림이 조선말로 떠든 것이다. 동시에 밖에서 빨리 나오라고 문 두드리는 소리와 사내의 고함이 들린다. 해림의 목소리를 알아챘나 싶어서 가슴이 두근대고 무거운 공기가 몸을 옥죄어온다.

 종태가 왼손으로 뒤통수를 만진다.

 "어서 나와. 시간 지났어!"

 문을 두드리며 고함치는 소리가 더 잦아진다.

 바깥에서 방문을 여는 소리, 나무라는 소리, 곧 문이 닫히는 소리……. 종태가 나가자 문 안과 문밖의 공기도 뒤섞인다. 폭격이 지나간 자리처럼 방 안으로 들어온 재가 해림의 목까지 차오른다. 해림은 기침을 쏟아내기 시작한다.

*

 종태가 나가자마자 곧바로 다른 군인이 들어온다. 해림이 흐느끼자 군인이 커다란 손으로 해림의 입을 막는다. 날고기라도 만지고 온 듯 손에서 냄새가 진동한다. 축 늘어진 몸을 군인은 죽은 물고기 요리하듯 제멋대로 엎었다가 뒤집는다. 온몸이 아프고 아랫도리에서 피고름이 나오는 지경이니 그만 놔달라고 사정한다. 군인은 들은 척하지 않는다. 해림은 있는 힘을 다해 침대에서 아래로 내려와 문 앞까지 기어간다. 문고리를 잡고 밖으로 나가려다가 군인에게 머리채를 잡힌다. 그가 주먹을 휘둘러 코피가 터지고 얼굴이 피투성이가 된다. 비명이 문밖에 새나가자 헌병이 들어온다. 흥분한 군인이 끌려나간 뒤 해림은 정신을 놓고 만다.

*

 해림은 의무실에서 이틀 동안 치료를 받았다. 쇼타 소위의 배려였다. 쇼타 소위는 해림을 괴롭힌 군인을 불렀다. 해림의 앞에 세운 뒤 사과하라고 시켰다. 그는 입꼬리를 잔뜩 내려뜨리고 굳은 표정으로 눈을 내리깔았다. 사과한다고 마지못해 말한다.
 "위안부도 사람이야. 적군이나 짐승처럼 취급하면 안 돼. 천황을 위해 같이 싸우러 온 전사라고. 개인의 소유물이 아니고 공공의 무기와 같단 말이야. 사과하라고 말한 것도 그런 맥락이고. 전쟁에 필요한 무기인 위안부를 개인이 함부로 훼손하는 것도 죄야. 다음에 또 이런 일 생기면 군법에 넘기겠네. 다른 군인이 받을 위안을 훼손하지 말도록 주의하게."

쇼타 소위의 훈계가 도리어 해림에게는 뼈에 사무친다. 사과를 하게 한 것은 해림을 위로하려는 의도겠으나, 천황을 위해 싸우러 온 전사라거나 공공의 무기란 말이 소름 끼친다. 쇼타 소위가 군인을 야단칠 수 있는 유일한 명분일지라도 해림은 그 말을 용서할 수 없다.

"제가 왜 공공의 무기란 말입니까?"

군인이 나가자마자 해림이 항의한다.

"용서할 수 없습니다."

불쑥 뱉은 말이다. 지금껏 되뇌이던 용서할 수 없다란 말을 들려줄 대상을 비로소 발견한듯, 하필이면 그에게 그 말을 하고 말았다.

"용서?"

그가 머뭇거렸다.

"내가 한 말을 내 말로 듣지 마. 군부의 지시사항을 전달한 거지. 내 위치가 그렇잖아? 이 위치가 계속되어야 널 도와줄 수 있는 거고."

"그렇게라도 살아남겠단 말이죠? 그렇다면 군부와 뭐가 다르죠? 자기가 살아남기 위해 조선인이든 일본인이든 젊은이들 데려다가 전쟁에 소모하는 건······. 쇼타 소위님도······."
그가 손을 들어 그만하라는 시늉을 하더니 나가버린다.

쇼타 소위의 도움으로 의무실에서 치료를 마친 뒤 위안소로 돌아가야 할 시간이다. 쇼타 소위는 해림이 안쓰러운지, 위안소에 들어가기 전에 하고 싶은 일이 없는지 묻는다. 주위의 시선을 의식하여 딱딱하게 꾸민 목소리다.
"지난번처럼 바다를 한 번만 더 구경하고 들어갈 수 있게 해 주세요."
쇼타 소위는 보고하고 올 때까지 기다리게 했다.

*

해림이 바다로 가자고 말한 이유는 따로 있었다. 종태가 다녀간 것을 말할 작정이다. 쇼타 소위라면 종태를 찾아내어 도움을 줄 수 있을지 모를 일이다. 해림이 이곳에서 어떻게 사는지 종태가 확실히 알게 되어 충격받을 일이 꺼려지지만 감수하기로 한다. 기다리자. 그가 다시 오기를. 아니지. 그가 오지 않을 가능성이 있더라도 쇼타 소위에게 그가 작은 도움이나마 받을 수 있다면, 더 늦기 전에 종태를 찾아서 도와주도록 해야지.

쇼타 소위는 모래사장 옆 열대수 그늘에 앉아 있다. 해림은 바다 기슭으로 걸어들어간다. 쇼타 소위에게 할 말을 정리할 시간이 필요하다. 모래사장을 걷는 동안 오염된 몸을 재생하고 자포자기하던 마음에 힘을 얻어야 한다. 종태를 만났으니 달라져야 한다. 다음에 만나면 종태에게 인사하고 생기 있게 웃어줄 수 있도록. 종태라면 해림에게 말해줄 것이다. 네 잘못이 아니야. 넌 앞으로 다르게 살 수 있어. 그런 말들.

*

바다 깊숙이 푸름이 넘실대고 마음껏 파도가 출렁인다. 한없이 푸른 빛을 허공까지 뿌리거나 거둬들이며 윤슬이 햇살에 반짝인다. 모래사장은 파도에 씻기거나 파도에 밀려나온다. 폭격에 패인 숲이나 지형이 변형된 산도 시간이 지나면 제자리를 찾을 수 있겠지. 멀리 떠나온 자신도 제자리로 돌아갈 수 있을 거고. 파도가 마음 벽에 닿으며 속삭인다. 힘내라고.

해림은 돌아서서 쇼타 소위에게 다가간다. 그는 부대장 이야기를 꺼낸다. 해림이 할 말이 있다는 것을 눈치채지 못했으므로 그가 먼저 마음속에 담아둔 말을 꺼내놓는다. 부대장에 대한 적개심을 누구에게도 발설할 수 없으므로 해림에게 쏟아내는 것이다.

"부대장은 널빤지로 두른 방을 쓰고 통로도 있는 방공호를 쓰지. 그곳에서 잘 나오지도 않고 명령만 내려. 그래서……."

쇼타가 주위를 살핀다. 부대장에 대해 불만을 마음껏 터뜨리고 싶은 기색이다.

"동굴에 틀어박혀서 젊은 여자까지 끼고 지낸다니, 제정신이야? 그러면서 병사들에게 목숨 바쳐 싸우라고 한다니까."

절제력을 잃고 얼굴을 붉히는 모습은 평소의 그답지 않다. 해림을 만난 뒤 그의 태도가 눈에 띄게 변한 것을 느낀다. 감추어둔 일본군부를 향한 분노가 폭발 직전 같다.

그를 군부와 동일시하며 용서할 수 없다고 말했던 것이 떠올라 무안해진다. 적어도 그에게만은 해서는 안 될 말이었다.

쇼타 소위는 해림의 표정을 살피더니 손목시계를 본다.

"저, 드릴 말씀이 있어요."

쇼타 소위가 무슨 말이든 받아줄 듯 웃는다. 보조개가 생기고 눈은 반달 모양이 된다.

"종태 오라버니를 봤어요. 며칠 전 위안소에 왔길래……."

"종태가? 정말이야?"

"알은체는 못했어요. 저를 알아본 것 같지만 확신은 못했을 거예요. 그래서 말없이 돌아갔어요. 저라고 생각했다면, 꼭 다시 찾아올 겁니다."

"이런 일이……. 누굴 시켜서 찾아보게 해야 하나. 요새 미군 폭격기가 연일 폭탄을 퍼부어대서 어렵겠지. 종태가 징병당해 온 건가? 그럴 리가 없는데."

"어두워서 잘 못 봤지만, 군복을 입었어요. 다시 오면 쇼타 소위님 이야기를 해줄게요."

"그래야지. 꼭 그렇게 해줘. 꼭!"

쇼타는 죽었던 사람이 살아온 것처럼 흥분한다.

*

해림이 위안소로 복귀한 지 일주일이 지났다. 종태는 찾아오지 않고 해림도 기다림을 조금씩 내려놓는다. 오늘도 군인들이 위안소에 다녀가고 출입문이 열리기를 반복한다. 뒷물 할 틈도 없이 또다시 문을 열고 들어오는 발소리.

해림은 벽을 향해 돌아눕는다. 벽은 며칠 전보다 훨씬 깨끗해져 있다. 종태가 다녀간 뒤 얼룩으로 뒤덮인 벽을 틈날 때마다 닦았다.

"저어, 혹시……."

침대까지 다가와서 이불을 들치고 안으로 들어올 거란 예상과 달리 군인이 침대 앞에 멈춰서 있다. 그다! 그의 목소리, 말소리의 억양. 해림은 가슴이 덜컹 내려앉아서 고개를 돌리지도 못한 채 어둠침침한 방이 아주 컴컴해졌으면 싶다.

"혹시…… 조선인?"

그가 말문을 연다. 식은땀이 났으나 벽을 향해 있던 몸을 돌려 올려다본다. 등잔을 덮은 천을 들춰보지 않아도 종태가 분명하다. 해림은 머리를 추스르고 옷매무새를 고치며 일어나 앉는다.

그는 지난번보다 더 굳어 있다. 등잔불을 가린 천을 열지 못한 채 고개를 숙여 인사를 한다. 안은 어둡고 시간은 어둠에 납작하게 눌려 정지된 듯하다.

"맞아요, 조선인. 배건네에서 온……."

"설마 했는데……."

"……."

"저번에 왔을 때 긴가민가했어. 차마 믿을 수가 없어서……."

종태가 해림을 끌어안는다. 어깨를 들먹이며 괴로운 몸을 추스르려고 애쓰는 것이 그인지 해림 자신인지 알 수 없다. 두 몸이 포옹한 채 한동안 흐느낌으로 들썩였다. 건장하던 그의 몸이 병약한 노인처럼 바짝 마르고 툭 치기만 해도 쉽게 꺾일 듯하다.

"미안합니다. 이런 꼴을 보여서……."

간신히 몸을 떼어내며 해림이 말한다. 자신의 처지를 들켜 종태의 마음을 상하게 한 것이 서럽다. 폭격을 맞아 죽은 시신을 숲에서 수차례 목격했으나 자신이 오래전 죽은 시신처럼 느껴진 것은 처음이다.

"미안하다니……. 그건 아니지. 왜 네가 미안해?"

종태가 해림의 등을 쓰다듬으며 위로한다. 자신이 무슨 말을 하는지도 모르는 듯 넋 나간 목소리다. 고개를 들어 허공을 보고 해림은 그런 그를 쳐다본다.

"미안하다니, 내가 미안하지."

"……."

"하지만 이게 현실이란 걸, 어떻게 믿어야 하지?"

"믿지 말아요. 내가 미안하다고 했던 말도 잊어요."

"……."

"우리가 여기서 만났던 것도, 내 이런 꼴도, 여길 나가면 다 잊어요. 이게 내 모습도 아니니까. 꿈꾼 거라고. 이건 가짜라고. 가짜."

이곳에 끌려왔고, 끌려다녔다고, 자신의 삶이 아니었으니 못 본 거로 해달라고. 종태에게, 할 수 있는 다른 말이 떠오르지 않는다.

종태는 군속으로 지내다가 한 중위의 호의로 이곳에 들렀다고 설명한다. 전쟁 막바지라서 가능한 일이란 말도 덧붙인다.

"널 만난 건 기적이야. 꿈같아."

긴 숨을 내쉬며 그답게 해림의 마음을 어루만져준다.

"저어, 이옥이 소식은 모르지?"

"네."

"널 만났으니 이옥이를 만난 것 같아."

"그렇게 생각해요. 굳이 이옥이 소식 알려고 말고."

해림은 이옥이 사정까지 말해줄 수 없다. 종태의 마음이 찢길 일을 굳이 하고 싶지 않다.

시간이 흘러가는데, 울먹이느라 한동안 서로 말이 없다. 간신히 감정을 추스린 해림이 먼저 입을 뗀다.

"혹시 쇼타라는 일본 군인 알아요?"

"쇼타는 아는데 군인은 아닌데?"

"아, 그땐 군인이 아니었다고 했어요. 쇼타란 일본인. 지금 이 부대에 있어요. 종태 오라버니가 다녀갔다고 전해줬어요. 나가면 쇼타 소위를 찾아봐요. 그리고……."

종태가 놀라며 탄식하는 사이, 시간이 다 되었다고 문을 두드리는 소리가 난다.

"쇼타를 만나게 해달라고 할게. 쇼타 만나면 널 데리고 나오게 해서 우리 밖에서 이야기하자. 꼭 부탁해볼게."

해림은 숨겨뒀던 미도리 담배를 꺼내 그의 주머니에 넣어준다.

"이거 주면 헌병이 쇼타 소위 만나게 해줄 거예요."

종태가 일어서다 말고 와락 해림을 한 번 더 안는다. 숨이 턱 막혀 어쩔 줄 모르는 사이 그가 해림을 놓아준다. 화난 사람처럼 뒤도 돌아보지 않고 큰 걸음으로 문밖으로 나간다.

12

 종태는 쉽게 쇼타 소위를 만날 수 있었다. 그가 위안소를 지키는 헌병에게 조선인 종태가 자신을 찾으면 곧바로 연락하라고 말해둔 덕분이다.
 쇼타는 종태와 막사 밖으로 나와 걷는다. 여관에서 헤어진 뒤 처음 만난 것이다.
 "미안하고 또 미안하네."
 쇼타는 이 상황이 자신의 책임이라도 되는 양 고개 숙여 사죄하며 어찌할 줄 몰라 한다.
 "자네 아버지처럼 일본군이 잘못한 일에 또 자네가 사죄하는가?"

종태가 그의 등을 두드린다.

"그쪽 섬 사정은 어때?"

"지상에 건물이 거의 없을 정도야. 적기가 나타나지 않거나 일이 끝나면 방공호에서 주로 생활하지. 방공호 천장에서 물이 떨어지고 벌레가 극성이고……."

"살아 있는 게 기적이네. 이 전쟁을 일본이 왜 안 끝내는 거지?"

"끝낼 수 없으니까. 돌아갈 수 없을 때까지 와버린 거야. 커다란 돌이 비탈을 구르고 있는 형세지. 누구도 그 돌을 멈춰 세우려 하질 않아. 책임지기 싫은 거지. 책임지겠다고 하면 죽음이니까. 군부가 총알처럼 청년들을 소비하는 중이지."

"그나저나 심 선생 소식 들었어?"

"자네들이 잡혀간 뒤 얼마 지나지 않아서 중국 상해로 가셨다고 들었네. 자네를 데리고 가서 운동가 만들겠다고 했는데 혼자 가셨지. 독립운동을 하느라 정신없이 지내시겠지. 항상 기대 이상으로 활약하시는 분이니까."

"그러실 거야."

"수호는? 함께 있을 줄 알았는데?"

"다른 섬으로 차출되어 더 위험한 곳으로 갔을 거야. 나 때문에 수호 형이 끌려와서, 난 죄인이야. 형에게……."

"그런 말 말아! 우리가 기적적으로 만난 것처럼 수호도 곧 만날 거야. 내가 부끄럽고 미안하지. 이런 모습 보여서."

"나도 군복 입고 있잖나."

"난 곧 옷 벗을 거야."

"무슨 소리야?"

"조선이 독립하길 바라고 한뜻으로 싸우던 내가 일본 군복 차림으로 네 앞에 섰으니 쥐구멍이라도 찾고 싶지. 조선인인 네가 군복을 입은 것과 일본인인 내가 군복을 입은 의미는 완전히 다르지. 해림이가 저 지경으로 있는 걸 보게 만든 것도 죄스럽고."

쇼타의 눈빛이 깊으면서도 다른 세상을 꿈꾸는 것처럼 퀭하다. 오랜 시간 동안 쇼타가 짊어졌어야 할 무게가 느껴진다.

*

"전쟁은 모두를 삼켰어. 아군이든 적군이든 가리지 않았지. 일본 군복을 입고 지금 우리가 이렇게 만난 것처럼, 우연히 죽고 우연히 살고. 포화에 휩쓸려서 죽음의 아가리에 들어가도 피비린내와 자욱한 화약 연기가 흩뿌린 냄새만 남길 뿐. 우연처럼 가볍고, 한순간이지."

종태가 말한다.

"어딜 가나 시신이 처치 곤란해진 쓸모없는 물건처럼 뒹굴고 있어. 자꾸 하늘을 올려다보게 돼. 구역질을 참으려면 고개를 젖혀야 하니까. 가끔 포화가 지나간 뒤 말짱해진 하늘을 볼 때가 있어. 운이 좋은 날인 게지. 오늘 자네를 만난 것처럼."

쇼타가 말했다.

"만약 독립된다면 뭘 하고 싶냐고 심 선생이 묻던 거 기억나?"

"물론이지."

"넌 유학 다녀와서 학교를 만들고 싶다 했지. 수호 형은 공장을 짓고 싶다 했고."

"그때만 해도 가능한 일 같았어. 남양군도로 끌려오기 전이었으니까."

"이젠 요원한 꿈이지. 그래도 만약 돌아갈 수 있다면 여전히 학교를 짓고 싶나?"

종태가 고개를 젓는다.

"그보다 먼저 할 일이 있어. 아마 죽는 날까지 그 일을 하느라 학교를 못 지을 수도 있겠지."

"무슨 일인데?"

"세상의 전쟁 무기를 다 수거하는 일. 세상의 전쟁광을 모두 수용소에 처넣는 일."

"하하. 어차피 실현할 수 없으니 아무 꿈이나 꾸는 거야?"

"그러는 자넨, 꿈이 있나? 이 전쟁이 끝나면."

"내가 미래를 꿈꿀 자격이 있겠나? 전쟁이 끝나면 난 가해국의 죄인 아닌가. 전쟁이 끝나기 전에 내가 할 일을 찾아야지. 아버지의 아들답게."

"자넨 아버지의 피를 그대로 물려받은 게 분명해. 쉽지 않은 일을 거침없이 실행하는 분이셨지."

"하하. 자네도 알잖나? 우리가 주고받는 앞으로의 계획 따위는 전시에서 무용한 것이란 걸. 그래도 하고 싶은 건 있어. 나를 지키는 일. 자넬 지켜주겠단 말보다 나를 지키겠다는 말이 지금으로선 더 실현 가능하고 정직한 말 같지 않나."

"이 전쟁터에서 자신을 지키겠다는 꿈을 꾸는 자는 아마 쇼타뿐일 걸? 하하."

"오늘 우리가 헤어져서 영영 만날 수 없게 된다면 내가 그 꿈을 실현했다고 여기면 될 걸세."

"영영 못 만나나, 우리가?"

종태는 일부러 농담처럼 물었다.

"진지해지지 말게. 그게 무슨 소용인가, 이런 상황에. 자네 설마 일본군부들처럼 정신승리를 염두에 둔 건 아니지? 물질 자원은 유한하고 영원히 존재하는 물질은 없지만 정신은 영원 불변하다고 귀에 닳도록 일본군부가 떠드는, 그런 허무맹랑한 짓을 하려는 건 아니겠지?"

"그거 알아? 심 선생이 늘 강조하던 말. 누구에게나 목숨은 하나라고. 누구에게나 삶도 하나라고. 누구의 죽음이라고 가볍거나 누구의 죽음이라서 더 무거운 법은 없다고. 내 아버지가 일본 떠나 조선에서 살다 돌아가신 것도 기억나지? 일본인들이 조선인을 학살하는 걸 보고 죄스러워서 일본 땅을 떠났는데, 내가 군복을 입고 전쟁터에 있으니 아버지가 뭐라 할까. 빨리 군복을 벗으라 하겠지.”
"네 선택이 아니잖아.”
"죽음을 한없이 가볍게 만들고, 죄책감도 못 느끼는 사람들에게서 아버지는 도피해왔지. 사실 내가 군복을 입은 것은 총구를 그들에게 돌리려고 작정하고 나선 길이었어. 소위가 된 걸 받아들인 것도 그랬지. 아버지처럼 회피하지 않고 당사자를 내 손으로 응징하고 경고하고 싶었어. 아버지의 분노까지 담아서.”
"무슨 소리야? 너무 어렵게 살지 마. 수호와 심 선생도 널 측은해할 거야.”
"그렇겠지. 조선인은 누굴 침략하거나 죽이려 드는 사람들이 아니지. 우리 일본군부처럼 침략을 위해 총을 쏘진 않지. 그 차이를 일본군은 아직 모르고 있으니 문제야.”
"그렇긴 하지.”
"병사의 목숨을 총알받이로 내모는 지휘관을 내 손으로 응징할 거야. 아버지가 못한 일을, 단죄를 내 손으로 하고 싶어.”
"전쟁터에서 의미 있는 일은 없어. 전쟁이 끝날 때까지 그저 살아남는 일에 집중할 뿐. 함부로 버려진 시신이 내 것이 아니도록 목숨을 지키는 일, 그게 선일 수도 있어. 응징 같은 거 생각하지 마."

쇼타가 다가와서 종태의 말문을 닫을 듯 껴안는다. 하고 싶은 말을 다 알아들었으니 그만해도 된다고 속삭인다. 숨 막힐 듯 격한 포옹이지만 가슴의 숨이 뜨겁게 쉬어지는, 그런 포옹이다.

*

"복귀할 시간이 다 돼가네. 상관인 모치츠키 소위님이 밤이 되기 전에 돌아오라 했거든."
"그랬어?"
"해림이를 만나고 싶은데, 불러내줄 수 있어?"
"그래야지. 미리 조처해놓고 왔어. 대기 중일 거야."
"그래도 되겠어?"
"못할 일이 없지. 마지막을 향해 치닫는 마당에. 내 목숨을 유지한 건 너희 만나서 뭐라도 도움을 주려는 뜻도 있었지."
"또 목숨 타령……."
"사실은 그동안 해림이가 바다를 좋아해서 몇 번 데리고 나갔지."
"그랬어?"

"솔직히 고백해도 돼?"

"안 될 건 뭐야?"

"사실 난 해림이 좋아했어."

"무슨 소리야?"

"몰라서 물어? 좋았다고, 그저."

"그저? 그래도 이유는 있을 거 아냐?"

"바다에 가고 싶어 했을 때, 바다를 하염없이 쳐다볼 때, 참 오랜만에 여자를 본 거 같았거든. 퍼덕이는 것을 느꼈고. 내게 그게 필요했었나봐, 생명력 같은 거. 그런 모습에 매료된 거 보면. 얼마 만에 살아 있는 사람의 모습을 본 거 같아서 설렜고."

"위안소에서 다 죽어가는 해림이에게, 살아 있는 사람 같아서 설렜다니, 넌 참 특이해."

종태의 말에 쇼타가 싱긋 웃더니 돌아서서 막사 쪽으로 걸어갔다.

*

종태는 쇼타가 시킨 대로 숲이 우거진 밀림으로 들어간다. 그래야 군인들 눈을 피할 수 있다고 했다. 밀림으로 난 길에 벙커가 세워져 있다. 그 앞에 서 있으란 쇼타의 지시에 따랐다.

식물 썩어가는 냄새가 났다. 식물도 토하고 피 흘리며 마지막을 알리듯 지독한 냄새를 풍기며 썩어가는 중이다.

얼마 지나지 않아서 쇼타가 해림을 데리고 돌아왔다. 쇼타는 두 사람을 뒤따라오게 하고 앞장서서 걷는다.

"코끼리 형상을 한 절벽이 있어. 그 위로 올라가면 두 사람이 숨을 만한 동굴이 있고. 거기서 내려다보면 바다가 잘 보이지. 몸을 숨기고 있으면 전쟁터에 와 있다는 걸 잊을 수 있거든. 파도가 치올라오다가 허옇게 찢어지는 광목천 조각처럼 바람에 흩날리고, 저녁놀이 빛이 나고 붉은 속내를 드러내지. 그러다가 앓는 소리를 나 대신 내주면서 조용히 어두워지거든. 그래서 난 그곳에 가곤 했지. 거길 데려다줄게."

"해림이도 갔었나?"

해림이 얼굴을 붉힐 뿐 말이 없다. 쇼타의 눈치를 보다가 종태는 머리를 슬쩍 돌린다.

"보름달 뜨면 더 멋지겠는데, 거기."

"그렇지. 보름달 뜨면 멋지지. 두 사람은 보름달 뜰 때 다시 만나도록 해. 그렇게 될 거야."

쇼타가 초승달을 올려다보며 말한다.

해변의 끝자락에 이른 뒤 산비탈을 돌아서자 암석으로 된 절벽이 드러난다. 아래에서 올려다보니 과연 절벽은 코끼리 형상을 하고 있다. 해변의 끝자락에서 산비탈을 돌지 않았을 때까지는 그런 형상이 보이지 않았다. 숨어 있기에 좋은 장소임이 분명했다.

"난 여기서 누가 오나 망이나 보고 있을게. 파도 소리도 들으면서. 두 사람, 동굴에 올라가보고 와. 너무 오래 있지는 말고."

대답도 듣기 전에 쇼타가 산비탈을 돌아간다. 종태가 돌아보니 어느새 그가 사라지고 없다.

*

쇼타는 종태를 만나고 있을 해림을 생각한다. 떨어진 흰 꽃잎처럼 시들었지만 종태 앞에서 생생했던 꽃잎으로 되살아나던 모습이 스쳐지나간다. 지금 두 사람은 동굴에서 서로의 열기로 불꽃을 만들어내고 있을까. 자작자작 땔감 타는 소리를 내며 밤새 사그라지지 않고 타오르던 불꽃처럼.

쇼타는 바위에 앉아서 어두워지는 바다를 바라보며 두 손을 내밀어본다. 마치 두 사람이 피어내고 있을 불꽃을 만져보려는 듯.

아버지를 따라 조선으로 왔던 어린 시절, 길을 잃고 들어갔던 어느 집의 시골 부엌이 떠올랐다. 아궁이 앞에 앉아서 타들어가던 불빛의 온기에 몸을 녹이다가 잠이 들었다. 깼을 때는 동이 트고 있었다. 꺼지지 않은 아궁이의 불빛을 일별하고 부엌을 나설 때, 온몸을 덮치던 서늘한 냉기에 눅눅한 안개까지 더해져서 마음이 더욱 음산했다. 허둥대며 집을 찾아 모퉁이를 돌아설 때마다 아궁이에 남아 있던 온기와 두터운 불빛의 질감 앞으로 되돌아가고 싶었다. 왜 문득 길 잃은 어린 시절 그날이 떠오른 걸까.

쇼타는 눈을 가느다랗게 떴다. 수송선에서 처음 해림을 봤을 때의 모습이 눈에 잡힐 듯하다. 그녀가 배건네에서 왔다는 것을 몰랐으나 위안부라는 그녀의 처지는 알고 있었다. 한 갈래로 머리를 묶은, 큰 눈에 활짝 웃던 여자친구의 모습이 해림의 모습과 겹쳐졌다. 까맣게 잊고 있던 소학교 시절의 여자친구가 하필 선상에서 피폐한 모습을 한 해림의 모습과 겹쳐지다니, 머리를 한 대 얻어맞은 듯 어리둥절했다.

해림과 가까워지면서 쇼타는 그녀의 숨결을 가까이에서 느끼고 싶었다. 눈치채지 못할 정도로 무심한 듯 예민하게 그녀에게 다가갔다. 과거와 현재 어쩌면 그녀가 기대하고 있을 미래까지 그녀의 숨결에 스며 있었다. 실낱이 허공에 오르내리며 만들어내는 실타래 같은, 손에 잡힐 것 같은 그녀의 단단한 숨결. 할 수만 있다면 그것을 자신의 손으로 잡아채 가슴에 간직하고 싶었다.

그 숨결의 실타래를 가슴에 품으면 자신도 그녀처럼 어떤 상황에서도 꿈틀대는 생명력을 갖게 될까. 그 숨결로 인해 새롭게 살아갈 힘을 얻을 수 있을까.

하지만 쇼타는 알고 있었다. 자신에게는 점령국의 청년에게 저지른 범죄를 씻어야 하는 원죄 의식이 있음을. 그런 자신의 처지가 원망스러울 때는 해림을 바라보면서 그녀의 숨결이라도 간직하고 살 수 있는 길을 모색하는 수많은 낮과 밤을 보내기도 했다.

해림이 배건네에서 왔다는 사실을 확인한 뒤에는 많은 것을 알게 되었다. 그녀의 생명력의 근원은 식민지가 되었으나 범죄를 저지르지 않은 그녀의 고국이고 두고 온 배건네의 가족과 사랑하는 종태였다.

반면 쇼타에게는 죄짓지 않은 고국도, 돌아갈 정겨운 고향도, 목숨을 다해 그리워할 사랑하는 여자도 없었다. 원죄처럼 씌워진 어두운 그림자를 끌고 살아갈 용기가 없으니 다르게 사는 길을 모색할 수밖에 없었다.

간혹 해림과 종태에게 질투심을 느낀다. 죄짓지 않은 고국에 태어나 죄짓지 않은 백성으로, 자신의 생명력으로 살아갈 수 있는 당당한 조선인이 부럽다. 이곳까지 끌려와서 위안부와 징용 노무자로 상처투성이가 된 그들을, 가해자인 자신이 피해자를 부러워하다니. 이 모순된 상황을 누가 이해할 수 있을까. 조금이라도 이해할 수 있는 사람은 자신뿐이란 사실에 문득 외로움을 느낀다. 이 외로움이 어쩌면 자신에게 남겨진 유일한 생명의 원천일지도 모른다.

해림의 숨결에 묻어 있는 끊어지지 않던 생명력을 품고 할 수 있는 일은 이미 정해진 것이다. 전쟁을 일으켜 수많은 청춘을 희생시킨 일본의 지도자들에게 저항하는 일. 종태, 수호, 해림을 비롯한 피해자들에게는 일본인으로서 속죄하는 일. 뒤에 올 누군가가 자신의 선택의 의미를 공감하고 더 큰 속죄의 길을 모색하게 되기를 바라는 희망을 가진다면 헛된 욕심일까. 그런 욕심이 스멀대는 건, 분명 해림의 생명력 넘치는 숨결의 실낱이 뭉쳐진 실타래를 가슴에 품어본 덕분이다.

*

아래에서 보기에는 가팔라 보이는 절벽이었으나 올라서기에 적당한 바위가 돌출되어 있다. 종태는 해림의 손을 잡은 채 바위를 밟고 위까지 오른다. 절벽의 반쯤 오르자 돌이 많은 넓은 평지가 펼쳐진다. 그 평지 중간에 동굴이 있다.

해림과 동굴 안으로 들어가자 헌병이 동굴 벽에 기대어 죽어 있었다. 해림은 그를 묻어주자고 했다.

"시신을 너무 많이 봤어요."

돌무덤을 만들어주고 동굴로 돌아온 뒤 벽에 기대앉으며 해림이 말한다.

"요샌 매일 꿈을 꿔요. 고향에 돌아가서 수놓는 꿈."

해림은 자꾸만 꿈 이야기를 떠들었다.

"아버지가 곧잘 앉아 있던 평상에서 조용히 수를 놓고 있었어요. 파란 하늘이 봉숭아꽃, 살구꽃이 핀 마당 귀퉁이까지 밝혀주는 맑은 날에, 마당에 핀 꽃보다 더 생생한 꽃을 수놓았어요. 베갯잇에도, 댕기에도, 한 땀씩 수를 놓으며 시간 가는 줄 몰랐어요. 그러다가 새벽 동이 트는 소리가 뿌옇게 들렸고요."

"배건네가 그리운 게지."

간신히 해림의 긴 잠 같은 꿈 이야기를 끊어본다.

"수를 놓고 있으면 이곳에서 살던 일이 가라앉고 묻히는 것 같았어요."

해림의 말이 뚝 끊어진다. 하고 싶은 말을 한 때문일 것이다. 해림이 하고 싶은 말을 종태는 알 듯하다. 헌병이 돌무덤 아래서 세월 따라 사라지는 동안, 이곳에서 있었던 일들도 형체가 없이 사그라들기를 바라는 마음. 이곳에서 있었던 시간을 다 묻어 삭힐 시간을 견디기 위해 수를 놓고 싶다는 마음. 그런 시간이 오기를 간절히 바라는 마음.

종태는 해림의 손을 잡아 쥔다. 작지만 따뜻하다기보다는 뜨겁다고 할 만큼의 온기가 돈다. 해림의 손은 종태의 마음으로 파고드는 불화살 같다. 배건네에서 봤던 해림이 아니라는 것을 느낀다. 해림은 달라졌다. 성숙했다 해야 하나. 아마도 살아남기 위해 버둥대느라 온몸에 새겨진 격정이 해림을 휘감고 있어서일 것이다.

초현실적인 자신을 쌓아올리며 해림이 버티고 있구나. 종태는 그렇게 해림을 이해한다. 수놓는 꿈을 꾸면서 현실을 씻어내는 해림의 꿈이 느껴지는 듯하다.

진심으로 해림에게 경의를 표하고 싶어서, 해림 속에 이옥이 포함되어 있고 고향의 모든 여자애가 그 속에 들어 있는 것 같다고 고백한다. 해림은 종태의 말을 어떻게 해석한 것인지 그저 조용히 웃어 보였다.

*

"이옥이 보고 싶죠?"

해림이 묻는다. 종태는 아니라고 고개를 젓는다. 지금 앞에 해림이가 있으니 충분하다고, 그러면 된 거라고, 마음이 그렇게 움직였다. 해림이에게 온기를 주고 사랑을 쏟아주고 싶은 마음이라고 말해주었다. 해림이가 원하는 것이 뭐든 다 해주고 싶다면, 오직 그 생각뿐이라면 지금 그가 사랑하는 사람은 분명 해림이었다.

"참 희한해요."

해림이 물기 가득한 눈으로 그를 보며 소곤대듯 말한다.

"이 동굴에서 나가면 병사들의, 성욕을 해결하려고 짐승이 된 자들의 먹잇감이 될 텐데, 그들이 이빨을 드러내고 덤빌 걸 알면서도, 이곳에 오기 전의 나와 완전히 다른 여자가 되어 앉아 있는 거 같으니 이상해요. 조금 뒤에 여기서 나가면 어떻게 살게 될지 알면서도 이런 설레는 마음이 들다니. 오라버니도 나처럼 느끼고 나를 대해줬으면 좋겠어요."

종태는 그럴 거라고 대답한다.

"그동안 꿈속에서 얼마나 자주 오라버니를 만났는지 몰라요. 막상 이렇게 만나니까 꿈보다 생생하고 꿈보다 더 기뻐요. 꿈에서만 만나도 하루가 견딜 만했는데 이렇게 직접 만나서 말까지 나눴으니……. 이보다 더 좋은 일이 생기길 원하면 욕심이겠죠? 하하. 배건네를 떠나온 뒤 난 원하는 걸 가져본 적이 없는데."

종태는 복잡한 감정을 드러내는 대신 자꾸만 고개를 끄덕여 준다.

"우리가 알고 지낸 10여 년보다 지금 이 순간이 더 길고 귀하게 느껴져요. 보석을 담은 상자를 가슴에 안고 있어도 이보다 설렐까요? 난 참 철이 없나봐요. 이런 꼴을 하고도 수다스럽게 떠들어대니."

해림의 목소리에 종태도 덩달아 들떴다. 종태가 해림을 와락 안았다.

*

동굴에서 내려오자 쇼타가 기다리고 있다.

"무슨 이야길 그렇게 오래 했어?"

쇼타가 묻는다.

"수를 놓는 꿈을 꾼대, 해림이가. 고향에 돌아가서."

"그 이야길 그렇게 오래했어?"

"응."

종태의 대답에 쇼타가 크게 웃는다.

쇼타가 신호를 보내자 원주민이 다가온다. 코랄섬에서 한 시간 정도 걸리는 펠렐리우섬까지 태워줄 거라고 한다. 헤어지기 전 쇼타는 종태에게 해림을 잘 부탁한다고 말하며 손을 꽉 쥐어 악수했다.

"내가 자네에게 해림이를 부탁해야지, 무슨 말인가?"

"아니야, 난…… 하여간 해림이를 잘 부탁하네."

종태는 쇼타의 얼굴에서 영영 작별하는 자의 표정을 봤으나 말없이 돌아섰다.

*

쇼타와 해림은 부대로 돌아온다. 부대 앞에 이르기 전에 해림은 쇼타에게 몇 번이나 부탁한다. 보름달이 뜨면 종태를 다시 만나기로 했어요. 보름달이 뜨면 한 번만 더 저를 코끼리 동굴에 데려다줘요. 쇼타는 대꾸하지 않는다. 두 번 말했으나 반응은 같다. 해림은 무안해서 입을 다문다. 숙소에 돌아온 뒤 잠을 청할 때서야, 쇼타가 해림을 위안소에 데려다주는 동안 단 한마디도 하지 않았다는 사실을 깨닫는다.

*

해림은 보름달이 뜨기를 기다린다. 쇼타가 위안소로 찾아오기를 기다린다. 종태를 만나기로 한 코끼리 동굴에 데려다달라고 할 참이다.

하지만 며칠째 쇼타는 감감무소식이다. 종태가 해림에게 다가오는 꿈을 두 번이나 꾸었다. 무덤덤한 표정을 보자 가슴이 철렁 내려앉던 꿈이다. 돌아가서 고열에 시달렸어. 죽을 고비를 넘겼지. 마르고 시커멓게 그을린 종태의 얼굴이 유독 초췌했다. 끝까지 총을 들지 않았다고, 아무도 죽이지 않았다고, 부모님께 말해줘. 그가 해림에게 부탁한다. 눈을 뜬다. 그는 사라지고 없다. 몇 번이나 비슷한 꿈을 꾸고 깨기를 반복한 것인가.

*

 이제 이틀 후면 보름이다. 종태가 다녀간 뒤 초조하게 쇼타를 기다렸으나 오늘도 쇼타에게서 아무런 소식이 없다. 어디에서도 볼 수 없다. 이상한 일이다. 쇼타가 곧잘 혼자 들어가 있던 위안소 부근의 야자수 숲 동굴 앞에도 몰래 가봤으나 그를 찾지 못했다. 종태에게 그 코끼리 동굴로 찾아와달라고 한 것은 쇼타 소위가 그곳에 가는 것을 허락해주고 다시 한번 데려다줄 것으로 믿어서였다. 쇼타라면 그 부탁을 흔쾌히 들어줄 거라고 믿었다. 그런데 쇼타는 마치 전투에 투입되어 실종된 사람처럼 흔적도 없다.

*

 해림은 군인들이 위안소로 들어올 때마다 혹시 쇼타를 못 봤느냐고 묻는다. 모른다는 대답조차 들을 수 없다. 그런 걸 왜 묻냐는 시비에 휘말릴 뿐이다.
 위안소의 일이 끝난 시간이면 밖으로 나와서 쇼타의 소식을 묻는다. 아무도 쇼타에 대해 말하지 않는다. 마치 이름을 말하는 것을 금기로 정한 듯하다.
 오늘도 위안소로 들어온 한 군인에게 쇼타의 소식을 물었다.

그는 뭔가 아는 눈치지만 말하기를 꺼린다. 다그치자 알기는 아는데 극비 사항이어서 말해줄 수 없다고 잡아뗀다. 해림은 담요 밑에 숨겨둔 담배를 꺼내 군인에게 내민다. 군인은 담배를 받아들고, 절대 누구에게도 전달하지 않겠다고 맹세하면 말해주겠다고 한다.

"그자가 미친 모양이지. 아니면 미군이 보낸 첩자든지."

"무슨 소린지 도무지……."

"아, 그러니까, 쇼타 소위가 우리 부대장님에게……."

"쇼타 소위님이, 뭐라고요?"

"그자가 우리 부대장이 거처하는 방공호에 수류탄을 던졌어. 부대장도 죽고 수류탄 던진 그자도 그 자리에서 총살당했지. 부대장의 방공호에 부대원이 수류탄을 던진 게 말이 돼? 철통 보안을 뚫고 말이지. 이런 소문이 새나가면 군인들 사기에 문제가 생기니까."

"쇼, 쇼타가……."

"함구령이 내려지고 덮었지."

"어떻게 그런 일이, 그분도 일본인인데, 일본군 소위인데……."

"누가 아니래? 그래서 미친놈이라 하지. 미군 스파이였거나."

밖에서 어서 나오라고 다음 대기를 기다리는 군인이 문을 두드리자 군인은 담배를 챙겨 들고 나간다. 해림이 흐르는 눈물을 닦을 새도 없이 또 한 명의 군인이 들어온다.

13

 펠렐리우섬은 폐허다. 아니 전쟁터다. 원주민이 야자수 그늘에 누워 과일을 따 먹던 풍경은 사라진 지 오래다.
 일본군이 주둔하는 섬 상공을 미군의 쌍발 장거리 정찰기가 온종일 선회하며 감시한다. 미군 전함 역시 쉴 새 없이 함포 사격을 퍼붓는다. 항공모함에서 발진한 비행기가 폭격하고 기총소사를 한다. 언제 날아올지 모르는 포탄이나 총격을 피해 일본군이나 노무자들은 온종일 지상에 나오지 못하고 방공호에 숨어 지낸다.
 "일본군은 항복하라!"
 일본군의 전세가 약해질수록 미군의 확성기 소리가 커진다.

공중에서는 전단이 수없이 뿌려진다.

"조선인은 항복하라!"

조선말로 항복하라고 외치고 간혹 조선의 민요를 틀어 향수를 자극한다. 오늘도 일본군 함대 수십 척이 미군 함대에 잡혀 침몰했다고 한다.

밤이면 미군의 돛단배가 섬 해역에도 출몰했다. 조선인이 탈출을 시도하는 일이 잦아지고 있다. 지휘부는 감시선을 설치해서 미군 배가 섬 가까이 오면 종을 치면서 감시했다. 하지만 감시하던 일본군이 쏜 소총에 맞아 죽어가면서도 필사적으로 헤엄쳐서 미군의 배에 올라타는 조선인이 늘어간다.

종태는 해변 근처에 있는 자연동굴에 숨었다가 폭격이 잦아들면 동굴 입구의 틈을 통해 낮고 작은 섬이 띠처럼 이어진 산호섬을 바라본다. 높은 파도가 치거나 밀물이 밀려들 때면 섬이 잠길 것 같아도 그런 일은 발생하지 않는다.

지금까지 살아남은 것이 기적이듯, 파도가 섬과 동굴을 끝내 삼키지 않는 것도 기적 같다. 살아 있는 동안 곳곳에 기적이 벌어지는데 깨닫지 못했을 수도 있다. 절박한 상황에 맞닥뜨려서야 깨닫는 것이다. 일상이 기적이었다고. 동굴 입구의 틈새로 확인하는 반복되는 일상이 그에게는 유일한 숨구멍 같다.

"어서 돌아가고 싶어."

옆자리에 앉아 있는 기수는 틈만 나면 탈출해서 고향으로 돌아가겠다고 말한다.

"가자! 가자!"

잠이 들면 기수는 수없이 가자고 중얼거린다.

*

기수는 헤엄쳐서 미군 배에 올라탈 궁리만 한다.

"미군의 소형 배가 700여 미터 앞에서 들락거리는 거 봤어?"

종태가 고개를 끄덕인다.

"그 배에 올라탈 거야. 지긋지긋한 여기서 벗어나야지. 넌?"

종태는 고개를 젓는다.

일본군의 감시가 더욱 심해지고 있다. 도망치는 조선인을 등 뒤에서 소총으로 사격한다. 며칠 전에도 바다에 뛰어들어 미군 배에 오르려던 일곱 명의 조선인이 일본군의 소총에 맞아 먼바다로 흘러가고 말았다.

"원주민처럼 카누를 타고 바다로 나갈 수 있다면."

기수가 말한다. 원주민은 전쟁 중에도 작살을 들고 큰 고기를 잡으러 어디든 갈 수 있으니 부러워한다. 일본군은 원주민은 쏘지 않는다. 식량이 우선이므로. 하지만 전쟁이 격화될수록 원주민도 위험을 감지하고 섬으로 아예 돌아오지 않고 있다.

도망자는 계속 늘어나고 있다. 징용자와 주민들은 미군에 투항하고 싶어도 방공호에 뒤섞여 있는 군인들의 눈치를 살필 수밖에 없다.

"항복하라. 배로 건너오라."

확성기로 권유하는 소리가 잦아지고 커진다. 미군이 튼 일본 동요나 일본 민요가 온종일 들려온다.

"나, 오늘 나갈 거야."

밤중에 기수가 종태의 귀에 대고 속삭인다.

"뗏목을 띄워뒀어. 저 수풀 속에. 넌 안 갈 거야?"

종태는 일본군이 쏜 소총에 등을 맞고 파도에 휩쓸려가고 싶지 않다고 분명히 말해준다. 이 섬에서 매번 일본이 밀리고 끝내 섬이 함락될 것이 분명해지고 있다. 일본이 지는 전쟁이라는 것을 눈으로 보면서 종태는 살아남기 위해 할 일을 따져본다. 탈출하는 인력을 막으려고 섬 주위를 둘러싸고 일본군이 물 샐 틈 없는 보초를 서고 있다. 기수를 따라나서는 것은 위험 부담이 너무 크고 성공할 가능성이 낮아 보인다.

해림의 안쓰러운 모습을 매일 꿈에서 만났다. 어디서든 그 모습이 보이는 듯하다. 쇼타가 당부하던 말이 떠오른다. 해림을 끝까지 책임지고 고국에 꼭 데려가달라고. 그러겠다고 쇼타와 한 약속을 지켜야 한다. 탈출이라는 무모한 선택을 할 수 없다. 오직 일본이 패망하여 항복하기를 기다리고 그때까지 목숨을 보전해서 포로가 되는 것이 고국으로 돌아갈 방법이란 결론에 이르렀다.

남의 전쟁에 낀 상태에서 자신이 무참히 죽는다면 바보 같은 짓이다. 수호가 말했듯이 구경꾼으로 버텨야 할 시간이다. 기수에게도 말했으나 기수는 하루, 아니 한 시간도 견디기 힘들다고, 차라리 모험을 선택하겠다고, 상황 속으로 참전해 들어가겠다고 고집한다.

*

새벽에 모두 잠든 틈을 타 기수가 방공호에서 기어나가는 소리가 들린다. 종태는 기도한다. 제발 무사히 건너가기를. 그가 일본군에게 잡히면 조선인 군속이나 군인도 연대 책임을 지고 처벌을 받을 것이다.

새벽이 밝을 때까지 기수는 돌아오지 않는다. 확률은 반반이다. 무사히 넘어갔든가 아니면 잡혔든가.

아침 일찍 소문이 돈다. 기수가 해역에서 경비를 서던 일본군을 죽이고 탈출을 시도하다가 진압대에 잡혔다고. 그 자리에서 총살을 당했다고 한다.

종태는 지독한 습기와 썩는 냄새가 진동하는 땅바닥에 머리를 박고 중얼거린다. 기수야. 부디 좋은 곳으로 가서 모쪼록 편히 쉬어라.

*

모치츠키 중위는 만감이 교차한다. 지휘관으로서 결단을 내릴 때가 다가오고 있음을 직감한 것이다.

일본군이 수세에 몰리고 미군의 폭격은 무차별적이다.

온종일 총포 소리가 요란하다. 달빛 아래 아무도 모르는 곳에서 군인들이 홀로 쓰러진다. 소총 탄약통이 길마다 흩어지고 그 주변으로는 시신들이 흘린 피가 흥건하다. 숲에 서늘한 달빛만 들어찬다.

덤불 숲의 나뭇잎마다 군인들의 앓는 소리가 배어 있는 것 같다. 바람에 덤불이 흔들릴 때마다 쓰러져 죽은 군인들이 남긴 신음이 들려오는 듯하다.

그런데도 조명탄은 쉴 새 없이 날아오른다.

"대본영이 직접 지휘해서 총공격이 시작될 것이다. 전쟁이 일본군의 승리로 끝나고 있다!"

군부는 마지막 순간까지 쥐어짜듯 희망 고문을 하면서 목숨을 전장에 바치라고 외친다. 그 말을 부정하는 일본군은 없다. 결과에 상관없이 기꺼이 자신의 목숨을 천황과 국가에 바친다는 결의에 차 있다.

살아남길 바라는 것이 단지 요행을 바라는 마음일지라도, 그로 인해 불필요한 소모전이 계속된다고 해도, 병사는 군부의 명령에 매달리고 목숨을 걸 테세다. 이미 그들에게 전쟁에서 승리하는 것이 목적이 아니었다. 단지 적이라는 이유만으로, 이글거리는 태양을 처치하려고 총을 쏘는 듯한 무모함을 알면서도 항전했다.

모치츠키 중위는 평화로웠던 팔라우의 원주민을 떠올린다. 야자 잎을 베어 깔고 기둥을 세우고 그 위에 다시 야자 잎을 덮어서 즉석에서 집을 만들어 살던 원주민들. 그 속에서 빵나무 열매나 망고를 먹으면서 지내던, 평화로웠던 원주민의 모습. 그들이 살던 모습은 아주 먼 옛날의 일처럼 아득하다.

*

미군 배가 동굴 앞 해안 기슭을 오가는 것이 보일 때도 있다. 동굴 안에서 그것을 지켜보면서 불안에 떤다. 미군이 섬에 상륙하면 모두 동굴에서 나와 절벽으로 올라가야 한다.

"미군에게 잡히느니 죽을 각오를 하라."

저마다 그런 각오로 수류탄을 손에 넣고 있다.

"포로가 되느니 자살하라!"

군부가 부추기고 군사들은 자연스럽게 받아들인다. 마치 단체로 죽음의 춤을 추라는 최면에 걸린 것 같다.

"바위에 이름을 새기고 죽으면 나중에 추모하며 자랑스러워하고 영웅 취급을 받을 것이다."

그런 부추김에 바위에 자신들의 이름을 새기는 모습도 눈에 띈다. 죽을 각오를 한 자의 모습은 비장하기보다 우스꽝스럽거나 안식을 앞둔 자들처럼 평온해 보일 지경이다.

"살아서 포로의 치욕을 당하지 말 것이며 죽어서 죄화의 오명을 남기지 말라"

군 수뇌부에서 하달된 소위 '전진훈'을 떠들어댄다.

군 보안을 유지하기 위해 포로의 치욕을 당하지 말고 죽어서 오명을 남기지 말라고 민간인에게도 강요한다.

미군은 투항을 권고하다가 응하지 않으면 동굴 입구에 화염 방사기를 쏘아댄다. 연막탄을 쓰기도 하고 수류탄을 동굴 속에 던져넣어 폭파해서 몰살시킨다. 그럴수록 불바다를 피해 일본군은 동굴 속으로 더 깊이 들어가 숨는다.

*

미군의 함포 사격과 함재기들의 공중 폭격으로 나무도 풀도 불탔다. 바다도 하늘도 모두 미군의 점령하에 넘어갔다. 어쩌다 일본의 보급선이 떠도 미군 잠수함이 어뢰를 쏘거나 전투기들이 급강하 폭격을 가해서 식량 보급은 전혀 되지 않는다.

보병연대 병력이 상륙하자 지하 벙커와 갱도에 숨어서 저항하던 일본군은 미군의 화염 방사기 공격을 당했다. 미군은 연료

탱크를 지고 분사구를 두 손으로 잡은 채 방공호를 향해 방아쇠를 당겼다.

모치츠키 중위는 얼마 전 미군 폭파팀이 벙커를 점령하려고 경사로에 접근했던 것을 떠올린다. 미군이 화염 방사기로 공격해서 수비병의 몸에 불이 붙었다. 병사들이 혼비백산해서 흩어졌다.

엄호사격을 하면서 출입구를 불도저로 봉쇄했다. 다른 출입구도 폭약을 터뜨려 봉쇄했다. 그런 뒤 벙커 환기구 안으로 폭약을 던져넣고 휘발유를 부은 뒤 수류탄을 투하했다.

"쾅!"

폭발음이 들리고 동시에 연기와 불길이 치솟았다. 벙커에 갇혔던 인원들은 빠져나오지 못했다.

모치츠키 중위는 그 과정을 목격했다. 지옥이다. 그런 지옥에 가둬놓고 몰살당하게 할 수는 없다. 적어도 마지막을 자신들이 선택하도록 도와주고 싶다. 상관으로서 그렇게 결정한다면 자신은 즉결재판으로 총살당할 일이지만 병사들에게 선택의 기회를 주고 싶다.

*

모치츠키 중위는 애초에 죽기 위해 이곳으로 뛰어든 것이 아니다. 그런데 죽음만이 눈앞에 어른댄다. 포로로 잡혀도 죽고 저항해도 죽고 자결을 선택해도 죽는 일이다. 사는 방법을 말해주는 이가 없다. 무수한 죽음만을 본 전쟁터에서, 삶이 어떤 것이었는지 삶이 얼마나 아름다운 것이었는지 망각한 얼굴들이다.

실패로 돌아간 것이 명백한데도 군부는 군사들에게 투항해서라도 뒷일을 도모하란 명령이 없다. 돌아가서 살, 삶을 말하는 이가 없다.
"옥쇄하라!"
다만 산산이 부서지란 명령이 끊임없이 내려오고 있다.
양식도 주지 않고 포로로 잡히지 말고 저항하다가 모두 옥쇄하라니. 그런 군부에 대해 저항도 의심도 하지 않는 병사들이라니.
모치츠키 중위 자신이 설정한 설계와 거리가 먼 광경이다. 돌아보면 애초에 그가 보고 싶은 그림이 있었다. 분명 이런 전개가 아니었다. 파라다이스가 아닌 죽음을 목표로 한 일방적인 희생을 강요하는 군부의 모습이라니. 그것에 회의도 없이 자신을 총알처럼 적진을 향해 내던지는 일본군이라니.

모치츠키 중위는 한 군인이 전해준 종이를 주머니에서 꺼내 펼쳐 읽어본다. 일본말로 적혀 있다. 미군 비행기에서 뿌린 전단이라고 했다.

'일본은 패했으니 항복하라.'
'항복하면 무조건 살려준다.'

모치츠키 중위는 그것을 접어서 주머니에 넣는다. 주머니 속에 든 종이를 며칠 동안 가지고 있었다. 찢어서 당장 버려야 했으나 그러지 못했다.

애초에 이곳에 왜 왔던가를 떠올릴수록 이대로 죽는 것의 의미를 찾을 수 없다. 자신이 할 일은 미군을 몰살하라는, 병사들은 옥쇄하라는 명령을 따르는 것이다. 어떻게 병사들을 인솔할 것인지 고민한다. 지금 일본군과 뒤섞여 동굴에 숨어 있는 종태에게 무슨 자격으로 옥쇄를 강요할 수 있는가.

*

모치츠키 중위가 이끄는 부대원이 숨어 있던 동굴 근처에 쉴 새 없이 쏘아대는 탄환이 비처럼 쏟아진다. 병사들은 점점 더 동굴 깊숙이 들어가서 공격을 피한다.

바위 조각들이 날아다니고 굉음이 동굴을 무너뜨릴 듯 요란하다. 동굴 입구에서 폭발음이 울릴 때마다 언제 죽어도 이상하지 않겠다는 불안으로 서로의 얼굴을 쳐다보지도 못한 채 더 깊숙이 도망치기에 바쁘다.

희번덕거리는 눈과 피와 흙으로 뒤범벅된 얼굴이 동굴 속에 핀 죽음의 꽃처럼 한 번씩 두려움에 흔들리다가 축 늘어진다. 동굴 안에 화약 냄새와 연기가 점점 짙어진다. 모치츠키 중위가 주위를 둘러보니 여기저기 축 늘어진 병사들이 보인다.

모치츠키 중위는 부대원을 이끌고 동굴 끝으로 빠져나와 마지막 동굴 방공호로 옮긴다. 이제 더 옮길 동굴 방공호가 없다는 것을 알고 있다. 동굴 밖으로 해안이 보이고 취사장과 우물도 보이지만 폭격 때문에 이용할 수 없다. 옮겨간 곳은 석회암 동굴로 세 갈래의 통로가 나 있다. 암벽 아래로 석굴을 연결하는 통로가 있지만, 그 속에 숨어서도 비행기의 폭음과 기관총 소리가 들린다. 동굴에서 해안으로 내려가는 저지대에 미군의 막사가 보인다. 미군이 완전히 섬을 점령했다는 증거다.

"나오면 살려준다. 숨지 말고 나와라!"

미군 함선에서 쉬지 않고 확성기 소리가 들려온다. 동굴 안에 숨어든 13명은 마지막 상황을 앞두고 비장하다.

"모두 죽을 수 있겠나?"

모치츠키 중위가 병사들에게 묻는다. 명령이 아니라 질문이다. 그의 질문에 병사들이 당황한 듯 고개를 쳐들고 그를 바라본다. 깡마르고 부황 기로 뜬 병사들의 얼굴을 마지막 작별인사 하듯 차례로 쳐다본다. 그들의 마지막 얼굴을 누구라도 기억해줘야 하지 않나, 누구라도 자신의 모습을 제대로 바라봐주길 바라지 않을까, 그런 심정 때문이다. 이들은 끝까지 저항하면서 죽어간 전우를 뒤따라야 마땅하다고 고집할까. 항복해서 미군의 포로로 잡히는 것은 전우를 배신하고 천황과 국가를 배신하는 행위이며 더 비참한 미래를 맞이하는 것이라고 여길까.

어디로 무게추가 기우는지 모르지만 모치츠키 중위는 병사들에게 선택권을 주고 싶다. 섬이 미군의 수중에 들어간 것은 확실하다. 항복이냐 몰살이냐 둘 중 하나의 선택지만 남았다는 것을 알고 있다.

"앞으로 대일본의 대동아전쟁은 어떻게 끝날지 모른다. 다른 지역에서 승리하고 있는지 이곳처럼 밀리는지 결론은 나도 알 수 없다."

그는 병사들에게 최소한 지금의 상황을 설명해야 마땅하다고 여긴다. 그것이 이 전쟁에 목숨 걸고 참전한 병사에 대한 예의다. 그 예의를 지켜주는 것이 병사들을 인간으로 대우해줄 마지막 기회다. 군 수뇌부가 그들을 인간이 아닌 총알받이로 전락시켰더라도 자신은 달라야 한다고 여긴다. 왜냐하면, 자신도 상관에게 예의를 갖춘 대우를 받고 생사를 결정하고 싶기 때문이다. 누구나 그렇지 않겠는가 말이다.

"분명한 것은 현재 1944년 11월, 펠렐리우섬 전투에서 우리는 패배했다. 미군이 승리할 것이다. 미군은 이 섬을 접수한 상태다. 우리는 이곳에서 불사 항전으로 몰살당하든지 항복해서 포로가 되는 두 가지 방법 중 하나를 선택해야 한다. 우리가 패잔병이 된 것은 돌이킬 수 없는 현실인 것이다."

병사들은 고개를 떨어뜨리거나 주먹으로 바닥을 치거나 발을 구르며 그의 말을 고통스럽게 듣고 있다.

"야전 병원도 이미 철수했다. 걸을 수 있는 군인은 동굴로 옮기지만 그렇지 않은 군인에게는 자결할 수 있는 수류탄을 하나씩 건네준 상태다. 자, 분명히 말한다. 지금은 1944년 11월이다. 앞으로 대일본의 대동아전쟁은 어떻게 결말날지 모른다. 하지만 펠렐리우섬은 이미 함락되었다. 우리는 이대로 죽든지 아니면 포로가 되어야 한다. 아직도 내 말을 못 알아듣는 병사는 없기를 바란다."

"항복하지 않겠습니다. 대일본의 대동아전쟁은 승리로 끝날 것입니다. 이 섬에서 패배했다고 우리가 포로로 투항한다면 대동아전쟁의 승리를 가로막는 짓이 될 것입니다."

한 병사가 말하자 대다수가 그의 말에 동의한다. 군중심리일까. 세뇌된 것으로부터 자신을 마음껏 흔들어보려는 욕망을 지닌 자가 하나도 없을까. 모치츠키 중위는 위기감을 느낀다. 그들의 선택에 맡기겠다고 했으나 또 대세에 따르겠다고 휩쓸려 드는 병사들이 한편 안쓰럽다. 획일적으로 행동하는 것이 군인의 기본자세란 것은 안다. 지금은 명령에 복종하지 않아도 되니 자신의 생사를 결정하란 기회를 분명히 준 상태다. 그런데도 그 말의 의미를 받아들이지 못하는 병사들, 대일본의 군부가 이뤄 낸 막강한 교육의 힘인가, 부작용이라 해야 하나. 모치츠키 중위는 목구멍까지 치올라오는 거부감을 느낀다.

'미군 포로가 되면 절대 안 된다.'

군 수뇌부에서 내려온 명령이 머리를 맴돈다. 하지만 군 수뇌부의 결정일 뿐이다. 병사들의 결정은 모치츠키 중위 자신이 병사 개인에게 넘겨준 상태다. 그러니 자신들이 포로가 된다고 해도 모든 책임은 상관인 자신이 진다는 사실을 병사들은 간과하려 하고 있다. 그들에게 단 한 번도 입력된 적이 없는 설정이어서일까. 모치츠키 중위는 뼈만 앙상한 병사들이 얼굴과 불안에 떠는 두 눈을 본다. 누구라고 구별하기 어려울 정도로 그들은 그저 하나의 덩어리처럼 보일 지경이다.

"30분을 주겠다. 그 이상은 동굴 밖의 미군이 인내심을 가지지 않을 것이다. 이 동굴로 우리 부대원이 옮겨온 것은 저들의 레이더에 이미 포착되었다고 본다. 지금 동굴 입구에 그들이 진을 치고 화염 방사기를 장착 중일 것이다. 그러니 30분 동안 부디 자신의 생사를 결정해주기 바란다. 그 결정은 철저히 존중해 주겠다. 이상!"

모치츠키 중위가 말했다.

*

 모치츠키 중위는 30분 뒤 병사들을 동굴 안의 폭이 넓은 땅바닥으로 집합시킨다.
 "기꺼이 죽겠습니다."
 30분 전에 의분에 차서 자신의 결정을 말했던 병사가 대답한다. 모치츠키는 그의 이름을 묻는다.
 "사토 지로입니다."
 "이름을 기억해두겠네. 왜 죽어야 하는지 들어봐도 되겠나?"
 그가 묻는다. 병사들은 모치츠키의 질문이 귀를 의심할 정도로 놀라운 말이란 듯 저마다 눈을 치뜨거나 입술을 움직이거나 발을 구른다. 그런 말을 하는 자신들의 상관을 경멸하는 대다수의 병사들 앞에 그가 상관의 자격을 상실했다고, 그의 말이 상관으로서 해서는 안 될 배신행위란 것을 알려주고 싶어 하는 표정이다. 모치츠키 중위는 모른 척 외면한다.
 "다시 묻겠다. 무슨 말이든 해도 좋다. 왜 죽어야 하는지 생각해봤나?"
 "미군의 포로가 될 수는 없습니다!"
 사토 지로가 대답한다.
 "왜 포로가 되면 안 된단 말인가. 포로가 되는 것도 하나의 대안이다. 자결 외에 또 하나의 선택이라는 것을 생각해봤는가?"

사토 지로는 총구를 당장이라도 모치츠키 중위에게 돌릴 것 같은 험악한 표정을 짓는다.

"포로가 되는 것보다 죽는 것이 덜 수치스럽단 건가?"

"그렇습니다."

"어차피 패잔병으로 죽어가는 것이다. 큰 의미가 있는가. 목숨은 너의 것이고, 단 하나뿐이며, 목숨을 버리면 그것으로 모든 것은 끝이다."

"모치츠키 중위님, 말이 왜 길어지고 있습니까?"

옆에 서 있던 병사가 항의한다.

"기억하기 바란다. 나는 분명 그대들에게 자신들의 목숨을 자신들이 결정할 기회를 줬다."

조금 전까지 일사불란하던 병사들이, 다 함께 죽기를 각오하자는 명령이 아니라 자신들의 목숨을 어떻게 할 것인지 스스로 결정하란 말에 혼란스러워 우왕좌왕하는 기색이 역력하다. 그들은 오직 두 가지만 알고 전쟁터에 투입된 모양이다. 적과 싸우란 것과 포로가 되면 안 된다는 것.

"나 역시 마찬가지다. 더는 싸울 수 없어진 이 순간부터, 내 목숨을 처리하는 주인으로서 행동할 것이다."

병사들이 두리번거리며 불안한 눈빛으로, 아니 불꽃이 이글거리는 눈빛으로 모치츠키 중위를 살피며 그의 마지막 말을 들고자 한다. 그들이 수군댄다.

"저희는 천황과 부모, 스승에게 은혜를 입었습니다. 그분들과 조상에 대한 의무를 지켜야 합니다. 그것이 의리를 지키는 것이고 명예를 지키는 것입니다."

"포로로 잡히는 것이 수치스럽다면 누구에게 수치스러운 것인가. 천황인가. 국가인가. 아니면 시신이 된 전우들에게 미안한 것인가."

"그 모두입니다."

사토 지로가 당당하게 대답한다.

"그렇다면 자신에게는 어떤가?"

"자신에게도 수치스러운 짓입니다."

"그건 누가 결정하나? 자신에게 수치스러운 짓이란 것을."

"네?"

사토 지로가 어이없다는 듯 고개를 치켜들고 쳐다본다.

"결정하고 말고의 문제가 아닙니다. 그 자체가 수치스러운 겁니다. 투항은 가장 큰 수치입니다. 포로가 된다면 명예를 잃고 일본인으로서의 생명이 끝나는 것입니다."

"그렇지 않다. 누가 결정할지는 분명 알아야 한다. 죽는다는 것은 스스로가 결정하는 것이다. 지금, 이 순간 그 결정이 수치스러우면 안 된다. 솔직해져라. 그 결정은 자신이 하는 것이다. 그 결정을 한 자신에게 수치스러운 것은 아닌지 생각하라. 스스로 결정하지 않았다면 그 자체가 수치스러운 죽음이다. 누군가가 한 말, 누군가에게 들은 말에 의해 자신의 생명을 내놓겠다면 정직하지도 떳떳하지도 않다. 자신에게 수치스럽지 않게 지금 상황에서 죽겠다는 결정을 한 사람이 있으면 앞으로 나와라."

아무도 선뜻 나서지 않는다. 병사들 몇 명이 옆 사람과 몇 마디씩 주고받기 시작한다. 그들이 술렁이기 시작한 것이다!

*

모치츠키 중위는 태평양 전쟁에 참전하기 전, 이곳에 오기 전의 상황을 떠올린다.

1941년 12월 8일 일본 천황의 선전 조서와 함께 태평양 전쟁을 알렸다. 나하 시청에서 사이렌이 울리고 개전과 동시에 공습경계경보를 내렸다. 일본 대본영이 말레이반도 코타바루에 상륙했다고 승전보를 알렸다. 진주만 공습보다 한 시간여 빠르게 진행되었고 사실상 태평양 전쟁의 시작이었다. 전쟁의 열기는 일본·만주·중국을 하나로 묶고 대동아를 포용하여 전력을 자급하자는 대동아공영권을 내세워 점점 고조되어 갔다. 지금도 어깨가 들썩일 정도로 생생한 느낌이다. 그때는 무찔러야 할 대상이 분명하다 느꼈고 훈련은 활기찼다.

하지만 전쟁은 불리하게 돌아갔다.

미군이 마셜 제도를 공격한 뒤 1944년 1월부터 미국의 공격이 이어졌고, 10월에 이르자 거의 끝장이 나기 시작했다. 트럭섬, 사이판섬, 괌섬, 티니안섬에서 일본군이 전멸했다는 소문이 돌았다. 미군은 남양군도 요충지인 팔라우까지 들어왔다. 미군 비행기가 출몰하고 폭격이 이어졌다. 코랄섬 시가지도 대부분 불타고 주변 항만 시설도 폭격을 당했다. 일본 대본영은 최강이라는 14사단을 팔라우에 파견하여 미군과의 결전을 준비했다.

섬 주민은 팔라우의 가장 큰 섬인 바벨다오브섬으로 이동했다. 일찍이 남양청은 식민지 구획사업이란 이름으로 이 섬의 넓은 밀림을 개간해서 농장을 조성해왔다. 하지만 서너 달 전부터는 미군의 폭격으로 모든 작업이 중지되었다. 미처 대피하지 못한 주민은 근처 산호 동굴을 찾아 들어가 몸을 숨겼다. 정글 안에는 자연동굴이 많아서 그대로 이용하고 새로운 지하호를 파서 주력 부대를 배치했다. 해안가 여러 곳에는 콘크리트 건물을 지어 토치카로 사용하고자 했다. 군속을 이용해서 작업을 진행했는데, 한 달 동안 1만 명 중 수십 명만 살아남았을 정도였다. 병력이 모자라자, 군속도 부대를 편성해서 병기를 들고 공격대의 후방으로 발령했다.

"옥쇄하라. 옥처럼 아름답게 부서져라."

모치츠키는 알고 있었다. 옥쇄는 병사의 편이 아니라 철저히 군 수뇌부 편에서 강요된 명령임을. 전투에서 졌을 때 상관의 체면이나 국민에 대한 패전 은폐를 위한 방편임을. 보급로가 끊어졌으나 지원군을 보내주지 않고 보급도 못한 군 상층부의 책임을 회피하려는 것임을.

그 사실을 명확히 인지하므로, 그는 옥쇄 명령을 내릴 수 없다.

작년, 그러니까 1943년 애투섬 전투에서 이미 승패가 확연히 갈린 것을 알고 있다. 부대원이 옥쇄했다는 정보를 들었다. 그 후 일파만파로 패전이 명확한 태평양 섬에서의 전투들은 옥쇄하란 명령을 따라야 했다. 모치츠키도 사단사령부에 옥쇄하고자 한다는 전문을 보내야 했다. 전멸이라는 소식 대신 본토 일본인의 동요를 막기 위해서라도 마지막 순간까지 병사들이 옥처럼 깨끗이 깨져서 흩어졌다고 전해야 했다.

옥쇄보다 더 잔인한 말이 있을까. 강요된 죽음을 한껏 미화한 옥쇄란 말에 현혹되기라도 한 듯 병사들은 무작정 그 말을 받아들이려 한다.

군인들이 지구전을 해야 하므로 섬에 남은 식량을 확보해서 장기전을 해야 한다고 말한 대위도 있다. 모치츠키 중위는 〈바다에 가면〉이란 노래를 부르며 옥쇄했다는 다른 부대원의 전갈도 들었다.

바다로 가면 물에 잠긴 시체
산으로 가면 풀이 난 송장
천황의 곁에서 죽어도 돌아보는 일은 없으니

*

병사들이 웅성거리며 설왕설래하는 모습을 보는 것이 모치츠키 중위는 기쁘다. 이 전쟁에 투입된 뒤 그들은 처음으로 자유인이 된 것이다. 그들은 자유를 만끽하는 중이다. 그 자유는 자신의 목숨을 스스로 결정할 수 있는 자유다.
"포로가 되고 옥쇄하지 않으면 고향에 돌아가지도 못한다고 들었습니다. 그럴 바엔 장렬히 옥쇄하겠습니다."
사토 지로가 병사들을 선동하듯 돌아보며 자기 뜻이 굳건함을 강조한다. 뒷줄에 서 있던 병사 중 한 명이 망설이면서 손을 든다. 그가 뭐라 했는데 그 목소리가 자신감 없이 주위의 눈치를 보느라 기어들어갔다.
"크게, 다시 한번 말하라."

모치츠키 중위가 부탁한다. 병사는 마치 죄지은 것을 고백하는 것처럼 조심스럽다.

"고향에 갈 수 있다면, 포로가 되어 고향에 보내준다면, 꼭 한 번만이라도 마지막으로 부모님을 뵐 수 있다면, 포로가 되어 사정해보고, 그런 뒤 죽고 싶습니다."

살고 싶다는 말이다. 담배나 한 대 피웠으면. 모치츠키 중위는 그의 말끝에 이렇게 덧붙이고 싶다. 문득 모치츠키 중위는 그 병사의 진심 어린 말이 고마웠고 희망을 본다. 병사들이 한 번 더 술렁인다. 누구도 용기를 내지 못한 한 병사의 말에 하늘에서 내려온 동아줄을 잡듯 매달리고 싶어 하는 기색을 느낀다.

"잘 생각하라. 너희의 목숨은 너희 것이다. 누군가에게 받은 것이 아니다. 그러니 판단해라. 자신이 왜 죽고자 하는지 그 이유가 확고한 사람은 앞으로 나와라."

분위기가 바뀐 것인지 사토 지로조차 선뜻 나서지 않는다.

"모치츠키 중위님은 어떻습니까? 중위님의 뜻을 말해주십시오."

맨 뒷줄에 서 있던 병사가 묻는다.

"또 남에게 떠넘기는 것이냐. 내 목숨은 내가 결정한다. 너희들의 결정이 끝난 뒤 나는 내가 결정한 대로 내 목숨을 처리할 것이다."

모두 침묵한다. 동굴 밖에서 결정을 재촉하는 포성이 울린다. 항복하면 살려주겠다. 투항하라고 외치는 소리가 동굴 안으로 스며든다. 시간을 끌면 저들은 동굴에 화염포를 쏘고 몰살할 것이다.

목숨이 자신들의 것이라는 것을 인식해보는 것만으로도 그는 조금 덜 우울하다. 이 시간을 연장하고 싶다.

"누군가는 수류탄으로 자결하도록 허락하고 누군가는 투항하여 목숨을 보전하게 해주겠다. 자신들의 결정을 모두 허락한다. 지금, 이 시각부터. 이상!"

병사 중 한두 명이 훌쩍인다. 모치츠키 중위는 그 눈물의 의미를 헤아릴 수 없다. 이런 것을 문제 삼아 집단 자결을 하지 않고 시간을 끄는 모치츠키 중위에게 수치심을 느껴 분해서 흘리는 눈물일 수도 있고, 죽음에 대한 공포로 흘리는 눈물일 수도 있다. 모치츠키 중위는 단 하나만 바란다. 결정 앞에 후회가 없기를.

이 전쟁에 온 뒤 한 번도 갖지 못했을 결정의 기회를 얻게 되기를.

자유란 사람이 사람답게 사는 것, 사람다운 사람이 될 수 있게 하는 사람만의 것이다. 국가라는 권력에 제한을 가하고 집단이 개인을 함부로 하지 않아야 하는 것을 보여주기 위한 저항이다. 이제 그들에게 마지막 자유를 허가했으니 여한이 없다 싶다.

선택이 끝나는 몇 분만이라도 미군이 동굴에 화염 방사기를 쏘아 이들을 초토화하는 일이 없기를!

*

"나는 포로가 되기로 했다."

모치츠키가 선언한다.

"지금 바로 동굴에서 나가 항복할 의사가 있다고 밝히겠다. 모두 무사히 동굴에서 나갈 방법을 찾고 돌아오겠다. 나를 따를 병사는 기다리고 있기 바란다. 원하지 않는 병사는 마지막 결단을 해도 좋다."

모치츠키 중위는 흰 광목 셔츠를 찢어 백기를 만들어 들고 동굴 밖으로 나간다. 동굴 밖으로 백기를 먼저 흔들어 투항을 알린다. 그런 뒤 백기를 머리 위로 들고 다른 한 손도 들어올린다. 동굴을 향해 미군 서넛이 총을 겨누고 그를 노려보고 있다. 백기를 본 것인지 뒤에서 엄호하고 있던 미군 열 명이 열을 지어 그에게로 뛰어온다.

남은 열세 명의 병사를 데리고 나올 테니 엄호해달라고 부탁한다. 미군의 엄호를 받고 그는 동굴 입구에서 한 명씩 순서대로 나오라고 외친다.

병사들이 손을 들고 동굴 밖으로 나온다. 나오는 대로 미군이 함대로 끌고 간다. 열두 명이 나오는 것을 모치츠키는 동굴 밖에서 미군들과 지켜보고 있다. 아직 동굴 밖으로 나오지 않은 마지막 한 명은 사토 지로다.

모치츠키 중위는 하늘을 본다. 오늘따라 하늘이 푸르고 맑다. 저 하늘의 어딘가로 흘러가서 또 다른 세상의 일을 겪게 될 것이다. 그것이 고통이든 절망이든 수치심이든 상관없다. 지금, 이 순간 이곳을 벗어나서 또 다른 생을 꿈꾸는 자신이 대견하다. 지치지 않은 자신의 마음이, 시들지 않은 자신의 의욕이 더할 수 없이 좋다.

그때 동굴 밖으로 나오는 사토 지로가 보인다. 그는 수류탄을 든 손을 번쩍 들어올린다. "엎드려!" 미군의 고함 소리와 동시에 미군의 총알이 그의 다리를 쏜다. 그가 쓰러진다. 수류탄이 날아가고 미군들과 모치츠키도 땅에 엎드린다. 다행히 수류탄은 불발탄이다. 미군이 총을 맞고 쓰러진 사토 지로를 붙잡는다. 들것에 실려 그도 다른 병사들처럼 미군 함대로 옮겨진다.

모치츠키 중위는 사토 지로의 신음을 들은 것 같다. 그 신음이 경쾌하게 느껴진다. 자신의 것인 신음이다. 그 신음에 사토 지로도 귀 기울이고 있는 듯 저항하지 않는다. 피 묻은 얼굴이지만 눈빛은 처음 이곳에 투입되었을 때 그랬겠지 싶게 생생히 빛난다. 희번덕거리는 눈빛이 아니라 자신이 누군지 처음으로 알게 된 자의 눈빛.

모치츠키 중위는 마지막으로 미군의 함대 쪽으로 이끌려 간다. 해안 저지대까지 끌려 온다. 이제 자신이 선택한 또 다른 시간이 시작될 터이다. 그곳은 모치츠키 중위 자신이 선택한 자신의 장소다. 모치츠키 중위는 그곳으로 들어간다.

　미리 들어와 무릎을 꿇고 앉은 포로 중 한 명이 수갑을 찬 두 손을 번쩍 들어올려 모치츠키를 환영한다는 듯 맞아준다. 마지막 순간까지 모치츠키 중위의 곁을 지켜주며 함께 버텨온 종태다. 종태를 보며 웃어주자 그가 모치츠키에게 윙크를 날린다.

14

팔라우에서는 1944년 11월 이후 태평양 섬에서의 전투를 완전히 끝낸 상태라고 했다. 하지만 일본과 연합군의 전쟁이 완전히 끝난 것은 아니었다. 일본이 가미카제 공격 등으로 결사 항전하고 있다는 소문이 돌았다. 전쟁은 확실히 일본군이 불리하게 돌아간다고 했지만 본토가 침략을 받으면서도 버티는 중이라는 소문이 무성했다.

종태가 수용소에 들어온 뒤 많은 일이 있었다. 미군은 조선인을 일본인과 분리해서 따로 수용시켰다. 모치츠키를 비롯, 포로가 된 병사들은 일본군 사령관의 예하로 들어갔다.

미군 비행기는 연신 삐라를 살포했다. 이듬해 8월, 마침내 일본이 항복 선언을 했다는 소식이 퍼졌다.

팔라우에 강제 동원되었던 조선인 군인과 군속은 미군의 주도로 수용소에서 귀환 준비를 했다. 조선인은 임시조직을 만들고 자치 단체를 만들었다.

하지만 시간이 지나도 조선인의 귀환은 미뤄졌다.

팔라우섬에서는 전쟁이 끝나자 미군이 상륙하여 군정을 실시했다. 조선인은 쉽게 고국으로 돌아갈 수 없었다. 조선인이 고국으로 돌아갈 수 있도록 배를 내주지 않았다.

"일본군이 정글에 숨겨둔 무기와 탄약을 포구까지 모두 가져오면 고국에 돌려 보내주겠다."

미 군정의 요구 사항이었다. 그 일을 마무리해야 귀환시켜주겠다고 했다. 그것이 타당한지 따져 묻지도, 항의도 못한 채 조선인은 고국으로 돌아가기 위해서 시키는 대로 했다.

마지막 남은 힘을 다해 맨발로 정글을 다니면서 숨겨진 무기를 찾아다녔다. 한 점이라도 더 많은 무기를 갖다 바쳐서 고국으로 돌아갈 배를 빨리 정박시켜주기를 기다렸다. 무기를 찾아내는 일에 소홀하면 일본군이란 오명을 썼다. 일본을 도와 연합군에게 총을 들이대고 일본군을 도와 군속으로 협조했다는 소리가 미군의 입에서 수시로 터져나왔다.

*

종태는 일본군이 숨겨둔 무기가 있는 곳을 잘 찾는 병사로 칭찬을 받았다. 종태의 발걸음이 누구보다 가벼웠던 것은 특별한 이유가 있다. 고국으로 돌아가려는 기대감보다 살상할 무기를 거둬들이는 기쁨이 더 컸다. 전쟁이 끝났음을 실감하는 기쁨으로 사람들을 몰고 다니면서 적극적으로 정글을 수색해서 가장 많은 무기를 찾아냈다.

무기고를 총괄하는 미군 헨리 중령이 종태를 따로 불러서 담배 선물을 줄 정도였다.

"부탁이 있습니다."

종태는 담배를 받아들고 말했다. 헨리가 뭐든 말해보라고 했다.

"노트가 필요합니다. 혹시 마련해줄 수 있습니까?"

"노트? 왜?"

"제가 이곳에 와서 겪은 일을 쓰고 싶습니다. 제가 어떻게 살았는지 기록하려고 합니다. 위기에 처할 때마다 그것이 제겐 가장 절실했습니다. 이곳까지 잡혀 오기 전까지는 책을 읽고 쓰는 것이 제겐 가장 큰 의미였으니까요."

"좋아. 나중에 다 쓰고 내게도 보여준다면 아주 두툼한 노트를 준비해주지."

"제게 유고라도 생긴다면 중령님이 대신 보관했다가 고국의 가족 품에 보내주십시오."

다음날 헨리 중령은 약속한 대로 두툼한 노트와 펜을 선물로 주었다. 종태는 개인 시간이 허락되면 야자수든 숙소의 벽이든 닥치는 대로 기대어 줄곧 썼다. 자신의 과거를, 생각을, 사연을 낱낱이 기록했다. 이곳에 오기 전과 이곳 생활과 생각하고 보고 느낀 모든 것을.

*

할아버지는 지금의 종태를 본다면 뭐라 할까. 이런 상황에서도, 서로에게 빛이 되어라, 빛은 번지는 것이고 건너다니는 것이라고 말씀하실까. 따뜻함을 나눠주는 일을 끝까지 포기하지 않아야 인간이라고. 살아 돌아오려 애쓰기보다는 주변을 먼저 살피라고 하실까. 해림을 찾아보고 무기를 수거하고 정글에 버려진 시신 앞에 고개 숙여 위로해주라고. 신이시여, 저들에게 자비를 베풀고 좋은 곳에서 안식할 수 있게 도와달란 기도를 하라고.

할아버지 생각을 하고 있으면 어김없이 수호의 목소리도 들려왔다. 매일 새로워지고 있다던 수호의 그 말이 허풍이며 허세라고 가벼이 들었다. 하지만 수호는 남양군도로 끌려가는 와중에도, 폭격이 퍼붓는 비행장의 노무자로 투입되어 반복되는 막노동을 하면서도, 자신이 성장하고 있다는 말을 철회하기는커녕 더 자주 떠들었다.

이제야 수호가 왜 성장이란 말을 했는지 조금 알 듯하다. 그는 마지막 순간까지 자신의 성장을 도모하고자 한 것이다. 닥치는 모든 일이 자신의 성장이며, 성숙함으로 만들려는 안간힘으로 그는 버텼을 것이다. 종태는 전쟁이 끝났다는 이 전쟁터에서 해가 뜨면 정글을 다니고 무기를 수거해 돌아오며, 수호가 말한 매일 새로워진다는 말을 수없이 되뇌었다.

*

헨리 중령의 관심을 받자 종태는 새로운 희망을 품게 되었다. 해림과 만났던 코랄섬으로 갈 수 있을지 모른다는 기대였다. 모치츠키 중위가 해림이 있던 위안소로 갈 수 있도록 배를 태워줬던 경험이 떠올랐다.

하지만 무기를 찾아 바치는 일이 길어지자 조선인들은 폭발 지경에 이르렀다.

그들은 무기고를 책임지는 헨리 중령에게 몰려가서 따졌다.

"조선인을 데려갈 배는 언제 들어옵니까?"

"일본군이 숨겨둔 무기를 다 가져오게 한 뒤에."

"그게 언젭니까?"

"1년은 넘기지 않을 거야."

"조선인에게 왜 이런 일을 시키는 겁니까? 전쟁을 벌인 일본군은 다 도망쳤는데 왜 우리가 남아서 이런 짓을 해야 합니까?"

"팔라우에 온 조선인은 일본군에 의해 동원된 것이니 귀환도 일본인이 책임져야 한다. 하지만 그들은 잔류 일본인만 항구로 소집해서 데려갔으니 그들에게 따져야지."

"우리는 돌아가지도 못하고 이게 무슨 신셉니까?"

"점령군의 명령은 무조건 복종이야. 돌아들 가지 않으면 명령 불복종으로 즉결재판을 하겠네."

헨리 중령의 말에 겁을 집어먹은 조선인들은 더는 뭐라 말을 못했다.

"비록 당신들이 조선인이라 해도 일본군에 동참해서 전쟁을 도왔잖나. 이 정도 대가는 치러야지. 당신들이 일본군을 도와서 한 일 때문에 우리 미군이 얼마나 희생당했는지 생각해보게."

조선인들은 헨리 중령의 말에 물러섰다.

하지만 종태는 빨리 배를 태워 내보내지 않는 것에 대해 조급해하지 않았다. 오히려 빨리 떠나게 될까봐 불안했다. 헨리 중령의 눈에 들어서 코랄섬으로 나가는 것이 더 급했다. 만날 가능성이 희박해도, 고국에 돌아가게 됐다는 편지를 남겨두고 와야 했다. 해림이 흔적을 남겨두었을지 모를 일이니 가서 찾아봐야 했다. 마음이 갈수록 조급해진다.

*

헨리 중령과 점차 가까워져 부탁을 할 정도가 되어 기회만 엿보고 있은 지 한 달이 지났다.

"전쟁이 정말 끝난 겁니까? 저는 아직 실감을 못하겠습니다."

"그렇지. 적어도 이 섬에서는 끝났지. 완전히 함락되었으니까. 그런데도 동굴에 숨어든 일본군 병사는 아직도 전쟁이 계속되고 있다고 믿고 있지. 일본 본토에서 지원을 해주면 금세 전세가 역전될 거라고 믿겠지."

"코랄섬에 있던 위안소는 무사할까요?"

점심시간이 끝난 휴식 시간에 수용소의 마당에 있는 바위에 앉아 있던 헨리 중령에게 다가가서 묻는다.

"그럴 리가 있나. 그건 왜 묻는 거지?"

종태를 의심스럽게 쳐다본다.

"내 여동생이 그 위안소에 있었어요."

종태는 해림을 여동생이라고 속여 말한다.

"위안소가 있던 코랄섬에 다녀올 수 있도록 보내줄 수 있나요?"

"큰일 날 소리. 전쟁은 끝났으나 동굴에 숨어 있는 일본군이 남아 있어. 총칼을 들고 곳곳에 숨었다가 기습해서 미군 살생이 이어지니, 함부로 움직일 상황이 아니지. 일본이 항복했다고 해도 거짓말로 여기고 있을 거네. 거짓 선전해서 항복하게 하려는 거라고 믿는 거지. 개별적으로 숨어 있으니 상황을 인식하지 못하는 게 당연할 수도 있지."

"……."

"이곳은 정글이 깊고 동굴이나 방공호가 워낙 많지. 그곳에서 상관이 무장해제 하라고 명령을 하달하기 전까지는 전쟁 중이라 여기고 아직도 경계를 풀지 않고 있어. 그들은 여전히 전투를 수행 중인 셈이지. 동굴에 숨었다가 기습적으로 미군을 찌르고 학살을 자행하니 당하지 않을 방법이 없어. 적을 한 명이라도 더 죽이고 죽겠다고, 눈빛이 시퍼렇게 덤비는 그들을 어떻게 용서해야 하나?"

헨리 중령은 자신들도 피해자라는 듯 말한다. 그 말이 종태의 비위를 상하게 했다.

"용서하는 주체와 용서받는 대상이 정해졌나요?"

"뭐?"

헨리 중령이 종태의 말에 뼈가 있다고 여긴 듯 되묻는다.

"일본군은 미군에게 용서하라 할 겁니다. 우리 조선사람들에겐 누구도 용서를 빌 리가 없고."

"그렇지. 조선은 일본의 식민지였으니. 사실상 일본군 진영이었다고 봐야지. 그래도 조선인을 본국에 데려다주고 관리하는 건 우리 미군이니 전쟁에 끌어들인 일본에 용서를 빌라고 해야지."

"그래도 전쟁 중 폭격으로 죽은 대다수 조선인은 미군의 무차별 폭격으로 죽었으니……."

그가 설핏 웃다가 종태와 눈이 마주친다. 종태는 헨리 중령의 시선을 외면한다.

*

종태가 무기를 다른 때보다 많이 수거해 바치자 헨리 중령이 불렀다. 호출받은 무기고로 가니 헨리 중령이 막사 안으로 데리고 가 종태의 등을 두드려주었다. 무기 수거에 앞장선 종태 덕분에 성과가 좋으니 조금만 더 분발해달라고. 늦어도 서너 달 후면 조선인을 수송선에 태워 고국으로 보내주겠다고 말한다.

"좀 앉아도 되겠습니까?"

종태의 말에 헨리 중령이 고개를 끄덕인다. 오늘은 기어이 코랄섬이 위안소가 있던 곳으로 갈 약속을 받아낼 작정을 한다.

"예전에 한 일본군 소위가 조선인을 이곳 전쟁터로 끌고 와서 전쟁 소모품으로 만든 것에 용서를 빈 적이 있습니다."

"그 이야기라면 전에 하지 않았나. 그래서 소원 하나를 빌었더니 들어줬다고."

"맞습니다. 그때 제 소원 하나를 들어주겠다고 제안한 것은 그였습니다. 일본군부를 대신해서 자기가 사과하고 싶다고."

"그래서?"

"제 소원은 말씀드린 대로 위안소에 있던 제 여동생을 만날 수 있도록 코랄섬에 보내달라는 거였습니다."

"그랬다고 했지."

"위안소에 갔다 왔죠. 조건 없이 보내줘서 여동생도 만났고."

"그래서? 하고 싶은 말이 뭔가?"

"중령님도 미군을 대신해서 우리 조선인이 이 전쟁에서 죽은 것에 용서를 구할 말이 없습니까?"

"글쎄……."

"글쎄라니요. 조선인이 얼마나 많이 학살되었는데요."

"난 이 전쟁에 참전한 조선인에게 미군이 용서를 빌어야 한다고 생각한 적 없어."

"전쟁으로 조선인도 그렇고 미군들도 죽어나가지 않았습니까? 젊은이들의 목숨을 내주면서 자기들의 땅과 터전을 지켰으니 정당하다는 논리가 정당합니까?"

"계속해보게."

"아군이든 적군이든 학살이 자행된 건 분명합니다. 무자비한 학살에 어떤 정당성이 있습니까?"

헨리가 손을 내저으며 그의 말을 제지한다. 창 너머를 보다가 돌아선다.

"그만하세. 아무튼, 자네를 그곳에 보낼 방법이 없어. 방법이……."

"방법을 찾아주십시오. 아니면 제가 뗏목이라도 만들어 타고 다녀올 겁니다."

"의지가 대단하군."

"그렇습니다."

"한번 생각은 해보겠네. 속죄, 그런 거창한 의미는 아니고, 그리 간절히 여동생을 찾아가고 싶다니 신경 써보겠네. 하긴 나도 여동생이 있는데, 혈육의 정을 어찌 말리겠나. 못 가보고 고국에 가면 평생 한이 될 테지. 도와줄 수 있다면 힘써보겠네."

헨리 중령이 허락한다.

"다시 말하지만, 우린 자네들을 감금할 권리는 없다는 게 내 지론이니까. 적을 위한 일이 아니라면 말릴 게 뭐겠나?"

헨리 중령과 대화를 한 뒤 일상적인 하루하루가 지나갔다. 저마다 눈만 뜨면 삼삼오오 모여서 자연동굴 피난처 등지에 가서 일본군의 무기를 찾아왔다. 비록 고국에 돌아가지 못하고 있으나 곧 출발할 거란 희망이 있었다. 점차 안정되어 가는 조선인들과 대조적으로 종태는 점점 더 불안하고 조급해졌다.

*

헨리 중령은 간혹 종태에게 다가와서 코랄섬으로 갈 뗏목은 잘 만들고 있냐고 물었다. 쓰러진 나무 세 개를 정글 숲에 모아 뒀다고 농담처럼 말했다. 헨리 중령이 웃었다. 조선인 중에 토목을 해서 배를 만들 줄 아는 이가 종태의 사연을 들은 뒤 뗏목을 만들어주겠다고 나섰다. 진척이 있다고 말하면 배를 내어줄 기회를 놓칠까봐 조심스러워 설레발을 친 것이다.

해림을 만나러 갈 궁리로 입맛도 없다. 보는 사람마다 뼈만 앙상하다고 걱정한다. 쇼타의 도움으로 해림과 코랄섬의 한 동굴을 함께 갔던 기억이 떠올랐다. 보름달이 뜨면 그곳에서 다시 만나자고 약속했던 기억도 났다.

그런 생각을 하면 자다가도 눈이 번쩍 떠졌다.

이대로 미군이 포로를 귀환시킨다고 고국으로 돌아가는 배에 태워 보낼까봐, 그래서 혼자 고국으로 돌아가는 일이 생길까봐 잠자리에 들어서도 초조하다. 벽을 보며 돌아누워 있던 위안소 방 안의 해림의 모습이 떠오르고 자신을 애처롭게 부르는 환청에 시달린다. 자신의 말이 안개처럼 흩어지며 눈앞을 흐려 놓는다. 그 안개에 자신이 갇혀서 출구를 찾아 두리번거린다.

"전쟁이 끝났다고 조선인 얼굴이 요샌 다들 환하던데, 종태는 왜 갈수록 어둡지?"

저녁 식사 후 나무에 기대어 담배를 피우다가 마주친 헨리 중령이 묻는다.

"코랄섬이 폭격으로 초토화되었다고 들었는데, 사실입니까?"

"폐허가 됐겠지. 어디든 그렇지 않나."

헨리는 대수롭지 않게 대꾸한다.

"그쪽으로 수색은 언제 나갑니까? 거기에 남았을 무기도 정리해야지요? 연합군이 점령한 섬마다 돌면서 수색 중이라고 들었는데."

"코랄섬 수색조가 나간 지 한참 됐지. 아마 다시 정기적인 수색을 나갈 기간은 되었을 텐데."

"그렇습니까? 거기 위안소도 수색했을까요? 생존자가 혹시……."

"또 여동생 얘긴가? 연합군이 수색했으니, 당시에 위안부를 발견했다면 구해줬겠지."

"시신은 못 거뒀을 거 아닙니까?"

"시신?"

"한 번만이라도 제 눈으로 가서 주변을 살펴보도록 해주십시오. 만약 폭격에 죽었다면 얼굴을 확인해서 거둬줄 사람은 저밖에 없습니다."

헨리 중령이 처음으로 미간을 찌푸리며 종태를 쳐다보는데 왼쪽 눈꺼풀 밑이 실룩거린다. 진심이 통한 건가. 종태는 좀 더 적극적으로 나선다.

"제발 부탁합니다. 단 한 번만 내보내주십시오. 군속으로 따라가서 살펴보고 수색팀이 귀환할 때 함께 돌아오겠습니다."

헨리 중령이 난감한 듯 종태에게서 돌아선다. 몇 발짝 걷더니 종태에게 다가온다.

"좀 기다려보게. 내가 알아볼 테니."

헨리 중령이 찌푸렸던 미간을 풀며 종태의 등을 두 번 친다. 기다리란 말에 가슴이 울렁인다. 반은 승낙이라 여긴다.

며칠 후 헨리 중령이 부대 막사로 부른다. 종태는 단숨에 헨리 중령이 있는 막사로 찾아간다.

"내일 새벽에 수색 T조에게 수색을 명령했으니, 그 배에 같이 타게."

"정말입니까?"

"절대 개인행동은 안 되고. 차질 없이 붙어다니게. 당연한 말이지만 한몸으로 움직여야 하네. 이번이 마지막 수색이야. 그 섬에 다녀오면 곧바로 고국으로 돌아가는 배를 타게 될 거야. 자네를 위해 두 번째 선박이 들어올 리가 없으니까. 다녀오면 더는 코랄섬의 여동생 이야기는 내 앞에서 하지 말게. 알았나?"

"네! 알겠습니다."

"그런데 저번에 쓴다던 수기는 다 썼나?"

헨리 중령이 물었다.

"이곳에 오기 전까지 2~3년 동안의 일을 썼습니다. 기록해두지 않고는 견딜 수 없었어요. 어떻게 저 혼자 알고 묻겠습니까.

고국에 있는 가족에게 전달되어야지요."

"언제 보여줄 건가?"

"제 침대 밑에 두고 다녀가겠습니다. 정리가 끝나면 중령님께 곧 보여드리겠습니다."

종태는 굳이 노트가 있는 위치를 알려주었다. 그렇지 않아도 코랄섬으로 들어갈 수 있게 되었다는 순간 노트를 어떻게 할까 싶었다. 중령에게 노트를 맡기고 간다면 못 돌아올 일이 생겨도 헨리 중령이 고국에 있는 가족에게 전달할 방법을 찾아줄 것이라 믿었다. 그가 본 헨리 중령은 믿음이 가는 사람이었다.

"알겠네. 무사 귀환해서 반드시 자네 손으로 내게 노트를 건네주게."

종태는 헨리 중령에게 경례하고 막사에서 나왔다.

3부

빛이 있다면

1

지유는 미완성 소설 초고 《전쟁터로 간 사랑》을 들고 해림 할머니가 있는 사랑방으로 찾아갔다.
"지유 온다고 곱게 화장하고 있었어. 책을 정리했다니 고맙고 기특해서, 이렇게 차려입고 두 손으로 책을 받고 싶었지."
지유는 제본한 책을 건넸다.
해림 할머니는 책을 받아들고 가슴에 품었다가 돋보기를 끼더니 책의 첫 장을 읽었다.
"눈감을 때까지 읽고 또 읽을 거야."
해림 할머니는 눈시울에 번진 물기를 손으로 닦았다.
"제가 할머니의 마음을 받아 적으면서 얼마나 죄송했는지 몰라요. 그때의 일을 만분의 일이라도 옮겨적을 수 있나 싶은 자괴감도 들고. 그래도 끝까지 할 수 있었던 건 할머니가 용기를 준 덕분이에요. 기억을 되살리는 걸 힘들어하시면서도, 누군가 만분의 일이라도 적어야 만분의 일이라도 잊히지 않고 남는 거란 말씀이 힘이 됐어요."

"맞아. 그렇고말고."

"종태 할아버지의 수기를 거의 그대로 넣었고요. 쓰다 보니 두 분 이야기를 정리하는 게 사명 같더라고요. 아직 더 써야 하지만 할머니가 많이 기다리시니, 우선 정리한 대로 가져왔어요."

할머니가 지유의 손을 굳게 쥐었다.

"고마워. 그리고 할 말이 있어."

"말씀하세요. 뭐든."

"이제 이 사랑방에서 나갈 거야. 내 집으로 돌아가야지."

"네?"

"이제 정리할 때가 됐다 싶어. 내 나이도 아흔이 넘고, 여기 거주하던 할머니들도 다들 떠났고, 나도 사진 찍히는 거 그만두고 나가려고. 처음엔 매였단 생각은 못하고, 여기 있으면 피해 할머니들을 위해 할 일도 있겠다 싶었거든."

할머니는 가슴에 품었던 책을 테이블 위에 내려놓았다.

"기자가 오면 내가 당한 일을 말하고 사진도 찍고, 그게 누구라도 해야 할 일이거든. 나만큼 말해줄 사람도 없다 싶었지. 나 찾아오는 사람들에게 들려줄 말도 있었으니까. 저들이 듣고 싶은 말을 찾아서 해준 적도 있지. 시위에 나가서도 그랬고. 일본, 미국에 가서도 그랬고."

"왜 마음이 변했을까요?"

"피해자들이 다 죽어가고 있는데 아직 달라진 게 있나 싶어서. 피해자들이 다 죽고 나서, 사죄받고 배상받으려고 고백한 건 아니니까."

할머니가 문 쪽을 힐끗 봤다. 눈빛이 불안정하게 흔들렸다.

"우리 지유하고 안 지도 벌써 10년이 지났지? 그동안 내 속마음을 다 털어낸 걸 보면 첫눈에 지유가 맘에 든 게야. 게다가 종태 오라버니 핏줄이니, 뭘 숨겼겠어?"

그랬다. 할머니는 시시콜콜 당신의 이야기를 들려주었다.

"사실은 어릴 때 헤어졌던 이옥이를 만났어. 사랑방에서."

"네? 이곳에서 이옥이 할머니를 만났어요?"

"난 피해자끼리 뭉쳐서 일을 해결하자고 위대연에 들어왔지. 그런데 티브이에 나온 나를 알아보고 이옥이가 찾아온 게야. 얼마나 놀랐겠어? 이옥이는 위대연에서 모금하고 시위에 나서는 걸 싫어했어. 얼굴이 커다랗게 찍혀서 책 표지로 나오고 그때의 수치스러운 이야기가 엉성하게 써져서 판매되는 걸 싫어했어. 이옥이 말도 일리는 있어. 가해자 얼굴이 아니라 피해자의 얼굴이 세상에 공개되어 가족에게 고통 주는 게 맞냐고 맞섰으니까. 나하고 언쟁을 몇 번 하다가 떠났지."

"그런 일이 있었군요?"

"난 이옥이와 생각이 달랐어. 피해 할머니를 도와주는 일을 잘해내고 싶었지. 위대연에서 누구라도 해야 하니까. 이리 세월만 훌쩍 지날 줄은 몰랐지. 이옥이는 예전 일을 다 잊고 나하고 잘 지내고 싶어서 찾아왔다던데 난 예전 일만 떠들면서 온 사방으로 다니니 정색했지."

해림 할머니의 목소리가 슬픔으로 가늘게 떨리는 듯했다.

"갈수록 내가 유물 같아. 이옥이 만나서 종태 오라버니 이야기도 담기고 우리 서러운 이야기도 담긴 이 책을 이옥이한테 보여줘야지."

"그럼요. 전해줘야죠."

"기자회견을 하고 싶어. 사랑방에서 나간다는 말도 공식적으로 해야지. 그리고 이옥이를 찾을 거야. 내 집으로 와달라고 부탁할 거고. 살아 있다면 찾아오겠지. 세상 버렸다고 해도 누구라도 이옥이 살았던 데를 말해줄지도 모르니까. 기자회견을 해야 티브이에 나를 비춰줄 테니까."

"······."

"도와줄 수 있지?"

종태 할아버지의 수기가 왔다는 말을 들은 뒤 줄곧 이옥 할머니를 만날 궁리를 했다는 것이다.

"오늘 내 이야기는 절대 비밀이야. 서 주임이나 배 국장 귀에 먼저 들어가면 안 돼. 그럼 사랑방에서 못 나가게 말릴 거야. 기자회견도 못하게 할 거고."

주름지고 진물 난 두 눈에 간절함이 묻어났다.

"죽을 때까지 내가 여기 있어야 한다는데 그건 아니잖아? 죽어서 나간 노인들 많이 봤지만 난 내 집에서 죽고 싶어. 이옥이 찾기 위해 기자회견을 한 뒤 바로 나갈 거야."

해림 할머니의 결심이 완강했다.

*

사랑방에 다녀온 다음날 아침 일찍 해림 할머니에게서 전화가 왔다. 몸이 아프니 좀 와달라고 했다. 지유가 대답하기도 전에 황급히 전화가 끊어졌다. 다시 걸었으나 두 시간 동안 전화는 불통이었다. 서 주임에게 전화를 걸어 해림 할머니의 안부를 물었다.

"간호사들이 잘 챙기고 있으니 할머니의 말에 휘둘릴 건 없어요. 외로워서 관심을 받으려고 그래요. 조금만 아파도 못 견디겠다고 하소연하니까요."

서 주임의 말투가 평소와 달리 퉁명스러웠다. 할머니가 사랑방에서 나가겠다고 선언을 한 걸까. 눈치라도 챈 걸까. 오후에도 전화 통화가 되지 않아서 지유는 학원 강의 시간을 조절한 뒤 곧장 사랑방으로 향했다.

사랑방으로 가는 동안 세이에게 전화했다. 기자회견을 원하는 해림 할머니의 의사를 전했다.

"괜찮을까? 할머닌 위대연의 상징적인 분인데, 위대연이 휘청거릴 거야. 서 주임님도 곤란할 거고."

"할머니가 원하는 소원이라면 들어드려야지. 우리가 도울 수 있는 일이기도 하고."

세이는 평소에도 사려 깊고 신중한 편이었다. 특히 피해 할머니들을 위해서라면 원하는 것은 다 들어줘야 한다는 주장이었다.

"난 어릴 때부터 할머니들을 돌봤어. 그런데 영순 할머니가 돌아가신 뒤 나도 단체 활동에 시들해졌어."

세이는 자신이 경험한 영순 할머니 이야기를 들려주었다.

영순 할머니는 농담도 잘하고 욕도 잘하는 쾌활한 성격이었다고 했다. 10년 정도 사랑방에 살아서 세이와 무척 정이 들었는데 신장이 나빠져서 투석을 받아야 할 지경이 되었다. 간병인이 필요했으나 사랑방 사정으로는 24시간 간병인을 쓸 수 없자 노인전문병원으로 모셨다. 위대연의 후원으로 할머니를 사랑방에서 모시길 바랐으나 병간호 시스템이 없다고 했다. 결국,

영순 할머니는 노인병원으로 옮겨져서 치료를 받았다. 그곳의 허술한 의료지원으로 인해 한 달 만에 돌아가셨다.

"나도 위대연에서 어지간히 활동했지. 이곳에서 소속감을 느낀 게 벌써 10년인데 출구로 나가기도 쉽지 않아. 지난날 봉사가 무위로 돌아가는 거 같아서."

"기자회견을 하고 사랑방에서 나가겠다는 해림 할머니를 비난할 회원도 있을까?"

"비난? 하라고 해. 할머닌 원하는 대로 이옥이란 친구를 찾아야 하고 기자회견이 끝나면 여생을 원하는 대로 사실 권리가 있잖아. 우리가 기자회견 하실 수 있도록 돕자."

"좋아. 해림 할머니가 늘 말씀하셨잖아. 일본인한테 이용당한 피해자들이 내 나라나 단체에 버림받지 말아야 한다고."

세이의 의견을 들은 뒤 지유는 전화를 끊었다.

*

주차장에 차를 세우고 처음 온 것처럼 찬찬히 건물을 둘러본다. 위대연은 정부와 각지의 후원으로 건물을 지었다. 할머니들이 거처하는 사랑방엔 작고한 할머니가 늘면서 빈방이 많아졌다. 지유는 건물의 외벽을 살피며 로비 쪽으로 간다. 위안부 피해 여성의 사진이 걸려 있고 가해자의 모습을 그린 걸개그림도 세워져 있다. 로비 앞에는 피해자를 후원하기 위한 모금함이 놓여 있고 로비 안의 안내 테이블 위에는 후원금 모집을 안내하는 용지가 비치되어 있다.

사무실로 들어갔으나 서 주임이 부재하고 대신 직원 한 명이 지유에게 안내장을 내민다. 위대연에서 주관하는 위안부 피해자 보상 촉구 시위에 참석해달라고 부탁한다. 지유는 안내장을 받아들고 해림 할머니의 방으로 올라간다.

평소와 달리 2층의 공용 휴게실 소파에 할머니 세 분이 앉아서 티브이를 보고 있다. 할머니들은 무표정하게 티브이 화면에 시선을 고정하고 있다.

해림 할머니의 방으로 들어간다. 화사하게 화장하고 유채색 옷을 입고 있지만, 기분이 나락으로 떨어진 듯하다. 오늘은 서른이 안 되어 교통사고로 죽은 딸의 기일이라 한다.

할머니는 세 명의 자녀를 키웠는데 모두 보육원에 버려진 아이들이었다. 제 부모에게도 버림받은 아이들이 너무 불쌍해서……. 할머니가 시장 바닥에서 채소 장사를 하거나 식당에서 보조 일을 하며 입양아들을 키운 유일한 이유였다.

손바닥만 한 창문 밖으로 간간이 부는 바람에 나뭇잎이 뒤척이는 기척을 낼 뿐, 공기마저 움직임을 멈춘 듯 방 안이 답답하게 느껴진다. 지유를 보자 산책하고 싶다는 할머니를 휠체어에 태워 나온다. 공용 휴게실에서 티브이를 보던 할머니들이 휠체어 소리에 쳐다봤으나 별다른 인사를 나누지 않는다.

"저 할머니들하고 하도 싸워서 지쳤어."

"왜요? 같은 처진데."

"같은 처지라도 생각은 다를 수 있어. 사무실 직원들이 하라는 대로 움직이니까 그게 꼴 보기 싫어. 저들은 내가 잘난 체하고 잔소리가 심하다 해. 감정의 골이 깊어."

"그러니 더 적적하죠."

"적적해도 할 수 없지. 옳지 않은 말을 하는 사람하고 말 섞기 싫어. 누가 시켜서 한 말을 사실처럼 떠들면 안 되잖아. 사실만 말하려는 마음을 유지 못하면 입을 다물어야지. 안 그러면 우릴 이용한 자들과 다를 게 없어."

"지난 일을 기억 못하니까 사무실 직원이 알려드리는 거겠죠. 그걸 시키는 대로 연습해서 떠든다고 비난하니까 싫어하죠."

"시키는 대로 떠들면 안 된다니까. 가슴에 얹힌 말은 눈감기 전까지 잊히지 않아. 기억 안 나면 입 다물어야지. 가슴에 든 말을 해야지. 수천 번 같은 말이라도. 진실을."

"할머닌 그러셨잖아요. 그럼 됐어요."

지유는 휠체어를 밀고 건물 밖의 잘 조성된 정원으로 나와 산책한다. 잔디밭을 따라 걷다 보니 건물 뒤편으로 커다란 은행나무가 보인다. 그 아래 보이는 벤치로 휠체어를 밀고 간다. 벤치 위로 잔잔한 바람이 불고 햇볕이 따스하게 내려앉아 있다.

"이옥이와 난 한몸 같았어."

할머니는 이옥이 할머니 이야기만 줄곧 한다.

"기자회견 하면 꼭 찾아올 거야. 죽었다는 말은 못 들었으니까. 살아 있다면 찾아오겠지. 눈감기 전에 한 번만이라도 볼 수 있다면……. 뉴스란 뉴스는 다 본다고 했거든. 나라 걱정하느라고. 내가 기자회견을 해서 뉴스에 나오면 꼭 볼 거야."

"그런데 왜 그동안 제게 이옥이 할머니 이야긴 안 했어요?"

해림 할머니는 못 들은 척한다. 한참 후에야 느리게 말문을 연다.

"이옥이가 싫어할 거 같았어. 성격을 알거든. 내 생각이 맞았어. 나 찾아와서도 지난 이야긴 한마디도 안 했어. 위대연 찾아와서도 과거 까발려질까봐 가버렸어. 위대연 직원들이 자꾸 물어보고 함부로 떠드는 게 싫다고. 이옥이가 떠난 뒤에도 자꾸 물어보는 거야. 위대연 직원에게 내가 소금을 확 끼얹어버렸어. 입 다물라고. 꺼내기 싫다는 말을 왜 함부로 멋대로 상상해서 떠드느냐고 나무랐지. 이옥인 그런 애야. 말 안 해도 난 대번에 알 수 있었지만. 얼굴만 봐도, 눈빛만 봐도 아는데 뭘 물어보겠어? 그러니 지유에게도 들려줄 수 없었지, 이옥이 이야기는."

"그러셨겠어요."

"이옥이 같은 피해 할머니들이 대부분이야. 나같이 피해자 돕겠다고 나선 노인은 몇 안 되지. 말하기를 싫어하는데 캐묻는 것도 예의가 아니야. 하고 싶은 대로 뒀어. 난."
"그래서 이옥이 할머니가 어디 사시는지, 어떻게 사셨는지 아무것도 모르는군요?"
"모르는 게 모르는 건 아니지."
"기자회견 보면 꼭 찾아올 거예요. 믿어요."
"그렇고말고. 살아만 있다면 찾아올 거야. 지유야. 어서 기자들 불러줘. 그럴 거지?"
"그럼요. 벌써 말해놨어요."
짓무른 눈자위를 두 손으로 문지르면서 해림 할머니가 활짝 웃는다.

2

 해림은 기자회견을 끝낸 뒤 사랑방에 입소하기 전에 살던 집으로 돌아왔다. 며칠 동안 밤새워 뒤척였다. 눈을 감으면 지난 일이 떠올랐다.

 광복 후 고국에 돌아온 뒤 지난 삶을 숨기며 살았다. 1990년, 티브이에서 대통령의 방일이 방영되는 것을 보고 더는 자신의 과거를 숨기고 살 수 없다고 여겼다.
 "대한민국 사람들이 당한 고통에 통석의 마음을 금치 못하겠습니다."
 일본 천황이 말하는 것을 해림은 온종일 티브이로 봤다. 가이

후 도시키 일본 총리도 뉴스에 등장했다.

"과거에 일본이 저지른 행위에 괴로움과 슬픔을 줘서 사죄의 기분을 느낀다."

그의 발언이 아나운서의 입을 통해 옮겨질 때마다 비위가 상했다. 그러면서도 그걸 보고 또 봤다.

1965년 한일협정이 있었을 때는 별다른 입장이 없었다. 전쟁을 겪은 뒤라 살기가 팍팍해서 과거를 들춰낼 여유도 없었다. 세 아이 하루 두 끼라도 챙겨 먹이는 일에 매달려야 했다. 차라리 과거의 역사가 없던 일이 되길 바랐다.

한일협정의 대가로 정부는 고속도로를 놓고 기간시설을 건설했다. 폐허가 된 나라가 다시 건설되고 있었다. 쉽게 한일협정을 해줬다고 비난하는 사람도 많았으나 배고픈 국민이 넘치는 상황이고 전쟁으로 수백만이 죽어간 뒤였다.

대통령이 몇 번 바뀐 뒤, 90년대로 접어들면서 라디오를 틀 때마다 심심찮게 일본 이야기가 나오더니 급기야 대통령의 한일 정상회담으로 떠들썩했다. 그때는 얼마나 마음이 어수선했던가.

'누구 마음대로 용서하고 누구 마음대로 회담해?'

피해자에게 물어도 보지 않고 용서란 말을 떠드는 것을 보며 서러워서 온종일 중얼거렸다.

그날도 라디오에 귀를 기울이며 생계를 위해 내다 팔 자수를 놓고 있었다. 붉은 꽃 한 송이를 완성하고 나면 저녁 식사 준비를 할 참이었다. 아들 상엽이 일찍 퇴근한다고 해서 분주했다. 젖먹이 때 버려진 아이를 입양해서 번듯한 직장인으로 만든 것이 뿌듯했다. 생전에 남긴 게 없지는 않다 싶었다. 딸 둘도 마찬가지였다. 보육원에서 입양해서 키운 뒤 결혼까지 시켰다. 딸들이 자신의 고생을 알아주든 말든 상관없었다.

가끔 혼자 수놓다가 고개를 들어 창밖을 보면 가로등 불빛 서너 개가 먼 곳의 별들처럼 반짝였다. 세상은 온통 캄캄했으나 그래도 고국에 돌아온 이후 살아낸 날이 허무하지는 않았다.

자수를 놓으면 마음이 한없이 가라앉기도 하고 한없이 들끓기도 했다. 낮에는 식당에서 일하고 저녁에는 자수를 놓아 내다 파는 일로 음식물을 사고 학비를 댔다.

자수를 놓는 것이 돈을 버는 기쁨만 주는 것은 아니었다. 복잡한 마음을 풀어내며 한 땀씩 수를 놓는 저녁은 한편으로는 호젓했다. 분노가 들끓다가도 수를 놓는 동안 평온해지고 언제 그랬느냐는 듯 일상으로 돌아올 수 있었다.

해림은 라디오의 볼륨을 적당히 올려놓고 수를 놓았다. 라디오에서 들려오는 여러 사연과 음악, 그 속에서 떠드는 사람들의 목소리를 듣고 있으면 잔잔하고 소소한 행복이 차올랐다.

'위안부는 어디까지나 민간업자가 한 일입니다.'

그날 라디오에서 들려온 한 패널의 말에 놀라서 수놓던 바늘에 손가락을 찔렸다. 해림은 라디오의 볼륨을 키웠다.

'일본군은 위안부의 일에 전혀 관여한 바가 없다고 일본 정부가 주장합니다.'

이어지는 목소리는 잘 들리지 않았다.

'말도 안 되는 소리!'

해림은 라디오를 손바닥으로 세게 쳤다. 그래도 소리가 끊기지 않았다. 민간업자가 한 일이라는, 목소리가 이어졌다.

'뭐라고? 민간업자가 한 일이라고? 전혀 관여하지 않았다고?'

이어지는 아나운서의 목소리를 참을 수 없어서 라디오를 들어 바닥에 팽개쳤다.

해림은 라디오에서 들었던 말을 기억에서 몰아내려 했으나 쉽지 않았다. 벽에 기대 앉자 등이 아파왔다. 탈출하다가 잡혔을 때, 어깨에 지지던, 시뻘겋게 달군 인두의 뜨거움에 몸이 떨렸다. 살이 타던 냄새가 코를 찔렀고 구역질이 올라왔다. 두 손으로 코와 입을 막았다. 놈들이 덮치던 몸의 무게가 느껴져서 부르르 진저리쳤다. 아래를 파고들던 살덩이가 떠오르면 정신이 나갈 정도로 식은땀이 나고 수치스러웠다. 날이 흐리면 몸이 아프지 않은 데가 없었다. 몸에 가해진 생생한 흔적은 몸이 먼저 알고 수시로 저리고 아파왔다.

'일본군이 개입된 것이 없고, 민간인에게 팔려간 거라고? 이번에는 못 참지. 이대로 넘어갈 수는 없어.'
 누군가가 나서서 말해야 한다면 바로 자신이었다.

 상엽과 두 딸이 신경 쓰였다. 자신이 위안부였다는 사실을 알게 된다면 놀림을 받거나 상처를 받을 것이 분명했다. 그런데도 말해야 하나. 밝혀야 하나. 상엽이 사귄다는 여자가 시어머니 될 사람이 위안부였다고 밝히면 어떤 반응을 보일지 걱정이었다. 두 딸은 또 어떤가. 딸들이 상처받을 일도 걱정이지만 사위들의 눈치는 어떻게 받아낼 것인가.
 과거는 자신이 짊어져야 할 짐인데 과거를 풀어내는 것은 마음대로 할 일이 아니었다.
 지금까지 침묵한 것은 세 아이 때문이었다. 자신의 마음이야 어떻든 자식들을 위해 벌렁거리는 마음 따위는 바위로 누른 듯 버텨온 세월이었다.

*

 해림은 문을 열고 한기가 느껴지는 바람을 맞았다. 이곳은 예전과 별로 달라진 것이 없는 듯하다. 변화가 있다면 주변의 빈터에 허름한 집이 두어 채 늘어난 것이 전부다. 멀리 몇 겹이나 되는 산이 보인다. 고향 진주에서 보던 산과 다르지 않다. 이 집으로 이사 오던 날 마루에 앉아서 바라본 산은, 어릴 때 엄마 옆에서 수를 놓다가 바라보던 그 산 같았다.

멀리 보이는 산은 하늘이 무거운 듯 떠받치고 있다. 가장 높은 산등성이에서 산등성이로 무한정 걸어다니고 싶던 어린 시절의 마음이 떠오른다.

붉게 물드는 산이 새벽빛을 거두기 시작한다. 산의 앞자락에 넓은 들판이 펼쳐져 있다. 들판 가득 여문 곡식으로 사방이 누렇다. 들판의 익은 곡식의 절반 정도는 베어져서 짚단만 아무렇게나 넘어져 있다. 바람에 흔들리면서도 상수리나무는 오늘도 의젓하게 대문 앞에 버티고 서 있다.

"저 나무를 봐라. 나뭇잎이 떨어지고 나뭇가지에 눈이 덮여도 잘리지만 않으면 저 나무는 상수리나무야."

어머니의 말씀이 떠오른다.

"어떤 일을 겪어도 저 나무는, 잘리지만 않으면 상수리나무야. 누가 무슨 짓을 해도, 저 나무는 상수리나무라는 걸 잊지 말아."

어머니의 그 말이 어릴 때는 참 싱거웠다. 당연한 말 아닌가. 상수리나무가 상수리나무지 그럼 뭐로 바뀐단 말인가. 그렇게 대꾸하기도 했다. 지금 생각하니 상수리나무가 여전히 상수리나무라고 말해줄 사람이 없다.

어머니의 그 말이 가장 힘든 순간마다 해림을 견디게 해줄 힘이 될 줄은 몰랐다. 누가 무슨 짓을 해도 나는 나야. 상수리나무는 상수리나무고 나는 나야. 중얼거리면서 죽고 싶은 순간을 넘겨왔다.

*

해림은 지난날이 떠올라서 다시 뒤척인다.

'누군가는 용기를 내어 말해야 한다.'
'우릴 끌고 간 것이 민간인이 아니라 일본 군인이었다고.'
위안소가 떠오른다. 이번에는 잊기 위해 눈을 감고 누운 것이 아니다. 일본군 순사에 의해 짐짝처럼 버려졌던 그날을 하나도 빠짐없이 상세히 기억하려고 눈을 감은 것이다.

*

"말도 안 되는 소릴!"
"뭐라고? 민간업자가 한 일이라고? 전혀 관여하지 않았다고?"

해림은 같은 말을 반복하다가 일어났다, 앉았다 하며 방 안을 오갔다. 그러느라 퇴근한 상엽이 자신을 쳐다보고 있는 것도 몰랐다.

"어머니! 무슨 일입니까?"

상엽은 어머니의 노기 띤 얼굴을 마주 보며 진정시키려고 애썼다. 해림이 상엽의 옆에 서면 상엽의 가슴까지 밖에 오지 않을 정도로 키 차이가 컸다. 작은 체구의 자신이 그렇게 큰 소리를 지른 것이 당황스럽고 무안했다.

거울에 비친 모습은 머릿속이 훤히 드러나 보이는 백발이지만 늘 단정하게 빗었고 혼자 있을 때도 옷매무새가 흐트러짐이 없도록 애써왔다. 내면이 혼란할수록 밖으로 드러나는 모습을 정돈하려고 강박적으로 매달려왔다. 아이들에게 혼란스러운 자신의 모습을 보여주지 않으려고 얼마나 애썼던가. 일본 이야기만 나오면 소리를 지르거나 욕을 해대는 자신을 언제쯤 추스를 수 있을지. 아들에게 자신이 위안부였다는 말을 할 수 없으니 왜 소리를 질렀는지 둘러댈 말을 찾을 수 없었다.

"누구한테 그렇게 화가 났어요?"

"너하고는 상관없는 일이야. 신경 쓸 거 없어."

해림은 평소답지 않게 목소리를 높였다. 분을 못 이겨서 얼굴이 시뻘게졌지만, 아들에게는 아무 말도 하지 않았다.

아들에게 해림은 남 앞에서 당당해지라고 했다. 가진 것이 없으므로 공부가 아니고는 가장 노릇이 어렵다고 했다. 그러니 죽어라 공부하는 것이 살아남을 길이라고 입이 닳도록 말했다.

해림은 그날 밤 모든 것을 털어놓기로 했다.
"널 데려다 키운 건 알지?"
"네. 알고 있어요."
"이제 사귀는 여자도 생겼으니, 너한테 해줄 일은 없겠구나."
"제가 어머니 은혜를 갚을 일만 남았죠."
그 말에 용기가 났다. 은혜를 갚지는 않아도 좋으니 답답한 심정을 알아달라고, 과거를 털어놔도 여전히 똑같은 네 엄마로 대해주면 좋겠다고, 예전과 다르게 보지 말아달라고 당부했다. 그리고 말문을 열었다.

"혹시 위안부가 뭔지 아나?"
"위, 위안부요?"
"근로 정신대는?"
"네. 일본에 강제로 끌려간 우리 조선 여자들을 노동시킨······. 그런데 위안부는 왜 물으세요?"
"놀라지 마라. 내, 내가 그, 위안부였다. 위안부······."
아들의 얼굴이 하얗게 변했다.
"내가 그 사실을 방송에 나가서 다 밝힐 거야. 내가 당한 일을 다."

"그게 무슨 말이에요? 방송에 나간다는 건 또 무슨 말이고요?"
"그때 당한 일을 만천하에 다 고발해야 눈감을 수 있으니까."
"어, 어머니."
"그래. 미안하다. 장가도 가야 하고 자식도 낳아야 하는데 네 어미가 그런 과거를 동네방네 떠드는 걸 견디기 힘들겠지."
"……."
"그래서 말하는 거야. 미리 양해해달라고."

아들은 고개를 숙였다. 아들이 고개를 숙이기 전까지는 아들을 쳐다보지 못했다. 아들이 고개를 숙이자 정수리를 쳐다보았다. 자신이 한 말을 다 없었던 일처럼 받아들이고, 외출하고 오겠다고 일어나서 나가주기를 바라는 심정이었다.

잠시 뒤 아들이 고개를 들었다. 빨갛게 변한 눈동자, 한 번도 본 적 없는 아들의 낯선 표정.

"사실이라고 해도 세월이 지났으니 묵묵히 지내시면 안 될까요?"
"이제는 말해야겠어."
"지금까지 잘 그래왔으면서, 왜……."
"미안하다."
"왜, 그래야 해요? 난 어떻게 돼도 상관없어요? 지금껏 키워줬으니 앞으로 어머니 때문에 어떤 수모를 당해도 감수하란 건가요? 친아들이었다면 어머니가 그런 결심을 했을까요?"

아들의 말은 전혀 예상하지 않은 방향으로 튀어나갔다.

"어머니가 위안부라고 세상에 밝힌다고 누가 덕을 보나요? 누구에게 좋은 일 시키겠다고 그래요? 단체나 변호사들이 그렇게 하래요? 정치인들이? 그 사람들은 원래 분란이 생기고 갈등이 생겨야 먹고사니까 그런 거라고요. 어머니는 왜 그러는데요? 과거를 속 시원히 말하면 그때 당한 일이 없었던 일이 되나요? 상처가 아물어지나요? 그 사람들이 일본에서 달려와서 어머니 앞에 무릎이라도 꿇을 건가요? 손해배상이라도 해줄 건가요?"

아들이 벌떡 일어섰다. 곧 뛰쳐나갈 기세였다. 한 번도 큰소리를 낸 적이 없는 다정한 아들은 어디로 사라지고 없었다.

"배상이 문젠가요? 배상받겠다고 시작한 일인가요?"

"그놈들이 거짓말을 하는데 가만두고만 봐야 해?"

"내가 말했잖아요. 어머니의 선택은 그런 곳에 없다고. 낚싯밥이 되어서 어머니는 세상에 던져질 거라고요."

"그럼 어떻게 하면 좋겠니? 앉아서 차분하게 말해봐라."

해림은 달래듯 아들에게 말한다.

"제발 어머니, 왜 한 번 희생되면 되지 두 번 세 번 희생되어야 해요? 어머니가 희생될 때 국가가 어머니를 위해 뭘 해주던가요?"

"……."
"피해보상을 해주고 사죄를 받아주는 일만 할까요? 그렇게 되면 단체는 바로 문을 닫아야 하고 할 일이 없어질 텐데요? 어떤 단체든 만들어지면 지속해서 무슨 일이든 하려고 해요. 처음엔 순수하게 시작해도 거기에 조직이 들어가고 사람이 모이고 기금이 생기면 오염된다고요. 그러니까, 어머니. 상처를 저들에게 내놓고 치료받을 생각을 버리세요. 안 그러면 어머니가 너무 힘들어져요."
"개인적인 문제가 아닌 거야. 숨죽이고 사는 피해자가 너무 많아. 나라도 용기를 내야 해. 내가 희생당하고 이용당해도 괜찮아. 너희들도 다 컸으니."
"이럴 거면 끝까지 비밀로 하지 왜 말했어요? 본격적으로 방송에도 나가겠다면, 어머니와 이 집에서 지낼 자신이 없어요. 저를 위해서라도 끝까지 비밀로 해줄 수는 없었나요?"
아들은 한밤중에 기어이 짐을 쌌다.
"어머닌 저와 헤어질 각오를 미리 하셨던 겁니다."
아들이 그렇게 마지막 말을 남기고 떠났다.

*

일본 군인에게 끌려갔다는 것을 밝히는 일이, 자식들이 상처받고 자신이 수치스러움을 느끼는 일보다 중요한 일인가. 잦은 뒤척임은 견딜 수 없는 두통과 위경련으로 이어졌다.

'그 시절에 겪은 일이 내 잘못은 아니잖은가. 고스란히 안고 갈 수는 없다. 세상에 그들의 만행을 알려야 한다. 뱉어내고 숨 쉬고 살고 싶다.'

해림이 결단을 하자, 그제야 위경련이 진정되었다.

날이 밝자 해림은 지역구 국회의원 지구당 사무실에 전화를 걸었다. 사무국장이라는 사람이 전화를 받았다.

"어제 뉴스 방송을 들었어요. 위안부는 어디까지나 민간업자가 한 일로 일본군은 전혀 관여하지 않았다고 했어요. 그것은 사실이 아닙니다. 울분을 삭일 수 없어서 전화한 겁니다."

"우선 전화를 거신 분의 신분을 밝혀주셔야 저희도 다음 이야기를 해드릴 수 있습니다."

"내가 그때 당했던 위안부요. 군대 내 위안소란 곳에서 성 착취를 당한 위안부란 말입니다."

눈물이 앞을 가리고 입으로도 흘러들었다. 그야말로 거의 50년 만에 자신의 입으로 처음 내뱉은 말이었다.

"여기 변호사님도 계시니까 그분께 모든 것을 말씀드리세요. 사무실로 찾아오시면 됩니다."

해림은 전화를 끊고 또 며칠을 끙끙 앓았다. 내가 무슨 짓을 한 거야. 미쳤지. 미쳤어. 온종일 자책했고 수를 놓을 수도 없었다.

하지만 결국 사무실로 찾아갔다.

그날부터 증언하고 대책을 마련하기 위한 의논이 오갔다. 일이 커지기 시작했다. 자신의 인터뷰 내용이 월간지와 신문 기사에 게재되고 티브이에도 인터뷰 형식으로 나왔다. 속이 다 후련했고 앞으로 무슨 일이든 시작해야 한다는 생각이 들었다. 변호사가 어떻게 자신의 억울한 인생을 보상받을지 하나씩 알려주겠다고 했다. 두서없이 자신의 울분을 토했지만, 변호사는 다 들어주었다.

*

해림은 지난날을 떠올리며 붉게 물든 하늘을 바라본다. 우뚝 솟은 산 위에 회색 구름 위로 주황빛 노을이 가슴을 아련하게 만든다. 팔라우에서는 좀처럼 볼 수 없던 노을이었다. 위안소 안에서 대부분 저녁을 보냈으니까.

산은 모든 것을 보고 있으면서도 아무것도 막아주지 않는다고 원망하던 때도 있었다. 아침마다 해가 떠오르는 것도 저 산 너머였고 노을을 뒤로 감추고 어둠이 몰아닥치는 것을 그대로 묵인하는 것도 우뚝 선 저 산이었다. 아무에게도 대놓고 원망할 수 없을 때 우뚝 솟은 산에다 대고 왜 아무 말이 없냐고, 다 봤으면서, 그 자리에서 한치도 움직이지 않고 내려다보고만 있냐고 원망했다. 정작 고국은 저 산보다 더 오래 침묵했다. 한자리에 있었던 것 같지도 않고 단 한 번 바라봐준 것 같지도 않았다. 무방비, 혹은 방치였다.

광복되어 돌아온 뒤에도 고국이 자신을 지켜준다고 느낀 적이 없다. 오히려 돌아온 자신이 더럽혀진 여자처럼 취급당한다는 것을, 그러니 절대 발설해서는 안 된다는 것을 다짐시키는 분위기였다.

어느새 노을이 가시고 산 아래로 가로등이 하나둘 켜지고 있다.

*

국회의원 사무실에서 사무관과 변호사를 만난 뒤 많은 것이 바뀌었다.

해림은 그 전까지만 해도 수치스러운 과거를 가지고 숨어 살던 한 명의 피해자에 불과했다. 하지만 자신을 세상에 내보이기 시작하면서 달라졌다. 역사의 산증인이 된 것이다. 수치심은 생각보다 자신을 괴롭히지 않았다. 소송을 준비하겠다는 변호사의 그 한마디에 모든 것을 보상받을 수 있을 것 같은 희망을 느꼈다.

"동경 지방 재판소에 소를 제기하십시오. 소송을 시작하도록 도와주겠습니다. 위안부로 내몰렸던 할머니를 모아보겠습니다. 서둘러야 합니다. 손해배상 청구를 위해 일본군 위안부였다는 사실을 정식으로 인정받도록 합시다."

변호사가 그렇게 말해주었을 때 해림은 뛸 듯이 기뻤다.

'손해배상 청구를 할 수 있다니. 그렇지. 손해배상을 받아야 하고말고……. 그놈들을 다 찾아내서 사죄는 받아내야지. 일본 정부에 배상을 받아야지. 나한테 한 짓을 배상받아야 하고말고.'

그제야 해림은 자신의 억울하고 분한 과거가 이렇게 풀려나갈 수 있다는 실마리를 찾은 기분이었다.

"시키는 대로 다 하겠어요. 뭐든 말하라면 있었던 일을 다 말할 테요."

"일본에도 같이 드나들어야 합니다."

"일본에? 꼭 가야 해요?"

순간 가슴이 꽉 막히는 듯했다. 그곳으로 다시 넘어간단 말인가. 어떻게 떠나온 곳인데. 말문이 막혔다.

"당장 가야 하는 것은 아니고요. 아마 1년 안에 시작하게 될 겁니다. 그러기 위해서는 건강을 잘 챙겨야 합니다. 이제부터 잘 드시고 뭐든 생각나는 것이 있으면 적고 녹음하고 그러십시오."

변호사는 녹음기를 하나 주면서 작동법까지 알려주었다. 그것을 받아들었는데 가슴이 쿵쾅거렸다. 누구도 몰라야만 한다고 가슴 깊이 숨겨둔 비밀을 다 털어내라니, 한편 두렵기도 하고, 한편 다시 생각해보겠다고 도망치고 싶기도 했으나 돌아갈 길도, 돌아갈 시간도 없었다. 처음 디딘 첫발이지만 이 첫발을 디디는 데 50년이 걸렸다.

*

해림은 거의 매일 사무실로 발길을 옮겼다. 재판 준비를 하는 일이 일과가 되었다. 신문 인터뷰를 통해 자신이 살아온 이야기가 어느 정도 정리되었다고는 해도 그것은 100분의 1도 아니었다. 당했던 순간을 떠올리면 실제에 가까운 것이 무엇인가 하는 허무함이 밀려왔다. 그래도 아무것도 하지 않는 것보다는 낫다 여겼다.

점차 동굴 밖으로 나갈 빛을 본 듯했다. 그 빛에 찌그러지고 주름진 얼굴이나마 내밀고, 그 빛에 검버섯 같은 과거를 말릴 수 있을 거라 믿었다.

해림의 마음이 조금씩 가벼워지고 있었다.

*

재판에 가려고 위대연에서 마련한 일본으로 가는 배를 탔다.

토하고 또 토했다. 비단 뱃멀미 때문만은 아니었다. 자신이 겪은 추악한 일이 한꺼번에 온몸을 오물로 칠하는 듯 심사가 뒤틀려 나온 구토였다. 유족회 회장은 배에서 내릴 때까지 해림의 등을 두드려주었다. 먹은 것이 없어 나올 것이 없었지만, 일본에 도착하자 창자가 꼬인 듯 복통에 시달렸다.

"걱정하지 말아요. 동경 지방 재판소에 가서 묻는 말에 아는 대로 대답하면 되니까요. 나머지 일은 판사나 변호사에게 맡기세요. 긴장하지 마시고요."

유족회 회장은 마음을 안정시켜주려 애썼다.

배에서 내려서 버스를 타고 동경으로 향했다. 해림이 봤던 일본과 너무도 달라져 있었지만, 일본 땅이란 사실 하나만으로도 두려웠다. 나이 든 남자들이 쳐다볼 때마다, 당신, 위안소에 있었지?라고 말 걸까봐 등에서 식은땀이 났다.

재판을 받기 위해 반년 가까이 준비했고 비용도 시간에 비례하여 막대하게 들었다. 해림은 재판장으로 들어서서 증인석에 앉았지만, 재판은 시작된 지 불과 3분 만에 종료되었다. 허탈해서 재판장에서 일어서지 못했다.

기일 변경이 몇 번 이뤄지고 재판이 늘어질수록 지쳐갔다. 눈빛에 일렁이던 강렬한 불꽃은 시들었다. 실무자가 해림에게 실망하지 말라고 일렀다. 실망은 아무리 많이 해봤어도 굳은살이 박이지 않아 매번 기운이 빠졌다. 10년이 걸릴 수도 있고 그보다 더 길어질 수도 있다고 했다. 재판이란 한없이 늦장 피우고 싶어 하는 쪽이 있다면 그렇게 진행되는 거였다.

기일을 늦추고 재판부도 이런저런 사정을 들었다. 일본 판사 누구도 재판 판정을 꺼렸다. 증거가 명백한데도 보상이나 처벌을 하라고 판결하지 못하고 윗선의 눈치를 봤다. 질질 끌며 사건 판결을 다른 판사에게 넘겨줄 궁리만 했다. 재판소 밖으로 나와 본 동경의 하늘빛은 1940년대의 하늘처럼 뿌옇게 흐려 을씨년스러웠다.

*

입양하여 키운 상엽을 생각하면 가슴이 아려왔다. 사는 것이 빠듯해서 밥도 제대로 먹이지 못했는데 상엽은 늘 전교 1등을 했다. 대학을 전액 장학금으로 마쳤고 군대에 다녀온 뒤 곧바로 직장에 다니던 모범적인 청년이었다.

상엽이는 가출한 지 20년이 지나서야 돌아왔다. 예전보다 키가 작아진 듯 보였고 흰머리의 중노인이 되어 돌아왔다. 하지만 고급스러운 재질의 푸른 재킷을 멋스럽고, 세련되게 입고 있었다. 그날 해림은 아들을 얼마나 세게 안았던지! 아들의 가슴에 머리를 대고 한참 있었다. 심장 뛰는 소리가 들렸다. 아들이 이렇게 무사히 지내다가 찾아왔으니 춤이라도 출 것 같았다.

아들은 평범한 가정을 꾸리고 있었다. 다니던 직장을 그만두고 안경원을 차려서 운영하며 사는 평범한 사회인이었다. 나 때문에 회사를 그만뒀냐고 물을 수 없었다. 그저 아들이 고마웠다.

벽에 기대앉았다가 고개를 들어 창문 밖을 보면 가로등 불빛 서너 개가 먼 곳의 별들처럼 반짝였다. 캄캄한 밤에도 별이 반짝이듯, 자신에게도 아들딸이 있어서 살아낸 날이 허무하지만은 않았다. 하지만 저녁이 되면 불안이 밀려들면서 마음이 한없이 들끓을 때가 많았다.

*

나무들이 바람에 흔들리고 흔들릴 때마다 우수수 잎이 떨어졌다. 솨, 솨, 소리가 귀를 찌른다. 어디서 봤더라, 저 낙엽들. 끌려가던 날의 문밖으로 보이던 나무숲, 그 숲에 어리던 음지와 양지의 음영, 그 숲으로 들어가서 숨고 싶던 순간들…….

몸 위에 올라탄 군인을 밀치고 일어나 문밖으로 도망치고 싶을 때마다 우수수 떨어지던 잎과 솨, 솨, 하던 소리가 들리는 듯했다. 숲에 가서 숨고, 숲에서 웅덩이라도 발견하면, 그곳에서 결코 나오고 싶지 않던 시간……. 숲을 보면 절망의 순간마다 눈앞에 어른대던 숲의 빛, 그 빛을 더듬어보던 자신의 습기 찬

몸이 떠올랐다.

낙엽을 볼 때마다, 나뭇잎마다 지닌 시간의 흔적을 아무렇지 않게 외면하기 어려웠다. 자라난 토양과 주변 환경에 따라 나무들의 생김새만큼이나 낙엽의 색깔도 다양했다. 바람이 조금만 불어도 떨어지는 나뭇잎도 있고 거센 바람에도 견디는 나뭇잎도 있었다. 곱게 물들어 떨어지는 나뭇잎도 있고 푸릇한 색감을 지니고도 속절없이 떨어지는 나뭇잎도 있었다. 그 모두가 어우러져 숲을 만들고 산을 만들었다.

힘들 때면 앞산을 보면서 그 산의 가장 음지에 선, 가장 못난 수종의 관목을 떠올렸다. 간신히 생명을 부지하는 관목이 부지기수고 볕 한번 못 보고 숲 한쪽 구석에 간신히 섰다가 썩어간 나무도 있었다. 그 모든 나무도 나무라 이름하지 않던가.

*

"피해자 심정을 좀 더 생각해줬다면……."

위대연을 생각하자 서러움이 울컥 올라왔다.

"용서는 안 됩니다. 미래를 위해서."

번번이 딴지를 걸고 나서던 서 주임과 배 국장의 목소리가 뒤섞여서 들려오는 듯했다.

"미래? 누굴 위한 미래?"

"우리 민족의 미래입니다. 지금껏 우릴 위해 함께 애써주셨잖아요. 조금만 더 견뎌주세요. 그들을 용서할 수 없잖아요. 아직 제대로 된 사죄도 배상도 책임도 지지 않았어요. 그런데 어떻게 저들을 쉽게 용서할 수 있어요?"

"누구를 위한 용서를 말하는 거야? 우린 용서받고 용서하고 그렇게 눈감을 권리가 있어. 그럴 권리를 우리에게 뺏어간단 생각은 안 해봤어? 당사자가 더 중요하잖아. 우릴 조금이라도 애처롭게 여겼다면 이렇게 길게 끌고 오는 게 아니었던 거야."

"그건……. 그렇게 쉽게 타협할 수 없어요. 저들은 진정한 사죄를 해야 합니다. 희생 덕분에 이만큼 보상도 받고 국민에게도 알려진 겁니다."

"단체는 늘 같은 식으로 운동했지. 우린 언제까지나 50여 년 전의 그 악몽 같은 날들에 놓인 피해자여야 했어. 언제까지 그 시절을 연장하면서 증언하고 죽을 때까지 그래야 하지?"

"희생이 필요했어요. 이해하시잖아요?"

"왜 우리가 아직도 희생당해야 하는 거야? 늘 우리가?"

"그게 희생에 대해 보상받는 길이기 때문이죠. 제대로 된 용서를 하지 않은 저들을 탓하셔야죠."

"제대로 된 건지 아닌지는 누가 정하는 건데?"

"그건……. 누가 봐도 제대로 된 보상이나 사죄라고 여겨야 합니다. 국민에게 진정한 사죄란 그런 겁니다."

"그 사람들이 우리보다 더 용서 못할 일이 있다고 해? 국민이 말하는 용서의 기준이 뭔데? 단체에서 기준을 정하고 국민을 핑계 댄 건 아니고? 그 기준이 끝없이 높아지고 만족을 채울 수 없는 데까지 자꾸 조정되니 환장할 노릇이야. 당신들이 만들어 놓은 그물에 우리 피해자가 들어가 있다는 생각은 안 해봤어? 금을 긋고 못 나가게 하니. 피해 할머니들은 그러다 죄다 돌아가셨어. 여기 드나든 피해 할머니보다 훨씬 많은 할머니가 운신도 못하다가 가신 거야."

위대연 관계자와 주고받은 대화가 생생히 떠오른다. 해림은 피해 할머니들이 돌아가실 때마다 신경이 곤두섰다. 돌아가시는 일이 일상이 된 것은 해림이 여든 살 넘어설 무렵이었다. 그때부터 해림은 위대연과 맞서는 일이 잦아졌다.

"당신들이 생각하는 사죄는 당신들 머리에서 나온 거야. 우린 당한 사람이잖아. 가슴으로 우릴 껴안고 울었다면, 이렇게 흘러왔겠어?"

용서가 뭐고 화해가 뭔지. 사랑방에서 기거하는 동안 늘 그런 생각을 머리에 이고 다녔다. 용서와 화해를 요청하는 피해자와 용서와 화해는 결단코 할 수 없다는 단체가 충돌하는 사이 피해 할머니들은 단칸방에서 병마에 시달리다가 사죄는커녕 배상도 못 받고 숨져갔다. 누구에게도 용서한단 말을 해줄 기회조차 못 가져본 채. 사죄를 받거나 배상을 받기는커녕 아무도 돌보지 않는 외딴 방에서 홀로. 해림은 그때마다 피해 할머니들에게 죄지은 것처럼 미안했고 사랑방에서 지내는 것이 바늘방석처럼 느껴졌다.

3

지유는 해림 할머니의 연락을 받고 할머니가 기거하는 곳으로 갔다. 해림 할머니가 장롱 깊숙이 넣어둔 것을 꺼내서 지유에게 내밀었다.

"이게 뭔가요?"

"얼마 전에 유언장을 쓴 거야."

"네? 유언장이오?"

"그래. 내가 일본에 드나들면서 했던 일도 다 기록해뒀고."

"유언장을 왜 벌써? 어디 불편하세요?"

"미리 작성해둔 거지. 그동안 군 위안부에 관한 자료를 내 나름대로 다 모아둔 거야."

"이걸 왜 제게⋯⋯."

해림 할머니는 서류 봉투 두 개를 더 꺼내놓는다. 과거 증언을 녹음해둔 시디와 노트 서너 권 분량의 일기처럼 적어둔 자료였다.

"네가 가지고 있어. 내가 죽으면 네가 정리해서 세상에 내놔야지. 난 언제 어떻게 될지 몰라서."

"⋯⋯."

"우리 피해자를 위해서 싸워줘야 해. 젊은이들이 나서줘야 해."

해림 할머니는 지유의 손을 꼭 쥐었다.

"지유가 흔쾌히 받아주니 가슴에 응어리가 씻기는 듯하네. 맡기고 갈 수 있어서 여한이 없고. 종태 오라버니의 수기를 조금 읽다가 덮었어. 차마 못 읽겠었어 덮었다가 또 보다가 그런 거라. 종태 오라버니의 얼굴이 꿈에 자꾸 나타나. 활짝 웃으며 다가오고 있는 거 같고."

해림 할머니가 말했다.

"그런데 기자회견 마쳤는데도 이옥이는 소식이 없네. 세상을 떠난 건가."

"⋯⋯."

"사실 네게 아직 말 못한 게 있어. 이옥이 이야기⋯⋯."

"⋯⋯."

"이옥이는 나하고 헤어진 뒤 일본의 전쟁터에 있었다고 했어. 기억하기 싫다고, 더는 말해주지 않겠다고 했지, 하지만 떠나기 전에 두어 마디 한 게 있어."

"뭔가요?"

"이옥이가 위대연에 찾아왔다가 나를 떠난 이유가 따로 있었던 거야."

"할머니가 신상을 공개하고 군 위안부로 지낸 일을 언론에 터뜨리는 것에 불만이 있어서 떠났다고 하셨잖아요. 그 외에 또 다른 이유가 있었어요?"

해림 할머니는 고개를 끄덕였다.

"내가 종태 오라버니 만난 이야길 해줬지. 그 전까진 소식을 모른다고, 전쟁터에서 한 번도 못 봤다고 잡아뗐거든."

"그래요?"

"이옥이를 끝끝내 찾아다녔다고. 나와 만나서 같이 끌려다니는 처지였다는 걸 종태에게 알려줬다는 말을 듣고 이옥이가 많이 울었어."

"······."

"이옥이 처지를 종태 오라버니가 알게 된 걸 서러워했어. 종태 오라버니가 얼마나 상처받고 마음이 상했겠냐고."

"알 거 같아요, 그 마음. 할머니 마음도 힘들었겠어요."

"종태 오라버니가 내 꼴을 다 봤고 그 시절을 같이 겪어서 난 스스럼이 없었는데, 이옥이는 그렇지 않았던 거야."

"……."

"끝까지 첫사랑으로 종태 오라버니 마음에 남았기를 기대했겠지. 고향에도 그래서 끝내 안 갔다고. 내가 동네방네 우리 이야길 떠들고 다녀서 더 깊은 산골에서 숨어 살았다고 했어. 그 말 듣고 나니까 이옥이뿐만 아니라 피해 할머니들 가슴만 들쑤셨나 싶어서 가슴 아팠지. 내내."

할머니는 헐떡이며 두 손으로 가슴을 꼭 누른다. 요즘 숨 쉬기가 곤란해졌다고 덧붙이면서.

"일부러 그런 것도 아닌데요. 뭘."

"종태 오라버니가 이옥이 소식을 얼마나 듣고 싶어 했는지 알잖아. 종태 오라버니가 코랄섬 위안소를 왜 찾아왔겠어? 나를 만나러 온 게 아니지. 이옥이를 찾으러 다닌 거잖아. 종태 오라버니도 짐작하고 있던 일인걸. 오다가다 이옥이가 어떻게 됐는지 들었을 수도 있고. 그토록 찾아다녔다는데."

"그 일로 할머니 곁을 영영 떠났어요? 그렇게 오랜 친구 사인데……."

"내가 종태 오라버니와 인연을 맺고 이러저러한 일을 겪었다고, 코랄섬에서 만나고 헤어진 이야기를 들려줬는데 그 말도 듣기 싫었겠지. 무당이 굿할 때 지껄이는 방언처럼, 밤새 종태 오라버니하고 지낸 일이 이옥이 앞에서 다 터져나왔던 거야. 할 말 못할 말 가리지 못했던 거야. 내가 주책이지."

"소식 하나라도 빠뜨리지 않고 전해주고 싶어서 그랬겠죠."

"그랬어. 이옥이 심정을 상하게 하려 한 게 아니야. 종태 오라버니가 나타나면 혼례라도 올릴 작정이었던 사람처럼, 이옥이가 그렇게 서운해하더라."

"……."

"종태 오라버니를 그 전쟁터에서 만난 뒤 헤어져서 지금껏 소식을 들은 게 없으니, 살았겠냐고, 그런 말을 해주려던 건데, 말이 길어져서 할 말 안 할 말 다 해버린 거야. 참 눈치도 없이 노망난 늙은이 같았지."

"……."

"이옥이는 나를 보고 싶어서라기보다 종태 오라버니 소식을 듣고 싶어서 위대연으로 나를 찾아왔대. 망설이고 또 망설이다가 찾아왔다고."

"……".

"종태 오라버니를 전쟁터에서 만났다고 했으니 가슴 아파했지. 끝내 전쟁터로 끌려갔다는 사실을 확인한 것도 한스러웠던 거야. 이옥이 가슴에 대못을 몇 개나 박았지. 내 잘못이 아닌데다 내 잘못이 되었지."

할머니가 한숨을 내쉰다.

"이옥이 마음을 내가 왜 모르겠어. 내가 더 잘 알지. 암 그렇고말고. 종태 오라버니의 마음에 끝까지 이옥이가 박혀 있다고 여겼을 텐데 형편이 그리된 거라 해도, 그래도 왜 너만 만났냐고, 한마디 하고는 떠났지. 그게 마지막이었어."

해림 할머니가 먼 산을 본다. 이옥이 할머니를 그토록 만나려는 이유를 알 듯하다. 피해자 할머니들에게 미안해하고 사랑방에서 나와서 기자회견을 자청해서 언론에 마지막으로 한 번 더 모습을 드러낸 이유도.

하지만 이옥 할머니는 끝내 소식이 없다. 이미 세상을 하직했을지도 모를 일이다. 그런 비보라도 해림 할머니는 듣고 싶을 것이다.

"우리 중 누구라도 살아서 고향으로 돌아가면 부모님께 서로의 소식을 전해주자 했지만 둘 다 배건네에 못 돌아갔지. 둘 다 살아서 돌아왔지만 차마 갈 수 없었어."

"이옥이 할머니는 일본에서 돌아온 뒤 어떻게 살았대요?"

"깊은 산마을에 들어가서 스님처럼 풀 뜯어 먹고 살았다더라. 나를 찾아왔을 때도 몸에서 산나물 냄새가 났던 거 같고. 고기도 안 먹는다고 하더라. 하도 시신을 많이 봐서 고기만 보면 토한다고."

"……."

"어느 산속 마을에서 조용히 살고 있든지 아니면 세상 떠났을 거야. 내 눈감기 전에 맑은 얼굴을 내 손으로 어루만져주고 싶었는데."

문득 할머니가 손가락으로 하늘 위 구름을 가리켰다.

"저기 봐, 저기. 저 구름이 코끼리 같다. 종태 오라버니와 같이 들어갔던 코끼리 동굴도 저런 모양이었지."

하늘 위로 시선을 떼지 못하는 할머니의 시선을 따라 지유도 하늘을 올려다본다. 코끼리 형상으로 떠다니는 구름이 할머니의 눈동자에 스며드는 중이다.

*

해림 할머니가 사랑방에서 나온 지 석 달이 지났다. 그토록 찾고 싶어 하던 이옥이 할머니에게는 여전히 소식이 없다.

*

"가보고 싶구나. 내 고향에."

지유는 동트기도 전에 해림 할머니의 전화를 받았다. 일본에서 돌아온 뒤, 단 한 번도 가보지 않았다던 고향에, 할머니는 가보고 싶다고 했다.

심경의 변화를 일으킨 할머니를 승용차에 모시고 지유는 배 건네 마을로 향했다.

해림 할머니가 떠나기 전까지 살던 일본인의 집은 재개발로

도로가 되어 사라졌다.

해림 할머니는 종태 오라버니 집, 아니 순이가 살던 집으로 먼저 가자고 했다. 지유가 서울로 떠나기 전까지 머물렀던 집이기도 했다.

해림 할머니는 순이 할머니의 1인용 의자에 앉았다. 모든 것이 낯선 듯 말을 잃은 사람처럼 눈만 껌벅였다. 마른 몸과 야윈 얼굴에 광대뼈만 불거진 얼굴은 주름살투성이였다. 창백해진 얼굴에도 표정만은 어릴 때 소녀처럼 호기심과 애틋함이 가득했다. 예전의 기억을 온몸으로 되살려내려는 듯 안간힘을 다하는 것이 저절로 느껴졌다.

"기억나. 이 마루……."

"안 고쳤어요. 한 번도."

"순이가 매일 종태 오라버니를 얼마나 기다리다가 세상을 떴을꼬. 종태 오라버니는 한 번도 순이와 혼인한 얘길 내게 안 했어. 그 마음을 왜 모르겠어? 여러 사람에게 죄지은 것 같은 심정이었겠지. 지은 죄도 없으면서 죄지은 사람으로 살아온 세월이었어."

해림 할머니가 안타까워했다.

"이옥이에게 종태 오라버니 이야기를 털어놓고 나서 얼마나 후회했는지 몰라. 이옥이가 한스러워하면서 나를 떠났으니 순이의 귀에는 그런 이야기가 들어가면 안 되었던 거야. 그래서 네게 종태 오라버니 이야기를 털어놓을 수가 없었지. 순이마저 그 전쟁터에서 일어난 일을 들으면 심정이 어떨까 싶어서……."

지유는 해림 할머니가 끝내 종태 할아버지에 관한 이야기를 꺼내놓지 않았던 이유를 비로소 알 것 같았다. 순이 할머니가 별세했다는 소식에 통곡했던 이유도. 두 사람 사이에 일어났던 일은, 종태 할아버지의 수기가 도착하지 않았다면 끝내 함구했을지도 모를 일이다.

"남강에 가보고 싶구나. 대숲도 보고 싶고."

할머니가 지유를 올려다보며 말했다.

"남강 주변은 이곳 마을보다 덜 바뀌었겠지? 그곳도 많이 달라졌으려나?"

할머니가 일인용 의자에서 일어서다가 휘청 중심을 못 잡고 주저앉는다. 숨을 몰아쉬면서도 물 한 잔 달라고 했다. 그런 뒤에서 강가에 가자고 재촉한다.

*

해림 할머니를 차에 모시고 강가 대숲 앞에 도착한다. 근처 주차장에 차를 두고 대숲 옆으로 난 길을 함께 걷는다. 바람이 불 때마다 대숲 전체가 움직인다. 그 속에 들어서서 천천히 걸으며 할머니는 보물이라도 찾듯 신중하고 느리게 주변을 둘러

본다. 과거의 기억을 더듬는 할머니를 부축하며 덩달아 지유도 두리번거린다.

"이렇게 볕이 좋았어. 이 햇빛, 대숲 사이로 저 하늘에서 쏟아지던 빛이 기억나. 내 평생 잊지 못한 길고 긴 빛."

할머니는 숨이 찬 듯 벤치에 앉아서 오랫동안 숨을 골랐다.

"강가로 갈 수 있겠어요? 몸이 안 좋으신 거 같은데."

"아냐. 괜찮아. 여기까지 왔는데 가봐야지. 순이가 종태 오라버니 기다렸다던 그 회화나무도 한번 어루만져주고. 내가 어릴 때 기대어 놀던 느티나무도 있나 봐야지."

해림 할머니는 지유가 쓴 소설을 읽은 듯 그렇게 말한다.

지유는 조금이라도 더 해림 할머니가 쉬도록 기다린다. 해림 할머니는 힘든 듯 얼굴이 창백했지만, 벤치에서 일어서더니 강가로 난 길로 내려선다.

"천지개벽했어. 하긴 세월이 얼마여?"

강가로 내려서자 할머니는 강가 주변을 살피며 어리둥절해한다. 지난 세월을 헤아리며 변해버린 풍경이 못내 서운하다고 했다. 바람이 많이 불고 몸집을 키운 강 물결이 날을 세우며 한 방향으로 꿈틀대며 흐른다. 거대한 물체처럼 움직이는 물결을 따라 걷는다.

지유는 순이 할머니가 자주 기대앉던 회화나무 앞에 이르렀지만, 그냥 지나친다. 시선을 물결 쪽에 두고 걷는 할머니를 그대로 둔다.

"이옥이도 배건네에 한 번쯤은 다녀가지 않았을까. 그랬을 거야. 몰래라도 왔다 갔겠지?"

마치 지유가 대답을 알고 있다는 듯 묻는다. 몸이 오지 않았더라도 수백 번 꿈속에서라도 다녀갔을 고향인 것이다.

"저기, 저 아카시아는 그대로네. 아카시아는 쉽게 없어지지 않지. 좀 쉬었다 가자. 숨이 차서 몇 발짝도 못 걷겠네. 당춰원······."

해림 할머니가 숨이 가쁜 듯 산비탈 아래 나무 그늘로 향한다.

"이 나무 기억나."

비탈에 서 있던 나무. 할머니가 들려줬던 나무 이야기가 떠오른다. 세로가 아니라 눕혀질 듯 가로로 자라던 나무. 할머니가 말한 바로 그 나무가 맞는지 모르지만, 할머니는 오랫동안 그 나무를 본다. 할머니를 위해 나무 아래 벤치에 손수건을 깔고 앉혀드린다.

"여기서 눈감고 싶구나. 이렇게 강물 보고 냄새 맡고. 새소리 듣고······."

할머니는 눈을 감은 채 뜨지 않는다.

강가에 서 있는 물푸레나무 가지가 바람에 따라 온몸으로 흔들리고 할머니가 앉은 곳은 이팝나무와 아카시아 향기가 퍼진다. 조팝나무가 우거지고 할머니가 앉은 벤치 아래 잔디에는 토끼풀이 지천이고 흰 꽃들이 피어 있다.

"저기 초롱꽃이 피었네. 마을 어귀에 누군가를 마중하는 것처럼 피어 있던 꽃이야. 청사초롱 들고 서 있는 것 같지?"

지유는 풀섶의 녹색빛이 도는 흰꽃을 본다. 문밖에서 누군가를 기다리는 꽃처럼 환하다.

"목이 말라. 물 좀 갖다줄 수 있어?"

지유는 할머니가 혼자 있고 싶어 한다고 느낀다.

"괜찮겠어요? 차에 물이 있는데. 주차장까지 다녀오려면 좀 시간이 걸리는데."

"그래. 어서 갖다줘. 가슴이 답답해. 몸이 잘 움직이지 않고."

할머니가 가슴을 만지며 말했다.

부탁을 쉽게 하는 성격이 아닌데, 20분은 걸어야 다녀올 수 있는 주차장까지 가서 물을 가져오라고 시킨다. 지유는 할 수 없이 발길을 옮긴다.

이상하게도 승용차에서 물을 가지고 돌아오는 동안 다리에 힘이 풀렸다. 흡사 순이 할머니가 정신을 놓을 때처럼, 감당하기 어려운 상황을 맞이하게 되지 않을까 싶을 정도로 마음이 허둥댄다.

임종을 앞둔 할머니를 두고 온 기분이다. 서둘러 돌아왔을 때 할머니는 보이지 않았다. 앉아 있던 곳보다 훨씬 아래로 내려가서 누워 있었다. 할머니가 누운 자리에 하얀 토끼풀과 하얀 조팝꽃이 흐드러지게 피어 있었다. 할머니의 늘어뜨린 손바닥에도, 머리카락에도, 얼굴에도, 아카시아 꽃잎이 하얗게 떨어지는 중이었다.

할머니는 흰 꽃으로 자신을 장식한 것처럼 누운 채 정신을 잃고 쓰러져 있었다.

*

지유는 세이의 신문사 근처로 찾아갔다.
"해림 할머니는 좀 어떠셔?"
"아직도 중환자실에서 산소호흡기 달고 계셔. 며칠이나 버틸지 모르겠어."
지유가 허공을 쳐다보고 한숨을 길게 내쉰다.

*

"소설을 쓰는 내내 해림 할머니에게 닥친 일이 기가 막혔어. 그럴 때마다 할머니에게 전화를 걸어서 여쭤봤지. 할머닌 용서할 수 있어요? 저들이 저지른 짓을? 하지만 할머니는 용서란 말을 싫어했어. 겪어본 사람이 아니면 모른다고. 용서를 할 수 있다는 둥 없다는 둥 그런 말을 아예 입에 담기 싫다고."
 세이가 고개를 끄덕인다.
 "그러게. 그 말처럼 할머니를 난감하게 만든 말도 없었을 거 같네."
 "그래도 짚고 넘어갈 일이니까 안 물어볼 수 없었지."
 "용서를 해주라든지 해주면 안 된다든지 우리도 말하기 어렵잖아. 하물며 피해자에게 가해자를 용서할 수 있냐고 자꾸 물으면, 대답을 강요당하는 기분이 들지 않았을까."
 "그렇기도 해."
 "과거를 다 털어놓고 억울하다느니 분하다느니 호소하고 다녀도 상처가 씻기는 건 아니거든. 오히려 상처가 더 도지거나 주위 사람들에게 괴로운 일을 당한 피해 할머니도 많았지. 지난 세월 동안 힘들고 무거운 짐을 피해자가 고스란히 짊어지고 전면에 나서서 싸워야 했으니까."
 지유가 세이의 말에 공감하며 고개를 끄덕였다.
 "해림 할머니가 그러셨어. 많은 피해 할머니들이 과거를 치유받지 못하고 돌아가신 것이 안쓰럽다고. 당신 잘못 같아서 괴로웠다고 하셨지. 차가운 골방에서 돌아가신 분들에게 한없이 죄송하다고, 늘 그러셨어."
 "그래. 과거의 상처를 돌덩이라고 생각해봐. 그걸 가슴에 품고 있으면 누가 괴롭겠어? 피해자를 위해서라도, 가슴에서 털어낼 수 있도록 했으면 좋았겠지. 가해자에 대한 배상이나 사죄, 처벌을 후대가 지속적으로 요구하는 건 당연한 거고."

"⋯⋯."

"피해자를 치유하고 과거에서 벗어나도록 도와주는 일을 우리가 적극적으로 했나, 그 질문이 늘 나를 따라다녔어. 단체와도 그 문제 때문에 불화했었지."

세이가 말했다.

커피를 마시고 나자 지유는 가방에 든 서류를 꺼내 세이에게 내민다.

"뭐지?"

"이 서류 봉투에 모든 게 들어 있어. 해림 할머니가 일본으로 다니면서 13년간 법정 투쟁을 했던 기록도 있고."

지유는 서류 봉투에서 지도를 한 장 꺼냈다.

"이거 봐. 해림 할머니가 땅을 사둔 게 있어. 땅문서야."

"땅?"

"할머닌 평생 위안부의 역사를 전시할 역사관을 손수 짓고 싶어 했어. 그래서 땅까지 사둔 거지."

지유는 가방에서 또 한 장의 서류 봉투를 꺼냈다. 봉투의 끝이 나달나달하게 닳아 있다.

"역사관이라면 지금도 있잖아."

"할머닌 일본이 건너다 보이는 땅에 손수 짓기를 원했지."
"그래?"
"역사관에 온 사람들이 바다 건너 일본을 바라보면서 당시 일을 기억해주길 바란 거지. 탈출하다가 죽임을 당한 분이나 일본이 패망하자 몰살당한 분, 고국에 돌아와서도 숨죽이고 가슴 앓이만 하다 돌아가신 분들을 일본 땅이 보이는 이곳에서 추모해주길 바랐대. 얼마나 고국으로 가고 싶었는지 헤아려주길 하라면서. 그리고 애초에 피해 할머니들끼리 모이는 친목 장소로도 쓰고 싶으셨다고 했어. 소원을 이루기도 전에 거의 다 돌아가셨다고 아쉬워했지."
"그러네. 그런데 왜 네게 이 자료를 맡긴 거야?"
"해림 할머니와 우리 종태 할아버진 아주 가까운 사이였어. 그러니까 할머니는 나를 피붙이처럼 여긴대. 내가 그분들 이야기를 소설로 쓴 것도 이유가 되겠지."
"그렇구나. 너의 진정성을 믿으셨겠지. 이런 일 하려면 진정성이 제일 중요하니까."
"아무튼, 이 자료와 더 많은 자료를 모아서 역사관 짓는 일을 추진해보자. 넌 기자니까 힘 좀 써봐. 여기저기 기사 내고. 기자회견도 주선해주고 말이지."

세이는 서류 봉투 안에 든 것을 하나씩 꺼내보았다. 꼼꼼히 자신이 살아온 일을 기록한 일기도 들어 있었다. 그 일기의 세

밀한 기록은 눈물로 얼룩진 듯 멍처럼 둥그스름하게 번진 부분이 많았다.

"할머니가 사둔 그 땅에 어서 가보고 싶네."

해림이 서류를 열어 누르스름하게 변한 종이 한 장을 꺼내든다.

"이건 할머니가 역사관을 세우려던 설계도야. 설계사무실에 정식으로 의뢰한 설계 도면도 있어."

"정말 진심이셨네!"

"할머니는 그 땅을 홀로 수없이 오갔다고 했어."

그 말을 전하면서 지유는 울컥한다.

*

지유는 해림 할머니가 설계하고 꿈꿨던 대로 역사관을 짓는 상상을 해본다. 상시로 일본인이 그곳에 와서 추모하는 상상. 일본 군인의 자손이었다고 고백하는 젊은이도 찾아와서 피해 할머니들을 위로하고 영정 앞에 고개를 조아려 사죄하는 상상. 일본 학생과 한국 학생이 태평양 전쟁과 피해자에 대해 열띤 토론을 하는 상상. 이 모든 것이 할머니가 꿈꾼 모습이 아니었을까.

*

해림 할머니가 돌아가셨다. 아들 상엽의 말에 의하면 할머니는 이옥에게 소식이 오기를 간절히 기다렸다고 했다. 그리고 돌아가실 때 마지막으로 남긴 말은, '나 마중간다'였다고 한다.

에필로그

  인천공항에서 직항으로 6시간 만에 지유는 팔라우에 도착했다. 비행기를 타고 가는 동안 피터가 보내준 그림을 감상했다. 이메일로 그는 자신이 작업한 그림을 찍은 사진 파일을 보내주었다. 직업 화가인 그는 주로 유화로 풍경화를 그렸다. 지유에게 보낸 풍경화는 대체로 자연의 빛이 그림 위에 투명한 막처럼 드리워져 있다.

  피터가 보낸 다섯 점의 그림은 종태 할아버지의 수기를 읽은 뒤 영감을 받아 그린 것이라고 했다. 누군가의 눈에는 자연을 보는 찰나마다 헤어진 이에 대한 간절한 그리움이 얹힌다는 것을 표현하려 했다는 메모도 있었다.

피터는 태평양 전쟁을 목격하면서 사실화를 그린 후지타 쓰구하루의 그림도 보냈다. 〈애투섬의 옥쇄〉란 그림이었다. 총에 매단 긴 칼로 서로를 찌르는 장면에는 지옥에 몰린 병사가 사실적으로 묘사되어 있었다. 일본 평단에서는 당시 이 그림을 종교화에 가깝다며 추앙했다고 한다. 전시에 군부의 입으로 전락할 수밖에 없었던 일본 화가의 심정과 그것을 자신들의 입맛대로 선동에 이용한 평단의 해석에 여러 생각을 했다는 소감도 덧붙여 보내왔다.

지유는 그가 보낸 후지타 쓰구하루의 그림을 보고 그 화가에게 호기심이 생겼다. 그가 그린, 태평양 전쟁을 다룬 그림을 인터넷으로 검색했다. 1939년 만주국과 몽골의 국경에서 일본군과 소련군이 충돌한 노몬한 사건을 그린 〈할하 강변의 전투〉란 그림에서 눈을 뗄 수 없었다.

그림은 가로로 긴 화면에 맑은 날씨의 초원이 그려져 있었다. 그 배경을 바탕으로 파괴된 소련군의 전차와 거기에 바짝 다가선 일본군 병사가 실제로 움직이는 듯했다.

지유는 후지타 쓰구하루가 이런 그림을 그린 의도가 궁금했다. 그가 남긴 할하 강변의 전쟁에 대한 소회가 드러난 신문 기사를 찾아 읽었다. 마이니치 신문에 연재되었다는 글이었다.

'실로 광막해와 같은 할하 강변 격전의 3일 아침 9시, 모 상등병은 적의 전차에 육박하여 지뢰 막대를 그 가는 길에 꽂아넣었다. 전차는 정지했다. 더 나아가 후방으로 돌아가 지뢰 막대를 또 땅에 꽂았다. 전차는 후퇴도 하지 않는다. 가솔린 병을 던졌지만 발화되지 않아, 이제는 갈 데까지 가보자며 전차로 뛰어올라 총대로 포탑을 치기 시작했다. 총 안에서 나온 적의 권총 탄환은 잔인하게도 상등병을 즉사시켰다. 상등병은 엎드린 자세로 전차 위에 걸쳐졌다. 이것을 본 모 하사관은 부하의 죽음에 분개하여 전차로 날아올라 포탑에 나와 있는 포구에 자신의 입을 크게 열어서 이가 부서지도록 입에 악물었다. 오로지 분하다는 마음과 입으로 포탄을 저지하려는 기개. 하사관은 포에 맞아 덧없이 전사했지만, 단단하게 사지로 매달려 있어 몸은 허공에 떠서 떨어지지 않았다.'

*

그야말로 광기에 사로잡힌 병사들의 모습을 적나라하게 쓰고 있었다. 일본의 한 평론가는 이 그림이 전쟁과 죽음의 과정을 희극의 한 장면처럼 연출해버렸다고 평했다.

지유는 피터가 후지타 쓰구하루란 일본 화가를 소개해준 이유를 생각해봤다. 병사들이 참전해서 희생을 치른 것에 대해 전후 평론가와 일본 지식인의 인식을 지유와 공유하고자 하는 그의 마음이 와닿았다.

피터는 메일의 마지막에 덧붙였다.

추신—도착하시면 드릴 선물이 있어요. 수기 말고도 또 다른 깜짝 선물. 기대하세요.

피터의 메일을 읽는 동안 비행기가 목적지에 도착했다.

*

택시를 타고 피터가 말한 팔라우의 호텔 커피숍으로 간다. 그는 하루 먼저 그 호텔에 도착해서 묵고 있었다. 미국에서 오느라 시차 적응도 그렇고 지유를 빨리 만나고 싶은 마음 때문에 서둘렀다고 했다.

약속한 호텔 카페는 팔라우 공항이 있는 바벨다오브섬에서 바벨다오브다리를 건너 15분 정도 걸리는 코로르섬 시내에 있었다. 코로르섬으로 들어서자 상점들과 호텔, 레스토랑 등이 보인다.

호텔 커피숍으로 들어서자 통통한 백인 남자와 키 큰 동양인이 유쾌하게 떠들고 있다. 그들은 지유를 보자 동시에 일어선다. 한 명은 피터가 분명하고 다른 한 명은 누구인지 알 수 없다. 두 사람은 유창한 한국말로 지유를 환영했다. 피터가 키 큰 동양인을 소개했다.

"수기 다 읽으셨죠? 거기 종태 할아버지를 괴롭힌 유토란 분 기억나요?"

"아, 유토? 종태 할아버지와 수호를 잡아 팔라우로 보낸 악당?"

"이분이 바로 그 수기에 나오는 유토 순사의 친손자랍니다."

지유는 눈이 휘둥그레진다. 유토 순사의 손자가 이곳에 와 있다니. 종태의 할아버지를 그 지경으로 만든 장본인의 손자가 지유 앞에서 웃으며 악수를 청하고 있다. 지유는 표정 관리를 못한 채 어정쩡하게 고개만 까닥였다.

"유토 할아버지의 손자인 것은 맞지만 제가 유토 순사는 아니니까요. 너무 미워하지 마시고요."

사내가 능글맞게 웃으며 말한다.

"이렇게 만난 건 보통 인연이 아닙니다. 분위기 푸세요, 하하. 지유 씨, 제가 기왕이면 쇼타 소위의 손자를 모셔올걸 그랬죠?"

"네?"

"하하. 저도 종태 할아버지가 남긴 수기 내용을 피터에게 조금 들어서 압니다만."

"쇼타 소위는 손자가 없을 겁니다. 장가도 못 가고 죽었다고 수기에 쓰여 있던데."

지유가 애써 태연한 척 말을 받았다.

"아, 그랬나요? 하하. 이제 제대로 소개하죠. 이분은 이토 마사아키입니다."

이토가 또 한 번 악수를 청했으므로 지유는 그의 손을 살짝 잡았다가 뗐다.

"피터와 어떤 인연으로 이곳에 오신 것인지……."

지유가 물었다.

"유토 할아버지와 헨리 할아버지가 아는 사이더군요. 자세한 사연은 차차 말씀드리겠습니다만."

이토가 머뭇거렸다.

*

어색한 인사가 오간 뒤 팔라우의 현지 커피와 빵나무 열매를 발효시켜 만든 'bai'라는 전통 음료를 마시고 나자 분위기가 훨씬 부드러워졌다.

"팔라우에 살아보니 어때요?"

피터가 이토에게 묻는다.

"전쟁 후 미군의 신탁통치를 받다가 오래전 팔라우도 독립국이 되었죠. 지금은 스쿠버다이버들의 성지라 해요. 해파리 호수도 유명하고 산호 진흙이 바닷물에 녹아 신비로운 밀키웨이도 있고요. 원하면 마음껏 관광을 시켜드리지요."

"관광하러 온 건 아닌데······."

"역시 작가라서 예민하네요. 그럼 관광은 관두고 식사하시고 좀 쉬었다가 전투 지역을 둘러볼까요?"

이토가 묻는다.

"당연히 그곳부터 가야죠."

피터가 지유의 마음을 알아차린 듯 대답한다.

유혈이 낭자하던 이곳은 지금 관광의 낙원이 되었다고 한다. 더군다나 조선 청년을 이곳에 징용 보내는 일에 앞장섰던 유토 순사의 손자가 이곳에서 호텔을 운영하고 있다는 것이다.

버젓이······.

지유는 또 마음이 삐딱해진다.

"아까 질문하셨던 대답을 해드리죠. 유토 할아버지가 헨리 할아버지를 만난 사연을."

이토가 물 한 잔을 마시더니 말문을 연다.

"유토 할아버지가 조선인이었던 건 아시죠?"

"네. 조선인이지만 일본에 처자가 있었단 것도 수기에서 읽었어요."

"일본에 있었다는 그 처자가 제 할머니와 제 아버지랍니다. 아시다시피 유토 할아버지는 중일전쟁에 나갔다가 조선에 들어와서는 순사가 되었죠. 부끄러운 일이지만요."

"……."

"그런데 일본인 순사가 제 할아버지를 의심했대요. 조선인 독립군을 뒤쫓고 있던 그자는 독립군을 체포하지 못하자 제 할아버지를 걸고넘어진 거죠. 조선인이라서 독립군을 도피시켰다고 모함하더래요. 상부에 보고를 올리는 바람에 궁지에 몰린 할아버지는 일본인 순사를 한밤중에 불러냈대요. 성격이 다혈질이지만 죽일 작정을 한 건 아니었는데 그자가 먼저 총을 꺼내드는 바람에 살인자가 되었대요. 그길로 철창에 갇혔는데……."

이토의 얼굴이 상기되더니 물을 한 잔 더 들이킨다.

"철창에서 내보내주더래요. 중일전쟁에 참전한 경험을 살려선 마지막으로 천황과 대일본에 충성을 다하라고. 군복을 입혀 남양군도로 가는 배에 태웠대요."

"아, 그래서……."

"맞아요. 팔라우가 미 군정으로 넘어간 뒤 포로로 넘겨져서 당시 중령이던 헨리 할아버지를 만난 거죠."

"조선 청년들을 남양군도로 못 보내서 혈안이더니, 정작 자신이 그곳에 끌려갔다니, 참 아이러니하네요. 사필귀정이라 해야 하나."

"아, 그만……. 진정하시고요."

피터가 중재에 나서려고 애썼다. 이토는 참을성이 대단한 인물인 듯 날 선 지유의 말을 시비 삼지 않고 물컵만 만지작거렸다.

"그런데 어떻게 팔라우에 거주하게 되었어요? 이토는?"

피터가 분위기를 살피며 이토에게 묻는다.

"유토 할아버지는 그 뒤 전쟁 포로로 잡혔다가 일본에 귀환했어요. 돌아가시기 전에 풀려난 뒤 팔라우에 가고 싶어 했대요. 아버지가 할아버지를 모시고 드나들다가 이곳에 정착한 거라고 들었어요. 당시 팔라우에 일본인이 많아서 아버지는 아예 이주해서 잡화상을 열어 저를 키웠죠. 그러다가 지금의 호텔로 키웠고요."

이토가 담담히 지난 일을 들려준다.

"헨리 할아버지도 전역한 후 팔라우에 여행을 다녔대요. 이토가 경영하는 호텔에 머물게 되었는데 대화를 나누다가 서로 가까워졌다고 해요. 제게도 이토를 소개해줬고요. 우린 전쟁 이야기를 나누다가 매일 통화를 할 정도로 가까워졌어요."

피터가 이토와의 인연을 자세히 들려준다.

"종태 할아버지께 지금 제가 유토 순사의 손자를 만났다고 하면 뭐라 할까요?"

지유가 묻는다.

"대를 이어 미워하라고 하진 않을 텐데요?"

이토가 대꾸한다.

"그럼 질문을 바꿔봐요. 과거에 적이었던 자의 자손을 대면하면 어떻게 하라고 말할까요? 용서할 수 없다와 용서해라 둘 중 어느 것일까요. 어쩌면 용서란 말을 꺼내는 것도 싫어할 수 있겠죠."

"진심으로 사과드립니다. 저를 보니까 감정이 갈수록 안 좋아지시는 것 같은데요?"

이토가 일어서더니 허리를 굽혀 인사를 하고 자리에 앉는다.

"사과받을 사람은 제가 아닌데요? 그 정도 사과로는 안 될 거 같고."

"하하. 그만들 하세요. 이러자고 두 사람 만나게 한 게 아닌데."

피터가 중재에 나섰으나 지유는 한동안 이토를 외면한다.

"이토가 제가 지유 씨께 드리겠다던 선물인데 이렇게 대놓고 싫어할 줄 몰랐어요."

"네? 선물이라고요? 이토가 어떻게 제게 선물이 될 수 있다는 거죠?"

"그야 선물을 받은 사람이 그 선물을 어떻게 받아들이느냐에 따라 가치가 다르겠죠? 하하."

"네?"

"지유 씨가 종태 할아버지의 수기를 바탕으로 소설을 쓴다는 이야기를 듣고 생각해낸 선물입니다. 소설 쓰면서 왜 제가 이토를 선물로 줬을까 고민할수록 가치가 더 커질 선물이라고 할까요. 소설 완성하는 데 큰 도움이 될 거 같아서요. 앞으로 두 분이 친하게 지내봐요. 서로에게 도움이 될 테니."

피터의 말을 듣고 지유는 표정 관리를 하려고 노력한다. 피터의 입장을 배려해야 했다. 더군다나 이곳은 피터에게 종태 할아버지의 원본 수기를 받고 감사함을 표시하려고 마련한 자리가 아닌가.

*

지유의 표정을 살피더니, 피터가 맛있는 식사부터 한 뒤 전쟁터를 방문하자고 제안한다.

이토가 바다가 잘 보이는 레스토랑으로 안내한다. 언덕에 있는 레스토랑은 테라스 바로 아래로 배 선착장이 보이고 옥색의 바닷물과 우거진 나무가 아름답다. 물빛에 데칼코마니를 이룬 풍경이 잔잔하다.

4인용 야외 테이블에 앉은 뒤 밀크티와 함께 나온 스콘에 버터와 딸기잼을 발라서 먹는다. 스테이크와 에그 베네딕트로 요기를 하고 나자 어색한 분위기가 다소 풀린다.

*

펠렐리우섬으로 들어갈 배를 타기 위해 이토의 차를 타고 선착장에 도착한다. 구명복을 입고 보트를 탄 뒤 1시간여 정도 가자 펠렐리우섬에 도착한다. 관광버스를 타고 밀림으로 들어가면서 이 먼 곳까지 왔을 조선인들을 떠올린다. 낯선 이국에서 매 순간 얼마나 고독했을까.

관광버스에서 내린 뒤 전투장 입구로 들어서자 이토가 펠렐리우 전투 정글 트레일 안내판을 가리킨다.

'폭발물 잔해 제거 작업을 했는데 무려 820미터 길이의 트레일에서 4822건 폭발물을 제거했다.'

안내판을 읽고 있는데,

"일본 신사가 있는 곳을 한번 가보겠어요?"

앞장서서 걸으며 묻는다. 못 들은 척 외면하며 지유는 일본 장병을 추모하는 신사를 빠르게 지나 미해병 1사단 장병을 추모하는 기념물 앞으로 걸어간다.

"저건 미군의 탱크와 상륙용 주정의 잔해들입니다."

이토가 피터와 지유에게 자세히 설명한다. 바위 위에 녹슨 총과 야전삽, 낫 등이 올려져 있다.

"죽고 죽이는 싸움을 한 미군과 일본군의 자손이 지금 함께 낯선 땅에서 벌어진 전투를 보고 있다니, 좀 기괴하죠? 이쪽도 저쪽도 아닌 상태로 그들 사이에 끼었던 조선인은 아무에게도 알릴 수조차 없는 죽음을 맞았는데……."

지유가 투덜거렸다.

이토는 일본 해안 토치카에 이르는 길로 걸어간다. 일본군은 동굴 속에 해안포를 은닉하고 있다가 상륙한 미군에게 포탄을 퍼부었다고 했다.

"왜 그렇게 싸워야 했을까요? 도대체 뭘 위해서?"

현장을 보며 느끼는 충격과 답답함에 연신 탄식이 터져나온다.

"그런데 정말 어이없는 게 뭔지 알아요?"

이토가 일행을 돌아보며 묻는다.

"당시엔 펠렐리우섬을 공격할 필요가 없었단 겁니다. 가장 치열했던 전쟁이었고 인명이 가장 많이 죽었으나 전혀 불필요했던 소모전이었다고 합니다."

피터가 고개를 끄덕인다.

"맞아요. 미군이 펠렐리우섬 상륙 작전을 한 이유는 필리핀을 탈환하기 위한 용도였대요. 일본이 이 섬을 비행장으로 이용해서 미군을 공격할 위험이 있다고 판단했던 거고 그걸 막겠다는 작전이었는데 전쟁 후 알게 된 사실이 뭔지 아세요? 실제로는 펠렐리우섬의 일본군이 필리핀에 상륙한 미군을 공격할 만한 능력이 없었다는 것이에요. 그렇게 치열하게 전쟁할 이유가 없었던 거죠."

"그래서 미군의 펠렐리우 상륙 작전은 잊힌 전투가 되었죠."
"총알받이가 된 청년들은 어떻고요. 미군이든 일본군이든 조선인이든 간에, 누구에게라도 청년들을 죽게 내몰아도 좋다는 권리가 있진 않을 텐데."
지유의 말에 두 남자는 또 묵묵부답이다.

*

가는 곳마다 전쟁의 흔적이 고스란히 남아 있는 전쟁터다. 전투기의 잔해나 위령탑이나 녹슨 철모, 수통을 보고 지나가는 동안 마음이 먹먹하다. 전쟁을 시작한 자들이나 끝까지 밀어붙인 자들을 떠올리면 얼굴이 붉어지고 심장이 뛴다. 더는 주위의 것을 눈에 담고 싶지 않아 지유는 외면하며 걷는다.
"여긴 일본군 사령부가 있던 곳이죠. 철근콘크리트 건물이었으나 미군 폭격으로 폐허가 되었어요. 입구가 얼마나 단단한 철문으로 만들어졌는지 보이죠. 그런데도 이걸 다 파괴할 정도였으니⋯⋯."
이토는 설명을 이어가며 뒤따라온다.
"여기는 천인 동굴입니다."
일본군이 섬 방어를 위해 판 동굴인데 바위로 된 동굴에 천명이 들어갈 수 있어서 천인 동굴이라 부른다고 한다. 수기를 읽으면서 상상했던 동굴보다 훨씬 길고 천장도 높아서 똑바로 서서 걸을 수 있을 정도다.

"이런 곳에 숨어서 일본군이 공격하니, 미해병 사령관이 나흘 안에 점령한다던 펠렐리우섬 정복에 석 달이나 걸린 거군요."

지유가 탄식하듯 말한다.

"일본군 중에는 1947년까지 스물여섯 명의 장병이 이런 동굴에서 저항을 계속한 경우도 있대요. 한 대위가 인솔했다는데 그때까지도 전쟁이 끝나지 않은 줄 알았던 거죠."

피터가 말한다.

이토는 정글 안의 방공 지하호도 몇 군데 더 보여주겠다고 했다. 피터가 지유의 얼굴이 하얗게 질렸다며 이토에게 말했다.

"지유 씨를 전쟁터를 구경하러 온 관광객 정도로 가볍게 생각한 건 아니었는데, 죄송합니다."

이토는 사과를 잘하는 편이었다. 지유는 그의 얼굴을 유심히 쳐다본다. 반성조차 일상이 된 건 아니겠지,라고 냉소적으로 받아들이는 자신을 느낀다. 문득 그런 자신의 태도가 마음에 들지 않는다.

지유는 펠렐리우섬을 떠나기 위해 선착장으로 돌아가는 관광버스에 오른다. 한시라도 빨리 벗어나고 싶었을 이 전쟁터에서 몇 년을 살았을 조선인의 심정이 떠올라 뻐근해지는 가슴을 손바닥으로 한동안 누르고 있었다.

*

이토가 저녁을 겸한 술자리를 마련한다. 이곳의 유명한 수산물 집이라고 한다. 술자리가 무르익자 지유는 그동안 궁금했던 우키시마호 이야기를 꺼낸다. 피터가 알고 있는 우키시마호에 대해 들어봐달란 세이의 부탁이 떠올랐기 때문이다.

지유로서도 풀리지 않은 숙제가 우키시마호였다. 그 문제를 정리해야 소설《전쟁터로 간 사랑》을 완성할 수 있을 터였다.

"피터는 종태 할아버지가 우키시마호에 승선했을지 모른다고 생각했어요? 굳이 그 기사에 관심을 가진 이유가 있을 것 같은데……. 혹시 헨리 할아버지가 알려준 게 있나요?"

"글쎄요. 저도 우키시마호 승선자 명단에서 박종태란 이름을 찾아봤지만, 연관이 있을 거란 생각을 안 했어요. 그 당시 박종태 할아버지는 코랄섬에 있었으니까요. 거리도 멀고 그곳으로 갔을 만한 개연성도 없고요. 내가 관심을 가진 건 박종태란 분을 찾기 위해 당시 기사들을 검색하다가 태평양 전쟁 당시 실종된 조선인 징용자 전체에 관심을 갖게 된 때문이겠죠."

"아, 그렇군요."

"당시 중령이었던 헨리 할아버지는 팔라우섬에 수용되었던 조선인 포로가 1946년 1월에 미군 상륙용 주정 세 척에 나눠 타고 부산항으로 귀환했다고 했어요. 출항하기 전까지도 코랄섬에서 실종된 종태 할아버지가 돌아오기를 기다렸대요."

"고마우신 분이에요. 제 할아버지에게 계속 관심을 두다니. 조선인 군속 중 한 사람일 뿐이었을 텐데."

"종전 후 준장으로 전역하신 뒤에도 할아버지는 팔라우에 자주 가셨대요. 한글을 잘 몰라서 수기 내용을 거의 파악하지 못하다가 뒤늦게 번역을 맡겨서 속사정을 조금 알게 되었나봐요. 그래서 박종태 씨가 숨었던 코랄섬의 코끼리 형상을 한 그 절벽으로 올라갔대요. 동굴 벽에 두 사람의 이름이 새겨진 것을 찾아냈고 바위 틈새에 끼워놓았던 박종태 할아버지의 편지를 찾아냈던 거죠."

"아, 그래서 수기와 편지가 따로 있었던 거군요."

"그런데 그 편지 중 첫 장이 여행 중 분실됐대요. 처음 발견했을 때 봤던 그 첫 장에 쓰인 것을 어렴풋이 기억한대요. 일본 군인이 탄 통통배가 정박했다고. 그자에게 먹을 것을 주고 일본이 패망했다는 말을 들었다고 쓰여 있었대요. 그러니까 종태 할아버지는 그 동굴에서 해방 후에도 한참 동안 머물렀던 거죠."

"아…… 그렇게 오랫동안……."

"피치 못할 사정으로 해림 할머니가 떠났지만 언젠가는 동굴로 찾아올 거라고 믿었던 게 아닐까요. 아니면 떠날 배가 없어서였든가……."

지유는 테이블 앞에 놓인 팔라우의 명물이라는 맥주를 한 잔 다 비운다.

"혹시 두 분은 만났을까요?"

"아뇨. 해림 할머니는 해방된 뒤 다섯 해가 지나서야 일본에서 돌아왔다고 해요. 해림 할머니를 만나러 코랄섬으로 가지 않았더라면 고국에서 서로 해후할 수 있었을 텐데."

피터와 지유의 대화를 듣고 있던 이토도 허공을 보며 탄식한다.

"그런데 해림 할머니는 왜 동굴에 오지 않고, 당시에 어디에 있었다고 했나요?"

"할머니는 동굴로 갈 약속을 지키려고 동굴 방공호에 줄곧 숨어 있었대요. 그러다가 같이 동굴 방공호에 숨어 있던 일본군들이 야밤에 몰래 배를 타고 떠날 때 휩쓸려서 따라나설 수밖에 없었대요. 미군에게 잡히면 미국으로 가야 한다고 해서. 그러면 영영 종태 할아버지를 볼 수 없다고 여겼대요. 일본에 가 있는 게 더 낫겠다 싶었겠죠."

"그래서 동굴에 못 갔군요?"

"막상 일본에 도착하니까 혼자 고국으로 떠날 마음이 안 나더래요. 코랄섬까지 찾아왔으니 종태 할아버지가 일본으로는 찾아오지 못하겠나 싶었대요. 그때 마음이 그랬대요. 혼자 만신

창이가 되어 고국으로 갈 자신도 없었겠죠. 일본인 식당에서 일하면서 5년이나 지나고서야 더는 일본에서 못 있겠어서, 고국으로 가는 배를 탔대요."

"아, 그렇게 됐군요. 서로 엇갈렸을까요?"

피터와 이토가 동시에 안타까운 표정으로 한숨 지었다.

*

"참, 헨리 할아버지가 한 말이 떠올라요. 할아버지가 말씀하셨어요. 분실한 편지의 첫 장에 일본인과 함께 떠날 거라고 쓰여 있었다고 했잖아요?"

"네. 그랬죠. 그리고 우키시마호,라고 종태 할아버지가 메모를 남겼는데, 딱 그 다섯 글자만 쓰여 있더래요. 아마 일본인에게 우키시마호에 대해 들었던 모양이에요."

모두 고개를 끄덕였다.

"일본인 선원이 우키시마호 침몰 소식을 조선인에게 들려줬을 겁니다. 그 이후는 모르죠. 할아버지가 수많은 조선인이 탄 배가 침몰했다는 이야기를 듣고 어떤 심경의 변화를 일으켰을지 모를 일입니다. 그 후로 저도 우키시마호에 줄곧 관심을 가졌었죠."

"그 소식을 듣고 일본으로 갔을까요?"

"우키시마호 폭침 소식을 들은 뒤 고국으로 돌아오는 대신 일본으로 가서 어떻게든 희생당한 조선인 소식을 알아보려 했을지도 모르겠네요. 그 일본인 배에 함께 타고 말이죠."

두 사람의 대화를 듣고 있던 이토가 말했다.

"아, 그럴 수도 있겠어요. 그랬다면 종태 할아버지는 그 후 어떻게 되었을까요."

세 사람은 한참 동안 침묵한 채 맥주만 들이켰다.

*

"그런데 궁금한 거 하나만 더 물어봐도 돼요?"

피터가 이토를 돌아보며 묻는다.

"우키시마호 폭침에 여러 설이 많던데, 이토는 왜 폭침되었다고 생각해요?"

"어, 질문이 갑자기 훅 들어오네……. 저도 자세한 건 모르죠."

이토는 곤란한 듯 몸까지 뒤로 빼며 대답을 망설인다.

"조선이 해방되었으니 조선인은 하나같이 고국으로 돌아가고 싶었겠죠. 다만 저는 아버지가 한 말을 기억해요. 일본 정부는 패망 후 일본 전범 재판을 두려워해서 조선인 귀환을 서둘렀다고. 이번 배 출항이 마지막이며 언제 또다시 고국으로 갈 배가 출항할지 모른다고 승선을 적극적으로 권해서 조선인이

7000여 명이나 탔다고요.

당시 우키시마호 승조원은 배가 부산에 도착하면 조선인이 보복할 거라고 항의했대요. 그래도 배는 출항해서 오미나토항에서 부산으로 갈 줄 알았죠. 그런데 오미나토항에서 출항한 배가 방향을 돌려 마이즈루항으로 항해하다가 폭발했다고 해요. 원인은 아직 모르지만, 이 폭파로 탑승자 중 3700여 명만 고국으로 돌아갔다고 들었어요."

이토가 말했다.

"우키시마호 침몰 직후 시신과 유해를 마이즈루 해병단과 지역 주민이 수습해줬대요. 폭발로 배 기름통이 터져서 기름을 덮어쓴 사람이 바다에 떠다녔다고 하니 참혹하죠. 시신이 갯가로 흘러들어와 합동으로 화장되거나 뒷산 골짜기 고구마밭 등에 매장했대요."

"아……."

"수심이 얕은데다 사방이 해안가라 침몰 이후 수많은 시신이 물속에 잠기거나 뭍으로 밀려들었다죠. 일본이 선체를 다이너마이트로 폭파해 훼손하는 바람에 수많은 유해가 바닷속으로 쏟아졌고요. 인근 어민이 수습한 유해를 근처 사찰로 옮기거나, 침몰 지점의 세 군데 권역에 유해를 집단 매장했다고 들었어요."

"그리던 고국으로 간다고 좋아했다가 일본 열도 부근의 바다에 수장된 조선인들이라니……."

"그 폭침 소식을 듣고 종태 할아버지가 동굴 밖으로 나와서 일본으로 떠난 거라면, 가슴이 찢어졌을 거 같네요."

지유도 안타까움에 한숨 섞어 대답한다.

*

식당에서 일어날 시간이 되어가고 술에 조금 취하자, 이토가 말한다.

"그런데 유토 할아버지 이야기 좀 해도 됩니까? 또 기분이 나빠지시려나?"

이토가 지유의 눈치를 본다.

"괜찮아요. 이토 씨가 저지른 일이 아니니까요."

지유의 말에 이토가 일어나더니 고개를 숙여서 고맙다고 인사한다. 장난이 아니라 진심이 느껴지는 태도다.

"지유 씨가 어떻게 생각할지 몰라서 고백하지 않으려 했거든요. 유토 할아버지 잘못에 대한 면죄부라도 달란 말로 들을까봐."

"무슨 말인데 그리 뜸을 들여요?"

피터가 묻는다.

"아버지가 그러시는데 할아버지는 돌아가시기 전까지 당신이 조선 청년들에게 저지른 일을 엄청나게 자책하셨대요. 당신도 조선인이었다는 사실에 더욱 미안해했고. 징용으로 내보낸 조선 청년들이 고국으로 못 돌아가고 폭침되어 바다에서 수장된 우키시마호 참사를 듣고는, 울기도 많이 울었대요. 그러다가……."

이토가 머뭇거린다.

"매년 열리던 추모제에 갔다가 쓰러지셔서 돌아가셨어요. 그분들께 참회하고 싶어 했는데……. 절하는 자세로 엎드린 채 일어나지 못하셨다고 해요."

"저런!"

지유와 피터가 동시에 놀랐다.

"진심으로 사죄하고 싶다고 했어요. 그런다고 사죄를 받아줄 것 같진 않지만요."

피터가 이토의 등을 쓰다듬어준다. 이토의 말을 곱씹으며 지유는 젖어드는 눈시울을 얼른 닦아낸다..

*

한국으로 돌아갈 날이 되었다.

피터가 어젯밤 돌려준 종태 할아버지의 수기 원본이 든 캐리어를 밀고 지유는 호텔 로비로 나간다. 피터와 이토는 먼저 나와서 지유를 기다리고 있다.

"이틀이 금방 지났어요."

피터가 말하며 악수를 청한다.

"다음엔 휴가를 더 길게 만들어 와요. 피터는 며칠 더 있다가 미국으로 돌아가니 못 간 휴양지 관광을 해야죠."

두 사람은 지유와의 다소 무거웠던 만남을 어느새 털어낸 듯 여행자 특유의 자유로움을 풍긴다.

"부산 수미르 공원에 가보고 싶어요. 거기에 우키시마호 희생자 위령비가 있다고 들었어요. 그분들, 고국에 돌아가지 못하고 일본의 바다에 수장된 분들이니 가서 추모하고 싶어요. 할아버지가 못다 한 절도 해야 하고."

이토가 뜻밖의 제안을 한다.

"좋아요. 피터도 우키시마호 폭침에 관심이 많으니까. 한국에 가서 추모해주고 싶다고 했고요."

피터가 이토의 제안에 덧붙여 말한다.

"그럼 지유 씨가 우리 둘 다 초대해줘요. 함께 갑시다."

"에나?"

"네? 에나?"

"우리 해림 할머니가 잘 쓰던 말이에요. 진짜로요? 그런 말이죠."

"아, 네. 에나 가보고 싶습니다. 하하."

"그럼 망향의 동산이란 데도 같이 가요. 거긴 위안부로 보내졌던 피해 할머니들과 해림 할머니가 묻힌 곳이거든요."

"아, 그렇습니까. 가야죠. 또 갈 곳이 있습니까? 보름 정도 휴가를 내야겠는데요? 하하."

"해림 할머니가 만든 역사관도 완공되면 오시고요."

지유는 두 사람의 제안에 고맙다고, 함께 전쟁희생자를 추모하자고 대답한다.

두 사람과 작별 인사를 하고 호텔의 로비를 나서는데 커다란 몸체의 구름이 순간 지유 앞으로 다가오는 것 같다. 구름은 이곳에 머물면서 몸을 만들거나 흩어지기를 반복하는 생명체 같다. 어쩌면 종태 할아버지는 이곳 어디쯤 머물면서 저렇게 태어나고 사라지기를 반복하면서 한을 풀고 있는 것일까.

지유는 구름을 향해 손을 흔들어주고 조용히 속삭인다.

할아버지, 이제 저와 함께 배건네로 돌아가요. ■

심사평

　할아버지가 겪은 일제강점기 말기에 강제 징병과 강제 징용, 또 강제로 남양군도의 위안부로 끌려간 할아버지의 연인 이야기를 통해 그 시대를 소설적으로 그려냈다. 팔라우를 비롯한 남양군도를 무대로 그 안에 사랑하는 남녀의 이야기를 담아 이제까지 우리 소설에서 쉽게 볼 수 없었던 새로운 스토리와 새로운 시선이 돋보이며, 역사적 사실에 근거한 감동적인 작품을 그려냈다. 일제강점기 역사를 왜곡하는 뉴라이트적 입장에 대한 비판적 감각도 이 작품의 의미를 더하게 한다. 전쟁 때 사라진 사람을 향한 간절한 마음이 느껴지는 소설로 독자로 하여금 마치 자신이 이 소설 속의 주인공 박종태의 입장이 된 것처럼 글에 배인 절박한 마음이 느껴진다. 무엇보다 이 작품의 가장 큰 장점은 가독성과 작품 속으로 빨려드는 흡입력일 것이다. 본문 안에 "누군가를 그리워하는 마음이 한 사람의 온몸과 마음을 그토록 지배할 수 있다는 것을 지유는 할머니를 보고 처음 알았다"라는 내용이 있는데, 이런 사랑의 마음 또한 독자들에게 그대로 전달된다. 이순원, 방현석, 권성우 3인의 심사위원 모두 《마중》(당선 당시 제목 '전쟁터로 간 사랑')을 당선작으로 선정하는 데 뜻을 같이했다.

제13회 제주4·3평화문학상 장편소설부문 심사위원
이순원(소설가)·방현석(소설가)·권성우(문학평론가)

작가의 말

먼저 제주4·3평화재단과 제주4·3평화문학상 위원장님이신 임철우 선생님, 고개 숙여 감사드립니다. 수상 소식을 듣고 무척 기뻤으나 시간이 지날수록 이 상이 주는 무게를 느낍니다. 돌아보면, 《순이 삼촌》이나 《화산도》 《작별하지 않는다》 등의 소설을 통해 저는 제주 4·3 사건을 조금이나마 알게 되었습니다. 그 소설들을 읽으면서 역사의 소용돌이 속에서 수난당한 사람들의 이야기를 그려낸 소설가의 심정을 헤아려보곤 했습니다.

밤에 강가를 걷다 보면 가로등이나 조명이 강물을 현란하게 비추지만, 전혀 불빛이 닿지 않은 쪽의 강물도 보게 됩니다. 그릴 때면 그 어두운 강물에 오히려 더 눈길이 가고 신경 쓰입니다. 그 마음이 수난당한 사람들을 그려낸 작가의 마음은 아니었을까요. 더 깊이 가라앉아 보이는, 묵직한 어두운 강물 쪽으로 따뜻한 불빛 한 점 비춰주고 싶은 마음 말입니다.

이 소설의 인물들은 일제 말기 조선의 청춘 남녀들입니다. 그들의 삶을 읽고 느끼고 알아가면서 쓰지 않고 모른 척 돌아서는 일이 불가능해졌습니다. 재현하지는 못하더라도 거친 숨을 억누르고 버티며 견뎌온 그분들의 숨결이나마 불러내어 숨 쉬게 하고 살아 움직이게 해주려고 최선을 다했습니다.

그들은 비록 어쩔 수 없는 상황과 환경에 고립되어 있었지만 사랑하는 사람에 대한 마음은 끝까지 간직하고 있었습니다. 야만적인 전쟁터에서 인간으로 살아갈 수 있었던 유일한 힘이 너무도 무용해 보이고 연약한 사랑이었다니요!

가능하다면 저는 이 소설이 지금 MZ세대인 청춘과 일제 말기의 청춘이 만나는 장이 되기를 바랍니다. 꽃 피워보지 못하고 스러진 당시의 청춘과 2025년을 살아가고 있는 MZ세대가 부디 진심 어린 연대와 위로를 주고받는 시간이 되기를 소망해봅니다.

이 소설을 쓰는 동안 많은 서적과 논문을 참고했습니다. 하지만 주인공을 비롯, 소설 속의 인물들은 실존 인물이 아닙니다. 대체로 태평양전쟁 시기, 피해자들의 수기나 증언에 영감을 받아 창작해낸 허구의 인물들입니다. 당시를 살았던 피해자들의 모습이 소설 속 인물들에 편재되어 살아 움직이기 시작하면서 그들이 여러 사건을 이끌어갔고 저는 그들의 처지와 심정을 함께 느끼는 경험을 했습니다.

이 소설을 쓰는 내내 우크라이나와 러시아의 전쟁이 이어졌습니다. 전쟁이 격화되자 청춘들이 죄다 투입되어 총알받이가 되는 참혹함이 연일 생중계되었습니다. 80년 전의 일제강점기에 조선의 청춘들이 남양군도로 끌려가서 총을 들어야 했던 수난과 겹쳐졌습니다. 아직도 현실은 크게 달라지지 않은 걸까요?

추천사를 써주신 현기영 선생님, 좋은 작가가 되도록 더 깊이 사유하고 정진하겠습니다. 예심 심사위원님들과 이순원 선생님, 방현석 선생님, 권성우 선생님 감사합니다. 이 소설이 책으로 나오기까지 산고를 거듭해주신 은행나무출판사와 편집부, 특히 정성을 다해주신 김서해 선생님께 깊이 감사드립니다.

더불어 너무도 근사한 토지문화관에서 이 소설의 처음과 마지막을 창작했음을 밝힙니다.

2025년 겨울
김미수

제13회 제주4·3평화문학상 수상작

마중

1판 1쇄 발행 2025년 11월 27일

지은이·김미수
펴낸이·주연선

㈜은행나무
04035 서울특별시 마포구 양화로11길 54
전화·02)3143-0651~3 | 팩스·02)3143-0654
신고번호·제 1997-000168호(1997. 12. 12)
www.ehbook.co.kr
ehbook@ehbook.co.kr

ISBN 979-11-6737-604-6 (03810)

- 이 책의 판권은 지은이와 은행나무에 있습니다. 이 책 내용의 일부 또는 전부를 재사용하려면 반드시 양측의 서면 동의를 받아야 합니다.

- 잘못된 책은 구입처에서 바꿔드립니다.